CISNE

Biblioteca

SHERRILYN KENYON

SHERRILYN KENYON

EL BESO DE LA NOCHE

Traducción de
Ana Isabel Domínguez Palomo
Concepción Rodríguez González
María del Mar Rodríguez Barrena

Título original: *Kiss of the Night*
Diseño de la portada: Departamento de diseño de Random House Mondadori / Yolanda Artola
Ilustración de la portada: fotomontaje digital

Primera edición en DeBols!llo: abril, 2008

Printed in Spain – Impreso en España

ISBN: 978-84-8346-638-4 (vol. 65/5)
Depósito legal: B-10.774-2008

Fotocomposición: Anglofort, S. A.

Impreso en Liberdúplex, S. L. U.
Sant Llorenç d'Hortons (Barcelona)

M 8 6 6 3 8 4

Thrylos

La Atlántida.

Legendaria. Mística. Próspera. Misteriosa. Sublime y mágica.

Hay quienes afirman que nunca existió.

Pero también hay quienes se creen a salvo en este mundo moderno, con sus avances tecnológicos y sus armas. Se creen a salvo de los poderes malévolos de antaño. Incluso creen que los hechiceros, los guerreros y los dragones dejaron de existir hace mucho tiempo.

Son idiotas que se aferran a la ciencia y a la lógica, y a la creencia de que estas los salvarán. Jamás serán libres ni estarán a salvo, no mientras se nieguen a ver lo que tienen delante de las narices.

Porque los mitos y las leyendas de la Antigüedad hunden sus raíces en la verdad y, en ocasiones, la verdad no nos hace libres. En ocasiones, nos esclaviza.

Pero acompañadme, vosotros que sois ecuánimes de corazón, y dejadme que os narre la historia del paraíso más perfecto que ha existido jamás. Más allá de las Columnas de Hércules, en el gran Egeo, existió una vez una tierra orgullosa que dio cobijo a la raza más avanzada que jamás haya pisado este mundo.

Creada en los albores del tiempo por el dios primigenio Arcón, la Atlántida tomó su nombre de la hermana mayor del dios, Atlantia, que significa «airosa belleza». Arcón creó la isla con la ayuda de su tío, el dios del mar Ydor, y de su hermana Eda, la diosa de la Tierra, como regalo para su esposa, Apolimia, con el fin de que sus hijos poblaran el continente, donde tendrían lugar de sobra para crecer y jugar.

La dicha de Apolimia fue tal que se echó a llorar e inundó la Tierra, convirtiendo a la Atlántida en una ciudad dentro de otra ciudad. Dos islas gemelas rodeadas por cinco canales de agua.

Ese sería el lugar donde daría a luz a su prole inmortal.

Sin embargo, no tardaron en descubrir que la gran Destructora, Apolimia, era estéril. A petición de Arcón, Ydor habló con Eda y juntos crearon una raza de atlantes que poblara la isla y alegrara el corazón de Apolimia.

Funcionó.

Rubios y de piel clara en honor a la diosa-reina, los atlantes eran muy superiores a cualquier otra raza. Solo ellos reportaban consuelo a Apolimia y hacían sonreír a la gran Destructora.

Justos y pacíficos, como los dioses de antaño, los atlantes desconocían la guerra. La pobreza. Utilizaban sus poderes psíquicos y mágicos para vivir en armonía con la naturaleza. Acogían con los brazos abiertos a los extranjeros que llegaban a sus costas y compartían con ellos sus dones de sanación y prosperidad.

No obstante, a medida que pasaba el tiempo y otros panteones y razas se alzaban para desafiarlos, los atlantes se vieron obligados a luchar por su hogar.

Para proteger a los suyos, los dioses atlantes se vieron abocados a un conflicto permanente con el advenedizo panteón griego. Para ellos, los griegos no eran más que niños luchando por la posesión de ciertas cosas que jamás podrían comprender. Intentaron lidiar con ellos como lo haría cualquier padre con su retoño: con paciencia y mesura.

Pero los dioses griegos se negaron a escuchar sus sabios consejos. Zeus y Poseidón, entre otros, estaban celosos de las riquezas y la serenidad que reinaban en la Atlántida.

No obstante, era Apolo quien la codiciaba con más ansia.

Astuto e implacable, el dios puso en marcha un plan para arrebatarles la isla a los dioses primigenios. A diferencia de su padre y de su tío, sabía que los griegos jamás podrían derrotar a los atlantes en una guerra abierta. El único modo de conquistar la antigua civilización era desde el interior.

Así pues, cuando Zeus expulsó de su hogar en Grecia a la beligerante raza que él había creado, los apolitas, reunió a su prole y la guió a través del mar hasta las costas de la Atlántida.

Los atlantes se compadecieron de los apolitas, una raza con poderes psíquicos y creada a semejanza de los dioses, que habían sufrido la persecución de los griegos. Los recibieron como si de parientes se tratara y les permitieron residir en la isla siempre y cuando acataran las leyes atlantes y no causaran disputas.

Los apolitas cumplieron el trato de cara a la galería. Hacían sacrificios a los dioses atlantes, pero jamás rompieron el pacto que habían sellado con su padre, Apolo. Todos los años elegían a la doncella más hermosa y la enviaban a Delfos como muestra de agradecimiento por la bondad que Apolo les había demostrado al entregarles un nuevo hogar que un día gobernarían como dioses supremos.

En el año 10500 a.C. enviaron a Delfos a la hermosa aristócrata Clito. Apolo se enamoró de ella al instante y juntos engendraron cinco parejas de gemelos.

A través de esta amante y de sus hijos Apolo predijo su destino. En última instancia, iban a ser ellos quienes lo sentaran en el trono de la Atlántida.

Mandó de vuelta a la isla a su amante y a sus hijos, los cuales entraron a formar parte de la familia real atlante por vínculos matrimoniales. Al igual que los apolitas se habían unido a los nativos de la isla y habían mezclado ambas razas, dando lugar a una prole mucho más fuerte, así lo hicieron sus propios hijos. Salvo que él se encargó de que sus vástagos no diluyeran el linaje real, para así asegurarse la fuerza y la lealtad de la corona atlante.

Tenía planes para la Atlántida y sus hijos. Gracias a ellos, gobernaría el mundo y derrocaría a su padre, tal como este hizo con Cronos.

Según la leyenda, el mismo Apolo visitaba a cada una de las reinas atlantes para engendrar al heredero al trono. Cuando nacía el primer hijo varón de cada pareja real, el dios consultaba su oráculo para descubrir si sería ese niño quien derrocaría a los dioses atlantes.

La respuesta era siempre negativa.

Hasta el año 9548 a.C.

Como era su costumbre, Apolo hizo una visita a la reina atlante, cuyo esposo había muerto hacía más de un año. Se le apareció como un espíritu y engendró su hijo en ella mientras dormía y soñaba con su marido muerto.

También fue ese mismo año cuando los dioses atlantes descubrieron su propio destino. Porque su reina, Apolimia, descubrió que estaba embarazada de su esposo, Arcón.

Tras haber pasado siglos anhelando tener un hijo propio, la Destructora por fin veía cumplido su deseo. Según reza la leyenda, la Atlántida floreció ese mismo día y alcanzó un grado de prosperidad desconocido hasta entonces. La diosa-reina comunicó con gran alegría la noticia al resto del panteón.

Tan pronto como las Moiras escucharon el anuncio, miraron a Apolimia y Arcón, y aseguraron que el hijo nonato de la reina sería el culpable de la muerte de todos ellos.

Cada una de las tres Moiras pronunció una frase de la profecía:

«El mundo que conocemos a su fin llegará.»

«Nuestro destino en sus manos descansará.»

«Como dios, todos sus deseos se cumplirán.»

Aterrado por la profecía, Arcón ordenó a su esposa que asesinara al bebé.

Apolimia se negó. Llevaba mucho tiempo deseando tener un hijo como para verlo muerto a causa de los celos de las Moiras. Con la ayuda de su hermana, dio a luz a su hijo de forma prematura y lo escondió en el mundo mortal. Para Arcón, dio a luz a un bebé de piedra.

—Ya me he cansado de tus infidelidades y de tus mentiras, Arcón. A partir de este día mi corazón no te pertenece, tú lo has petrificado. Un bebé de piedra es lo único que obtendrás de mí.

Enfurecido, Arcón la confinó en Kalosis, un plano intermedio entre el mundo de los humanos y el de los dioses.

—Permanecerás ahí hasta que tu hijo muera.

Y así, los dioses atlantes se revolvieron contra la hermana de Apolimia hasta que lograron arrancarle una confesión.

—Nacerá cuando la luna se trague el sol y la Atlántida se suma en la oscuridad. La reina que lo parirá llorará, aterrorizada por su nacimiento.

Los dioses fueron en busca de la reina atlante, cuyo parto era inminente. Tal como la profecía había señalado, se produjo un eclipse de sol mientras ella daba a luz y cuando su hijo nació, Arcón exigió que lo mataran.

La reina lloró y suplicó a Apolo que la ayudara. Su amante no podía permitir que los antiguos dioses mataran a su hijo.

Pero Apolo hizo oídos sordos a sus súplicas y la reina contempló con impotencia cómo asesinaban a su hijo ante sus propios ojos. Lo que ella ignoraba era que Apolo ya sabía lo que iba a suceder y se había encargado de que no fuera su hijo quien muriera ese día. Para salvarlo, había cambiado los bebés y había implantado otro niño en su vientre.

Con la ayuda de su hermana Artemisa, el dios se llevó a su hijo a su hogar en Delfos, donde se criaría entre las sacerdotisas.

A medida que los años pasaban y Apolo se negaba a visitar de nuevo a la reina atlante para engendrar otro heredero, el odio de la reina se iba incrementando. Aborrecía a ese dios griego que no quería tomarse la molestia de darle otro hijo para reemplazar al que había perdido.

Veintiún años después de que hubiera presenciado el sacrificio de su único hijo, la reina oyó rumores de otro hijo engendrado por el dios griego. El niño en cuestión era hijo de una princesa que los griegos le habían entregado como ofrenda por su apoyo en la guerra que libraban contra los atlantes.

Tan pronto como la reina supo de la existencia de ese hijo, la amargura comenzó a crecer en su corazón hasta abrumarla.

Convocó a su sacerdotisa a fin de que esta descubriera el linaje que daría vida al heredero de su trono.

—El heredero de la Atlántida pertenece a la casa de Ancles. La misma familia en la que había nacido el hijo de Apolo.

Agraviada por las noticias, la reina chilló. Acababa de descubrir que Apolo había traicionado a sus propios hijos. Los había olvidado mientras creaba una raza para reemplazarlos.

Convocó a su guardia personal y la envió a Grecia para asegurarse de que tanto la amante del dios como su hijo fueran asesinados. Jamás permitiría que ninguno de ellos ocupara su amado trono.

—Aseguraos de destrozar sus cuerpos de modo que los griegos culpen a un animal salvaje. No quiero que dejéis indicios que los atraigan hasta nuestras costas en busca de un culpable.

Sin embargo, tal como sucede con todos los actos de venganza, también este fue descubierto.

Destrozado y sin pensar en lo que hacía, Apolo maldijo a la que una vez fuera su raza elegida.

«Una maldición caerá sobre todos los apolitas. Cosecharéis el fruto de lo que hoy habéis sembrado. Ninguno de vosotros vivirá ni un día más de lo que ha vivido mi hermosa Ryssa. Todos moriréis entre grandes sufrimientos el día de vuestro vigésimo séptimo cumpleaños. Puesto que actuasteis como animales, os convertiréis en ellos. Solo encontraréis sustento en vuestra propia sangre. Y jamás volveréis a caminar en mis dominios donde pueda veros y me obliguéis a recordar hasta qué punto me habéis traicionado.»

Sin embargo, Apolo no recordó al hijo que tenía en Delfos hasta que hubo pronunciado la maldición. Un hijo a quien acababa de maldecir estúpidamente junto a los demás.

Porque, una vez pronunciada, una maldición no puede desdecirse.

Pero lo peor era que acababa de sembrar la semilla de su propia destrucción. El día que su hijo se casó con su suma sacerdotisa más amada, Apolo le había confiado lo que le era más preciado:

«En tus manos reside mi futuro. Tu sangre es la mía y viviré a través de ti y de tus futuros hijos.»

A causa de esas palabras vinculantes y en un arrebato de furia, Apolo se había condenado a la extinción. Porque cuando el linaje de su hijo desapareciera, lo haría él mismo, junto con el sol.

Porque, veréis, Apolo no es un simple dios. Apolo es la esencia del sol y en sus manos reside el equilibrio del universo.

El día que Apolo muera, también morirá la Tierra y todo lo que en ella mora.

Corre el año 2003 y solo queda una apolita con sangre del dios en las venas...

1

Saint Paul, Minnesota, febrero de 2003

—Cariño, alerta de semental de primera. A mis tres.

Cassandra Peters se echó a reír al escuchar el tono lujurioso de Michelle Avery mientras se giraba en el atestado club para ver a un hombre normalito de pelo oscuro que miraba el escenario donde tocaba su grupo local preferido, Twisted Hearts.

Cassandra lo estudió un buen rato y siguió moviéndose al compás de la música mientras le daba un largo trago a su té helado Long Island.

—Es batido —concluyó tras un exhaustivo examen de sus... atributos, entre los que se incluían su apariencia, su porte y su camisa de cuadros roja y blanca.

Michelle negó con la cabeza.

—De eso nada, es galleta.

Cassandra sonrió por su sistema de puntuación, que se basaba en aquello que rechazarían por mantener a un hombre en la cama. «Batido» quería decir que su atractivo se salía de lo normal y que no lo cambiarían por un vaso de ídem ni de coña. Las «galletas» eran un nivel superior y los «bombones» ya eran dioses.

Sin embargo, el nivel más alto de atractivo masculino eran los «donuts glaseados». La razón era muy sencilla: los donuts glaseados no solo lo dejaban todo lleno de azúcar, además, les hacían saltarse el régimen y para una mujer era imposible no darles un buen mordisco.

Hasta la fecha, ninguna se había topado jamás con un donut glaseado. Aunque no perdían la esperanza.

Michelle le dio unos golpecitos a Brenda y a Kat en el hombro y señaló disimuladamente hacia el hombre que se comía con los ojos.

—¿Galleta?

Kat meneó la cabeza.

—Bombón.

—Bombón sin duda alguna —confirmó Brenda.

—¿Y tú qué sabrás? Tienes novio —recriminó Michelle a Brenda cuando el grupo terminó la canción que estaba tocando e hizo un descanso—. ¡Madre mía! Mira que sois duras...

Cassandra miró otra vez al tipo, que estaba hablando con un amigo mientras se tomaba una cerveza. No le aceleraba el corazón, aunque eso era algo que pocos conseguían. Aun así, parecía un tío legal y tenía una sonrisa agradable. Entendía por qué a Michelle le gustaba.

—De todas formas, ¿qué más te da lo que pensemos? —le instó a Michelle—. Si te gusta, ve y preséntate.

Michelle se quedó horrorizada.

—No puedo hacerlo.

—¿Por qué no? —quiso saber.

—¿Y si le parezco gorda o fea?

Cassandra puso los ojos en blanco. Michelle era una morenita muy delgada que distaba mucho de ser fea.

—La vida es corta, Michelle. Demasiado corta. ¿Quién te dice que no es el hombre de tus sueños? Pero si te quedas aquí, babeando por él sin hacer nada, no lo sabrás nunca.

—Dios —musitó su amiga—, cómo envidio esa actitud tuya de vivir el día a día. Yo soy incapaz.

Cassandra la cogió de la mano y la arrastró por entre la multitud hacia el tipo.

Le dio unos golpecitos en el hombro.

Sorprendido, él se dio la vuelta.

Y abrió los ojos de par en par en cuanto la vio. Con su metro noventa de altura, estaba acostumbrada a que la vieran como un bicho raro. Eso sí, era un tanto a su favor que no parecieran molestarle los cinco centímetros de altura que le sacaba. Sus ojos volaron hacia Michelle, que medía un normalito metro sesenta.

—Hola —dijo Cassandra para recuperar su atención—. Estoy haciendo una encuesta informal. ¿Estás casado?

Él frunció el ceño.

—No.

—¿Sales con alguien?

El tipo intercambió una mirada perpleja con su amigo.

—No.

—¿Eres gay?

La pregunta lo dejó boquiabierto.

—¿Cómo dices?

—¡Cassandra! —masculló Michelle.

Ella se desentendió de ambos y sujetó a su amiga con más fuerza cuando intentó alejarse.

—Te gustan las mujeres, ¿no?

—Sí —respondió él con tono ofendido.

—Vale, porque aquí mi amiga Michelle cree que eres muy mono y le gustaría conocerte mejor. —Le dio un tirón a Michelle para que quedara entre ellos—. Michelle, este es...

El tipo sonrió cuando se topó con los ojos desorbitados de Michelle.

—Tom Cody.

—Tom Cody —repitió Cassandra—. Tom, esta es Michelle.

—Hola —dijo él al tiempo que le tendía la mano.

A juzgar por la expresión de su amiga, Cassandra supo que no estaba segura de si debía darle las gracias o estrangularla.

—Hola —dijo Michelle, estrechándole la mano.

Una vez convencida de que eran medianamente compatibles y de que él no se pasaría de la raya en su primera cita, Cassandra los dejó para regresar con Brenda y Kat, quienes la observaban boquiabiertas y con los ojos como platos.

—No puedo creer que le hayas hecho eso —le dijo Kat en cuanto estuvo a su lado—. Va a matarte.

Brenda hizo una mueca.

—Si me lo haces a mí alguna vez, desde luego que te mato.

Kat le pasó un brazo por los hombros y le dio un apretón afectuoso.

—Cariño, puedes gritarle todo lo que te dé la gana, pero no te permitiré que la mates.

Brenda se echó a reír por el comentario sin saber que Kat hablaba en serio. Kat era la guardaespaldas de Cassandra desde hacía cinco años. Todo un récord. La mayoría de sus guardaespaldas solía aguantar en el puesto una media de ocho meses.

O bien acababan muertos o bien lo dejaban en cuanto veían quién (o para ser más exactos qué) la perseguía. Según parecía, el riesgo les pesaba más que las exorbitantes cantidades de dinero que su padre pagaba por mantenerla con vida.

Pero ese no era el caso de Kat. Era la persona más tenaz y segura de sí misma que Cassandra había conocido en la vida. Y, además, tampoco había conocido a ninguna otra mujer que fuera más alta que ella misma. Con su metro noventa y dos de altura y su belleza deslumbrante, Kat triunfaba allá donde iba. Tenía el pelo rubio y lo llevaba largo, justo por debajo de los hombros, y sus ojos eran tan verdes que no parecían reales.

—Pues deja que te diga una cosa —le comentó Brenda mientras veía cómo Tom y Michelle hablaban y reían—. Daría cualquier cosa por tener tu confianza. ¿No te sientes nunca insegura?

Cassandra respondió de corazón.

—Siempre.

—Pues no se te nota.

Eso era porque, a diferencia de sus amigas, tenía casi todas las papeletas para que su vida acabara en ocho meses. No podía darse el lujo de tener miedo de vivir. Su lema era aferrarse a la vida con ambas manos y correr con aquello que se le presentara.

Claro que llevaba corriendo toda la vida. Corriendo para escapar de aquellos que querían matarla a la menor oportunidad.

Aunque, sobre todo, había estado corriendo para escapar de su destino, con la esperanza de evitar lo inevitable de algún modo.

A pesar de que había estado recorriendo mundo desde que tenía dieciséis años, no estaba más cerca de descubrir la verdad sobre su herencia de lo que lo había estado su madre.

Aun así, cada nuevo día hacía crecer su esperanza. La esperanza de que alguien le dijera que su vida no tenía por qué acabar en su vigésimo séptimo cumpleaños. La esperanza de encontrar un lugar donde quedarse algo más que unos cuantos meses... o unos cuantos días.

—¡Madre del amor hermoso! —exclamó Brenda con los ojos desorbitados y clavados en la entrada—. ¡Creo que acabo de dar con nuestras galletas! Y, amigas mías, son justamente tres.

Cassandra soltó una carcajada ante semejante muestra de asombro y se giró para ver a los tres macizos que entraban en el club. Todos ellos sobrepasaban el metro noventa, tenían la piel clara, el pelo rubio y estaban para morirse...

Sin embargo, lo que murió fue su risa en cuanto sintió un espantoso escalofrío de los pies a la cabeza. Era una sensación con la que estaba muy familiarizada.

Y que le provocaba un pánico atroz.

Vestidos con jerséis, vaqueros y polares de marca, los recién llegados estudiaron a la concurrencia como los letales depredadores que eran. Cassandra se echó a temblar. Las personas que tenía a su alrededor no sabían el peligro que corrían.

Ninguno de ellos lo sabía.

¡Dios mío...!, pensó.

—Oye, Cass —dijo Brenda—, ¿por qué no me los presentas?

Cassandra negó con la cabeza al tiempo que miraba a Kat para ponerla sobre aviso. Intentó distraer a Brenda de los hombres y de sus miradas hambrientas.

—Son chungos, Bren. Muy chungos.

La única ventaja de ser medio apolita era su habilidad para reconocer a otros miembros de la especie de su madre. Y por el nudo que se le hizo en el estómago, supo que los tipos que se abrían paso entre la multitud mientras estudiaban a las mujeres con sus sonrisas seductoras habían dejado de ser meros apolitas.

Eran daimons, una variante cruel de los apolitas que había decidido prolongar sus cortas vidas matando humanos para apoderarse de sus almas.

Exudaban el poderoso carisma y la sed de almas típicos de los daimons.

Iban de caza.

Cassandra reprimió la oleada de pánico. Tenía que encontrar el modo de salir de allí antes de que se acercaran demasiado y descubrieran quién era en realidad.

Echó mano de la pequeña pistola que llevaba en el bolso al tiempo que buscaba una salida.

—Por detrás —dijo Kat, tirando de ella hacia el fondo del club.

—¿Qué pasa? —preguntó Brenda.

De repente, el daimon más alto se detuvo en seco.

Se giró para mirarlas.

Entrecerró los ojos para observarla con ávido y cruel interés, y ella notó de inmediato que intentaba penetrar en su mente. Bloqueó la intrusión, pero ya era demasiado tarde.

El daimon agarró a sus amigos del brazo y las señaló con la cabeza.

Estamos de mierda hasta el cuello, pensó.

Nunca mejor dicho...

No podía dispararles sin más en medio de un club atestado, y Kat tampoco. Habían dejado las granadas de mano en el coche y no había cogido las dagas de debajo del asiento.

—Este sería el momento perfecto para decirme que tienes tus sais encima, Kat.

—Pues no. ¿Tú tienes tus kamas?

—Claro —respondió con una nota sarcástica mientras pensaba en las armas, que parecían cimitarras de bolsillo—. Me las metí en el sujetador antes de salir de casa.

Sintió que Kat le ponía algo frío en una mano. Al bajar la vista, vio un abanico uchiwa cerrado. Era de acero y uno de sus extremos estaba tan afilado como un cuchillo Ginsu. Cerrado y con apenas treinta centímetros de longitud, tenía toda la pinta de un abanico japonés normal y corriente, pero tanto en las manos de Kat como en las suyas, era letal.

Lo apretó con fuerza mientras Kat la arrastraba hacia la salida de incendios situada junto al escenario. Una vez que estuvieron cerca, volvió a mezclarse entre la multitud, alejándose de los daimons y también de Brenda, ya que así no correría peligro cuando las atacaran.

Cuando comprendió que no había forma de esconderse, abominó de esa altura que las hacía destacar en cualquier lado. No había forma de evitar que los daimons las vieran incluso en mitad de la multitud, ya que sobresalían por encima de las cabezas de todos los demás.

Kat se detuvo en seco cuando otro hombre, también alto y rubio, les cortó la retirada.

Dos segundos después, se desató el caos en ese extremo del club, y en ese momento se dieron cuenta de que había más de tres daimons en el club.

Había al menos una docena.

Kat la empujó hacia la salida antes de darle una patada al daimon; este cayó contra un grupo de personas, que comenzó a gritar por la interrupción.

Cassandra abrió el abanico cuando otro daimon se abalanzó sobre ella con un cuchillo de caza. Aprisionó la hoja del cuchillo entre las varillas del abanico y, con un giro de muñeca, se lo arrancó de las manos. Acto seguido, se lo clavó en el pecho.

Se desintegró al instante.

—Pagarás por eso, zorra —mascculló otro de los daimons al lanzarse sobre ella.

Varios hombres se aprestaron a ayudarla, pero los daimons dieron cuenta de ellos en un abrir y cerrar de ojos mientras el resto de la clientela corría hacia las salidas.

Cuatro daimons rodearon a Kat.

Cassandra intentó acercarse para ayudarla a librarse de ellos, pero le fue imposible. Uno de los daimons le asestó a su guardaespaldas un golpe brutal que la lanzó contra una pared cercana.

Kat se estrelló contra el muro con un golpe sordo y cayó al suelo desmadejada. Cassandra quería ayudarla, pero el mejor modo de hacerlo era sacar a los daimons del club para alejarlos de ella.

Dio media vuelta para huir, pero se topó con dos daimons más justo delante.

El encontronazo la aturdió el tiempo suficiente para que uno de ellos le quitara el abanico y el cuchillo de las manos.

Después, la agarró por la cintura para que no cayera al suelo.

Alto, rubio y guapo, el daimon estaba rodeado de una extraña aura sensual que atraía sin remedio a todas las mujeres. Era esa esencia la que les permitía dar caza a los humanos con tanta facilidad.

—¿Vas a alguna parte, princesa? —le preguntó al tiempo que la agarraba de las muñecas para impedir que recuperara sus armas.

Cassandra intentó hablar, pero cayó en el hechizo de esos insondables ojos oscuros. Percibió cómo los poderes del daimon se introducían en su mente y eliminaban su deseo de escapar.

Los demás los rodearon.

Su captor no la soltó y tampoco la liberó de su hipnótica mirada.

—Vaya, vaya —dijo el más alto mientras le pasaba un gélido dedo por la mejilla—. Cuando salimos a cenar esta noche, no se me pasó por la cabeza que acabaríamos por encontrar a nuestra heredera desaparecida.

Cassandra se alejó de su dedo con un gesto brusco.

—Matarme no os liberará —les dijo—. Eso no es más que una leyenda.

El daimon que la sujetaba la hizo girar hasta que quedó frente a su líder, quien se echó a reír.

—¿Y no lo somos todos? Pregúntale a cualquier humano de este club si existen los vampiros, a ver qué te contesta. —Se pasó la lengua por los largos colmillos mientras la contemplaba con un brillo perverso en los ojos—. Tienes dos opciones: o sales con nosotros y mueres tú sola o nos damos un festín con tus amiguitas.

Su mirada depredadora se desvió hacia Michelle, que estaba en el otro extremo del club, tan absorta en Tom que ni siquiera se había dado cuenta de la pelea que se había producido en esa parte del enorme y atestado local.

—La morena es fuerte. Su alma nos mantendrá vivos unos seis meses. En cuanto a la rubia... —Su mirada voló hacia Kat, que estaba rodeada de humanos que no parecían saber cómo había resultado herida. No cabía duda de que los daimons estaban usando sus poderes para nublarles la mente, de manera que no interfirieran—. Bueno... un aperitivo no le hace mal a nadie —continuó con voz siniestra.

La cogió del brazo al mismo tiempo que el otro daimon la soltaba.

Renuente a acudir a su cita con la muerte, Cassandra recurrió a su estricto e intensivo entrenamiento. Retrocedió hasta quedar de nuevo entre los brazos del daimon que tenía a su espalda y le pisó el empeine con todas sus fuerzas.

El daimon soltó un taco.

Acto seguido, le hundió el puño en el estómago al daimon que tenía delante y se abalanzó hacia los dos que le habían bloqueado el camino a la puerta, logrando pasar entre ellos.

Con su velocidad sobrehumana, el más alto de los daimon la atrapó antes de que alcanzara la salida. Sus labios esbozaron una sonrisa cruel cuando la detuvo con un doloroso tirón.

Cassandra se defendió con una patada, pero él la desvió sin que le hiciera daño.

—Ni se te ocurra.

Su voz ronca tenía una cualidad hipnótica y prometía una muerte dolorosa si lo desobedecía.

Varias personas se giraron para observarlos, pero bastó una mirada asesina por parte del daimon para que desaparecieran.

Nadie la ayudaría.

Nadie se atrevería.

Aunque aquello todavía no había acabado... Jamás se rendiría.

Antes de que pudiera lanzar otro ataque, la puerta principal del club se abrió de par en par bajo la fuerza de una bocanada de aire ártico.

Como si percibiera la llegada de algo aún más malvado que él mismo, el daimon giró la cabeza en esa dirección.

Y el miedo le hizo abrir los ojos de par en par.

Cassandra también se giró para ver qué lo había petrificado y se dio cuenta de que ella tampoco podía apartar la vista.

El viento y la nieve se arremolinaban en la entrada alrededor de un hombre que medía por lo menos dos metros.

A diferencia de cualquiera que saliera a la calle con esa temperatura, el recién llegado solo llevaba un largo abrigo de cuero que se agitaba con el viento. También llevaba un jersey negro, botas de motero y unos ajustados pantalones de cuero negro que se ceñían a un cuerpo delgado y musculoso que llamaba al instante la atención por su promesa de sexo salvaje.

Caminaba con la seguridad de un hombre que se sabía invencible y letal. De un hombre que desafiaba al mundo.

Como un depredador.

Y a Cassandra le heló la sangre en las venas.

De haber sido rubio, habría creído que se trataba de otro daimon. Pero ese hombre era algo totalmente distinto.

Tenía una melena de color negro azabache que le llegaba a los hombros y que llevaba peinada hacia atrás, dejando al descubierto un rostro de rasgos tan perfectos que le dio un vuelco el corazón. Sus ojos negros eran gélidos. Crueles. Su rostro tenía una expresión impasible.

Ni hermoso ni de rasgos delicados. ¡Ese hombre era un donut glaseado tan perfecto que lo metería en su cama sin dudar!

Como si lo guiara una baliza y ajeno por completo a la multitud que atestaba el club, el recién llegado recorrió a los daimons con esa mirada gélida y letal hasta clavarla en el que la agarraba.

Una sonrisa malévola asomó lentamente a su rostro hasta que sus afilados colmillos quedaron a la vista.

Acto seguido, se precipitó hacia ellos.

El daimon soltó un taco y la colocó frente a él a modo de escudo.

Cassandra forcejeó para liberarse hasta que el daimon sacó una pistola del bolsillo y se la pegó a la sien.

El club se llenó de gritos aterrados mientras la gente corría para ponerse a cubierto.

Los demás daimons rodearon a su líder en lo que parecía ser una formación de combate.

El recién llegado dejó escapar una carcajada grave y siniestra al tiempo que los evaluaba. El brillo de sus ojos negros le dijo a Cassandra cuánto deseaba entrar en acción.

A decir verdad, los estaba retando con la mirada.

—Es de mala educación esconderse detrás de un rehén —dijo con una voz profunda y un ligero acento, una voz que retumbó como un trueno—. Sobre todo cuando sabes que te voy a matar de todas maneras.

En ese instante Cassandra supo quién y qué era el recién llegado.

Era un Cazador Oscuro, un guerrero inmortal que se dedicaba a dar caza a los daimons que se alimentaban de almas humanas. Eran los defensores de la Humanidad y la encarnación del demonio para los apolitas.

Había escuchado historias sobre ellos desde siempre, pero al igual que le pasaba con el hombre del saco, siempre los había tenido por una leyenda urbana.

Sin embargo, el hombre que tenía delante no era producto de su imaginación. Era real y tenía toda la pinta de ser tan letal como aseguraban las historias que había escuchado.

—Quítate de mi camino, Cazador —dijo el daimon que la sujetaba—, o la mato.

Semejante amenaza pareció hacerle gracia y meneó la cabeza como lo haría un padre regañando a un niño pequeño.

—Deberíais haberos quedado en vuestra madriguera hasta mañana. Esta noche hay un episodio nuevo de Buffy. —El Cazador suspiró irritado—. ¿Os hacéis una ligera idea de lo mucho que me cabrea haber tenido que salir con este frío para mataros cuando podría estar en casa calentito viendo cómo Sarah Michelle Gellar patea culos con una camisetita de esas que se atan al cuello?

El daimon tensó el brazo y la apretó con más fuerza.

—¡A por él!

Los otros daimons atacaron a la vez. El Cazador Oscuro agarró al primero por el cuello. Con un ágil movimiento, lo levantó en el aire y lo estampó contra la pared, donde lo inmovilizó.

El daimon gimió.

—Pero ¡qué nenaza eres! —dijo el Cazador—. ¡Madre mía, tío! Si vas a ir por ahí matando humanos, al menos podrías aprender a morir con un poquito de dignidad.

Un segundo daimon se abalanzó sobre su espalda. Justo cuando el Cazador Oscuro giraba la parte inferior del cuerpo, Cassandra vio que una hoja retráctil salía de la puntera de su bota. Se la clavó al daimon en el pecho.

Y lo pulverizó al instante.

El daimon que el Cazador tenía agarrado por el cuello le enseñó los colmillos e intentó morderle y darle unas cuantas patadas; sin embargo, acabó volando por los aires hacia el tercero de sus compañeros.

Los dos cayeron desmadejados al suelo.

El Cazador meneó la cabeza al ver cómo se pisaban el uno al otro en su afán por ponerse de pie.

Más daimons lo atacaron, y él se los quitó de en medio con una facilidad tan sorprendente que resultó tan aterradora como morbosa.

—¡Venga ya! ¿Dónde habéis aprendido a pelear? —preguntó cuando pulverizó a dos más—. ¿En un colegio para señoritas? —se burló con saña—. Mi hermana pequeña pegaba más fuerte que vosotros cuando tenía tres años. Joder, si vais a convertiros en daimons al menos podríais tomar unas cuantas lecciones de lucha para darle un poco de vidilla a mi aburridísimo trabajo. —Suspiró con resignación y levantó la vista al techo—. ¿Dónde están los spati cuando se les necesita?

Aprovechando la distracción del Cazador Oscuro, el daimon que la retenía lo apuntó con la pistola y le disparó cuatro veces.

El Cazador se giró muy despacio hacia ellos.

Con el rostro desfigurado por la furia, fulminó con la mirada al daimon que le había disparado.

—¿Es que no tienes honor? ¿No sabes lo que es la decencia? ¿No tienes dos dedos de frente? ¡Que no puedes matarme con balas! Así solo consigues cabrearme. —Bajó la vista hacia las heridas que tenía en el costado antes de abrirse el abrigo y ver los agujeros por los que pasaba la luz. Soltó una maldición—. Acabas de destrozar mi abrigo preferido. Y solo por eso vas a morir —gruñó.

Antes de que ella pudiera moverse, el Cazador Oscuro extendió un brazo hacia ellos. De repente apareció una cuerda negra que se enredó alrededor de la muñeca del daimon.

En un abrir y cerrar de ojos, el tipo acortó la distancia que los separaba, tiró de la muñeca del daimon y le retorció el brazo.

Cassandra se alejó tambaleándose del daimon y se pegó a la máquina de discos rota para quitarse de en medio.

Sin soltar el brazo del daimon, el Cazador lo cogió del cuello con la otra mano y lo levantó en el aire. Acto seguido, lo estampó contra una mesa con un elegante movimiento. Los vasos se rompieron bajo la espalda del daimon. La pistola golpeó el parquet con un ruido sordo.

—¿No te dijo tu mami que la única manera de matarnos es cortarnos a cachitos? —preguntó el Cazador—. Tendrías que haberte traído una sierra mecánica en vez de una pistola. —Clavó la mirada en el daimon, que luchaba con todas sus fuerzas para soltarse—. Ahora vamos a liberar todas esas almas humanas que has robado.

Se sacó de la bota una navaja mariposa, la abrió y la hundió en el pecho del daimon, que se desintegró al instante sin dejar ni rastro.

Los dos que quedaban corrieron hacia la puerta.

Aunque no habían llegado demasiado lejos cuando el Cazador se sacó un par de dagas del abrigo y las lanzó con una precisión letal a las espaldas de esos dos asesinos. Los daimons se convirtieron en una nube de polvo y las dagas golpearon el suelo con un ruido siniestro.

Con una tranquilidad pasmosa dadas las circunstancias, el Cazador Oscuro se dirigió a la salida. Se detuvo lo justo para recoger las dagas del suelo.

Y se marchó con tanta rapidez y tan en silencio como había llegado.

Cassandra estaba intentando recobrar el aliento mientras los clientes del club salían de sus escondrijos y se desataba el caos. Por suerte, Kat se puso en pie y se acercó a ella con paso inestable.

Brenda y Michelle corrieron hacia ella.

—¿Estás bien?

—¿Has visto lo que ha hecho ese tipo?

—¡Creí que estabas muerta!

—¡Gracias a Dios que sigues viva!

—¿Qué querían de ti?

—¿Quiénes eran esos tipos?

—¿Qué les ha pasado?

Apenas escuchaba las voces que le retumbaban en los oídos y se solapaban unas con otras hasta que le resultó imposible identificarlas. Su mente seguía concentrada en el Cazador Oscuro que había acudido en su ayuda. ¿Por qué se había molestado en salvarla?

Tenía que averiguar más cosas de él...

Antes de que pudiera cambiar de idea, echó a correr tras él; tras un hombre que no debería ser real.

En el exterior se escuchaban sirenas que parecían estar acercándose. Alguien debía de haber llamado a la policía.

El Cazador Oscuro ya había recorrido media manzana antes de que lo alcanzara y lo obligara a detenerse.

Sin mostrar emoción alguna, bajó la vista para mirarla. Sus ojos eran tan negros que no se distinguían las pupilas. El viento le agitaba el pelo y los mechones azotaban ese rostro cincelado. Los alientos de ambos se condensaban y se mezclaban en el aire.

Hacía un frío que pelaba, pero la presencia del Cazador era tan reconfortante que ni siquiera se percató.

—¿Qué vas a decirle a la policía? —le preguntó—. Empezarán a buscarte.

Sus labios se curvaron levemente con una sonrisa amarga.

—Dentro de cinco minutos, ningún humano presente en ese club recordará siquiera haberme visto.

Sus palabras la sorprendieron. ¿Sucedería lo mismo con todos los Cazadores Oscuros?

—¿Yo también te olvidaré?

Él asintió con la cabeza.

—Pues en ese caso quiero darte las gracias por haberme salvado la vida.

Él se quedó pasmado. Era la primera vez que alguien le daba las gracias por ser un Cazador Oscuro.

Contempló la melena rizada y rubia que caía alrededor del rostro ovalado de la chica sin orden ni concierto. Llevaba una trenza medio deshecha a la espalda. Y sus brillantes ojos verdes irradiaban vitalidad y calidez.

Aunque no poseía una belleza clásica, sus rasgos tenían un sereno encanto que resultaba de lo más atractivo y seductor.

En contra de su voluntad, levantó la mano para rozarle la mandíbula justo por debajo de la oreja. Más suave que el terciopelo, su delicada piel le entibió los dedos.

Había pasado demasiado tiempo desde la última vez que tocó a una mujer.

Demasiado tiempo desde la última vez que besó a una.

Antes de ser consciente de lo que hacía, se inclinó y capturó aquellos labios entreabiertos.

Gruñó al paladear su sabor mientras su cuerpo despertaba a la vida. Jamás había probado nada más dulce que la miel de su boca. Jamás había olido nada más embriagador que el aroma a rosas de su piel.

Sus lenguas se encontraron mientras ella se aferraba a sus hombros y lo obligaba a pegarse más. Tuvo una erección instantánea al imaginarse lo suaves que serían las demás partes de su cuerpo.

Y de pronto la deseó con una intensidad que lo dejó aturdido. Con una desesperación que no había sentido en muchísimo tiempo.

Cassandra se vio sacudida por una miríada de sensaciones ante el inesperado roce de esos labios. Jamás había experimentado algo parecido a la fuerza y el deseo que ese beso transmitía.

Tenía un leve aroma a sándalo y su boca sabía a cerveza y a hombre salvaje e indómito.

Era un bárbaro.

Era la única palabra capaz de describirlo.

Él la estrechaba entre sus brazos mientras devoraba su boca con maestría.

No solo era letal para los daimons. También lo era para los sentidos de una mujer. Se le aceleró el pulso y su cuerpo estalló en llamas ante el deseo de sentir esa fuerza en su interior.

Lo besó con desesperación.

El Cazador le sujetó la cara con las manos mientras le mordisqueaba los labios con los dientes. Con los colmillos. De repente, él intensificó el beso al mismo tiempo que sus manos le recorrían la espalda y la pegaban aún más a esas caderas delgadas para que sintiera lo dura que se le había puesto.

Y vaya que lo sintió... Sus hormonas femeninas se pusieron al rojo.

Lo deseaba con una ferocidad que la aterraba. Jamás había sentido un deseo tan arrebatador y ardiente, mucho menos por un extraño.

Debería apartarlo de un empujón.

En cambio, apretó sus hombros anchos y musculosos con los brazos, se aferró a él con todas sus fuerzas. Le costaba la misma vida contenerse para no bajar las manos, desabrocharle los pantalones y guiarlo sin más preámbulos hasta la parte de su cuerpo que palpitaba de deseo insatisfecho.

A una parte de ella le importaba un comino que estuvieran en mitad de la calle. Quería hacerlo allí. De inmediato. Sin importar quién o qué los viera. Eso era algo muy extraño en ella y que la asustaba.

El cazador luchó contra el apremio que le exigía aprisionarla contra la pared que tenía a su espalda y obligarla a rodearle la cintura con esas increíbles e interminables piernas. Se moría por levantarle esa minúscula minifalda hasta la cintura y enterrarse en su cuerpo hasta que gritara su nombre al llegar al orgasmo.

Por todos los dioses, cómo deseaba poseerla.

Ojalá pudiera...

Se alejó de su abrazo a regañadientes. Le recorrió los labios hinchados con el pulgar y se preguntó qué se sentiría al hacerle el amor mientras ella se movía bajo su cuerpo.

Lo peor era saber que podía poseerla. Podría saborear su deseo, pero en cuanto hubiera terminado con ella, no lo recordaría.

No recordaría sus caricias. Ni sus besos.

Ni su nombre...

Su cuerpo solo lo calmaría unos minutos.

No conseguiría mitigar la soledad que le inundaba el corazón. Un corazón que anhelaba que alguien lo recordase.

—Adiós, preciosa —susurró mientras le acariciaba la mejilla antes de dar media vuelta.

Recordaría ese beso toda la eternidad.

Y ella no lo recordaría en absoluto...

Cassandra era incapaz de moverse mientras el Cazador Oscuro se alejaba de ella.

Cuando se desvaneció en la oscuridad, ya había olvidado que existía siquiera.

—¿Cómo he llegado hasta aquí? —se preguntó al tiempo que se rodeaba el cuerpo con los brazos para luchar contra el frío.

Los dientes le castañeteaban mientras corría de vuelta al club.

2

Wulf seguía pensando en la desconocida mientras aparcaba el Ford Expedition verde oscuro en su garaje de cinco plazas. Frunció el ceño al ver el Hummer rojo aparcado en el otro extremo y apagó el motor.

¿Qué coño estaba haciendo Chris en casa? Se suponía que iba a pasar la noche con su novia.

Entró para averiguarlo.

Lo encontró en el salón, montando... una cosa enorme. Tenía unos brazos metálicos y otros accesorios que le recordaban a un robot de diseño cutre. El cabello rizado y negro del muchacho estaba alborotado, como si se lo hubiera estado mesando. La habitación estaba plagada de objetos y papeles, junto con un buen número de herramientas.

Era gracioso verlo bregar con la larga barra metálica que intentaba colocar en una especie de base. En un momento dado, uno de los brazos se soltó y lo golpeó en la cabeza. Chris soltó la barra con un taco.

Wulf se echó a reír.

—¿Otra vez has estado viendo la Teletienda?

Su escudero comenzó a frotarse la parte posterior de la cabeza al tiempo que le asestaba una patada a la base.

—No empieces, Wulf.

—Chaval —lo reconvino con seriedad—, será mejor que cuides ese tono.

—Sí, ya, me has acojonado... —replicó el muchacho con una nota de irritación en la voz—. Tu aterradora presencia ha hecho que me mee en los pantalones. ¿Lo ves? Mira cómo tiemblo. ¡Socorro!

Meneó la cabeza ante las ocurrencias del muchacho. Chris no se cortaba ni un pelo a la hora de burlarse de él.

—Sabía que debería haberte llevado al bosque cuando naciste y haberte dejado morir.

Chris resopló.

—¡Oooh! Otra perla de retorcido humor vikingo... Lo que me extraña es que mi padre no tuviera que llevarme ante ti nada más nacer para que me examinaras. Menos mal que no soportas el *barnaútburðr*, ¿verdad?

Wulf le lanzó una mirada asesina; y no porque pensara que fuera a surtir algún efecto, sino más bien por costumbre.

—El simple hecho de que seas el último de mis descendientes no significa que tenga que soportarte.

—Sí, yo también te quiero, grandullón —replicó su escudero mientras volvía a ocuparse del objeto que estaba montando.

Wulf se quitó el abrigo y lo dejó sobre el respaldo del sofá.

—Te juro que voy a cancelar la suscripción a la televisión por cable como esto siga así. La semana pasada fue el banco de pesas y el de remos. Ayer esa cosa para la cara y hoy, esto. ¿Has visto toda la porquería que hay en el desván? ¡Parece un mercadillo de objetos usados!

—Esto es distinto.

Wulf puso los ojos en blanco. Ya había oído eso antes.

—¿Qué coño es, por cierto?

Su escudero le contestó mientras volvía a colocar el brazo en su sitio.

—Es una lámpara de rayos UVA. Creí que estarías un poco harto de verte tan blanco.

Wulf lo miró con expresión socarrona. Gracias a los genes galos de su madre, su piel no era demasiado pálida, sobre todo si se tenía en cuenta que llevaba más de mil años sin ver el sol.

—Christopher, da la casualidad de que soy vikingo y de que

estamos en Minnesota, en pleno invierno. La falta de bronceado es algo normal en los países nórdicos. ¿Por qué te crees que nos dispersamos por media Europa?

—¿Porque os pillaba cerca?

—No, porque queríamos descongelarnos.

Chris le hizo un gesto grosero con la mano.

—Espera y verás. Cuando termine de montarla, me lo agradecerás.

Wulf se acercó a él, sorteando las piezas.

—¿Y qué haces aquí, tonteando con esto? Creí que tenías una cita esta noche.

—Sí, pero Pam cortó conmigo veinte minutos después de que llegara a su casa.

—¿Por qué?

El muchacho se detuvo para mirarlo con expresión resentida.

—Cree que soy un traficante.

La inesperada respuesta lo dejó pasmado. Su escudero apenas superaba el metro ochenta de estatura. Era delgado y tenía un rostro franco. Lo más «ilícito» que había hecho era pasar junto a un Papá Noel del Ejército de Salvación sin echar una moneda en la olla... y fue una sola vez.

—¿Por qué piensa eso? —le preguntó.

—Bueno, vamos a ver... Tengo veintiún años y conduzco un Hummer blindado hecho por encargo, con cristales y neumáticos a prueba de balas que cuesta cosa de un cuarto de millón. Vivo en una propiedad remota e inmensa a las afueras de Minnetonka sin más compañía reconocida que los dos guardaespaldas que llevo pegados como lapas cada vez que salgo. Tengo un horario extraño. Sueles mandarme tres o cuatro mensajes durante mis citas para decirme que me ponga manos a la obra y te dé un heredero. Y encima, se ha encontrado en el maletero algunos de esos maravillosos juguetitos tuyos que acababa de recoger de la armería.

—No serían de los afilados, ¿no? —lo interrumpió. Tenía prohibido manejar armas afiladas. El muy imbécil era capaz de cortarse una parte vital del cuerpo o algo...

Chris suspiró e hizo caso omiso de la pregunta para proseguir con su monólogo.

—Le he dicho que mi dinero procede de una herencia familiar y que me gusta coleccionar espadas y dagas, pero no se lo ha tragado. —Lo taladró con otra mirada glacial—. Este trabajo es un asco en según qué ocasiones.

Wulf refrenó su mal humor. Su escudero siempre estaba enfadado con él, pero puesto que lo había visto crecer desde el día en que nació y era su último descendiente con vida, se mostraba extremadamente tolerante con el muchacho.

—Pues vende el Hummer, cómprate un Dodge y múdate a una caravana.

—Sí, claro… ¿Te acuerdas de cuando cambié el Hummer por el Alfa Romeo el año pasado? Me lo quemaste, me compraste otro Hummer y me amenazaste con encerrarme en mi habitación con una prostituta si se me ocurría volver a hacerlo. En cuanto a las ventajas… ¿Te has molestado alguna vez en echarle un vistazo a este sitio? Tenemos una piscina climatizada, un cine con sistema Dolby Surround, dos cocineros, tres doncellas y un encargado para la piscina a los que puedo mangonear, por no mencionar el sinfín de artilugios electrónicos de los que disponemos. No tengo ni pizca de ganas de abandonar Disneylandia, gracias. Es lo único bueno del acuerdo. ¡Joder! Ya que mi vida es un asco, no pienso pasarla en una caravana. De todos modos y conociéndote, me obligarías a aparcar en un lugar aislado y me rodearías de un ejército por si acaso se me rompiera una uña.

—En ese caso, estás despedido.

—Bésame el culo.

—No eres mi tipo.

Chris le tiró una llave inglesa a la cabeza.

Él la cogió al vuelo y volvió a arrojarla al suelo.

—No voy a conseguir que te cases, ¿verdad?

—Joder, Wulf. ¡Hace poco que cumplí los veintiuno! Tengo mucho tiempo para tener niños que sean capaces de recordarte, ¿vale? ¡Madre mía! Eres peor que mi padre. ¡Trabajo, trabajo, trabajo!

—No sé si sabes que tu padre solo tenía...

—Dieciocho cuando se casó con mi madre. Sí, Wulf, lo sé. Me lo dices tres o cuatro veces cada hora.

Hizo oídos sordos a las protestas de su escudero y, entretanto, siguió pensando en voz alta.

—Tengo la impresión de que debes ser el único tío que se ha saltado la revolución hormonal de la adolescencia. A ti te pasa algo raro, chaval.

—No pienso hacerme otro reconocimiento médico —masculló Chris—. El hecho de que no esté todo el día con un calentón no significa que me pase algo. Prefiero conocer a una mujer antes de desnudarme delante de ella.

Wulf meneó la cabeza.

—Está claro que a ti te pasa algo rarísimo...

Chris lo insultó en su antigua lengua.

Él hizo caso omiso.

—Tal vez deberíamos pensar en buscar una madre de alquiler. O contratar los servicios de un banco de esperma para guardar tu...

Chris le respondió con un gruñido y cambió de tema.

—¿Qué ha pasado esta noche? Pareces más cabreado que cuando te fuiste. ¿Alguna de las panteras te ha dicho algo desagradable en el club?

Wulf farfulló algo ininteligible mientras pensaba en la manada de panteras que regentaban el club al que había ido esa noche. Los katagarios lo habían llamado a primera hora para decirle que uno de sus vigías había descubierto a un grupo de daimons desconocidos en la ciudad, al acecho. El mismo grupo que les había ocasionado problemas unos meses antes.

El Infierno era uno de los muchos santuarios esparcidos por el mundo donde los Cazadores Oscuros, los Cazadores Katagarios, los Cazadores Arcadios y los apolitas podían reunirse sin temor a que les atacaran mientras estuvieran en el interior. ¡Coño, si hasta se les permitía la entrada a los daimons siempre que no se alimentaran y que fueran discretos!

A pesar de que los katagarios se bastaban solitos para acabar con los daimons, solían abstenerse de hacerlo. Después de todo, eran parientes y, como tales, no les ponían las manos encima. De igual modo, no se mostraban muy tolerantes con los Cazadores Oscuros que mataban a dichos parientes. Colaboraban con ellos cuando era necesario o cuando les beneficiaba, pero de otro modo mantenían las distancias.

Dante le había mandado un mensaje de alerta tan pronto como supo que los daimons se dirigían a su club.

Sin embargo, tal y como Chris había insinuado, las panteras no se mostraban muy simpáticas con un Cazador Oscuro que se entretuviera demasiado en su territorio.

Se sacó las armas que llevaba escondidas en la ropa y las colocó en el armario emplazado en el otro extremo de la estancia.

—No —dijo, contestando a la pregunta de su escudero—. Las panteras se portaron bien. Pero pensé que los daimons darían más guerra.

—Lo siento —replicó Chris amablemente.

—Sí, yo también.

El muchacho guardó silencio un instante y Wulf comprendió que había dejado de lado las pullas y estaba intentando animarlo.

—¿Te apetece entrenarte?

—¿Para qué molestarse? —preguntó a su vez mientras cerraba con llave el armario—. Hace casi diez años que no tengo una pelea decente. —Asqueado por la idea, se frotó los ojos, demasiado sensibles para la brillante luz que Chris tenía encendida—. Creo que iré a meterme con Talon un rato.

—¡Oye!

Se detuvo y lo miró por encima del hombro.

—Antes de que te vayas, di «barbacoa».

Wulf soltó un gemido al escuchar el desesperado intento. Era una broma que Chris solía utilizar desde que era pequeño para hacerlo reír. Como aún conservaba un ligero acento noruego, había ciertas palabras que pronunciaba de modo extraño, como «barbacoa».

—No tiene gracia, mocoso. Y no soy sueco.

—Sí, sí, lo que tú digas. Venga, imita al chef...

—No debería haberte dejado ver a los Teleñecos —dijo con voz gruñona.

En realidad, no debería haber imitado al chef sueco cuando Chris era pequeño. Solo le había dado al muchacho otra arma con la que irritarlo. De todos modos, eran familia y, a fin de cuentas, solo estaba intentando animarlo. Aunque no funcionara.

Chris hizo un ruido grosero.

—Vale, pero eres un viejo vikingo decrépito y gruñón. Por cierto, mi madre quiere conocerte... otra vez.

Las noticias hicieron que volviera a gruñir.

—¿No puedes posponerlo un par de días?

—Puedo intentarlo, pero ya sabes cómo es.

Sí, lo sabía. Conocía a la madre de Chris desde hacía más de treinta años.

Por desgracia, ella no. Al igual que les sucedía a todos aquellos que no llevaban su sangre, lo olvidaba a los cinco minutos de haber dejado su presencia.

—Vale —concedió—. Tráela mañana por la noche.

Se marchó en dirección a las escaleras que llevaban a su habitación, situada bajo la casa. Como la mayoría de los Cazadores Oscuros, prefería dormir en un lugar donde no hubiera riesgo de acabar expuesto al sol por accidente. Ese era uno de los pocos métodos para destruir sus cuerpos inmortales.

Abrió la puerta, pero no se molestó en encender las luces porque Chris ya había encendido la vela de su escritorio. Los ojos de un Cazador Oscuro estaban diseñados para ver aunque apenas hubiera luz. De hecho, veía mejor en la oscuridad de lo que los humanos veían a plena luz del día.

Se quitó el jersey y examinó con cuidado las cuatro heridas de bala que tenía en el costado. Lo habían atravesado limpiamente y la piel ya había comenzado a sanar. Le dolían, pero no moriría. En un par de días no quedarían más que cuatro pequeñas cicatrices.

Utilizó la camiseta negra para limpiarse la sangre y fue al cuarto de baño para desinfectarse las heridas y vendarse.

Tan pronto como estuvo limpio y vestido con unos vaqueros y una camiseta blanca de manga corta, encendió el equipo de música. Los acordes de «My oh my» de Slade inundaron la estancia mientras cogía el teléfono inalámbrico y se sentaba frente al ordenador para echar un vistazo al sitio web de los Cazadores, Dark-Hunter.com, con la intención de poner a los demás al día de sus últimos daimons pulverizados.

A Calabrax le gustaba llevar el recuento mensual de los daimons que mataban. El guerrero espartano tenía la extraña idea de que los ataques de los daimons y las pausas que se sucedían entre ellos estaban relacionados con las fases de la luna.

A título personal, pensaba que el espartano tenía demasiado tiempo libre... pero claro, siendo inmortales, eso era un mal del que todos adolecían.

Escuchó la letra de la canción, sentado en la oscuridad.

«Creo en la mujer, *my oh my*... Todos necesitamos a alguien con quien hablar, *my oh my*...»

Muy a su pesar, conjuró en su mente las imágenes de su antiguo hogar y de una mujer con el cabello tan blanco como la nieve y los ojos azules como el mar.

Arnhild.

No sabía por qué seguía pensando en ella después de tantos siglos, pero ahí estaba, haciéndolo de nuevo.

Tomó una honda bocanada de aire mientras se preguntaba qué habría sucedido de haberse quedado en la granja de su padre y de haberse casado con ella. Eso era lo que todos habían esperado de él.

Arnhild lo había esperado.

Pero él se había negado. A los diecisiete años deseaba una vida distinta a la de un simple granjero obligado a pagar los impuestos al *jarl*. Ansiaba aventuras y luchas.

Gloria.

Peligro.

Tal vez si hubiera amado a Arnhild, ese amor habría bastado para retenerlo en su hogar.

Si lo hubiera hecho...

Se habría vuelto loco de aburrimiento.

Que era lo que le pasaba esa noche. Necesitaba algo emocionante. Algo que le hiciera hervir la sangre.

Algo como esa rubia tan sexy que había dejado en la calle...

Al contrario que a Chris, desnudarse delante de una desconocida no le preocupaba lo más mínimo. O al menos no era algo que le hubiera preocupado nunca. Fue su propensión a quedarse desnudo lo que lo había convertido en Cazador Oscuro, así que tal vez Chris tuviera razón después de todo.

Marcó el número de Talon en busca de una distracción que lo alejara de ese pensamiento y utilizó el mando a distancia para cambiar la canción y poner a Led Zeppelin y su «Immigrant Song».

Talon contestó al mismo tiempo que él entraba en el foro privado de la web de los Cazadores.

—Hola... guapa —se burló mientras conectaba el manos libres para poder teclear y hablar al mismo tiempo—. Me ha llegado tu camisetita hoy. «Se regalan trabajos sucios.» No tiene ninguna gracia y yo no regalo nada. Espero que me paguen muy bien por lo que hago.

—¿Cómo que «guapa»? —repitió Talon con un resoplido—. Será mejor que tengas cuidado con lo que dices si no quieres que vaya y te patee ese culo vikingo que tienes.

—Tu amenaza tal vez resultara efectiva si no supiera lo mucho que odias el frío.

Talon rió con ganas.

—¿Qué estás haciendo esta noche? —le preguntó Wulf.

—Punto de cruz.

Wulf gruñó.

—No te creas que la broma resulta más graciosa cuanto más la sueltas.

—Sí, ya lo sé. Pero me encanta mosquearte.

—Lo haces de vicio, sí. ¿Te ha dado clases Chris? —Escuchó que Talon cubría el móvil con la mano y pedía café y *beignets*—. ¿Ya estás en la calle? —le preguntó después de que la camarera se hubiera alejado.

—Ya ves. Tenemos el Mardi Gras encima y los daimons abundan.

—Gilipolleces. He escuchado que pedías café. Te has vuelto a quedar sin él, ¿verdad?

—Cierra el pico, vikingo.

Wulf meneó la cabeza.

—Necesitas un escudero.

—Sí, claro. Ya te lo recordaré la próxima vez que eches pestes sobre Chris y esa lengua viperina que tiene.

Wulf se reclinó en la silla mientras echaba un vistazo a los mensajes de sus compañeros Cazadores. Era reconfortante saber que no era el único que se aburría como una ostra entre misión y misión. Puesto que no podían reunirse sin sufrir un debilitamiento de sus poderes, dependían de internet y del teléfono para conseguir información y estar en contacto.

La tecnología era un regalo de los dioses para ellos.

—Tío —dijo Wulf—, ¿soy yo o las noches parecen cada vez más largas?

—Algunas más que otras. —Escuchó el ruido metálico de la silla de Talon. Seguro que el celta se había movido para echarle el ojo a alguna mujer que acababa de pasar cerca—. ¿Por qué estás bajo de moral?

—Estoy inquieto.

—Echa un polvo.

Resopló ante la típica respuesta de Talon. El celta creía que el sexo era la solución a todos los problemas.

Sin embargo, cuando recordó a la mujer del club, decidió que tal vez el consejo no fuera tan descabellado.

Al menos en ese preciso momento.

De todas formas, no tenía ni pizca de ganas de pasar otra noche con una mujer que no lo recordara después.

Hacía mucho que le había perdido el gusto.

—Ese no es el problema —replicó mientras seguía ojeando mensajes—. Estoy deseando encontrar una pelea decente. Joder, ¿cuándo fue la última vez que te encontraste a un daimon que peleara? Los de esta noche se han rendido, uno incluso ha gimoteado al golpearlo.

—Oye, deberías estar contento de haberles dado una tunda antes de que te la dieran a ti.

Tal vez...

Pero él era un vikingo y los vikingos no veían las cosas como los celtas.

—¿Sabes lo que te digo, Talon? Matar a un daimon chupa-almas sin una buena lucha es como echar un polvo sin preliminares. Una pérdida de tiempo total y completamente in... satisfactoria.

—Hablas como un auténtico vikingo. Lo que necesitas, hermano mío, es una taberna en la que sirvan hidromiel, llena de mozas y vikingos desesperados por una buena lucha que les garantice un lugar en el Valhalla.

Era cierto. Echaba de menos a los daimons spati. Esos sí que eran guerreros contra los que merecía la pena luchar.

Bueno, al menos desde su punto de vista, claro estaba.

—Los que me he encontrado esta noche no tenían ni idea de pelear —replicó, haciendo una mueca de asco—. Estoy hasta los cojones de esa mentalidad de «mi revólver solucionará todos los problemas».

—¿Te han disparado otra vez? —le preguntó Talon.

—Cuatro veces. Te lo juro... ojalá me encontrara con un daimon como Desiderio. Por una vez y sin que sirva de precedente, me encantaría disfrutar de una buena pelea llena de golpes bajos.

—Ten cuidado con lo que deseas; es posible que se haga realidad.

Hubo una pausa en el otro extremo de la línea mientras Talon exhalaba un suspiro satisfecho.

Wulf meneó la cabeza. No cabía duda de que había una mujer cerca.

—Ya te digo, lo que más echo de menos son las talpinas.

Las palabras de Talon le hicieron fruncir el ceño. No había oído hablar nunca de las talpinas.

—¿Y quiénes son esas?

—Cierto, fueron anteriores a tu época. Durante la mejor parte de la Edad Media existió un clan de escuderas cuya única misión era la de satisfacer nuestras necesidades sexuales.

Era agradable saber que su mejor amigo solo tenía una línea de pensamiento. Lo que daría por conocer a una mujer que pudiera desviar al celta de su obsesión...

—Tío, eran geniales —siguió Talon—. Sabían lo que éramos y estaban encantadas de irse a la cama con nosotros. Joder, los escuderos incluso las instruían para que aprendieran la mejor forma de satisfacernos.

—¿Y qué ocurrió con ellas?

—Unos cien años antes de que tú nacieras, un Cazador Oscuro cometió el error de enamorarse de su talpina. Por desgracia para el resto de nosotros, la chica no pasó la prueba de Artemisa. La diosa se enfadó tanto que prohibió la existencia del clan y se sacó de la manga la maravillosa norma de «se supone que solo puedes pasar una noche con ellas». Y como colofón, Aquerón se inventó lo de «nunca toques a tu escudera». Te lo juro, no te puedes ni hacer una idea de lo difícil que resultaba encontrar un rollo decente de una sola noche en la Britania del siglo VII.

Wulf resopló.

—Yo nunca he tenido ese problema.

—Sí, ya lo sé. Y te envidio. Mientras que los demás tenemos que apartarnos a la fuerza de nuestras amantes para no traicionar nuestra existencia, tú puedes largarte sin miedo alguno.

—Créeme, Talon, no está tan bien como parece. Tú vives solo por decisión propia. ¿Sabes lo frustrante que resulta que nadie te recuerde cinco minutos después de haberte marchado?

Era lo único que le resultaba molesto de su existencia. Era inmortal. Rico. Podía tener cualquier cosa que se le antojara.

Salvo por el hecho de que si Christopher moría sin tener hijos, no quedaría nadie vivo que pudiera recordarlo.

Era una idea sobrecogedora.

Soltó un suspiro.

—La madre de Christopher ha venido esta semana tres veces para conocer a la persona con la que trabaja su hijo. ¿Cuánto hace que la conozco? ¿Treinta años? Y no te olvides de aquella ocasión en la que llamó a la policía hace dieciséis años, cuando me vio entrar en mi propia casa y creyó que era un ladrón.

—Lo siento, hermanito —dijo Talon con una nota sincera en la voz—. Al menos nos tienes a tu escudero y a nosotros, que podemos recordarte.

—Sí, ya lo sé. Gracias a los dioses por la tecnología moderna. Si no fuera por ella, me volvería loco. —Guardó silencio un instante.

—No es por cambiar de tema, pero ¿te has enterado de a quién ha trasladado Artemisa a Nueva Orleans para sustituir a Kirian?

—A Valerio, según tengo entendido —contestó Wulf con incredulidad—. ¿En qué estaba pensando Artemisa?

—Ni idea.

—¿Lo sabe Kirian? —le preguntó.

—Por una razón más que obvia, Aquerón y yo decidimos ocultarle que el nieto, y la viva imagen, del hombre que lo crucificó y destruyó a su familia iba a ser trasladado a la ciudad y que iba a vivir a una calle de su casa. Por desgracia, no me cabe la menor duda de que acabará por descubrirlo tarde o temprano.

Wulf meneó la cabeza. Lo suyo no era tan malo en comparación. Al menos, él no tenía los problemas de Kirian o los de Valerio.

—Tío, humano o no, Kirian lo matará si se cruza con él... Y eso no es algo que te haga mucha falta en esta época del año.

—Y que lo digas... —convino Talon.

—¿Quién se encarga del Mardi Gras este año? —quiso saber.

—Van a trasladar a Zarek.

Soltó un taco al escuchar el nombre del Cazador Oscuro apostado en Fairbanks, Alaska. Había cientos de rumores sobre el antiguo esclavo que había asolado la aldea y matado a los humanos que estaban a su cargo.

—Creía que Aquerón jamás le permitiría salir de Alaska.

—Sí, ya; pero ha sido la propia Artemisa la que ha dado la orden de traerlo a Nueva Orleans. Parece que vamos a tener una reunión de tarados esta semana... ¡No, calla! Si es que estamos en Mardi Gras...

Wulf soltó una carcajada. Escuchó que Talon volvía a suspirar.

—¿Ha llegado el café? —le preguntó.

—Mmm.... Sí.

Wulf sonrió y deseó poder encontrar placentero algo tan sencillo como una taza de café. Sin embargo, no bien lo hubo pensado, escuchó que Talon mascullaba:

—Joder, tío...

—¿Qué?

—Una puta alerta Fabio —contestó el celta con evidente desdén.

Wulf enarcó una ceja al pensar en el pelo rubio de Talon.

—Oye, que tú también te pareces mucho, rubiales.

—Bésame el culo, vikingo. ¿Sabes una cosa? Si fuera una persona negativa, ahora mismo estaría bastante cabreado.

—A mí me da la sensación de que lo estás.

—No, no estoy cabreado. Estoy un poco molesto. Además, deberías ver a estos chicos.

Talon dejó a un lado su acento mientras se lanzaba a una supuesta conversación entre los daimons.

—«George, guapo, me parece que huele a Cazador Oscuro» —dijo, con un tono agudo bastante forzado—. «Claro que no, Dick —se contestó a sí mismo utilizando un tono más grave—, no seas imbécil. No hay ningún Cazador Oscuro por aquí.»

De nuevo volvió al falsete:

—«Me parece que...» Espera. —Cambió a la voz grave otra vez—. Percibo un olor a turistas. Turistas de enorme... fuerza vital.

—¿Quieres parar de una vez? —preguntó Wulf.

—Díselo a los lamparones... —se quejó Talon, utilizando el término despectivo con el que los Cazadores se referían a los daimons, y que provenía de la extraña mancha negra que todos los vampiros tenían en el pecho desde el momento en que dejaban de ser simples apolitas para convertirse en asesinos de humanos—. ¡Joder! Lo único que quería era tomarme un café y comerme un *beignet.*

Wulf escuchó que su amigo chasqueaba la lengua antes de comenzar a debatir sus prioridades en voz alta.

—Café o daimons... Café o daimons...

—Creo que será mejor que ganen los daimons en esta ocasión.

—Ya, pero se trata de café de achicoria...

Wulf chasqueó la lengua.

—Talon tiene ganas de que Aquerón lo fría por no cumplir con su obligación de proteger a los humanos.

—Vale —replicó el celta con un suspiro de frustración—. Voy a acabar con ellos. Luego te llamo.

—Hasta luego.

Wulf finalizó la llamada y apagó el ordenador. Echó un vistazo al reloj. Ni siquiera eran las doce...

Joder.

Pasaban pocos minutos de las doce de la noche cuando Cassandra, Kat y Brenda llegaron al complejo de apartamentos del campus. Dejaron a Brenda en la puerta de su bloque y siguieron con el coche hasta el suyo. Tras aparcar, entraron en el edificio y se dirigieron al apartamento de dos dormitorios que compartían.

Desde que salieron del Infierno, había algo rondándole la mente, una insistente sensación de peligro que no acababa de comprender.

Rememoró todos los acontecimientos de la noche mientras se preparaba para meterse en la cama. Había ido al club en coche con sus amigas después de que Michelle saliera de clase y habían pasado el rato escuchando a los Twisted Hearts y a los Barleys. No había sucedido nada fuera de lo normal, salvo el hecho de que Michelle hubiera conocido a Tom.

Así que, ¿por qué se sentía tan... tan... rara?
Inquieta.
No tenía sentido.
Mientras se frotaba la frente, cogió el libro de Literatura Medieval Inglesa e hizo un esfuerzo supremo por seguir leyendo *Beowulf* en inglés antiguo. Al profesor Mitchell le encantaba poner en evidencia a los alumnos que no se habían preparado la clase y no estaba dispuesta a presentarse al día siguiente sin haberse leído el texto.
Por muy aburrido que fuera.

Grendel, plof, plof, plof,
Grendel, plof, plof, plof,
los barcos vikingos ya vienen
... la película... ¿alguien la tiene?

Ni siquiera sus estúpidas rimas la ayudaban a concentrarse. Sin embargo, mientras seguía leyendo las antiguas palabras del poema épico, comenzó a pensar en un guerrero alto de cabello oscuro con los ojos negros y unos labios carnosos y ardientes.
Un hombre con una agilidad y una rapidez de movimientos sorprendentes.
Cerró los ojos y lo vio plantado en la calle a pesar del frío, con un abrigo de cuero negro y una expresión que prometía...
Sexo salvaje.
Intentó fijarse en algún detalle más, pero la imagen se desvaneció de repente, dejándola con ganas de más.
—¿Qué narices me pasa?
Se obligó a abrir los ojos y a seguir leyendo.

Wulf echó el pestillo a la puerta de su dormitorio y se fue a la cama temprano... ni siquiera eran las cuatro. Chris llevaba horas durmiendo. No había nada en la tele y se había aburrido de jugar *online* con los demás Cazadores.

Ya había acabado con la «apremiante» amenaza de los daimons por esa noche. La idea le arrancó un suspiro. Durante los meses de invierno solían trasladarse al sur, ya que el frío no los ayudaba mucho. Odiaban tener que «quitarle el envoltorio» a su comida, y verse obligados a atacar humanos ataviados con capas y más capas de abrigos y jerséis les resultaba muy irritante. Las cosas mejorarían en primavera, con el deshielo, pero entretanto, las noches eran largas y las peleas, pocas y muy espaciadas.

Tal vez le sentara bien un buen día de sueño.

Al menos, merecía la pena intentarlo.

Pero en cuanto se quedó dormido, los sueños lo asaltaron. Vio el club de nuevo y sintió el roce de los labios de la desconocida sobre los suyos.

Sintió sus manos mientras lo agarraba...

¿Qué se sentiría al ver que una amante volvía a recordarlo?

Solo una vez...

Una extraña neblina lo envolvió y lo siguiente que supo fue que estaba en una cama que no era la suya.

El tamaño no le gustó mucho, ya que lo obligaba a doblar las piernas para evitar que los pies le colgaran por el borde. Frunció el ceño y echó un vistazo a la habitación. Las paredes eran blancas y estaban adornadas con láminas de varios artistas. El lugar tenía un toque impersonal.

Había un escritorio adosado bajo la ventana, una cómoda con una televisión y un equipo de música, y una lámpara de lava encendida en un rincón, cuya luz proyectaba sombras extrañas en las paredes.

En ese momento se dio cuenta de que no estaba solo en la cama.

Había alguien acostado a su lado.

Le echó un concienzudo vistazo a la chica. Yacía de costado de espaldas a él y estaba ataviada con un recatado camisón de franela rosa que la ocultaba por completo a sus ojos. Se inclinó hacia ella y vio el cabello rizado de color rubio, recogido en una trenza.

Sonrió en cuanto la reconoció. Era la chica del club. Le gustaba el sueño…

Aunque no tanto como la expresión relajada de su rostro.

Y, al contrario que a los daimons, a él le encantaba «quitar el envoltorio» a su comida…

El deseo hizo mella en su cuerpo mientras tiraba suavemente de la chica para dejarla tendida de espaldas y comenzaba a desabrocharle el camisón.

3

Cassandra abrió los ojos al sentir el roce de unas manos cálidas y fuertes que estaban desabrochándole el camisón de franela. Perpleja, reconoció al Cazador Oscuro que le había salvado la vida en el club.

Sus ojos ardían de deseo mientras la miraba.

—Eres tú —susurró aún adormilada.

Él sonrió y pareció encantado por sus palabras.

—¿Te acuerdas de mí?

—Por supuesto. ¿Cómo podría olvidarte con lo bien que besas?

La sonrisa que esbozaba se ensanchó mientras le abría el camisón y le recorría la piel desnuda con una mano. Cassandra gimió al sentir la calidez de esa mano sobre su cuerpo. En contra de su voluntad, sintió una punzada de deseo y se le endurecieron los pezones por sus ardientes caricias. El roce de sus ásperos dedos era de lo más excitante. Y le provocó un nudo en el estómago. El deseo la asaltó con fuerza y le humedeció la entrepierna, avivando el anhelo de sentir esa fuerza en su interior.

Se dio cuenta de que su guerrero vikingo estaba totalmente desnudo en su cama. Bueno, no del todo, ya que llevaba una cadena de plata de la que pendían el martillo de Thor y una pequeña cruz.

Vale, eso no era precisamente ropa. Pero la plata le quedaba de muerte contra la piel bronceada.

La mortecina luz resaltaba los contornos de su magnífico cuerpo. Tenía los hombros anchos y musculosos; y el pecho era un ejemplo de perfección masculina.

En cuanto al culo...

¡Era de leyenda!

Tenía las piernas y el pecho ligeramente cubiertos de vello oscuro. Su fuerte mentón, oscurecido por el asomo de la barba, parecía pedirle a gritos que lo lamiera a placer antes de echarle la cabeza hacia atrás y continuar con ese magnífico cuello.

Sin embargo, lo más fascinante era el intrincado tatuaje nórdico que le cubría todo el hombro derecho y que terminaba en una estrecha banda alrededor del bíceps. Era precioso.

Aunque no podía compararse con el hombre que tenía entre sus brazos.

Estaba tan bueno que se le hacía la boca agua.

—¿Qué estás haciendo? —le preguntó cuando notó que su lengua comenzaba a moverse alrededor de un pezón.

—Te estoy haciendo el amor.

De no haber estado dormida, esas palabras la habrían aterrado. Sin embargo, el miedo, acompañado de sus pensamientos, se desvaneció en cuanto una de sus manos le cubrió un pecho.

Siseó por la oleada de placer que la recorrió.

Él la acarició con delicadeza, pasando la áspera palma de su mano por el enhiesto pezón hasta que lo endureció tanto que estuvo a punto de pedirle que lo lamiera. Que lo chupara...

—Eres tan suave... —susurró él contra sus labios antes de apoderarse también de su boca.

Cassandra suspiró. La pasión la consumió con sorprendente rapidez a medida que pasaba las manos por esos hombros desnudos. Jamás había visto nada igual. Bien formados, perfectos y musculosos.

Ansiaba descubrir más.

En ese momento la mano que le acariciaba el pecho se detuvo para cogerle la trenza. Cassandra lo observó mientras él contemplaba su pelo según lo iba soltando.

—¿Por qué te has hecho una trenza? —le preguntó con ese acento tan embriagador.

—Porque si no se me enreda mucho.

Esos ojos oscuros llamearon de furia, como si creyera que la trenza era una abominación.

—No me gusta. Tu pelo es demasiado hermoso para recogerlo.

Su mirada se aclaró en cuanto le pasó los dedos por los mechones rizados. Sus rasgos se suavizaron. Le peinó el cabello con los dedos, extendiéndoselo sobre los pechos. Su aliento le rozó la piel mientras le atormentaba los pezones con el pelo y con los dedos.

—Así está mejor —dijo con ese acento tan melodioso—. Jamás he visto a una mujer tan hermosa.

Sus palabras la derritieron mientras sus ojos se daban un festín con ese hombre que la observaba.

Era increíblemente guapo. Exudaba una virilidad salvaje que despertaba todos sus instintos femeninos del modo más básico

A todas luces era un hombre peligroso. Duro. Inflexible.

—¿Cómo te llamas? —le preguntó cuando él bajó la cabeza para mordisquearle el cuello. La áspera piel de su mejilla le hizo cosquillas y le provocó un sinfín de escalofríos.

—Wulf.

Se echó a temblar al comprender de dónde procedía su fantasía nocturna.

—¿Como Beowulf?

Él esbozó una sonrisa sensual que dejó a la vista un atisbo de sus largos y afilados colmillos.

—Más bien como Grendel. Solo salgo de noche para devorarte.

Cassandra sintió otro escalofrío cuando él le dio un delicioso y perverso lametón en la parte inferior del pecho.

Ese hombre sí que sabía complacer a una mujer. Y lo mejor era que no parecía tener prisa por terminar, sino que prefería darse un festín con ella.

Si aún albergaba alguna duda, ¡eso le dejó claro que era un sueño!

Wulf recorrió su piel con la lengua, encantado de escuchar sus murmullos de placer mientras saboreaba ese dulce cuerpo. El aroma y el tacto de esa piel cálida y suave eran exquisitos.

Era deliciosa.

Llevaba siglos sin tener un sueño así. Parecía muy real, pero sabía perfectamente que no lo era.

Esa mujer solo era un producto de su ansiosa imaginación.

Aun así, lo afectaba de un modo desconocido para él hasta ese momento. Y olía tan bien... a rosas recién cortadas y polvo de talco.

Un aroma femenino. Dulce.

Un manjar a la espera de que lo probara. O, mejor aún, de que lo devorara.

Se apartó un poco de ella y volvió a concentrarse en ese cabello que le recordaba a la luz del sol. El intenso tono dorado de sus rizos lo cautivó por completo cuando se enredaron en torno a sus dedos y alrededor de su endurecido corazón.

—Tienes un pelo precioso.

—Tú también —replicó ella al tiempo que se lo apartaba de la cara para recorrerle el mentón con un dedo.

Wulf sintió el roce de su uña sobre la piel. Por todos los dioses, ¿cuánto tiempo hacía que no se acostaba con una mujer?

¿Tres o cuatro meses?

¿Tres o cuatro décadas?

Costaba trabajo seguir el paso del tiempo cuando este se eternizaba. Lo único que tenía claro era que hacía mucho que había dejado de soñar con tener a una mujer como esa bajo su cuerpo.

Como ninguna mujer era capaz de recordarlo, se negaba a llevarse a la cama a mujeres decentes.

Sabía muy bien lo que se sentía al despertarse una mañana con alguien en la cama y sin tener ni idea de lo que le habían hecho. Lo que se sentía al preguntarse hasta qué punto había sido real y hasta qué punto un sueño.

De manera que había reducido sus encuentros sexuales a los que mantenía con mujeres a quienes pagaba por sus servicios, y solo cuando su celibato se le hacía del todo insoportable.

Pero esa mujer había recordado su beso.

Esa mujer lo había recordado a él.

La mera idea le provocó una oleada de felicidad. Le gustaba ese sueño; si de él dependiera, no lo abandonaría jamás.

—Dime cómo te llamas, *villkat.*

—Cassandra.

Sintió la vibración de su nombre bajo los labios mientras le besaba la garganta. Ella tembló en respuesta a sus lametones.

Y a él le encantó. Le encantaban los sonidos que brotaban de la garganta de Cassandra en respuesta a sus caricias. Esas ardientes y ávidas manos ascendieron por su espalda hasta llegar a sus hombros, pero se detuvieron cuando la derecha se topó con el tatuaje que tenía en el hombro izquierdo.

—¿Qué es esto? —le preguntó con curiosidad.

Wulf bajó la vista para mirar el doble arco y la flecha.

—Es la marca de Artemisa, la diosa de la caza y de la luna.

—¿La tienen todos los Cazadores Oscuros?

—Sí.

—Qué raro...

A esas alturas, la barrera que suponía el camisón de franela le resultó insoportable. Quería ver más.

Le levantó el bajo del camisón.

—Deberían quemar estas cosas.

Cassandra frunció el ceño.

—¿Por qué?

—Porque te separan de mí.

Se lo sacó por la cabeza de un tirón.

Ella abrió los ojos como platos antes de que la pasión se los oscureciera.

—Así está muchísimo mejor —susurró, dándose un festín con la imagen de esos enhiestos pezones, de la estrecha cintura y, lo mejor de todo, de los rizos rubios de su entrepierna.

Le colocó la mano entre los pechos y la deslizó por el estómago antes de detenerse en la curva de una cadera.

Cassandra movió una mano para acariciar la maravillosa piel del pecho de Wulf, y se demoró sobre el duro relieve de sus músculos. Su cuerpo era una maravilla. Y sus músculos se tensaban con cada movimiento.

El poder letal que irradiaba era innegable y, sin embargo, se mostraba tan tierno como un león domado en su cama. No daba crédito a la ternura que irradiaban sus hábiles y ardientes caricias.

Había algo especial en esos rasgos atezados y taciturnos; en esos ojos que contemplaban el mundo con una vívida inteligencia.

Deseaba domar a esa bestia salvaje.

Que comiera en su mano.

Con esa idea en mente, introdujo la mano en sus pantalones y la bajó hasta tocársela.

Wulf soltó un gruñido ronco antes de besarla con pasión.

Con la agilidad de un poderoso depredador le devoró la boca con sus besos.

—Sí —murmuró cuando su mano se cerró a su alrededor. La estudió con la respiración entrecortada y con un anhelo tan intenso que ella se echó a temblar de la emoción—. Tócame, Cassandra —susurró al tiempo que le cubría la mano con la suya.

Cassandra lo observó cuando él cerró los ojos y le enseñó cómo debía acariciarlo. La sensación de tenerlo entre las manos hizo que se mordiera el labio. Era grande. Grande, larga y dura.

Con los dientes apretados, Wulf abrió los ojos y la abrasó con una mirada sensual. Y ella supo que se habían acabado los juegos.

Como si fuera una fiera desatada, la obligó a tumbarse de espaldas y le separó los muslos con las rodillas. Después, ese cuerpo grande y atlético se tumbó sobre ella y la devoró, tal como le había prometido.

Cassandra apenas podía respirar mientras Wulf recorría cada centímetro de su cuerpo con las manos y los labios, presa de un ardor salvaje. Y cuando metió la mano entre sus piernas, se echó a temblar. Sus largos dedos la acariciaron y se introdujeron en ella, atormentándola hasta que fue incapaz moverse.

—Estás tan mojada... —le dijo al oído con voz ronca cuando se separó un poco de ella.

Le separó las piernas un poco más, haciéndola temblar de nuevo.

—Mírame —le ordenó—. Quiero ver el placer en tu rostro cuando te posea.

Ella obedeció.

En cuanto sus miradas se entrelazaron, Wulf se hundió en ella.

Cassandra gimió de placer. La tenía muy dura y la sensación que le provocaba cada vez que se movía era maravillosa.

Wulf levantó la cabeza para poder contemplar su rostro mientras le hacía el amor muy despacio y se deleitaba con la cálida humedad de ese cuerpo bajo el suyo. Se mordió el labio cuando ella le pasó la mano por la espalda, arañándolo con las uñas.

Gruñó en respuesta, ansioso por experimentar su lado salvaje.

Su pasión.

Cassandra le colocó las manos en la base de la espalda, instándolo a ir más rápido. La obedeció encantado. Ella alzó las caderas y él se echó a reír.

Si quería llevar la batuta, él no tenía el menor inconveniente en dejarlo todo en sus manos. Sin salir de ella, rodó sobre la cama hasta que Cassandra quedó sentada a horcajadas sobre él.

Ella jadeó y lo miró a la cara.

—Móntame, *elskling* —murmuró.

Con una expresión indómita en los ojos, Cassandra se inclinó hacia delante, y su melena rubia se extendió sobre el pecho de él mientras movía las caderas hasta que solo tuvo dentro la punta de su miembro antes de volver a bajar y tomarlo por completo en su interior.

La sensación fue tan poderosa que Wulf se estremeció de la cabeza a los pies.

Le cubrió los pechos con las manos y los apretó con suavidad mientras ella tomaba el control de la situación.

Cassandra jamás había sentido nada igual y no terminaba de creérselo. Había pasado mucho tiempo desde la última vez que hizo el amor y jamás había estado con un hombre como ese.

Un hombre tan masculino. Tan viril y salvaje.

Un hombre del que no sabía absolutamente nada, salvo el hecho de que su mero nombre hacía temblar de miedo al pueblo de su madre.

Y aun así le había salvado la vida.

Debía de ser su sexualidad reprimida lo que lo había hecho aparecer en sus sueños. Su necesidad de establecer contacto con alguien antes de morir.

Ese era su mayor pesar. Debido a la maldición que recaía sobre el pueblo de su madre, siempre le había dado miedo acercarse a otros apolitas. Al igual que su madre antes que ella, se había visto obligada a vivir entre los humanos como si fuera uno de ellos.

Sin embargo, no lo era. No en lo más importante.

Su mayor anhelo siempre había sido que la aceptaran. Encontrar a alguien que comprendiera su pasado y no la tomara por loca cuando le contara lo de la maldición que recaía sobre su linaje.

Y lo de los monstruos que la perseguían de noche.

Y de repente tenía a un Cazador Oscuro para ella solita.

Al menos durante esa noche.

Dando gracias por ello, se recostó contra él para que el calor que emanaba de su cuerpo la reconfortara.

Wulf le cogió la cara entre las manos y contempló cómo alcanzaba el orgasmo. Eligió ese momento para volver a rodar sobre el colchón y recuperar el control. Embistió con fuerza mientras su cuerpo se cerraba en torno a él. Los jadeos de Cassandra acompasaban sus movimientos como si fuera una melodía.

Eso lo hizo reír.

Hasta que sintió que su propio cuerpo explotaba.

Cassandra lo abrazó con brazos y piernas al sentir su orgasmo. Momentos después, se desplomó sobre ella.

Su peso la reconfortaba. Era una sensación maravillosa.

—Ha sido increíble —dijo él, levantando la cabeza para sonreírle sin salir de ella—. Gracias.

Le devolvió la sonrisa.

En el preciso instante en el que levantaba una mano para tocarle la cara, oyó la alarma del despertador.

Cassandra se despertó de golpe.

Con el corazón desbocado, se giró para apagar el despertador. Y fue entonces cuando se dio cuenta de que tenía la trenza deshecha y de que su camisón estaba tirado en el suelo...

Wulf se despertó de golpe. Con el pulso acelerado, miró el reloj. Eran poco más de las seis y según los ruidos que escuchaba en el piso superior, había amanecido.

Frunció el ceño y observó las sombras. No había nada fuera de lugar.

Pero el sueño...

Había sido de lo más real.

Rodó hasta quedar de costado en la cama y agarró la almohada con fuerza.

—Putos poderes psíquicos —gruñó. Nunca lo dejaban tranquilo. Y encima tenían que empezar a torturarlo con cosas que sabía que jamás podría tener.

Mientras volvía a dormirse, creyó distinguir el delicado aroma a rosas y polvos de talco en su propia piel.

—Hola, Cass —la saludó Kat cuando se sentó a la mesa para desayunar.

No le respondió. No podía sacarse a Wulf de la cabeza. Aún sentía sus caricias sobre la piel.

De no haber sabido que era imposible, habría jurado que seguía con ella.

Aunque no conocía al amante de sus sueños. Ni por qué la atormentaba.

Era algo rarísimo.

—¿Estás bien? —le preguntó Kat.

—Se podría decir que sí. Es que no he dormido muy bien esta noche.

Kat le puso una mano en la frente.

—Se te ve un poco acalorada, pero no tienes fiebre.

Acalorada sí que estaba, pero no tenía nada que ver con la fiebre. Una parte de sí misma quería meterse de nuevo en la cama, encontrar a su misterioso hombre y continuar haciéndole el amor durante el resto del día.

Kat le pasó los cereales.

—Por cierto, ha llamado Michelle y me ha pedido que te dé las gracias por presentarle a Tom anoche. Han quedado de nuevo en el Infierno esta noche y le gustaría saber si puedes acompañarla.

El comentario acicateó su memoria y sintió un escalofrío.

De repente, recordó lo que sucedió en el club. Recordó a los daimons.

Recordó el pánico que se había adueñado de ella.

Y, sobre todo, recordó a Wulf.

No al amante tierno de sus sueños, sino al hombre peligroso y aterrador que había matado a los daimons delante de ella.

—¡Ay, Dios mío! —murmuró cuando todas las piezas encajaron en su lugar.

«Dentro de cinco minutos, ningún humano presente en ese club recordará siquiera haberme visto.»

Su mente rememoró el comentario de repente.

¡Ella sí lo recordaba!

Vaya.

¿Se lo habría llevado a casa?

No. Se calmó un poco al recordar con total claridad que él se había marchado. Que ella había vuelto al club a reunirse con sus amigas.

Se había acostado sola.

Sin embargo, se había despertado completamente desnuda. Mojada y saciada...

—Cass, empiezas a preocuparme.

Tomó una honda bocanada de aire y se desentendió de esas ideas. Era un sueño. Tenía que serlo. Cualquier otra posibilidad carecía de sentido. Claro que cuando se tenía que lidiar con seres sobrenaturales como los daimons y los Cazadores Oscuros, pocas cosas lo tenían.

—Estoy bien, pero no voy a ir a clase esta mañana. Vamos a indagar un poco y luego haremos una visita.

Sus palabras parecieron preocupar más a Kat.

—¿Estás segura? No sueles saltarte las clases así porque sí.

—Ajá —respondió con una sonrisa—. Ve a por el portátil a ver qué encontramos sobre los Cazadores Oscuros.

Kat enarcó una ceja al escucharla.

—¿Por qué?

Durante la persecución a la que la había sometido el pueblo de su madre a lo largo de los años, solo les había contado la verdad de su existencia a dos guardaespaldas.

A uno que había muerto cuando ella tenía trece años en una pelea en la que estuvieron a punto de matarla.

Y a Kat, que había aceptado esa verdad con mucha más calma que el primer guardaespaldas. Su amiga se había limitado a mirarla fijamente antes de parpadear y exclamar: «¡Genial! ¿Eso quiere decir que puedo cargármelos sin ir a la cárcel?».

Desde entonces lo compartía todo con ella. Su amiga y guardaespaldas sabía tanto sobre los apolitas y sus costumbres como ella misma.

Aunque no era mucho, ya que los apolitas tenían la desagradable norma de no dejar que la gente supiera de su existencia.

A pesar de eso, había sido todo un alivio dar con alguien que no la tomaba por loca o ilusa. Claro que durante los cinco años que llevaban juntas, Kat había visto a bastantes daimons y apolitas como para saber cuánta verdad encerraban sus palabras.

A lo largo de los últimos meses, a medida que se iba acercando el final de su vida, los ataques de los daimons habían ido disminuyendo lo suficiente como para llevar una vida más o menos normal. Aunque no creía ni por un instante que estuviera a salvo. Jamás lo estaría.

No hasta que muriera.

—Creo que anoche nos topamos con un Cazador Oscuro.

Kat frunció el ceño.

—¿Cuándo?

—En el club.

—¿Cuándo? —repitió.

Titubeó antes de decírselo. Algunos detalles no eran muy nítidos y no quería preocupar a su amiga hasta que los recordara con mayor claridad.

—Lo vi entre la gente.

—¿Y cómo sabes que era un Cazador Oscuro? Siempre has dicho que son un cuento.

—No estoy segura. Tal vez solo fuera un tipo raro con pelo oscuro y colmillos, pero si tengo razón y está en la ciudad, quiero saberlo. Tal vez pueda decirme si voy a caer fulminada en unos ocho meses o no.

—Vale, capto el mensaje. Pero podría ser uno de esos vampiros de pega que frecuentan el Infierno.

Kat fue a su dormitorio en busca del portátil y lo dejó en la mesa de la cocina mientras ella terminaba de desayunar.

En cuanto lo tuvo encendido, Cassandra se conectó a internet y entró en Katoteros.com. Era una comunidad *online* que había encontrado hacía cosa de un año y en la que se comunicaban los apolitas. Para el gran público parecía una página sobre historia griega como otra cualquiera, pero tenía subforos protegidos con contraseña.

En la página no había nada acerca de los Cazadores Oscuros. Pasaron un buen rato intentando colarse en las zonas restringidas, pero era más difícil que entrar en los servidores gubernamentales.

¿Qué les pasaba a los seres sobrenaturales que no querían que nadie más supiera de su paradero?

Vale, entendía que necesitaran mantenerse en las sombras, pero era un coñazo para alguien que necesitaba respuestas.

Lo único que encontró a modo de ayuda fue un enlace bajo el epígrafe de «Pregúntale al Oráculo». Al pinchar en él con el ratón, salió una ventana donde escribió «¿Son reales los Cazadores Oscuros?».

Después, hizo una búsqueda con las palabras «Cazadores

Oscuros» y encontró una sarta de tonterías. Era como si no existieran.

Antes de desconectarse, le llegó la respuesta del oráculo a la bandeja de entrada del correo. Una respuesta de solo dos palabras.

«¿Y tú?»

—Tal vez no sean más que leyendas —dijo Kat una vez más.

—Tal vez. —Sin embargo, las leyendas no besaban a las mujeres como lo había hecho Wulf, ni tampoco se colaban en sus sueños.

Dos horas más tarde, Cassandra decidió acudir a su último recurso... su padre.

Kat la llevó al rascacielos del centro de Saint Paul donde su padre tenía las oficinas. Al menos, el tráfico a esa hora de la mañana era bastante fluido y Kat casi le provocó un ataque al corazón con su manera de conducir.

Sin importar la hora que fuera o si había o no atasco, Kat conducía como si los daimons las persiguieran.

Metió el coche en el aparcamiento rozando la puerta automática y adelantó a un Toyota que iba muy despacio para quitarle el mejor sitio.

El conductor les hizo un gesto grosero con la mano antes de proseguir la marcha.

—Kat, te juro que conduces como si estuvieras en un videojuego.

—Lo que tú digas. ¿Quieres ver el cañón de rayos láser que tengo debajo del capó para desintegrar a los que no se quitan de en medio?

El comentario le provocó una carcajada aunque se preguntó si su amiga no tendría escondido algo por el estilo. Conociéndola, todo era posible.

Tan pronto como bajaron del coche y entraron en el edificio se convirtieron en el centro de atención. Siempre les pasaba lo mismo. No todos los días se veía a dos mujeres juntas que pasaban del metro noventa. Por no mencionar que Kat era un bellezón y la única solución para hacerla pasar inadvertida en otro lugar que no fuera Hollywood sería cortarle la cabeza...

Como un guardaespaldas sin cabeza era bastante inútil, no le quedaba más remedio que aguantar a una mujer que debería estar trabajando como modelo.

Los guardias de seguridad las saludaron al llegar a la puerta y les indicaron que pasaran.

Su padre era el infame Jefferson T. Peters, de Fármacos Peters, Briggs y Smith, una de las compañías farmacéuticas más grandes del mundo.

Muchas de las personas con las que se cruzó por los pasillos la miraron con envidia. Sabían que era la única heredera de su padre y creían que se lo servían todo en bandeja de plata.

Si supieran la verdad...

—Buenos días, señorita Peters —la saludó la asistente de su padre cuando por fin llegó al piso veintidós—. ¿Quiere que avise al señor Peters?

Sonrió a la increíblemente atractiva y delgada mujer. Era muy amable, pero siempre la dejaba con la sensación de que debía perder al menos diez kilos y pasarse la mano por el pelo para recomponerse el peinado. Tina era una de esas personas que vestían con precisión militar y que no tenían jamás un pelo fuera de su sitio.

Ataviada con un impecable traje de Ralph Lauren, la mujer era una antítesis de ella misma, que vestía vaqueros y un jersey con el símbolo de su universidad.

—¿Está solo?

Tina asintió con la cabeza.

—Pues entonces le daré una sorpresa.

—Desde luego. Estoy segura de que le alegrará verla.

Tras dejar a Tina con su trabajo y a Kat sentada en una silla cercana al escritorio de esta, entró en el dominio sacrosanto de su padre, un adicto al trabajo.

El estilo contemporáneo de la decoración le otorgaba al despacho un ambiente frío, aunque él no lo fuera en absoluto.

Había amado a su mujer con locura y desde que ella llegó al mundo la había mimado en exceso.

Era un hombre muy guapo y las canas le daban un aire distinguido a su cabello cobrizo. A sus cincuenta y nueve años, seguía estando en forma y parecía más un hombre de cuarenta y pocos.

A pesar de haberse visto obligada a crecer lejos de él por temor a que los apolitas o los daimons la encontraran si se quedaba en un mismo lugar demasiado tiempo, jamás la había dejado del todo sola, ni siquiera cuando había estado en la otra punta del planeta. Siempre había estado a una llamada o a un vuelo de distancia.

Tenía la costumbre de presentarse en su puerta cargado de regalos y de abrazos. Unas veces en plena noche. Otras, en pleno día.

Durante su infancia, tanto sus hermanas como ella hacían apuestas sobre cuándo volvería a presentarse. Y jamás las había defraudado, al igual que nunca se había perdido un cumpleaños.

Quería a ese hombre más que a nada en el mundo y le aterraba pensar en lo que le sucedería si ella moría en un plazo de ocho meses, como les sucedía a todos los apolitas. Lo había visto sufrir en muchas ocasiones, como cuando enterró a su madre y a sus hermanas.

La muerte de su primera hija le había destrozado el corazón, pero lo peor fue la bomba que mató a su esposa y a sus otras dos hijas.

¿Sería capaz de resistir otro golpe semejante?

Alejó la aterradora idea y se acercó a su escritorio de acero y cristal.

Estaba hablando por teléfono, pero colgó en cuanto levantó la vista de los papeles que tenía delante y la vio.

Se le iluminó el rostro al instante, mientras se levantaba para abrazarla; después se apartó y la miró con el ceño fruncido por la preocupación.

—¿Qué haces aquí, cariño? ¿No deberías estar en clase?

Le dio unas palmaditas en el brazo y lo instó a sentarse de

nuevo al tiempo que ella se dejaba caer en una de las sillas que había al otro lado de la mesa.

—Pues sí.

—¿Y por qué estás aquí? No sueles saltarte las clases para venir a verme.

Se echó a reír, ya que su padre acababa de parafrasear a Kat. Tal vez le convendría cambiar de costumbres. En su situación, un comportamiento predecible era muy peligroso.

—Quería hablar contigo.

—¿De qué?

—De los Cazadores Oscuros.

Su padre se puso pálido, cosa que la llevó a preguntarse cuánto sabría y cuánto iba a contarle. Tenía una molesta tendencia a sobreprotegerla, de ahí su larga lista de guardaespaldas.

—¿Por qué quieres saber de ellos? —le preguntó él con cautela.

—Porque me atacaron unos daimons anoche y un Cazador Oscuro me salvó la vida.

Su padre se puso en pie de un salto y corrió hacia ella.

—¿Estás herida?

—No, papá —se apresuró a tranquilizarlo mientras él la inspeccionaba en busca de heridas—. Solo fue un susto.

Su padre se apartó con semblante serio, pero le dejó las manos sobre el brazo.

—Muy bien. Esto es lo que vamos a hacer. Vas a dejar la universidad, y después…

—Papá —lo interrumpió con voz firme—, no voy a dejarla a menos de un año de graduarme. Ya me he cansado de huir.

Si bien era posible que solo le quedaran ocho meses de vida, también existía la posibilidad de que no fuera así. Hasta que no estuviera segura, se había jurado llevar una vida lo más normal posible.

Vio el horror que reflejaba el rostro de su padre.

—No es un asunto negociable, Cassandra. Le prometí a tu madre que te protegería de los apolitas y voy a hacerlo. No dejaré que te maten a ti también.

Apretó los dientes ante la mención de esa promesa, que su padre consideraba tan sagrada como su empresa. Se sabía al dedillo el legado que le había dejado la familia de su madre en herencia.

Siglos atrás, una de sus antepasados, la reina de los apolitas, había sido la causante de la maldición que recaía sobre su pueblo. Ciega de celos, había mandado a un ejército para matar al hijo y a la amante del dios Apolo. En venganza, el dios griego del sol había desterrado a todos los apolitas de sus dominios.

Dado que la reina había ordenado a sus hombres que hicieran pasar el asesinato por obra de una bestia, Apolo les dio a los apolitas los rasgos de una bestia: los largos colmillos, la velocidad, la fuerza y la vista de un depredador. Se veían obligados a beber la sangre de sus semejantes para sobrevivir.

Los había desterrado de la luz del sol para no tener que volver a verlos jamás.

Sin embargo, la venganza más amarga había sido la de acortar su vida a tan solo veintisiete años; la misma edad que tenía su amante cuando los apolitas la asesinaron.

El día de su vigésimo séptimo cumpleaños, todo apolita agonizaba lentamente. Era una muerte tan espantosa que muchos cometían un suicidio ritual el día anterior para no padecerla.

La única esperanza que les quedaba era matar a un humano para apoderarse de su alma. No había otra manera de alargar sus cortas vidas. Sin embargo, en cuanto se convertían en daimons, cruzaban el límite e incurrían en la ira de los dioses.

Era en ese momento cuando los Cazadores Oscuros aparecían en escena para matar a los daimons y liberar las almas humanas antes de que estas se marchitaran y murieran.

En el plazo de ocho meses, Cassandra cumpliría los veintisiete años.

Y eso la aterraba.

Era mitad humana, razón por la que podía moverse a la luz del sol, pero tenía que ir bien cubierta y no exponerse mucho tiempo sin sufrir graves quemaduras.

Un dentista le había limado los largos colmillos cuando tenía diez años; y aunque padecía de anemia, habían satisfecho su necesidad de sangre con transfusiones bimestrales.

Era afortunada. En los pocos híbridos de humanos y apolitas que había conocido a lo largo de años predominaba la genética apolita.

Todos habían muerto a los veintisiete.

Todos.

Pero ella siempre se había aferrado a la esperanza de que su parte humana fuera lo bastante fuerte como para sobrevivir a su cumpleaños.

De un tiempo a esa parte, sin embargo, no estaba tan segura; además, no había encontrado a nadie que pudiera decirle nada nuevo acerca de su condición.

No quería morir, cuando aún le quedaban tantas cosas por experimentar. Quería lo mismo que la mayoría de los mortales. Un marido. Una familia.

Sobre todo, quería un futuro.

—Tal vez este Cazador Oscuro sepa algo sobre mi mestizaje. Tal vez…

—A tu madre le daría un ataque de pánico con solo escuchar su nombre —le dijo su padre al tiempo que le acariciaba la mejilla—. Sé muy poco sobre los apolitas, pero sí sé que odian a los Cazadores Oscuros sin excepción. Tu madre decía que eran unos asesinos desalmados con los que no se podía razonar.

—No son Terminator, papá.

—Por lo que decía tu madre, sí que lo son.

Bueno, en eso llevaba razón. Su madre les había advertido a sus hermanas y a ella en incontables ocasiones que se alejaran de tres cosas: de los Cazadores Oscuros, de los daimons y de los apolitas… En ese orden.

—Mamá jamás conoció a ninguno. Solo sabía lo que sus padres le habían contado y me apuesto lo que quieras a que los abuelos tampoco conocieron a ningún Cazador. Además, ¿qué pasa si tiene la clave para prolongar mi vida?

Su padre le dio un apretón en la mano.

—¿Qué pasa si lo han mandado para matarte de la misma manera que los daimons y los apolitas mataron a tu madre? Ya sabes lo que dice la leyenda. Si te matan, la maldición que pesa sobre ellos desaparece.

Meditó sus palabras un instante.

—¿Y si tienen razón? ¿Y si muero y los apolitas pueden llevar una vida normal? Tal vez debería morir.

La rabia desfiguró el rostro de su padre y sus ojos la taladraron al tiempo que le apretaba todavía más la mano.

—Cassandra Elaine Peters, ni se te ocurra volver a decir eso jamás. ¿Me has oído?

Asintió con la cabeza, arrepentida de haberlo enojado cuando no había sido su intención.

—Sí, papá. Perdona. Es que estoy nerviosa.

Él la besó en la frente.

—Lo sé, cariño. Lo sé.

Percibió la expresión atormentada del rostro de su padre cuando regresó a su silla y supo lo que estaba pensando sin necesidad de que hablara. Hacía mucho que había puesto a trabajar a un grupo de investigadores en la «cura» para su extraña enfermedad, aunque lo único que habían conseguido era la certeza de que la medicina moderna no era rival para la ira de un antiguo dios.

Tal vez estuviera en lo cierto, tal vez Wulf fuera tan peligroso como los demás. Sabía que los Cazadores Oscuros habían hecho un juramento de matar a los daimons, pero no tenía ni idea de cómo trataban a los apolitas.

Su madre le había dicho que no se fiara de nadie; sobre todo que no se fiara de alguien que se ganaba la vida matando a los de su pueblo.

Aun así, su instinto le decía que una raza que se pasaba la eternidad dando caza a los de su especie lo sabría todo acerca de ella.

Claro que, ¿por qué un Cazador Oscuro iba a ayudar a una apolita cuando eran enemigos declarados?

—Es una idea estúpida, ¿verdad?

—No, Cassie —respondió su padre—. No es estúpida. Es que no quiero que te hagan daño.

En ese momento, se levantó para abrazarlo.

—Será mejor que me vaya a clase y me olvide de todo este asunto.

—Me gustaría que te pensaras lo de marcharte por un tiempo. Si esos daimons te vieron, es posible que le hayan dicho a alguien que estás aquí.

—Créeme, papá, no les dio tiempo. Nadie sabe que estoy aquí y tampoco quiero marcharme.

Nunca más.

Esas dos palabras quedaron suspendidas en el aire, a pesar de que no las había pronunciado. Vio cómo su padre apretaba los labios, ya que ambos eran conscientes de que el reloj corría para ella.

—¿Por qué no cenamos juntos esta noche? —le preguntó su padre—. Puedo salir antes y...

—Le prometí a Michelle que saldríamos. ¿Qué tal mañana?

Él asintió con la cabeza y la abrazó con tanta fuerza que le hizo daño.

—Ten cuidado.

—Lo haré.

A juzgar por su expresión, su padre tenía las mismas ganas de dejarla marchar que las que ella tenía de irse.

—Te quiero, Cassandra.

—Lo sé. Yo también te quiero, papá. —Le regaló una sonrisa radiante y se marchó para que siguiera trabajando.

Salió del despacho y continuó hasta abandonar el edificio mientras sus pensamientos regresaban al sueño con Wulf y a la maravillosa sensación de tenerlo entre sus brazos.

Kat la seguía en silencio, dándole el espacio que necesitaba. A Cassandra era lo que más le gustaba de su guardaespaldas.

Había ocasiones en las que parecía tener un vínculo psíquico con ella.

—Necesito una buena taza de Starbucks —le dijo por encima del hombro—. ¿Te apetece?

—Nunca le hago ascos a un cafelito. Dame café del bueno o mátame.

Mientras enfilaban la calle en dirección a la cafetería siguió meditando acerca de los Cazadores Oscuros.

Puesto que siempre los había tomado por un cuento de su madre para asustarla, jamás había buscado indicios de su existencia mientras estudiaba la Grecia clásica. Desde niña, había pasado su tiempo libre investigando la historia de su madre y las leyendas antiguas.

No recordaba haber leído nada acerca de los Cazadores Oscuros, hecho que le confirmaba que no eran reales, sino un cuento, como el hombre del saco.

Aunque tal vez hubiera pasado por alto...

—¡Hola, Cassandra!

Salió de su ensimismamiento y vio que uno de sus compañeros de clase la saludaba justo cuando llegaba a la puerta de la cafetería. Era unos cuantos centímetros más bajo que ella y bastante mono si a una le gustaban los boy scouts. Tenía el cabello oscuro, corto y rizado y unos ojos azules de expresión afable.

Había algo en él que le recordaba a Opie Taylor, del *Show de Andy Griffith;* de hecho, medio esperaba que se pusiera a llamarla «señora».

—Chris Eriksson —le susurró Kat cuando se acercó.

—Gracias —le dijo también en voz baja, más que agradecida por el hecho de que a Kat se le dieran mejor los nombres que a ella. Siempre se quedaba con las caras, pero los nombres solían escapársele.

El muchacho se detuvo frente a ellas.

—Hola, Chris —lo saludó con una sonrisa. Era muy agradable y siempre intentaba ayudar a cualquiera que lo necesitase—. ¿Qué te trae por aquí?

Él pareció incómodo por un instante.

—Yo... bueno... he venido a recoger un paquete para un amigo.

Kat la miró con interés.

—Suena bastante sospechoso. Espero que no sea nada ilegal.

El muchacho se puso como un tomate.

—No, no es ilegal. Solo de índole personal.

Por alguna razón, le gustaba más la opción de que fuera algo ilegal. Esperó un par de minutos mientras el pobre Chris se removía, incómodo.

Estaba matriculado en Inglés Antiguo, igual que ella. Solo habían hablado lo justo para intercambiar apuntes cuando tenía problemas a la hora de traducir algún pasaje. Chris era el alumno preferido del profesor y sacaba la máxima nota en todos los exámenes.

El resto de la clase quería colgarlo por disparar la nota media.

—¿Has hecho el trabajo para la clase de esta tarde? —le preguntó.

Ella asintió con la cabeza.

—Ha sido increíble, ¿verdad? Un pasaje de los buenos. —A juzgar por la expresión de su cara, sabía que estaba hablando de corazón.

—Como si me sacaran las muelas sin anestesia —replicó ella en un intento por bromear.

Chris no lo entendió de esa manera.

Su expresión se ensombreció.

—Lo siento. He vuelto a parecer un empollón. —Se dio un tirón de la oreja en un gesto nervioso y bajó la vista al suelo—. Será mejor que me vaya. Tengo que hacer algunos recados.

Cuando hizo ademán de alejarse, lo llamó.

—Chris, espera.

El muchacho se detuvo y la miró.

—¿Síndrome del Niño Sobreprotegido?

—¿Cómo dices?

—Tú también eres un niño sobreprotegido, ¿verdad?

Chris se frotó la nuca.

—¿Cómo lo has adivinado?

—Créeme, tienes los síntomas clásicos. Yo también los tenía, pero tras años de terapia intensiva he aprendido a ocultarlos y funciono casi con total normalidad.

Eso lo hizo reír.

—¿Tienes por ahí el nombre del loquero?

Ella sonrió.

—Claro. —Señaló la cafetería con la cabeza—. ¿Tienes tiempo para tomarte un café con nosotras?

A juzgar por su expresión, parecía que le hubiera dado las llaves de Fort Knox.

—Claro, muchas gracias.

Entraron en el local con él a la zaga, como si fuera un cachorrito encantado porque su dueño acabara de volver a casa.

Una vez que pidieron los cafés, se sentaron en el fondo del local, lejos de los ventanales donde la luz del sol podría provocarle quemaduras.

—Dime, ¿por qué te has matriculado en Inglés Antiguo? —le preguntó Chris cuando Kat se marchó al servicio—. No pareces de las que se ofrecen voluntarias para semejante castigo.

—Siempre he estado investigando... cosas antiguas —dijo a falta de una explicación mejor. Le costaba trabajo contarle a un desconocido que había estado investigando antiguas maldiciones y hechizos para alargar su vida—. ¿Y tú? Por tu aspecto te van más las asignaturas de informática.

Chris se encogió de hombros.

—Este semestre me he decantado por las asignaturas fáciles para sacar nota. Quería algo en lo que no tuviera que esforzarme.

—Sí, pero... ¿Inglés Antiguo? ¿De dónde has salido?

—De un sitio donde lo hablan.

—¡Venga ya! —exclamó sin dar crédito—. ¿Quién habla eso?

—Nosotros. De verdad. —Y le dijo algo que no entendió.

—¿Tratas de insultarme?

—No —se apresuró a decir él—. Jamás lo haría.

Sonrió, bajó la vista hacia la mochila del muchacho, y se quedó de piedra. El bolsillo estaba abierto y en el interior había una agenda bastante ajada. De la agenda colgaba una cinta de color burdeos con una chapa muy interesante: un escudo redondo cruzado por dos espadas, y encima de las espadas, las iniciales D. H.

Qué coincidencia más extraña verlas ese día cuando había estado navegando por la red en busca de información...

Tal vez fuera una señal...

—¿D. H.? —preguntó al tiempo que acariciaba la chapa. Le dio la vuelta y se le paró el corazón al ver «Dark-Hunter.com»* grabado en el metal.

—¿Cómo? —Chris le miró la mano—. ¡Ah...! ¡Eso! —exclamó y de inmediato se puso nervioso. Le quitó la chapa de las manos, la metió en el bolsillo y lo cerró—. Es algo con lo que suelo jugar a veces.

¿Por qué se había puesto tan nervioso? ¿Por qué parecía tan incómodo?

—¿Estás seguro de que no haces nada ilegal, Chris?

—Sí, en serio. El más mínimo pensamiento ilegal y me pescarían al instante. Me ganaría una buena, seguro.

No estaba tan segura de eso, pensó cuando Kat se reunió con ellos.

Dark-Hunter.com...

Mientras buscaba en todos los idiomas posibles, no se le había ocurrido separar las palabras con un guión. Pero acababa de hacerse con una dirección web.

Charlaron un poco más sobre las clases antes de despedirse de modo que Chris acabara de hacer sus recados antes de la clase de Inglés Antiguo y a ella le diera tiempo de llegar al campus para su siguiente clase.

Podría saltarse una clase por día, pero dos...

No. Si había algún adjetivo que la describiera, era «disciplinada».

En un santiamén estaba tranquilamente sentada a su mesa a la espera de que llegara el profesor de Literatura Clásica mientras el resto de estudiantes parloteaba a su alrededor. Kat estaba en el pasillo, en una zona de descanso, leyendo una novela de Kinley MacGregor.

* Nombre original del sitio web oficial de Sherrilyn Kenyon dedicado a los Cazadores Oscuros. *(N. de las T.)*

Mientras esperaba al profesor, decidió sacar su Palm Pilot y navegar un poco por internet. Escribió Dark-Hunter.com en la barra de direcciones.

Esperó a que se cargara la página.

En cuanto lo hizo, se quedó boquiabierta.

Vaya, vaya, la cosa se estaba poniendo interesante…

4

Chris suspiró al acercarse al aula de Inglés Antiguo. Llevaba un día de perros. Su vida debería ser genial. Tenía dinero a espuertas. Disfrutaba de todos los lujos habidos y por haber. No había ninguna cosa en el mundo que no pudiera obtener con solo pedirla.

De hecho, Wulf incluso había llevado a Britney Spears para que cantase en su vigésimo primer cumpleaños la primavera anterior. El único problema era que solo habían asistido sus guardaespaldas y él, además de Wulf, que había estado todo el rato revoloteando para que no se comiera la cabeza… ni se la abriera con algo.

Por no mencionar los tres millones de veces que le había pedido que le tirara los tejos a la cantante. O que como poco le pidiera matrimonio… proposición que ella había rechazado entre carcajadas que aún le resonaban en los oídos.

Lo único que deseaba era una vida normal. No, lo que más deseaba era ser libre.

Y esas eran las dos únicas cosas que no podía conseguir.

Wulf no le permitía abandonar la casa sin sus perros falderos. Los únicos momentos en los que podía ir a cualquier lado era cuando Aquerón en persona, el líder de los Cazadores Oscuros, iba a buscarlo y lo acompañaba donde quisiera, aunque no le quitara los ojos de encima. Todos y cada uno de los miembros del Consejo de Escuderos estaban al tanto de que Chris era el último descendiente del hermano de Wulf. Y como tal, lo protegían con más celo que al tesoro nacional.

Se sentía como un extraterrestre y lo único que deseaba era un sitio donde no fuera un bicho raro.

Sin embargo era imposible. No había forma de escapar de su destino.

No había forma de escapar de lo que era...

El último heredero.

Sin él y sus descendientes, Wulf estaría solo para toda la eternidad, ya que únicamente un humano nacido de su linaje podía recordarlo.

El único problema era que debía encontrar una madre para esos hijos, y ninguna quería presentarse voluntaria.

El rechazo de Belinda aún resonaba en sus oídos y eso que habían pasado diez minutos. «¿Salir contigo? Por favor... Llámame cuando crezcas y aprendas a vestirte bien.»

Apretó los dientes y trató de no pensar en sus crueles palabras. Se había puesto sus mejores chinos y un jersey azul marino solo para pedirle una cita. Pero sabía que no era muy elegante ni estaba en la onda.

Tenía la habilidad social de una ameba. La cara normal y corriente del vecino de al lado y la seguridad en sí mismo de un caracol.

Dios, era patético.

Hizo una pausa en la puerta de clase para observar a los dos Escuderos Theti que lo seguían a una distancia «discreta». Con poco más de treinta años, ambos medían más de un metro ochenta, tenían el pelo oscuro y lucían expresiones severas. Puesto que se los había asignado el Consejo de Escuderos, su único deber era protegerlo y asegurarse de que no le ocurría nada hasta que engendrara los hijos suficientes como para que Wulf estuviera bien contento.

Aunque tampoco corría mucho peligro a plena luz del día. En muy pocas ocasiones un *doulos*, un sirviente humano de los apolitas, atacaba a un escudero; de hecho, esos ataques eran tan excepcionales que saldrían en primera plana.

Tenía prohibido abandonar la propiedad de noche, a menos que tuviera una cita. Algo que parecía imposible después de que su primera y única novia lo dejara tirado.

Suspiró ante la mera idea de intentar que alguien saliera con él. Todas lo rechazarían en cuanto se enteraran de que debían someterse a un sinfín de análisis de sangre y de revisiones físicas.

Refunfuñó entre dientes.

Mientras estaba en clase, los Escuderos Theti montaban guardia junto a la puerta, detalle que aumentaba todavía más su fama de bicho raro por su naturaleza solitaria.

¿Y quién podía culparlo por ser una persona solitaria? ¡Joder! Si había crecido en una casa en la que tenía prohibido correr por si se hacía daño... Cada vez que pillaba un resfriado, el Consejo de Escuderos mandaba llamar a los mejores especialistas de la Clínica Mayo para tratarlo. Los pocos niños que su padre le había llevado para que jugaran con él, todos hijos de otros escuderos, tenían órdenes estrictas de no tocarlo jamás y de no hacerle enfadar ni hacer nada que enfadara a Wulf.

Así que sus «amigos» llegaban a casa, se sentaban y se ponían a ver la televisión con él. Apenas abrían la boca por miedo a meterse en problemas y ni uno solo se atrevió a llevarle un regalo ni a compartir con él una patata frita. Cualquier juguete debía ser examinado a fondo y descontaminado antes de que se le permitiera jugar con él. Después de todo, el germen más minúsculo podría dejarlo estéril o, Dios no lo quisiera, matarlo.

Sobre sus hombros llevaba la pesada carga de contribuir a la reproducción de la especie humana o, para ser más exactos, de que el linaje de Wulf se reprodujera.

El único amigo de verdad que tenía era Nick Gautier, un escudero reclutado a quien había conocido a través de internet hacía un par de años. Demasiado nuevo en su mundo como para conocer su estatus intocable, Nick lo había tratado como a un ser humano corriente y moliente, y había convenido con él en que su vida era una mierda por más lujos que disfrutara.

Joder, la única razón por la que había convencido a Wulf de que le dejara asistir a la facultad en lugar de contratar a profesores particulares para que le dieran clases en casa era el hecho de que allí tenía una posibilidad real de encontrar a una donante de óvulos adecuada. Wulf se había puesto loco de contento con la idea y todas las noches lo sometía al tercer grado para averiguar si había encontrado a alguna mujer.

Para ser más exactos, para saber si se la había tirado o no.

Suspiró de nuevo y entró en el aula con la cabeza gacha para no ver las miradas socarronas ni las risillas que la mayoría de sus compañeros le lanzaban. Si no lo odiaban por ser el preferido del profesor Mitchell, lo odiaban por ser un empollón más rico que Creso. Ya estaba acostumbrado.

Bajó uno de los asientos libres que había al fondo y sacó la libreta y el libro de texto.

—Hola, Chris.

Dio un respingo al escuchar esa voz femenina y amable.

Levantó la vista y se topó con la radiante sonrisa de Cassandra.

Se quedó mudo de asombro y le costó todo un minuto responder.

—Hola —replicó con un hilo de voz.

Se odiaba por ser tan estúpido. Nick ya la tendría comiendo de su mano.

Cassandra se sentó a su lado.

Él rompió a sudar. Carraspeó e intentó por todos los medios desentenderse de su presencia y del ligero perfume a rosas que emanaba de ella. Siempre olía de maravilla.

Cassandra abrió su libro por donde tocaba y miró a Chris. Parecía incluso más nervioso que en la cafetería.

Bajó la vista hasta su mochila con la esperanza de atisbar de nuevo ese escudo, pero él lo había ocultado por completo.

Mierda.

—Oye, Chris... —dijo en voz baja al tiempo que se acercaba un poco más a él—. Me preguntaba si podíamos pasar un rato estudiando juntos.

El muchacho palideció y por un momento le dio la impresión de que iba a salir corriendo.

—¿Estudiar? ¿Tú y yo?

—Claro. Dijiste que esto se te daba muy bien y me gustaría sacar un sobresaliente en el examen. ¿Qué te parece?

Chris se frotó la nuca con nerviosismo... Un tic nervioso al parecer, ya que lo hacía muy a menudo.

—¿Estás segura de que quieres que estudiemos juntos?

—Sí.

El muchacho esbozó una sonrisa tímida, pero se negó a mirarla a los ojos.

—Claro, supongo que estaría bien.

Cassandra se reclinó en el respaldo con una sonrisa satisfecha cuando el profesor Mitchell entró en el aula y los mandó callar.

Había pasado horas en el sitio web de los Cazadores Oscuros desde la última clase y la había examinado de cabo a rabo. A primera vista, era exactamente igual que cualquier otra página de un juego de rol o de una serie de libros.

Sin embargo, se necesitaba contraseña para entrar en muchas secciones. Subforos y apartados ocultos a los que no había podido acceder por mucho que lo había intentado. Tenía muchos puntos en común con el sitio web de los apolitas.

No, no se trataba de un foro para jugadores de rol. Se había topado con los verdaderos Cazadores Oscuros. Estaba segura.

Eran el último gran misterio del mundo moderno. Mitos vivientes sobre los que nadie sabía nada.

Nadie salvo ella. E iba a encontrar la manera de traspasar sus defensas y encontrar respuestas aunque le fuera la vida en el intento.

Aguantar toda la clase mientras el profesor se explayaba con la historia de Hrothgar y Skild fue lo más difícil que había hecho en toda su vida. En cuanto terminó, guardó sus cosas y esperó a Chris.

Al acercarse a la puerta, vio a los dos hombres vestidos de negro que se colocaron de inmediato a su lado mientras la observaban de arriba abajo.

Chris dejó escapar un suspiro agobiado.

Eso le arrancó una carcajada a su pesar.

—¿Van contigo?

—Ojalá pudiera decir que no.

Le dio unas palmaditas en el brazo. Señaló con la barbilla hacia el otro lado del pasillo, donde Kat se estaba poniendo de pie mientras guardaba su libro.

—Yo también tengo una.

Chris sonrió al escucharlo.

—Gracias a Dios que no soy el único.

—No, tranquilo. Ya te dije que te entendía a la perfección.

El alivio que leyó en el rostro del muchacho era casi palpable.

—Bueno, ¿cuándo te gustaría empezar a estudiar?

—¿Qué te parece ahora mismo?

—Vale, ¿dónde?

Solo había un lugar en el que se moría por entrar. Esperaba que le diera más pistas sobre el hombre a quien conoció la noche anterior.

—¿En tu casa?

El nerviosismo regresó al instante, confirmando sus sospechas.

—No creo que sea muy buena idea...

—¿Por qué?

—Bueno... verás... Yo... La verdad es que no creo que sea una buena idea, ¿vale?

El primer obstáculo. Se obligó a ocultar su irritación. Tendría que hilar muy fino si quería atravesar sus defensas. Pero lo entendía a la perfección. Después de todo, ella misma tenía sus secretos.

—Vale, elige tú.

—¿La biblioteca?

La proposición le puso los pelos de punta.

—Jamás consigo relajarme en ese sitio. Siempre ando con el miedo de que me manden callar. ¿Qué te parece si vamos a mi apartamento?

La idea lo dejó absolutamente desconcertado.

—¿En serio?

—Pues claro. No muerdo ni nada de eso, ¿sabes?

Chris se echó a reír.

—Ya, yo tampoco. —Dio un par de pasos con ella antes de girarse hacia sus guardaespaldas—. Vamos a su casa, ¿vale? ¿Por qué no os vais a comprar un donuts o algo así?

No le hicieron el menor caso

Kat soltó una carcajada.

Cassandra abrió la marcha hasta el aparcamiento de estudiantes y una vez allí le dio las indicaciones necesarias para llegar a su apartamento.

—¿Nos vemos allí?

Chris asintió y se dirigió hacia un Hummer rojo.

Ella corrió hasta su Mercedes gris, donde Kat ya la esperaba en el asiento del conductor. Se pasó todo el trayecto temiendo que Chris se retrasara o, peor aún, que cambiara de opinión.

Esperaba que al menos no lo hiciera hasta que tuviera la oportunidad de registrar su mochila.

Tuvo que soportar dos aburridísimas horas de estudio de *Beowulf* más una cafetera completa hasta que Chris la dejó a solas un instante con su mochila mientras él iba al cuarto de baño. Kat se había metido en su dormitorio hacía bastante tiempo con la excusa de que las lenguas muertas y el entusiasmo que Chris demostraba por ellas le provocaban migraña.

Tan pronto como Chris desapareció, comenzó a buscar.

Por suerte, no tardó mucho en encontrar lo que buscaba...

Encontró la agenda en la mochila, justo donde la vio en la cafetería. Las cubiertas eran de cuero repujado y había un extraño símbolo en la cubierta: un doble arco y una flecha que apuntaba hacia la parte superior derecha.

Igualito que el que había visto en el hombro de Wulf en el sueño...

Pasó la mano sobre el cuero marrón antes de abrirlo... y descubrir que todo estaba escrito en caracteres rúnicos. El idioma era muy similar al inglés antiguo, pero era incapaz de descifrarlo.

¿Nórdico antiguo, quizá?

—¿Qué estás haciendo?

Dio un respingo al escuchar la seca pregunta de Chris. Tardó un par de segundos en inventarse una excusa que no lo hiciera sospechar aún más.

—Eres uno de esos jugadores, ¿verdad?

La miró con los ojos entrecerrados y una expresión suspicaz.

—¿De qué estás hablando?

—Yo... bueno, entré en Dark-Hunter.com y vi un montón de anuncios y avances de libros y juegos. Y como había visto tu agenda en la cafetería, pues me preguntaba si serías uno de los jugadores.

Sabía que Chris la estaba estudiando para decidir qué le respondía, si acaso consideraba sensato hacerlo.

—Sí, mi amigo Nick dirige el sitio —dijo tras una larga pausa—. Tenemos un montón de jugadores interesantes.

—Ya me di cuenta. ¿Tú también utilizas un apodo, como Hellion o Rogue?

Chris se acercó a ella y le quitó la agenda de las manos.

—No, yo utilizo «Chris», sin más.

—Vaya... ¿Y qué se cuece en los subforos privados?

—Nada —respondió con demasiada rapidez—. Solo estamos un puñado de tíos dándonos la vara los unos a los otros.

—Entonces, ¿por qué son privados?

—Porque sí. —Devolvió la agenda a su mochila—. En fin, tengo que irme. Buena suerte con el examen.

Quiso detenerlo y hacerle más preguntas, pero era evidente que no tenía intención de desvelarle nada más sobre sus amigos ni sobre él mismo.

—Gracias, Chris. Me ha venido muy bien tu ayuda.

Él asintió y se marchó a toda prisa.

A solas en la cocina, siguió sentada en la silla mordisqueándose el pulgar mientras decidía qué hacer a continuación. Pensó en seguir a Chris hasta su casa, pero eso podía ser contraproducente. Sus guardaespaldas la pillarían seguro, por mucha habilidad que tuviera Kat al volante.

Se levantó y se fue a su dormitorio para encender el portátil.

Vale, el sitio Dark-Hunter.com estaba diseñado como si los Cazadores fueran los protagonistas de un libro. La mayoría de la gente se lo tragaría, pero ¿qué ocurriría si lo enfocaba sin perder de vista la idea de que todo era real?

Se había pasado toda la vida ocultándose y si había aprendido algo... era que el mejor lugar para esconderse era a plena vista. Las personas tenían la manía de no ver lo que estaba delante de sus narices.

Y aunque sí lo vieran, se inventaban la manera de justificar lo injustificable. Se decían que serían imaginaciones suyas o las bromas de algún crío.

Estaba claro que los Cazadores Oscuros eran de la misma opinión. No había que olvidar que en ese mundo tan moderno, todos habían oído hablar de los vampiros y de los demonios, pero se los tomaba como leyendas de la gran pantalla, así que no tendrían ni que esconderse. La mayoría de la gente los tacharía de excéntricos y punto.

Observó la presentación del sitio web antes de pasar a las reseñas biográficas de cada uno de los Cazadores Oscuros que aparecía en la lista.

Había un personaje llamado Wulf Tryggvason cuyo escudero se llamaba Chris Eriksson. Supuestamente, Wulf era un vikingo víctima de una maldición...

Copió el nombre de Wulf y a continuación buscó en el Nillstrom, un buscador especializado en historia y antiguas leyendas nórdicas.

—¡Bingo! —exclamó al ver que aparecían varias entradas.

Nacido de madre cristiana gala y padre nórdico, Wulf Tryggvason había sido un famoso aventurero de mediados del siglo VIII de quien se desconocía la fecha de su muerte. De hecho, solo decía que había desaparecido al día siguiente de vencer en la batalla a un señor de la guerra mercio que había intentado matarlo. La creencia popular decía que uno de los hijos del derrotado lo había asesinado esa misma noche para vengarse.

Escuchó que se abría la puerta de su dormitorio. Levantó la vista y vio a Kat en el vano de la puerta.

—¿Estás ocupada? —le preguntó.

—Solo estaba investigando un poco más.

—Ah... —Kat se adentró en la habitación para echar un vistazo por encima de su hombro—. «Wulf Tryggvason. Pirata y arrojado guerrero, luchó por toda Europa y sirvió a cristianos e infieles por igual. Se decía que solo era fiel a su propia espada y a su hermano Erik, que viajaba con él...». Interesante. ¿Crees que es el mismo tipo al que viste en el Infierno?

—Tal vez. ¿Has oído hablar de él?

—La verdad es que no. ¿Quieres que le pregunte a Jimmy? Sabe mucho sobre historia vikinga.

Meditó la idea un instante. El amigo de Kat era miembro de la Sociedad para el Anacronismo Creativo y estaba dedicado en cuerpo y alma a estudiar la cultura vikinga.

Sin embargo, no era el pasado de Wulf lo que le interesaba en esos momentos, sino su presente. Concretamente, su dirección actual.

—De momento no.

—¿Estás segura?

—Sí.

Kat asintió con la cabeza.

—Está bien, en ese caso me vuelvo a mi habitación para terminar el libro. ¿Quieres que te traiga algo de comer o de beber?

Sonrió al escuchar la oferta.

—Un refresco me vendría de muerte.

Kat desapareció y regresó minutos más tarde con un Sprite. Le dio las gracias y se puso de nuevo manos a la obra en cuanto su guardaespaldas la dejó a solas.

Bebía de vez en cuando mientras navegaba por internet. Al cabo de una hora, estaba tan cansada que se le cerraban los ojos.

Bostezó y comprobó qué hora era. Las cinco y media nada más. Aun así, le pesaban tanto los párpados que le resultaba imposible permanecer despierta por más que lo intentaba.

Apagó el ordenador y se tumbó en la cama para echarse una siestecita.

Se quedó dormida en cuanto su cabeza tocó la almohada. Por lo general, no solía soñar cuando se echaba una siesta.

Ese día fue una excepción.

Ese día los sueños comenzaron tan pronto como cerró los ojos.

Qué curioso...

Aunque lo más curioso de todo era que el reino de su fantasía no se parecía a nada de lo que hubiera soñado antes. En lugar de sus habituales sueños, ya fueran de cuentos de hadas o de pesadillas, se trataba de un sueño pacífico. Afable. Y la llenaba de una extraña sensación de seguridad.

Llevaba un delicado vestido verde oscuro de estilo medieval. Frunció el ceño y pasó la mano por encima de la tela, que era más suave que la piel de gamuza.

Estaba de pie junto a una antigua mesa de madera en una cabaña de piedra en cuya enorme chimenea chisporroteaba el fuego. El viento aullaba al otro lado de una ventana protegida por contraventanas de madera que se sacudían ruidosamente bajo el azote de la ventisca.

Escuchó a alguien en la puerta que había tras ella.

Se giró justo a tiempo para ver cómo Wulf la empujaba con el hombro. Le dio un vuelco el corazón al verlo vestido con una especie de cota de malla. Sus poderosos brazos quedaban al descubierto, pero el torso estaba oculto tras un peto de cuero con dibujos nórdicos grabados a fuego, sobre el que lucía la cota de malla. Los dibujos hacían juego con el tatuaje que le cubría la parte superior del brazo derecho y ese mismo hombro.

Otro trozo de cota de malla colgaba del yelmo cónico que le protegía la cabeza, cubriéndole prácticamente todo el rostro. De no ser por esos penetrantes y ardientes ojos, no habría sabido que era Wulf. Llevaba el hacha de guerra apoyada en el hombro. Parecía salvaje y primitivo. La clase de hombre que una vez fue dueño del mundo. La clase de hombre que no temía a nada.

Su mirada recorrió la habitación hasta detenerse en ella. Cassandra vislumbró sin problemas la lánguida y seductora sonrisa que fue curvando sus labios hasta dejar al descubierto sus colmillos.

—Cassandra, amor mío —dijo con voz cálida y seductora—. ¿Qué estás haciendo aquí?

—No tengo la menor idea —respondió con sinceridad.

Wulf soltó una carcajada, un sonido ronco y reverberante, antes de cerrar la puerta y echar el cerrojo.

—Estás en mi casa, *villkat*. Al menos en la que lo fue hace muchísimo tiempo.

Echó un vistazo a la espartana estancia, cuyo mobiliario consistía en una mesa, varias sillas y una enorme cama cubierta de pieles.

—Qué raro... Habría jurado que Wulf Tryggvason tendría un hogar mucho mejor que este.

Él dejó el hacha sobre la mesa antes de quitarse el yelmo y colocarlo encima del arma.

Se quedó anonadada ante la belleza tan masculina del hombre que tenía ante ella. Destilaba un atractivo sexual inigualable.

—Comparada con la pequeña granja en la que me crié, esto es una mansión, milady.

—¿En serio?

Wulf asintió con la cabeza mientras la acercaba a él. Sus ojos la abrasaron y provocaron un intenso deseo. Sabía exactamente lo que ese hombre quería y, aunque apenas lo conocía, estaba más que dispuesta a entregárselo.

—Mi padre fue un guerrero muy dado a las incursiones que hizo un voto de pobreza años antes de que yo naciera —le explicó Wulf con voz ronca.

Esa confesión la sorprendió.

—¿Por qué lo hizo?

La estrechó con más fuerza.

—La perdición de todo hombre, me temo... por amor. Mi madre era una esclava cristiana; mi abuelo se la dio a mi padre tras una de sus incursiones. Ella lo engatusó y consiguió dominarlo hasta convertir al que una vez fuera un orgulloso guerrero en un dócil granjero que se negaba a tocar su espada por miedo a ofender a su nuevo dios.

Percibió el tono desgarrado de su voz. El desprecio que sentía por cualquiera que eligiese la paz en lugar de la guerra.

—¿No estabas de acuerdo con su elección?

—No. ¿Para qué sirve un hombre incapaz de defenderse a sí mismo y a sus seres queridos? —Su mirada se ensombreció y adquirió un tinte letal. La ira que brillaba en ellos la hizo temblar—. Me dijeron que cuando los jutos asaltaron mi aldea en busca de esclavos, mi padre abrió los brazos y dejó que lo abrieran en canal. Todo el que sobrevivió se burló de él por su cobardía. Él, que una vez hizo temblar de terror a sus enemigos con la sola mención de su nombre, murió a manos de sus asesinos como un cordero en el matadero. Nunca he comprendido cómo pudo quedarse allí quieto y recibir el golpe mortal sin hacer nada para defenderse.

Alzó la mano para borrarle el ceño con los dedos, conmovida por su dolor. Aunque no era odio ni lástima lo que percibió en su voz. Sino culpabilidad.

—Lo siento muchísimo.

—Yo también lo sentí en su momento —susurró él, cuyos ojos se volvieron aún más tormentosos—. No me conformé con abandonarlo a su suerte; además, también me llevé a mi hermano. No quedó nadie para protegerlo en nuestra ausencia.

—¿Dónde estabas?

Wulf bajó la mirada al suelo, pero ella vio la expresión de autodesprecio. Quería volver atrás y cambiar ese momento, del mismo modo que ella deseaba poder borrar la noche en la que los spati mataron a su madre y a sus hermanas.

—Había partido el verano anterior en busca de guerra y riquezas. —La soltó y contempló su austero hogar—. Cuando me llegó la noticia de su muerte, las riquezas dejaron de importarme. Aunque no estuviéramos de acuerdo, debí estar a su lado.

Le acarició el brazo desnudo para consolarlo.

—Debiste de querer mucho a tu padre.

Wulf dejó escapar un suspiro cansado.

—A veces. Otras veces lo odiaba. Lo odiaba por no ser el hombre que debía haber sido. Su padre era un *jarl* respetado, pero nosotros vivíamos casi como mendigos. Ridiculizados y despreciados por los de nuestra propia sangre. Mi madre se enorgullecía de los insultos; decía que nuestro sufrimiento era voluntad de Dios. Que de alguna forma nos convertiría en mejores personas, pero yo nunca la creí. La fe ciega de mi padre en sus creencias solo me enfurecía más. Nos peleábamos constantemente. Él quería que siguiera sus pasos y aceptara los abusos sin rechistar.

La agonía que reflejaban sus ojos la impresionó aún más que la ternura con la que le acariciaba la mano.

—Quería que fuese algo que no era. Pero yo no podía poner la otra mejilla. Mi forma de ser me instaba a responder los insultos con insultos. Los golpes con golpes. —Se dio la vuelta y la observó con el ceño fruncido—. ¿Por qué te estoy contando todo esto?

Lo meditó unos segundos.

—Seguro que es el sueño. Estás obsesionado con el tema. —Aunque no tenía la más mínima idea de por qué ocurría en su propio sueño.

De hecho, ese sueño se estaba volviendo más extraño a cada minuto que pasaba y no podía ni imaginar por qué su subconsciente la había llevado allí.

Por qué estaba conjurando esa fantasía con su misterioso Cazador Oscuro…

Él asintió con la cabeza.

—Sí, es eso, sin duda. Mucho me temo que le estoy haciendo a Christopher lo que en su día me hicieron a mí. Debería dejar que viviera su vida como le diera la gana y no meterme en sus asuntos tan a menudo.

—¿Y por qué no lo haces?

—¿Quieres que te diga la verdad?

Eso la hizo sonreír.

—Prefiero la verdad a las mentiras, tenlo por seguro.

Wulf soltó una breve carcajada antes de recuperar la expresión pensativa.

—No quiero perderlo a él también. —Su voz era tan grave y atormentada que se le encogió el corazón—. Aunque sé que no me va a quedar más remedio que perderlo.

—¿Y eso por qué?

—Todo el mundo muere, milady. Al menos en el reino mortal. Mientras que yo sigo adelante, todos los que me rodean se empeñan en morir. —Alzó la mirada para observarla. La agonía que reflejaba su rostro le llegó hasta el alma—. ¿Puedes hacerte una idea de lo que se siente al abrazar a tus seres queridos mientras mueren?

Se le hizo un nudo en la garganta al recordar la muerte de su madre y sus hermanas. Había querido ir a buscarlas tras la explosión, pero su guardaespaldas la había alejado mientras ella gritaba de dolor por la pérdida.

«Es demasiado tarde para ayudarlas, Cassie. Tenemos que huir.»

Su alma había gritado ese día.

De vez en cuando se le escapaba un grito por lo injusta que era su vida.

—Sí, puedo hacerme una idea —susurró—. Yo también he visto morir a todos mis seres queridos. Mi padre es el único que me queda.

La mirada de Wulf se endureció.

—Pues imagínate lo que es hacerlo miles de veces, siglo tras siglo. Imagínate lo que es verlos nacer, crecer y morir mientras que tú sigues con tu vida y empiezas desde cero con cada nueva generación. Cada vez que veo morir a un miembro de mi familia es como si viera morir a mi hermano Erik de nuevo. Y Chris... —Se encogió como si la mera mención del nombre del muchacho le provocara dolor—. Es la viva imagen de mi hermano. —Sus labios se torcieron en un gesto irónico—. Por no hablar de que tiene la misma lengua y el mismo temperamento. De todos los familiares que he perdido, creo que su muerte será la más difícil de sobrellevar.

Vio la vulnerabilidad que brillaba en sus ojos oscuros y el hecho de saber que ese hombre feroz tuviera un defecto tan humano la afectó profundamente.

—Todavía es joven. Tiene toda la vida por delante.

—Tal vez... pero mi hermano solo tenía veinticuatro años

cuando nuestros enemigos lo asesinaron. Jamás olvidaré el rostro de su hijo Bironulf cuando vio a su padre caer en la batalla. En aquel momento solo pensé en salvar al muchacho.

—Es evidente que lo hiciste.

—Sí. Juré que no permitiría que él muriera como su padre. Lo mantuve a salvo durante toda su vida, hasta que murió ya anciano mientras dormía. Plácidamente. —Hizo una pequeña pausa—. Supongo que he acabado por seguir las creencias de mi madre más que las de mi padre. Los nórdicos buscan morir jóvenes en la batalla para entrar en los salones del Valhalla; pero yo, como mi madre, deseaba un destino diferente para mis seres queridos. Es una lástima que comprendiera sus sentimientos demasiado tarde.

Wulf sacudió la cabeza como si deseara librarse de esos pensamientos. La observó con el ceño fruncido.

—No puedo creerme que esté dándole vueltas a este asunto cuando tengo a una muchacha tan bonita a mi lado. Está claro que me estoy haciendo viejo si prefiero hablar a entrar en acción —dijo con una carcajada ronca—. Ya basta de pensamientos deprimentes. —La apretó con fuerza contra su cuerpo—. ¿Por qué estamos malgastando el tiempo cuando podríamos aprovecharlo de una forma mucho más productiva?

—¿Productiva?

Esbozó una sonrisa maliciosa y ardiente que le robó el aliento.

—Creo que podría darle un mejor uso a mi lengua. ¿Qué te parece?

Y procedió a deslizarle la lengua por la garganta hasta que llegó junto a una oreja, que comenzó a mordisquear. Su cálido aliento le abrasó el cuello y la estremeció.

—Sí... —susurró ella—. Creo que este uso de la lengua es mucho más interesante.

Wulf se echó a reír mientras le desataba los lazos del vestido. Se lo bajó por los hombros lenta y seductoramente antes de dejarlo caer al suelo. El tejido se deslizó con sensualidad sobre su piel y dejó su cuerpo expuesto a la fría caricia del aire.

Desnuda delante de él, no pudo reprimir un profundo estremecimiento. Estar allí de pie mientras él seguía con la armadura puesta era de lo más extraño. La luz del hogar se reflejaba en sus ojos oscuros.

Wulf contempló la belleza desnuda de la mujer que tenía delante. Estaba incluso más hermosa que la última vez que había soñado con ella. Le rozó los pechos con ternura, dejando que el pezón le acariciara la palma.

Le recordaba a Saga, la diosa nórdica de la poesía. Elegante, refinada. Gentil. Cualidades que había despreciado cuando era mortal.

En esos momentos se sentía cautivado.

Todavía no sabía por qué le había contado todo eso. No era propio de él hablar con tanta libertad, aunque Cassandra tenía algo que lo había instado a hacerlo.

Fuera como fuese, no quería hacerle el amor allí, en un pasado donde los recuerdos de sus seres queridos y la culpabilidad por haberles fallado lo abrumaban.

Ella se merecía algo mejor.

Cerró los ojos y los trasladó a una réplica de su habitación actual. Aunque había añadido unas cuantas modificaciones...

Cassandra se quedó boquiabierta cuando se apartó de él un poco y echó un vistazo a su alrededor. Las paredes que los rodeaban eran de un color negro brillante ribeteadas de blanco, salvo la de la derecha, que era un enorme ventanal. Las ventanas, que llegaban desde el techo hasta el suelo, estaban abiertas. La brisa hinchaba las diáfanas cortinas blancas y agitaba las llamas de las numerosas velas que había esparcidas por la estancia.

Pero no logró apagarlas. Parpadeaban a su alrededor como estrellas.

Había una enorme cama en el centro de la habitación, situada sobre una plataforma elevada. Tenía sábanas de seda negra y una funda nórdica del mismo tejido que cubría un mullido edredón de plumas. La cama, de hierro forjado, tenía un intrincado dosel que partía de los cuatro postes. La misma tela de las cortinas cubría el dosel y se hinchaba con el viento.

Wulf estaba desnudo. La cogió en brazos y la llevó hasta el enorme y acogedor lecho.

Suspiró al sentir cómo se hundía el blando colchón bajo su peso mientras Wulf se tendía sobre ella. Era como estar rodeada por una nube.

Levantó la vista y se echó a reír al darse cuenta de que había un espejo en el techo; también vio que Wulf sostenía una rosa de tallo largo a su espalda.

Las paredes emitieron un destello y se convirtieron también en espejos.

—Oye, pero ¿de quién es esta fantasía? —preguntó cuando él movió el brazo que sostenía la rosa y le frotó el pezón derecho, ya enhiesto, con los delicados pétalos.

—De los dos, *blomster* —respondió él al tiempo que le separaba los muslos e introducía su musculoso cuerpo entre sus piernas.

La fantástica sensación de tener encima ese poderoso cuerpo le arrancó un gemido. El vello masculino la acariciaba hasta sumirla en el placer más absoluto.

Wulf se movía sobre ella como un animal salvaje y peligroso que estuviera a punto de devorarla.

Lo observó en el espejo del techo. Qué curioso que lo hubiera conjurado en sus sueños. Siempre había sido muy cauta. Siempre había tenido mucho cuidado a la hora de elegir a quién le permitía tocarla. De manera que tenía sentido que hubiera conjurado a un amante magistral en su subconsciente al no atreverse a dejar que un hombre se acercara a ella en la vida real.

Debido a su sentencia de muerte, no quería que nadie se enamorara o se encariñara de ella. No quería dar a luz a un hijo que tendría que llorar su muerte. Un hijo que se quedaría solo y asustado.

Acosado.

Lo último que quería era dejar que alguien como Wulf llorara su muerte. Alguien que tendría que ver cómo su hijo moría en la flor de la vida a causa de una maldición que no tenía nada que ver con él.

Sin embargo, en sus sueños era libre para amarlo con su cuerpo. Allí no había miedo alguno. Ni promesas. No había corazones que pudieran romperse.

Solo estaban ellos dos y su momento perfecto.

Wulf soltó un ronco gemido mientras le mordisqueaba la cadera. Ella dejó escapar el aire entre los dientes y le aferró la cabeza con las manos.

Llevaba una eternidad rememorando el pasado en sueños. Siempre en busca de la persona que lo había engañado y había ocupado su lugar. Su destino jamás fue el de convertirse en Cazador Oscuro. Jamás le había prometido su alma a Artemisa ni había recibido el Acto de Venganza a cambio de sus servicios.

Aquel día tan lejano buscaba a alguien que aliviara el dolor que le había provocado la muerte de su hermano. Un cuerpo dulce en el que perderse para olvidar por un momento que había sido él quien arrastró a Erik lejos de su patria hacia la batalla.

Morginne había parecido la respuesta a sus plegarias. Lo había deseado tanto como él a ella.

Sin embargo, la mañana posterior a la única noche que había pasado con la Cazadora Oscura, todo cambió. De alguna forma, durante la relación sexual o justo después de que terminara, ella había intercambiado sus almas. Había dejado de ser mortal y se había visto arrojado a un mundo completamente nuevo.

Además de ser la víctima de la terrible maldición de Morginne por la que ningún mortal lo recordaría. Entretanto, ella se había librado del servicio de Artemisa para disfrutar de la eternidad con el dios nórdico Loki.

Esa maldición de despedida había supuesto el golpe más duro de todos, y seguía sin entender por qué lo había hecho.

Ni siquiera su sobrino Bironulf lo había reconocido a partir de entonces.

Habría estado completamente perdido a esas alturas si Aquerón Partenopaeo no se hubiera compadecido de su situación. Ash, el líder de los Cazadores Oscuros, le había dicho que no estaba en su mano eliminar la maldición de Morginne, pero que sí podía modificarla. A partir de una gota de la sangre de Bironulf, había cambiado la maldición de manera que todo aquel que llevara su sangre pudiera recordarlo. Más aún, el atlante le había otorgado poderes psíquicos y le había explicado cómo se había convertido en inmortal y cuáles eran sus limitaciones, como la sensibilidad a la luz del sol.

Mientras Artemisa estuviera en posesión de su «nueva» alma, no le quedaba más remedio que servirla.

La diosa no tenía la menor intención de liberarlo. Aunque tampoco le importaba demasiado. La inmortalidad tenía sus ventajas.

La mujer que tenía debajo era sin duda una de ellas. Le pasó la mano por el muslo y escuchó su respiración alterada. Sabía a sal y a mujer. Olía a polvo de talco y a rosas.

Su fragancia y su sabor lo excitaron hasta un punto que jamás había alcanzado. Por primera vez en muchos siglos, sentía un afán posesivo por una mujer.

Quería quedarse con ella. El vikingo que había en él cobró vida. Durante su existencia como humano, se la habría echado al hombro y habría matado a cualquiera que intentara alejarla de él.

Aun después de tantos siglos, seguía siendo prácticamente igual de bárbaro. Cogía lo que quería. Siempre.

Cassandra gritó cuando Wulf le dio un lametón. Su cuerpo ardía de deseo por él. Arqueó la espalda y lo observó en el espejo del techo.

Jamás había visto algo más erótico que los músculos de esa espalda contrayéndose mientras le proporcionaba placer. Y menudo cuerpo tenía...

Un cuerpo que se moría por acariciar.

Movió las piernas hasta meterlas bajo él y se la acarició con los pies muy despacio.

Wulf gimió en respuesta.

—Tienes unos pies muy hábiles, *villkat* —dijo, llamándola de nuevo por el apelativo nórdico que significaba «gata salvaje».

—Son para acariciarte mejor —respondió con voz juguetona cuando comprendió que así debería sentirse Caperucita Roja mientras la devoraba el Lobo Feroz.

Él se unió a sus risas.

Enterró los dedos en ese cabello negro y ondulado, y le dejó hacer lo que se le antojase. Jamás había experimentado un placer semejante al que le provocaba esa lengua mientras la recorría. Mientras la lamía, la excitaba y la saboreaba.

Justo cuando creía que no podría haber nada mejor, Wulf le metió dos dedos.

Se corrió en el acto.

Y él siguió acariciándola hasta que la tuvo de nuevo ardiendo y mareada de placer.

—Mmm... —susurró al apartarse de ella—. Creo que mi gatita está hambrienta.

—Famélica —replicó al tiempo que tiraba de él para darse un festín con su piel, tal como Wulf había hecho.

Le enterró los labios en el cuello y lo mordisqueó, ansiosa por saborearlo. ¿Qué tenía ese hombre que la volvía loca de deseo? Era magnífico. Ardiente. Sexy. Jamás había deseado a nadie de esa manera.

Wulf fue incapaz de resistir el modo en el que ella lo aferraba. Lo estaba volviendo loco de deseo. Hasta tal punto que la habitación comenzó a darle vueltas.

Incapaz de tolerarlo más, la puso de costado y la penetró.

Cassandra gritó por el inesperado placer de tenerlo en su interior. Ningún hombre la había tomado en esa posición, completamente de costado. Estaba tan enterrado en ella que habría jurado que podía sentirlo en el útero.

Lo observó en el espejo de la pared mientras la embestía una y otra vez, cada vez más adentro, hasta que sintió deseos de gritar de placer.

Jamás había conocido a un hombre con tanta fuerza, con tanto poder. Con cada certera embestida, la dejaba sin aliento.

Se corrió de nuevo un instante antes de que lo hiciera él.

Wulf se apartó de ella y se tumbó a su lado.

La ferocidad del acto le había desbocado el corazón. Pero aún no estaba saciado. Estiró el brazo hacia ella y la colocó sobre su pecho para sentir así cada centímetro de su cuerpo.

—Eres espectacular, *villkat.*

Cassandra le acarició el pecho con la nariz.

—Tú tampoco estás mal, *villwulf.*

Wulf se echó a reír por el apelativo cariñoso en nórdico que se había inventado. «Lobo salvaje», le gustaba. Esa mujer le gustaba de verdad, y también su ingenio.

Cassandra disfrutó de la seguridad que le proporcionaban esos brazos. Por primera vez en su vida, se sentía completamente a salvo. Como si allí no pudiera pasarle nada malo. Nunca se había sentido así. Ni siquiera de niña. Había crecido con el miedo como compañero de juegos, sobresaltándose cada vez que un desconocido llamaba a la puerta.

Todos los desconocidos eran sospechosos. De noche podría ser cualquier daimon o apolita que la quisiera muerta. De día podría ser un *doulos* quien fuera a por su cabeza.

Sin embargo, algo le decía que ese hombre no permitiría que nadie la amenazara.

—¡Cassandra!

Frunció el ceño al escuchar la voz femenina que se coló en sus sueños.

—¿Cassandra?

En contra de su voluntad, se vio sacada del sueño y descubrió que se había quedado dormida en su cama.

Los golpes en la puerta no cesaban.

—¿Cass? ¿Te encuentras bien?

Reconoció la voz de Michelle. Le costó un esfuerzo sobrehumano despejarse lo suficiente como para sentarse en la cama.

Estaba desnuda otra vez.

Frunció el ceño al ver que su ropa estaba amontonada en el suelo. ¿Qué coño pasaba? ¿Se había vuelto sonámbula o algo así?

—Estoy aquí, Chel —dijo al tiempo que se levantaba y se ponía el albornoz rojo. Al abrir la puerta, se encontró con Kat y su amiga al otro lado.

—¿Te encuentras bien? —preguntó Michelle.

Bostezó y se frotó los ojos.

—Estoy bien. Solo estaba durmiendo la siesta.

Aunque en realidad no se sentía bien. Más que una siesta parecía haber sufrido un episodio de narcolepsia.

—¿Qué hora es?

—Las ocho y media, cielo —respondió Kat.

Michelle las miró de forma alternativa.

—Dijisteis que me acompañaríais al Infierno, pero si no os apetece...

No se le escapó la decepción que destilaba la voz de su amiga.

—No, no, de verdad que no pasa nada. Me visto en un santiamén y nos vamos.

Michelle esbozó una sonrisa de oreja a oreja.

Kat la miró con recelo.

—¿Estás segura de que te apetece?

—Estoy bien, de verdad. Anoche no dormí bien y necesitaba una siesta.

Kat resopló.

—Es por todo el tiempo que le habéis dedicado Chris y tú a *Beowulf*. Te ha dejado seca. Beowulf... Un íncubo... Viene a ser lo mismo.

El comentario se acercaba demasiado a la verdad como para que le hiciera gracia.

Soltó una risilla nerviosa.

—Estaré lista en unos minutos.

Cerró la puerta y se giró para observar el montón de ropa.

¿Qué estaba pasando allí?

¿Era Beowulf un íncubo de verdad?

Tal vez...

Tras desechar esa absurda idea, recogió la ropa del suelo y la echó a la cesta de la ropa sucia; después se puso unos vaqueros y un jersey azul marino.

Mientras se preparaba para salir, sintió un extraño hormigueo. Esa noche iba a ocurrir algo. Lo sabía. Carecía de los poderes psíquicos de su madre, pero tenía fuertes corazonadas cuando iba a pasar alguna cosa, ya fuera buena o mala.

Por desgracia, era incapaz de averiguar cuál de las dos opciones hasta que ya era demasiado tarde.

Pero estaba claro que algo se estaba cociendo esa noche.

5

—Bienvenidos al *kolasi* —dijo Stryker entre dientes, utilizando la palabra atlante que denominaba al infierno, mientras estudiaba a los líderes del ejército daimon, listo para atacar en cuanto él diera la orden.

Lo había dirigido durante once mil años, puesto que era el hijo de la Destructora atlante.

Esos daimons, elegidos por la misma diosa y entrenados por él, eran asesinos de élite. Entre los daimons se les conocía como *spati.* Un término que tanto los Cazadores Oscuros como los apolitas habían corrompido, ya que no comprendían lo que era un verdadero spati. Denominaban así a cualquier daimon que les hiciera frente. Sin embargo, se equivocaban. Los verdaderos spati eran algo muy distinto.

No eran los hijos de Apolo. Eran sus enemigos, al igual que lo eran de los humanos y de los Cazadores Oscuros. Hacía mucho tiempo que los spati habían dado la espalda a toda herencia griega o apolita que pudieran haber tenido.

Eran los últimos atlantes y estaban orgullosos de serlo.

Ni los Cazadores Oscuros ni los humanos sabían que había miles de ellos. Miles. Con muchos más años de los que cualquier patético humano, apolita o Cazador Oscuro pudiera imaginar. Mientras que los daimons débiles se escondían bajo tierra, los spati utilizaban las láminas, también llamadas madrigueras, para viajar entre dimensiones.

Su hogar estaba en un plano distinto al humano. En Kalosis, donde la misma Destructora sufría su confinamiento y donde jamás llegaba la letal luz de Apolo. Eran su guardia personal.

Sus hijos e hijas.

Solo había unos cuantos que podían conjurar una lámina por sí mismos. Era un don que la Destructora no regalaba con frecuencia. Stryker, hijo de ella, podía salir y entrar a su antojo, pero había elegido quedarse junto a su madre.

Llevaba once mil años a su lado...

Planeando esa noche. Después de que su padre, Apolo, los maldijera y abandonara a una muerte espantosa, había abrazado la causa de su madre sin el menor asomo de duda.

Fue Apolimia quien le mostró el camino que había de seguir. Quien le enseñó a retener las almas humanas en su interior para sobrevivir aun cuando su padre le hubiera condenado a morir a los veintisiete años.

«Sois mis elegidos —les había dicho—. Luchad conmigo y los dioses atlantes volverán a gobernar el mundo.»

Desde aquel día, habían reclutado su ejército con sumo cuidado. Los cuarenta generales que se agrupaban en el «salón de banquetes» eran los mejores guerreros spati. Todos aguardaban a que el espía les informara de la reaparición de la heredera desaparecida.

No habían sabido nada de ella en todo el día. Sin embargo, con la llegada de la noche volvía a estar al alcance de sus manos. En cualquier momento serían libres para adentrarse en la oscuridad de la noche y arrancarle el corazón.

Una idea que le sonaba a música celestial.

Las puertas del salón se abrieron y de la oscuridad surgió el último de sus hijos que seguía con vida, Urian. Vestido de negro de pies a cabeza, igual que él, Urian llevaba su larga melena dorada recogida en una coleta que sujetaba con un cordón de cuero negro.

Su hijo era el más apuesto de todos los presentes, aunque la belleza era algo innato en su raza.

Los oscuros ojos azules de Urian relampagueaban mientras atravesaba el salón con el paso orgulloso y letal de un depredador. La primera vez que atravesó la lámina con él, le resultó extraño hacer de padre de un hombre que aparentaba su misma edad en términos físicos; sin embargo, dejando eso a un lado, eran padre e hijo.

Más aún, eran aliados.

Y mataría a cualquiera que lo amenazara.

—¿Sabemos algo? —le preguntó.

—Todavía no. El espía dice que ha perdido su rastro, pero que volverá a encontrarlo.

Stryker asintió. Había sido él quien les comunicó la noche anterior las noticias de la pelea en la que habían muerto varios daimons. Por regla general, habría pasado inadvertida, pero el espía afirmaba que los daimons se habían referido a su víctima como «la heredera».

Stryker la había buscado por todo el planeta. Habían estado a punto de matarla cinco años atrás en Bélgica, pero el guardaespaldas de la mujer se había sacrificado para que ella escapara.

Desde entonces no habían sabido nada de ella. Nadie la había visto. La heredera había demostrado ser tan astuta como su madre.

De ahí que le hubieran seguido el juego.

Un juego que acabaría esa noche. Con las patrullas que tenía en Saint Paul y los espías que trabajaban para él, estaba seguro de que no tardarían en dar con ella.

Le dio unas palmadas a su hijo en la espalda.

—Quiero al menos a veinte de los nuestros en alerta. No se nos escapará de ningún modo.

—Convocaré a los Illuminati.

Stryker hizo un gesto de aprobación con la cabeza. Su hijo y él, junto con treinta spati más, formaban los Illuminati, la guardia personal de la Destructora. Cada uno de ellos había hecho un juramento de sangre con su madre para conseguir liberarla del inframundo, de modo que pudiera gobernar la Tierra de nuevo.

Cuando llegara ese día, ellos serían los príncipes. Y solo responderían ante ella.

Por fin había llegado la hora.

Wulf no entendía ese empeño suyo en ir al Infierno, aunque la compulsión era irresistible.

Sospechaba que se debía a la desquiciada necesidad de sentirse cerca de la mujer que rondaba sus sueños. Todavía veía su hermosa sonrisa y sentía la cálida bienvenida de su cuerpo.

Lo que era mejor, aún paladeaba su sabor.

Los recuerdos lo atormentaban. Hacían aflorar sentimientos y deseos de los que había prescindido siglos antes sin el menor remordimiento.

¿Quién los necesitaba?

Sin embargo, eso no disminuía el ansia que sentía por volver a verla.

No tenía sentido.

La posibilidad de volver a verla en el mismo lugar era inexistente.

Pero allí se dirigía. No podía evitarlo. Como si no tuviera control sobre sí mismo y lo guiara una fuerza invisible.

Después de aparcar el coche, atravesó la tranquila calle como un fantasma que vagara en silencio en mitad de la gélida noche. Notaba el frío azote del viento en las partes del cuerpo que no llevaba resguardadas.

Una noche muy parecida a esa fue cuando empezó a formar parte del ejército de Artemisa. En aquella ocasión también estaba buscando algo. Aunque lo que buscaba era de naturaleza muy distinta.

¿O no?

«Eres un alma errante en busca de una paz que no existe. Perdido estarás hasta que descubras la verdad absoluta. No podemos huir de lo que somos. Nuestra única esperanza es asumirlo.»

Seguía sin entender lo que la anciana vidente había intentado decirle la noche que la consultó para que le explicara cómo Morginne y Loki habían intercambiado sus almas.

Tal vez no hubiera una explicación real. Después de todo, vivía en un mundo de locos que parecía desquiciarse aún más por momentos.

Entró en el Infierno. Pintadas de negro tanto en el interior como en el exterior, las paredes del club estaban adornadas con llamas rojas que resplandecían de forma extraña bajo la luz mortecina y parpadeante.

El dueño del club, Dante Pontis, lo recibió en la puerta, donde comprobaba la identidad de los clientes y cobraba la entrada ayudado por dos «hombres». En su forma humana, el katagario iba disfrazado irónicamente de «vampiro». Claro que Dante encontraba la mar de graciosas esas cosas... de ahí el nombre del club.

La pantera llevaba pantalones negros de cuero, botas de motero adornadas con llamas rojas y anaranjadas, y una camisa negra con chorreras. No se había atado el cordoncillo que la cerraba en el pecho, de modo que las chorreras le caían a ambos lados, dejando su torso al descubierto. Su abrigo de cuero negro también tenía un aire decimonónico, pero sabía que era una imitación; una de las ventajas de haber visto los originales en persona era que podía recordar los detalles de la moda de esa época a la perfección.

Dante llevaba el pelo suelto y la larga melena negra le caía sobre los hombros.

—Wulf —lo saludó, mostrando un par de colmillos falsos.

La pantera solo tenía colmillos así de largos en su forma animal.

Wulf ladeó la cabeza al verlo.

—¿Qué coño llevas en la boca?

La sonrisa de Dante se ensanchó, lo que dejó los colmillos más a la vista.

—Las mujeres los adoran. Te diría que te compraras unos, pero sé que los tuyos venían con el paquete.

Wulf soltó una carcajada.

—No pienso hablar de mi paquete.

—Te lo agradezco.

Bromas malas aparte, le gustaba el club, aun cuando a los katagarios no les hiciera gracia su presencia. Era uno de los pocos lugares donde la gente recordaba su nombre. Sí, vale, se sentía como Sam Malone en *Cheers*, aunque ni Norm ni Cliff lo esperaran sentados en la barra. Más bien estaban Spike y Blade...

El «hombre» que Dante tenía al lado se inclinó hacia delante.

—¿Es un Cazador Oscuro?

El interpelado entrecerró los ojos. Agarró al tipo y lo lanzó en dirección al otro portero.

—Llévate al puto espía arcadio al callejón trasero y encárgate de él.

El arcadio se quedó lívido.

—¿Cómo? No soy arcadio.

—No me vengas con gilipolleces —masculló Dante—. Conociste a Wulf hace dos semanas y si en realidad fueras un katagario, lo recordarías. Una de dos, o eres un humano o un puto hombre-pantera.

Wulf enarcó una ceja al escuchar un insulto que los katagarios no solían usar con ligereza. Utilizar el término «hombre» más el de un animal era una enorme ofensa para ellos, que se enorgullecían del hecho de ser animales capaces de adoptar forma humana y no al contrario.

Toleraban a duras penas que les pusieran el nombre de Cazadores junto al de Katagario por la única razón de que en realidad daban caza a los arcadios, que eran humanos capaces de adoptar forma animal. Además, los machos katagarios solían dar caza a las mujeres humanas... con fines sexuales. Al parecer, el sexo les resultaba mucho más placentero en forma humana que en forma animal y el macho de la especie tenía un apetito voraz en ese ámbito.

Por desgracia para Wulf, las féminas que podían recordarlo, las katagarias, no solían buscar pareja fuera de su especie. Al contrario que los machos, ellas solo se apareaban cuando buscaban una pareja estable. Ellos lo hacían por el disfrute y nada más.

—¿Qué vais a hacerle? —le preguntó a Dante mientras el portero se llevaba al arcadio.

—¿Y a ti qué te importa? Yo no me meto en tus asuntos y tú no te metes en los míos.

Wulf meditó sobre lo que debía hacer, pero si el tipo era en realidad un espía arcadio, podría apañárselas solito y rechazaría la ayuda, sobre todo si provenía de un Cazador Oscuro. Tanto los arcadios como los katagarios eran muy independientes y odiaban que cualquiera interfiriera en sus asuntos.

Así que cambió de tema.

—¿Hay algún daimon en el club? —preguntó.

Dante negó con la cabeza.

—Pero está Corbin. Lleva una hora más o menos. Dice que la noche está tranquila. Hace demasiado frío para que salgan los daimons.

Wulf asintió al escuchar el nombre de la Cazadora Oscura con la que compartía la zona. Siendo así, no podría quedarse mucho en el club, a menos que ella estuviera a punto de marcharse.

Entró y fue a saludarla.

Esa noche no había ningún grupo tocando en directo. Un DJ se encargaba de pinchar una música estruendosa con voces operísticas que, según le había oído decir a Chris, se llamaba «goth metal».

El club estaba a oscuras, salvo por los destellos intermitentes de los focos. Para su vista de Cazador Oscuro eran una tortura; una idea de Dante para conseguir que interfirieran lo menos posible en sus asuntos mientras estaban en el local. Sacó las gafas de sol y se las puso con el fin de aliviar el dolor.

Había gente bailando en la pista, ajena a todo lo que le rodeaba.

—A las buenas.

La voz de Corbin tan cerca de su oído le hizo dar un respingo. La Cazadora controlaba el tiempo y era capaz de teletransportarse. Le encantaba sorprender a la gente apareciendo de repente...

Se dio la vuelta para ver cara a cara a la guapísima pelirroja. Alta, esbelta y letal, Corbin fue una reina griega en su vida mortal. Todavía conservaba un aire regio y cierta arrogancia en su modo de tratar a los demás que despertaba el deseo de lavarse las manos, antes de rozarla siquiera, para no mancharla.

Había muerto intentando salvar a los suyos de la invasión de una tribu bárbara, la cual había sido sin duda precursora de los vikingos.

—Hola, Binny —replicó, utilizando el apodo que solo tenían permitido utilizar unos cuantos elegidos.

Ella le colocó una mano en el hombro.

—¿Estás bien? Pareces cansado.

—No me pasa nada.

—No sé. Tal vez debería mandarte a Sara unos días para que reemplace a Chris y se encargue de ti.

Wulf le cubrió la mano con una de las suyas, agradecido por esa muestra de preocupación.

Sara Addams era la escudera de Corbin.

—Es lo que me hacía falta... una escudera que no recuerde que tenía que servirme.

—¡Uf, cierto! —exclamó ella, arrugando la nariz—. Había olvidado ese pequeño inconveniente.

—No te preocupes. No tiene nada que ver con Chris. Es que últimamente no consigo dormir bien.

—Lo siento.

Wulf se percató de que varios katagarios los observaban.

—Creo que los estamos poniendo nerviosos.

Corbin se echó a reír mientras ojeaba el club.

—Es posible. Pero me apuesto lo que quieras a que presienten lo mismo que yo.

—¿Y qué es?

—Algo va a pasar aquí esta noche. Por eso he venido. ¿Tú no lo sientes?

—No tengo ese poder.

—Pues no sabes la suerte que tienes, porque es una putada. —Corbin se alejó de él—. Pero ya que estás aquí, voy a salir a que me dé un rato el aire y te dejo el Infierno a ti. No quiero quedarme sin mis poderes.

—Nos vemos luego.

Ella asintió con la cabeza y se desvaneció de repente. Wulf esperaba que ningún humano la hubiera visto hacerlo. Atravesó el local con una extraña sensación de distanciamiento. No sabía por qué estaba en ese lugar. Era una estupidez.

No estaría de más marcharse como Corbin.

Se dio la vuelta y se quedó de piedra...

Cassandra no se sentía a gusto esa noche en el Infierno. Su mente insistía en rememorar la noche anterior. Hasta Kat percibía su malestar.

Había dos voces enfrentadas en su cabeza. Una le decía que se marchara de inmediato y otra insistía en que se quedara.

Estaba comenzando a plantearse si sufría de esquizofrenia o algo así.

Michelle y Tom se acercaron a ellas.

—Hola, odio dejaros tiradas, pero Tom y yo nos vamos a un lugar tranquilo donde podamos hablar, ¿vale?

Cassandra los miró con una sonrisa.

—Claro. Divertíos.

En cuanto se alejaron, miró a Kat.

—No hace falta que nos quedemos, ¿no?

—¿Estás segura de que quieres marcharte?

—Sí, eso creo.

Se puso en pie y cogió el bolso. Estaba poniéndose el abrigo sin prestar atención a nada más cuando se dio de bruces con alguien tan sólido como un muro.

—¡Vaya! Lo sien... —Dejó la frase en el aire cuando alzó la cabeza y vio el rostro que había estado rondando sus sueños.

¡Era él!

Conocía, en el sentido más bíblico de la palabra, cada centímetro de ese espléndido y duro cuerpo masculino.

—¿Wulf?

Wulf se quedó completamente pasmado al escuchar su nombre de sus labios.

—¿Me conoces?

Un adorable rubor le cubrió el rostro y entonces supo que... No habían sido sueños.

Ella hizo ademán de alejarse.

—Cassandra, espera.

Cassandra se quedó de piedra al escuchar su nombre de sus labios.

¡Sabía cómo se llamaba!

«¡Corre!», le dijo una vocecilla muy parecida a la voz de su madre, aunque la orden quedó ahogada por esa parte de sí misma que se negaba a alejarse de él.

Wulf le tendió la mano.

Cassandra se quedó sin aliento mientras la contemplaba, anhelando su contacto. Su contacto real.

Antes de pensar en lo que hacía, extendió su propio brazo. Cuando estaba a punto de tocarlo, un destello extraño que iluminó la espalda de Wulf le llamó la atención.

Echó un vistazo hacia la pista de baile y vio una imagen muy rara, parecida a un espejo. De su interior surgió un hombre que parecía la encarnación del mal.

Con más de dos metros de altura, el tipo iba vestido de negro de los pies a la cabeza y llevaba el pelo negro muy corto. Su rostro era sublime. Era tan guapo como Wulf y, al igual que este, llevaba gafas de sol. El único color que se apreciaba en su atuendo era el dibujo de su chupa: un sol amarillo chillón con un dragón negro en el centro.

Por más que tuviera el pelo negro, se trataba de un daimon. Todos los instintos apolitas que poseía se lo estaban diciendo a gritos. Además, un grupo de daimons atravesó el portal tras él. Todos rubios y vestidos de negro.

Exudaban un magnetismo y una virilidad sobrenaturales. Aunque, lo que era mucho peor, también exudaban una determinación letal.

No habían ido para alimentarse, sino para matar.

Retrocedió con un jadeo.

Wulf se dio la vuelta para mirar lo que acababa de sorprender a Cassandra. Se quedó boquiabierto al ver que un grupo de daimons entraba en el club utilizando una madriguera.

Dante llegó corriendo desde la entrada, aunque se convirtió en pantera en plena carrera. Antes de que pudiera llegar hasta ellos, el daimon del pelo negro le lanzó una descarga astral.

El katagario cayó al suelo con un grito mientras cambiaba de una forma a otra de modo intermitente.

El caos estalló entre la clientela.

—¡Encargaos de los humanos! —gritó el DJ por los altavoces, avisando a los katagarios presentes en el local de que debían reunir a los humanos y borrarles la memoria. O modificar sus recuerdos, tal como hacían cada vez que algo «extraño» sucedía en el club.

Aunque lo más importante era protegerlos.

Los daimons se desplegaron por el local, rodeándolos y atacando a cualquier katagario que se les acercara.

Wulf se precipitó entre la multitud para atacar.

Agarró a uno de los daimons que llevaba el pelo recogido en una coleta y le dio la vuelta para que lo mirara de frente. El tipo se puso fuera de su alcance.

—Esto no va contigo, Cazador Oscuro.

Wulf se sacó dos largas dagas de las botas.

—Yo creo que sí.

Atacó, pero para su sorpresa, el daimon se movió como una exhalación. Respondió a cada uno de sus movimientos con un contraataque.

¡Joder! Jamás había visto a ningún daimon que se moviera así.

—¿Qué eres? —le preguntó a su contrincante.

El daimon se echó a reír.

—Somos spati, Cazador Oscuro. Las criaturas más letales que pueblan la oscuridad de la noche. Mientras que tú... —dijo recorriéndolo con una mirada desdeñosa—. No eres más que un farsante.

El daimon lo cogió por el cuello y lo arrojó al suelo. El golpe fue tan fuerte que lo dejó sin aire y lo obligó a soltar las dagas.

Su oponente se abalanzó sobre él y comenzó a golpearlo como si no fuera más que un pelele.

Consiguió quitárselo de encima a duras penas. Las peleas entre los katagarios y los daimons se sucedían por todo el local. Preocupado por Cassandra, echó un vistazo y la descubrió en un rincón alejado, escondida junto a una rubia.

Tenía que sacarla de allí.

El daimon contra el que peleaba siguió su mirada.

—¡Padre! —gritó—. ¡La heredera! —exclamó, señalando directamente a Cassandra.

Wulf aprovechó la distracción para asestarle una patada y alejarlo.

Como si fueran un solo individuo, los spati se zafaron de sus respectivos oponentes y saltaron hacia el lugar donde Cassandra y la rubia estaban escondidas.

Cayeron todos del cielo, literalmente y en formación, a escasos metros del lugar.

Wulf echó a correr hacia ellas, pero antes de que pudiera llegar, la rubia que estaba agazapada junto a Cassandra se enderezó.

El líder de los daimons se detuvo al instante.

La rubia extendió los brazos como si tuviera intención de apartarlos de Cassandra. De repente, un torbellino de origen desconocido comenzó a azotar el interior del club. Los daimons se detuvieron.

Se abrió otro brillante portal en mitad de la pista de baile.

—Es la lámina —dijo el daimon con el que se había enfrentado Wulf con un deje burlón. Se giró hacia la rubia y la miró con expresión asesina.

Los daimons atravesaron el portal uno a uno, visiblemente enfurecidos. Todos salvo el líder.

Su mirada siguió clavada en la rubia, sin flaquear.

—Esto no ha acabado —masculló.

Ella no retrocedió ni se acobardó. Parecía estar hecha de piedra. O tal vez le hubiera dado un pasmo.

El líder de los daimons dio media vuelta y entró sin prisa alguna en el portal, que se desvaneció en cuanto lo hubo atravesado.

—¿Kat? —la llamó Cassandra cuando se enderezó.

La rubia se tambaleó hacia atrás.

—¡Dios mío! Creí que estaba muerta —replicó ella con un hilo de voz mientras temblaba de los pies a la cabeza—. ¿Los has visto?

Cassandra asintió mientras él se acercaba a ellas.

—¿Qué eran? —preguntó la rubia.

—Daimons spati —contestó Cassandra con un hilo de voz. Miraba estupefacta a su compañera—. ¿Qué les has hecho?

—Nada —respondió ella, con expresión inocente—. Me limité a plantarme frente a ellos. ¿Por qué se han marchado?

Wulf la miró con recelo. No había razón alguna que hubiera obligado a los daimons a marcharse. Iban ganando la pelea.

Por primera vez en su vida había albergado ciertas dudas sobre su capacidad para derrotarlos.

Corbin se acercó a ellos.

—¿Has pulverizado a alguno?

Wulf meneó la cabeza mientras se preguntaba cuándo habría regresado la Cazadora. Ni siquiera había percibido que sus poderes mermaran. Pero claro, dada la tunda que le estaba dando el spati, no era de extrañar...

Corbin se frotó el hombro como si hubiera resultado herida en la lucha.

—Yo tampoco.

El impacto de semejante noticia los sobrecogió a ambos.

Los dos se dieron la vuelta para mirar a Cassandra.

—¿Venían a por ti? —preguntó Wulf. Parecía terriblemente incómoda—. Tú encárgate de Dante y los suyos —le dijo a Corbin—. Yo me encargo de esto.

La Cazadora se alejó mientras él volvía a prestar atención a Cassandra y a la tal Kat.

—¿Cómo es posible que me recuerdes? —Aunque la respuesta era tan obvia que hasta él la sabía—. Eres una apolita,

¿verdad? —Imposible que fuese una katagaria. El aura que las rodeaba era inconfundible.

Cassandra bajó la vista al suelo mientras susurraba:

—Medio apolita.

Wulf soltó un taco. Claro, ya lo entendía todo.

—Así que ¿eres la heredera apolita que tienen que matar para acabar con su maldición?

—Sí.

—¿Por eso has estado jodiendo mis sueños? ¿Es que esperabas que te protegiera?

Ofendida, Cassandra le lanzó una mirada furibunda.

—No te he hecho nada, capullo. En todo caso, eres tú quien me lo ha hecho a mí.

¡Ja! Esa sí que era buena..., pensó Wulf.

—Sí, claro... En fin, no te ha funcionado. Mi trabajo consiste en matar a los tuyos, no en protegerlos. Tendrás que apañártelas tú solita, princesa.

Se dio la vuelta y se alejó.

Cassandra se debatía entre el deseo de abofetearlo y el de echarse a llorar.

En cambio, lo siguió y lo detuvo tirándole del brazo.

—Para que lo sepas, no necesito que me protejan. Ni tú ni nadie. Y lo último que haría sería pedirle al Satán de mi pueblo que me protegiera. No eres más que un asesino, igual que los daimons a los que das caza. Al menos ellos aún conservan sus almas.

Con el rostro crispado, Wulf se zafó de su mano y se marchó.

Cassandra sentía deseos de ponerse a chillar por el modo en que había acabado todo. Y en ese momento cayó en la cuenta de que había una parte de sí misma a la que le gustaba ese hombre. Había sido tan tierno en sus sueños...

Tan amable...

Ya podía olvidar sus esperanzas de preguntarle por los suyos. Ese no era el hombre con el que había soñado. En carne y hueso era horrible. ¡Horrible!

Echó un vistazo por el club. Las mesas estaban volcadas y los katagarios intentaban arreglar el desastre.

La situación se había convertido en una pesadilla.

—Ven —le dijo Kat—. Vámonos a casa antes de que regresen los daimons.

Sí. Quería irse a casa. Quería olvidar que esa noche había ocurrido y como a Wulf se le ocurriera poner un pie en sus sueños...

En fin, si había creído duros de pelar a los spati, ya podía ir preparándose para luchar con ella...

Stryker dejó a sus hombres en el salón y fue a ver a Apolimia. De entre los spati, solo él tenía permiso para hacerlo.

Su templo era el edificio más grande de todo Kalosis. El mármol negro brillaba aun en la penumbra del inframundo. En el interior montaba guardia una pareja de feroces ceredones, unas criaturas con cabeza de perro, cuerpo de dragón y cola de escorpión. Ambos le gruñeron, pero mantuvieron las distancias. Hacía mucho que habían aprendido que él era uno de los cuatro seres que tenían permitido acercarse a la Destructora.

Encontró a su madre en la salita, sentada en el sofá y flanqueada por dos de sus demonios carontes. Xedrix, el macho, que era su guardaespaldas personal, estaba a su derecha. Tenía la piel de color azul marino y los ojos de un amarillo chillón. De entre el pelo, también azul, surgían un par de cuernos negros y sus alas eran de un rojo intenso. Estaba totalmente inmóvil, con una mano colocada muy cerca del hombro de la Destructora.

El otro demonio era de nivel inferior, pero por algún motivo personal, su madre parecía proteger a Sabina. Esta tenía una larga melena verde que favorecía el tono amarillo de su piel. Sus ojos eran del mismo color que el pelo y tenía las alas y los cuernos de un extraño tono naranja.

Los demonios lo observaron con recelo, pero ninguno se movió ni habló mientras su madre guardaba silencio, como si estuviera absorta en sus pensamientos.

Las ventanas, que estaban abiertas, daban a un jardín donde solo crecían flores negras, en memoria de su hermano. El otro hijo de la Destructora había muerto incontables siglos antes y ella seguía llorando su muerte.

En la misma medida que celebraba el hecho de que él siguiera con vida.

Las ondas de su larga melena dorada la rodeaban con su perfección. Aun cuando era más vieja que el tiempo, el rostro de Apolimia era el de una joven que no llegaba a los treinta años. Su vestido negro de gasa se fundía con el sofá, dificultando la tarea de distinguir dónde acababa uno y empezaba el otro.

Miraba hacia el exterior sin mover un solo músculo, con un almohadón de satén negro en el regazo.

—Están intentando liberarme.

Stryker hizo una pausa antes de replicar:

—¿Quiénes?

—Esos estúpidos griegos. Creen que me alinearé con ellos por gratitud. —Soltó una seca carcajada.

Stryker esbozó una sonrisa desabrida. Su madre odiaba al panteón griego con saña.

—¿Lo conseguirán?

—No. El Electi los detendrá. Como siempre. —Giró la cabeza para mirarlo.

Sus ojos eran tan claros que parecían incoloros. La escarcha que le cubría las pestañas lanzaba destellos y su piel translúcida tenía un tono iridiscente, lo que le confería una apariencia frágil y delicada. Sin embargo, no había nada frágil en la Destructora.

Tal como indicaba su nombre, era la destrucción personificada. Había enviado a todos los miembros de su familia a la muerte, de donde nunca regresarían.

Su poder era absoluto y solo a través de la traición habían logrado encerrarla en Kalosis, desde donde podía observar el mundo de los humanos sin intervenir. Sus daimons y él podían utilizar las madrigueras para salir de esa dimensión y volver sin problemas, pero ella no.

Al menos no hasta que el sello de la Atlántida se rompiera, y él no tenía ni la más remota idea de cómo hacerlo. Apolimia jamás se lo había confiado.

—¿Por qué no has matado a la heredera? —le preguntó.

—La Abadonna abrió el portal.

Su madre seguía tan inmóvil que parecía irreal. De repente, se echó a reír. Su risa era delicada y flotó en el aire con la cadencia de una melodía.

—Muy buena, Artemisa —dijo en voz alta—. Estás aprendiendo. Pero eso no te salvará. Ni a ti ni a ese miserable hermano tuyo al que proteges. —Se puso en pie, dejó el almohadón en el sofá y se acercó a él—. ¿Estás herido, *m'gios*?

Como siempre sucedía cuando Apolimia se refería a él como «hijo», Stryker sintió una oleada de alegría.

—No.

Xedrix avanzó para susurrarle algo a la Destructora al oído.

—No —replicó ella en voz alta—. Nadie tocará a la Abadonna. Tiene lealtades enfrentadas y no me aprovecharé de su bondad... no como hacen otras diosas que todos conocemos... Ella es inocente en este asunto y no la castigaré por ello. —Se dio unos golpecitos en la barbilla con los dedos—. La pregunta es: ¿qué está planeando esa zorra de Artemisa? —Cerró los ojos—. Katra... —murmuró, llamando a la Abadonna. Segundos después resopló, contrariada—. Se niega a contestar. Muy bien —dijo con una voz que Stryker sabía que podría traspasar dimensiones de modo que Katra la escuchara—. Protege a Artemisa y a la heredera de Apolo si es tu deber. Pero ten presente que no podrás detenerme. Nadie puede.

Se dio la vuelta para enfrentarlo.

—Tendremos que separar a Katra de la heredera.

—¿Cómo? Si la Abadonna sigue abriendo el portal, nos anulará. Sabes que debemos traspasarlo cada vez que alguien lo abre.

La Destructora volvió a reírse.

—La vida es como una partida de ajedrez, Strykerio, ¿todavía no lo has comprendido? Cada vez que mueves los peones para protegerlos, dejas a la reina indefensa ante un ataque.

—¿Y eso significa...?

—Que la Abadonna no tiene el don de la ubicuidad. Si no puedes llegar hasta la heredera, ataca a alguien importante para la Abadonna.

Stryker sonrió al comprender las implicaciones.

—Estaba deseando que dijeras eso.

6

Cassandra estaba tan enfadada que no sabía qué hacer. En realidad sí lo sabía. Pero para ello, Wulf tenía que estar atado en una habitación y ella debía tener a mano una escoba enorme con la que atizarle.

O mejor aún, ¡una vara con espinas!

Por desgracia, necesitaría algo más que la ayuda de Kat para inmovilizar a ese idiota insoportable.

Mientras Kat conducía de vuelta al apartamento, contuvo las ganas de gritar y de despotricar contra ese imbécil que tenía la misma compasión que un guisante.

No se había dado cuenta de lo mucho que se había abierto al Wulf de sus sueños. De lo mucho que le había entregado. Jamás había sido de las que confían en los demás, y mucho menos en un hombre. Sin embargo, lo había dejado entrar en su corazón y en su cuerpo.

¿Hasta qué punto...?

Interrumpió el hilo de sus pensamientos al darse cuenta de una cosa.

Un momento, pensó

Él también recordaba los sueños.

La había acusado de intentar...

—¿Por qué no se me ocurrió cuando estábamos en el club? —preguntó en voz alta.

—¿Qué es lo que no se te ocurrió?

Miró a Kat, cuyo rostro estaba iluminado por las luces del salpicadero.

—¿Recuerdas lo que dijo Wulf? Me recordaba de sus sueños y yo a él de los míos. ¿Crees que los sueños pueden ser reales?

—¿Wulf estaba en el club? —preguntó Kat, que la miraba con el ceño fruncido—. ¿El Cazador Oscuro con el que has estado soñando estaba allí? ¿Dónde?

—¿No lo has visto? —le preguntó ella a su vez—. Se acercó a nosotras después de la pelea y me gritó por el hecho de ser una apolita.

—La única persona que se acercó a nosotras fue el daimon.

Abrió la boca para corregirla, pero después recordó lo que Wulf le había dicho acerca de que la gente lo olvidaba. Madre del amor hermoso, su guardaespaldas también lo había olvidado por completo.

—Vale —dijo, haciendo un nuevo intento—. Olvidemos que Wulf estaba allí y volvamos a la otra pregunta. ¿Crees que los sueños que he estado teniendo pueden ser reales? ¿Una especie de estado alterado de conciencia o algo así?

Kat resopló.

—Hace cinco años ni siquiera creía que existieran los vampiros, pero tú me has demostrado lo equivocada que estaba. Cielo, teniendo en cuenta lo extraña que es tu vida, yo diría que nada es imposible.

Muy cierto.

—Ya, pero jamás había oído hablar de alguien que pudiera hacer eso.

—No sé. ¿Recuerdas lo que leímos esta tarde en internet sobre los Cazadores Oníricos? Pueden dirigir los sueños. ¿Crees que pueden estar relacionados con esto?

—No lo sé, la verdad. Es posible. Pero en el sitio web ponía que ellos se infiltraban en los sueños. No decía nada de que pudieran introducir a dos personas en un mismo sueño.

—Ya, pero si son dioses de los sueños, es lógico que sean capaces de introducir a dos personas en sus dominios.

—¿Qué quieres decir, Kat?

—Que tal vez conozcas a Wulf mejor de lo que crees. Tal vez todos esos sueños en los que él ha aparecido sean reales.

Wulf no tenía un destino en mente mientras conducía por Saint Paul. Solo podía pensar en Cassandra y en lo traicionado que se sentía.

—Era de esperar —gruñó. Después de tantos siglos, por fin encontraba una mujer capaz de recordarlo y había resultado ser una apolita... el único tipo de mujer con la que tenía prohibido mantener cualquier tipo de relación—. Soy un capullo.

Sonó el teléfono. Lo cogió y contestó.

—¿Qué ha pasado?

Hizo una mueca al escuchar la voz de Aquerón Partenopaeo con su peculiar acento al otro lado de la línea. Cada vez que Ash se cabreaba, el acento atlante aparecía.

Decidió hacerse el tonto.

—¿Cómo dices?

—Dante acaba de llamarme para contarme lo del ataque de esta noche en su club. ¿Qué es lo que ha pasado exactamente?

Wulf dejó escapar un suspiro hastiado.

—No lo sé. Se abrió una madriguera y apareció un grupo de daimons. El líder tenía el pelo negro, por cierto. No creía que eso fuera posible.

—No es su color natural. Créeme. Hace mucho que Stryker descubrió L'Oréal.

Wulf se detuvo en el arcén mientras el comentario lo atravesaba como una daga al rojo vivo.

—¿Conoces a ese tío?

Aquerón no respondió.

—Quiero que Corbin y tú os mantengáis apartados de Stryker y sus hombres.

Algo en el tono del atlante le heló la sangre. Si no lo conociera mejor, juraría que era una advertencia.

—Es solo un daimon, Ash.

—No, no lo es; y no ha aparecido para alimentarse como los demás.

—¿Qué quieres decir?

—Es una larga historia. Mira, no puedo abandonar Nueva Orleans ahora mismo. Estoy de mierda hasta el cuello, y es probable que por eso Stryker haya elegido este momento para aparecer. Sabe que estoy ocupado.

—Ya. Bueno, no te preocupes por eso. Todavía no me he topado con un daimon al que no pueda pulverizar.

Aquerón soltó un gruñido que dejó claro su desacuerdo.

—Te equivocas, hermanito. Acabas de conocer a uno y, créeme, no se parece a ninguno de los daimons con los que te has enfrentado antes. A su lado, Desiderio es tan inofensivo como un hámster.

Wulf se reclinó en el asiento mientras los coches pasaban a su lado. Estaba claro que Aquerón se estaba callando muchas cosas. Claro que eso se le daba de vicio. Ash guardaba secretos a todos los Cazadores Oscuros y jamás revelaba información personal sobre sí mismo.

Enigmático, arrogante y poderoso, era el más antiguo de los Cazadores Oscuros y el hombre a quien todos acudían en busca de información y consejo. Durante dos mil años, había luchado contra los daimons sin la ayuda de ningún otro Cazador. Joder, el tío llevaba en el mundo desde el mismo momento en el que se crearon los daimons.

Sabía cosas que ellos ni siquiera podían imaginar. Y en esos momentos él necesitaba algunas respuestas.

—¿Cómo es que sabes tantas cosas sobre él y nada sobre Desiderio? —le preguntó.

Como era de esperar, Ash no respondió.

—Las panteras me han dicho que estabas con una mujer. Con Cassandra Peters.

—¿También la conoces?

Una vez más, hizo oídos sordos a la pregunta.

—Necesito que la protejas.

—Los cojones —replicó, cabreado porque se sentía utilizado por ella. Lo último que quería era darle otra oportunidad para que se riera de él. Nunca le había gustado que lo tomaran por tonto y después del modo en el que Morginne lo había utilizado y traicionado, solo le hacía falta que una mujer lo jodiera para salirse con la suya...—. Es una apolita.

—Sé lo que es y hay que protegerla a toda costa.

—¿Por qué?

Para su más absoluto asombro, se dignó a responder.

—Porque el destino del mundo está en sus manos, Wulf. Si la matan, los daimons serán el menor de nuestros problemas.

Eso no era lo que le apetecía oír esa noche en concreto. Soltó un gruñido.

—Detesto que digas cosas como esa. —Hizo una pausa cuando cayó en la cuenta de algo—. Si es tan importante, ¿por qué no estás aquí protegiéndola tú mismo?

—Pues porque esto no es *Buffy Cazavampiros* y aquí hay más de una boca del infierno que vigilar. Estoy hasta el cuello con el Apocalipsis que tenemos en Nueva Orleans y ni siquiera yo tengo el don de la ubicuidad. Ella es tu responsabilidad. No me falles.

En contra del sentido común, prestó atención mientras Ash le daba la dirección de Cassandra.

—Y, Wulf...

—¿Qué?

—¿No te has dado cuenta de que la salvación, como pasa con las llaves del coche, aparece normalmente donde menos te lo esperas?

Frunció el ceño ante las enigmáticas palabras del atlante. El tío era muy, muy rarito.

—¿Qué coño significa eso?

—Ya lo verás. —Y colgó.

—Odio cuando se las da de oráculo —dijo entre dientes mientras giraba el coche para ir a la dirección de Cassandra.

Vaya mierda. Lo último que quería era estar cerca de una mujer que lo había seducido por completo.

Una mujer a la que sabía que jamás podría tocar en carne y hueso. Ese sería un error mucho peor que el que ya había cometido. Era una apolita. Y durante los últimos mil doscientos años de su vida, había estado persiguiendo a los de su raza para matarlos.

Sin embargo, había algo en esa mujer que lo desgarraba por dentro.

¿Qué iba a hacer? ¿Cómo podría obedecer el código de los Cazadores Oscuros y alejarse de ella cuando lo único que de verdad deseaba era estrecharla entre sus brazos y comprobar si sabía tan bien en la vida real como en sus sueños...?

Kat hizo un registro exhaustivo del apartamento antes de permitir que Cassandra cerrara la puerta con llave.

—¿Por qué estás tan nerviosa? —preguntó Cassandra—. Vencimos a los daimons.

—Tal vez —replicó Kat—. Pero no dejo de oír la voz de ese tipo en la cabeza, recordándome que esto no ha acabado. Creo que nuestros amiguitos regresarán. Muy pronto.

La ansiedad de Cassandra volvió con creces. Esa noche habían estado muy cerca. El mero hecho de que Kat se hubiera negado a pelear con los daimons y hubiese optado por esconderse en un rincón del club decía a las claras lo peligrosos que eran esos tipos.

Todavía no estaba segura de por qué la había alejado de ellos.

Ninguna de las dos se acobardaba ante nada.

Al menos hasta ese momento.

—Entonces, ¿qué deberíamos hacer? —le preguntó.

Kat echó los tres cerrojos de la puerta y se sacó el arma del bolsillo.

—Esconder la cabeza entre las rodillas y despedirnos de este puto mundo.

Semejante respuesta la dejó pasmada.

—¿Cómo dices?

—Nada. —Kat le ofreció una sonrisa reconfortante que no le llegó a los ojos—. Tengo que hacer una llamada, ¿vale?

—Claro.

Cassandra se fue a su habitación e hizo todo lo posible para no recordar la noche que murió su madre. Aquel día había tenido un mal presentimiento en la boca del estómago. El mismo que tenía en esos momentos.

No estaba a salvo. Jamás había visto daimons que atacaran como los de esa noche.

No habían aparecido en busca de diversión ni de comida. Estaba claro que tenían un entrenamiento especial y actuaban como si hubieran sabido su paradero exacto.

Y su identidad.

Pero ¿cómo?

¿Podrían encontrarla en cualquier momento?

La invadió el pánico. Se acercó al tocador y abrió el cajón superior. Contenía un pequeño arsenal de armas, incluyendo la daga que había pasado de generación en generación en la familia de su madre.

No sabía cuántas personas más tendrían una daga a la que dormir abrazadas; pero claro, tampoco había mucha gente que se hubiera criado como ella.

Se colocó la funda en la cintura y la ocultó en la base de la espalda. Moriría al cabo de unos meses, pero no estaba dispuesta a hacerlo ni un día antes.

Alguien llamó a la puerta principal.

Salió de su habitación con cautela y fue al salón, esperando encontrarse con una Kat sorprendida por la inesperada visita.

Pero no estaba.

—¿Kat? —la llamó, dando un paso hacia el dormitorio de su guardaespaldas. No obtuvo respuesta—. ¿Kat?

Los golpes en la puerta sonaron con más insistencia.

Asustada, fue a la habitación de Kat y abrió la puerta. El dormitorio estaba vacío. Por completo. No había ninguna señal de que Kat hubiera estado allí.

Se le desbocó el corazón. Tal vez hubiera ido al coche a buscar algo y hubiese olvidado las llaves, de ahí que estuviera llamando.

Regresó a la entrada.

—¿Kat, eres tú?

—Sí, déjame entrar, anda.

Soltó una risilla nerviosa ante su estúpido comportamiento y abrió la puerta.

No era Kat.

El daimon de pelo oscuro esbozó una sonrisa.

—¿Me echabas de menos, princesa? —preguntó con una voz idéntica a la de su guardaespaldas.

Cassandra no podía creerlo. No podía ser real. Ese tipo de cosas solo pasaba en las películas, no en la vida real.

—¿Quién eres, el puto Terminator?

—No —respondió con su propio tono de voz—. Soy el Heraldo que está allanando el camino para la Destructora.

Extendió un brazo hacia ella.

Cassandra dio un paso atrás. No podría entrar en el apartamento sin que ella lo invitara. Se llevó la mano a la espalda, sacó la daga y le hizo un corte en el brazo.

El daimon retrocedió con un siseo.

Atisbó a alguien a su espalda y se dio la vuelta.

Era otro daimon. Le clavó la daga en el pecho.

La criatura se desvaneció dejando tras de sí una nube de polvo negro con motitas doradas.

Otra sombra pasó a su lado.

Se dio la vuelta y le asestó una patada a Stryker, pero no consiguió apartarlo de la puerta. Al contrario, el tipo la bloqueó aún más.

—Eres rápida —dijo el daimon, mientras la herida de su brazo sanaba ante sus ojos—. Lo admito.

—Pues no has visto ni la mitad.

Los daimons la rodearon al instante. ¿Cómo coño habían entrado en su casa? No tenía tiempo para buscar la respuesta. En esos momentos debía concentrarse en sobrevivir.

Le dio un rodillazo al primer daimon que se puso a su alcance y luchó con un segundo. Stryker se mantuvo en la retaguardia, como si estuviera pasándoselo en grande.

Otro daimon, uno rubio con una larga coleta, la atacó. Lo esquivó y, cuando se disponía a clavarle la daga, Stryker apareció como por arte de magia y le sujetó el brazo.

—Nadie ataca a Urian.

Cassandra gritó cuando le arrancó la daga de la mano. Hizo ademán de golpearlo, pero en cuanto sus miradas se cruzaron, se quedó en blanco.

Los ojos del daimon adoptaron un turbulento color plateado. Sus iris giraban en una hipnótica danza que la mantenía en trance y borraba cualquier pensamiento.

Su espíritu de lucha desapareció al instante. Una sonrisa ladina y seductora apareció en los labios de Stryker.

—¿Ves lo fáciles que son las cosas cuando dejas de luchar?

Cassandra sintió su aliento sobre la garganta.

Una fuerza invisible le hizo ladear la cabeza para facilitarle el acceso a su cuello, a la arteria carótida que palpitaba a causa del pánico.

En su fuero interno se ordenaba a gritos seguir luchando.

Pero su cuerpo se negaba a obedecer.

La risa de Stryker resonó un momento antes de que le clavara sus largos colmillos en el cuello. El intenso dolor le arrancó un siseo.

—¿Interrumpo algo?

Reconoció vagamente la voz de Wulf a través de la neblina que le ofuscaba la mente.

Alguien apartó a Stryker. Pasaron unos segundos antes de que se diera cuenta de que Wulf estaba golpeando al daimon.

El Cazador la cogió en brazos y salió corriendo. Le costó la misma vida mantener la cabeza en alto mientras él corría en dirección a un enorme Ford Expedition verde oscuro y la arrojaba al interior.

En cuanto él se metió en el coche, algo golpeó el vehículo con fuerza. Un enorme dragón negro apareció de la nada sobre el capó.

—Déjala salir y te dejaré vivir —dijo el dragón con la voz de Stryker.

Wulf respondió dando marcha atrás y pisando el acelerador a fondo. Giró el volante para quitarse a la bestia de encima.

El dragón chilló y les lanzó una bocanada de fuego. Wulf no se detuvo. La bestia se alzó en el aire para abalanzarse sobre ellos, pero después volvió a ascender y se desvaneció en una resplandeciente nube dorada.

—¿Qué coño ha sido eso? —preguntó Wulf.

—Es Apostolos —murmuró Cassandra mientras intentaba espabilarse—. Es el hijo de la Destructora atlante y un dios por derecho propio. Estamos bien jodidos.

Wulf soltó un resoplido desdeñoso.

—Vale, pero yo no dejo que nadie me joda sin que me bese primero y como no existe ni la más remota posibilidad de que bese a ese cabrón, no estamos jodidos.

Sin embargo, cuando vio que ocho daimons en moto rodeaban el todoterreno, reconsideró sus palabras.

Al menos durante tres segundos.

Después, se echó a reír mientras los observaba.

—¿Sabes qué es lo mejor de conducir uno de estos coches?

—No.

Dio un volantazo para abalanzarse sobre tres de las motos y las sacó de la carretera.

—Que puedes aplastar a un daimon como si fuera un mosquito.

—Bueno, como resulta que en ambos casos son insectos chupasangre, me parece una idea estupenda.

Wulf la miró de reojo. Una mujer capaz de conservar el sentido del humor incluso a las puertas de la muerte... Le gustaba.

Los daimons restantes debieron de pensarse mejor lo de recrear *Mad Max* con él y se alejaron. Observó por el retrovisor cómo se quedaban atrás.

Cassandra soltó un suspiro aliviado y se enderezó en el asiento. Giró la cabeza para intentar ver por dónde habían desaparecido los daimons. No había ni rastro de ellos.

—Vaya nochecita... —dijo en voz baja cuando se le despejó la cabeza y recordó lo que había ocurrido en el apartamento. El pánico volvió a adueñarse de ella cuando recordó que Kat no había aparecido.

—¡Espera! Tenemos que volver.

—¿Por qué?

—Mi guardaespaldas —contestó al tiempo que le agarraba el brazo—. No sé qué le ha ocurrido.

La mirada de Wulf siguió fija en la carretera que tenían por delante.

—¿Estaba en tu apartamento?

—Sí... tal vez. —Hizo una pausa para pensarlo mejor—. No estoy muy segura. Se fue a su habitación a llamar por teléfono, pero cuando fui a buscarla para que me acompañara a abrir la puerta, no estaba allí. —Le soltó el brazo. El miedo y la congoja pugnaban en su corazón. ¿Y si le había pasado algo a Kat después de los años que llevaban juntas?—. ¿Crees que la han matado?

Él la miró un momento antes de cambiar de carril.

—No lo sé. ¿Era la rubia del club?

—Sí.

Se sacó el teléfono móvil de la funda del cinturón e hizo una llamada.

Cassandra se mordió las uñas mientras esperaba. Escuchó que una voz femenina casi inaudible respondía al teléfono.

—Hola, Binny —dijo Wulf—. Necesito que me hagas un favor. Acabo de salir del complejo de apartamentos Sherwood que hay cerca de la Universidad de Minnesota y puede que haya una víctima o no... —Echó un vistazo a Cassandra, pero sus ojos no dejaban ver lo que pensaba ni lo que sentía—. Sí, sé que hemos tenido una noche de locos. Y eso que no sabes ni la mitad. —Se cambió el teléfono de mano—. ¿Cómo se llama tu amiga? —le preguntó a Cassandra.

—Kat Agrotera.

Frunció el ceño.

—¿De qué me suena ese nombre? —preguntó antes de decírselo a la persona con la que hablaba por teléfono—. Mierda —dijo tras una breve pausa—. ¿Crees que pueden estar relacionados con ella? —Miró a Cassandra una vez más; pero esa vez, su ceño era más siniestro—. No lo sé. Ash me dijo que la protegiera y ahora resulta que su guardaespaldas tiene un apellido que la relaciona con Artemisa. ¿Crees que podría ser una de esas coincidencias extrañas?

Cassandra ladeó la cabeza al escucharlo. Jamás había caído en la cuenta de que el apellido de Kat era también uno de los muchos nombres con los que los antiguos griegos denominaban a Artemisa.

Conoció a Kat en Grecia después de salir huyendo de Bélgica con un montón de daimons pisándole los talones. Tras ayudarla una noche en una pelea, Kat le dijo que era una norteamericana que estaba de vacaciones en las islas griegas para reencontrarse con sus orígenes.

Que Kat le dijera que era una experta en artes marciales con un talento natural para el uso de explosivos fue todo un regalo. Después de explicarle que estaba buscando un nuevo guardaespaldas para remplazar al que había perdido, Kat se puso a su servicio de inmediato.

«Me encanta hacer daño a las criaturas malévolas», confesó.

Wulf suspiró.

—Yo tampoco lo sé. Vale. Tú ve a buscar a Kat y yo me llevo a Cassandra a mi casa. Mantenme informado de lo que averigües. Gracias. —Puso fin a la llamada y volvió a colocarse el móvil en el cinturón.

—¿Qué ha dicho?

Él no respondió a su pregunta. Al menos, no exactamente.

—Que Agrotera es uno de los nombres griegos de Artemisa. Significa «fuerza» o «cazador salvaje». ¿Lo sabías?

—Más o menos. —Una pequeña esperanza se abrió paso en su interior. Si era cierto, tal vez los dioses no habían abandonado por completo a su familia. Tal vez hubiera un asomo de esperanza para ella y para su futuro—. ¿Crees que Artemisa envió a Kat para protegerme?

Él apretó con más fuerza el volante.

—A estas alturas ya no sé qué pensar. El «portavoz» de Artemisa me ha dicho que eres la clave para el fin del mundo y que tengo que protegerte, así que...

—¿Qué quieres decir con eso de que «soy la clave para el fin del mundo»? —lo interrumpió.

La pregunta pareció dejarlo tan sorprendido como ella se sentía.

—¿Quieres decir que no lo sabías?

Vale, estaba claro que los Cazadores Oscuros también podían colocarse y sufrir alucinaciones.

—Pues no. De hecho, creo que uno de nosotros, si no los dos, debería dejar la pipa de crack a un lado y repetir esta noche desde el principio.

Wulf soltó una carcajada al escuchar su comentario.

—De no ser porque no puedo colocarme, tal vez estuviera de acuerdo con eso.

La mente de Cassandra pensaba a toda velocidad. ¿Habría algo de cierto en lo que acababa de decir?

—En fin, si tienes razón y yo soy la clave para el fin del mundo, sería mejor que empezaras a hacer testamento.

—¿Por qué?

—Porque faltan menos de ocho meses para que cumpla los veintisiete.

Wulf percibió la nota acongojada de su voz. Conocía la condena a la que se enfrentaba.

—Me has dicho que solo eras medio apolita.

—Ya, pero jamás he conocido a uno que sobreviviera a la maldición. ¿Y tú?

Él meneó la cabeza.

—Solo los Cazadores Arcadios y Katagarios parecen inmunes a la maldición apolita.

Cassandra permaneció en silencio mientras contemplaba el tráfico a través de la ventanilla del coche y meditaba sobre lo que había ocurrido esa noche.

—Espera un momento —dijo al recordar los daimons que habían entrado en su apartamento—. ¿Cómo entró ese tío en mi casa? Creía que los daimons tenían prohibido entrar en las casas a menos que los invitaras.

La respuesta de Wulf no fue muy reconfortante.

—Una vía de escape.

—¿Cómo dices? —le preguntó, arqueando las cejas—. ¿A qué te refieres con «una vía de escape»?

Wulf cogió una de las salidas de la autopista.

—Es una de las cosas que hacen tan adorables a los dioses... la misma vía de escape que permite a los daimons entrar en los centros comerciales y en los locales públicos les permite entrar en los bloques de pisos y en los apartamentos.

—¿Cómo es posible?

—Los centros comerciales, los apartamentos y ese tipo de edificios son propiedad de una única entidad. Cuando esa persona o esa compañía permiten la entrada libre a múltiples grupos de personas, están dando una bienvenida universal a todo el mundo, incluidos los daimons.

¡Joder, eso era increíble! Parpadeó un par de veces, pasmada.

—¿Y me lo dices ahora? ¿Por qué nadie me lo ha dicho antes? Y yo creyendo que estaba a salvo todo este tiempo...

—Tu guardaespaldas debía saberlo. Si realmente trabaja para Artemisa.

—Pues a lo mejor no trabaja para ella. A lo mejor es una persona normal, ¿se te ha ocurrido?

—Claro, una capaz de extender los brazos y ahuyentar a un grupo de daimons spati...

En eso tenía razón. Más o menos.

—Me dijo que no tenía ni idea de por qué habían salido corriendo.

—Y después te dejó sola para que te enfrentaras a ellos...

Se frotó los ojos al comprender la sugerencia implícita en el comentario. ¿Era posible que Kat trabajara para los daimons? ¿Artemisa la quería viva o muerta?

—¡Por el amor de Dios! No puedo confiar en nadie, ¿verdad? —susurró con hastío.

—Bienvenida al mundo real, excelencia. Solo se puede confiar en uno mismo.

No quería creerlo, pero después de esa noche parecía la única verdad a la que podía aferrarse.

¿Cómo habría podido traicionarla Kat después de todo lo que habían pasado juntas?

—Genial, sencillamente genial —murmuró—. Dime una cosa, ¿crees que podría meterme en la cama y empezar todo este día de nuevo?

Wulf soltó una breve carcajada.

—Lo siento, es imposible.

Le lanzó una mirada furibunda.

—Tío, lo tuyo es consolar a la gente, ¿verdad?

No obtuvo respuesta.

Contempló los coches que circulaban en dirección contraria mientras intentaba pensar en lo que debía hacer. No sabía ni por dónde empezar a asimilar lo que había sucedido esa noche.

Wulf salió de la ciudad en dirección a una enorme propiedad situada a las afueras de Minnetonka. Las casas que había en la zona pertenecían a las personas más ricas del país. Enfiló el camino de entrada, tan largo que no se distinguía el final. Claro que los montones de nieve de más de metro y medio de altura tampoco ayudaban mucho...

Pulsó un botón en el panel de mandos.

La verja de hierro se abrió de par en par.

Cassandra dejó escapar un silbido de admiración cuando se internaron en el camino de entrada y pudo ver su «casa». «Palacio» sería más acertado y, dado que la casa de su padre no era ninguna chabola, eso era decir mucho.

Parecía de finales de siglo XIX, con enormes columnas griegas y jardines que se mantenían en buen estado a pesar de la nieve y del hielo invernales.

Prosiguió a lo largo del serpenteante camino hasta un garaje de cinco plazas diseñado para que pareciera un establo. En el interior estaba el Hummer de Chris (resultaba difícil pasar por alto la matrícula en la que ponía «VIKINGO»), dos Harley clásicas, un resplandeciente Ferrari y un precioso Excalibur. El lugar estaba tan limpio que parecía una sala de exposiciones. Todo, desde las molduras cinceladas del techo hasta el suelo de mármol, parecía decir «más rico que Creso».

Arqueó las cejas al verlo.

—Has mejorado mucho desde la cabañita de piedra del fiordo. Supongo que llegaste a la conclusión de que los ricos no eran tan malos después de todo.

Wulf aparcó el todoterreno y se giró para mirarla con el ceño fruncido.

—¿Recuerdas eso?

Su mirada lo recorrió desde la espléndida cabeza hasta la punta de sus botas negras de motero. Aunque seguía cabreada con él, no pudo reprimir la cálida punzada de deseo que sintió al estar tan cerca de un tío tan sexy. Estaba como un tren, aunque fuera un gilipollas.

Y para ser sincera también tenía un culo de escándalo.

—Recuerdo todos los sueños.

Su ceño se acentuó.

—En ese caso, eras tú quien los controlaba.

—¡De eso nada! —exclamó ella, ofendida por el tono y por la acusación—. Yo no tuve nada que ver con eso. ¿No serías tú?

Wulf se bajó del coche y cerró la portezuela de un portazo.

Cassandra lo imitó.

—¡D'Aria! —gritó él, mirando al techo—. ¡Mueve el culo hasta aquí ahora mismo!

Se quedó atónita al ver que se formaba una brillante neblina azulada junto a Wulf y aparecía una muchacha muy guapa. Con el pelo negro azabache y los ojos de color azul claro, casi parecía un ángel.

La recién llegada lo miró con semblante impasible. Tenían la misma altura.

—Tengo entendido que eso es una grosería, Wulf. Si tuviera sentimientos, los habrías herido.

—Lo siento —replicó él, contrito—. No pretendía ser grosero, pero tengo que preguntarte algo sobre mis sueños.

D'Aria apartó la vista de él para mirarla, y fue entonces cuando Cassandra lo entendió. Era uno de los Cazadores Oníricos sobre los que había leído en la web. Todos tenían el pelo negro y los ojos claros. Zeus los maldijo y por eso ninguno de ellos era capaz de sentir emociones.

Eran criaturas de belleza increíble. Etéreos. Y aunque el cuerpo de D'Aria era sólido, había algo en ella que parecía parpadear. Algo que dejaba claro que no era tan real como el resto de cosas de la estancia.

Sintió el súbito y pueril impulso de extender el brazo para acariciar a la diosa del sueño y comprobar así si su cuerpo era de carne y hueso o de alguna otra cosa.

—¿Vosotros dos os encontrasteis en sueños? —le preguntó D'Aria a Wulf.

—¿Fueron reales? —quiso saber él después de asentir con la cabeza.

La diosa ladeó la cabeza un poco, como si lo estuviera sopesando. Sus claros ojos azules tenían una mirada distante.

—Si ambos los recordáis, sí lo fueron. —Su mirada se volvió penetrante cuando clavó la vista en Wulf—. Pero no han sido obra de ninguno de nosotros. Puesto que estás bajo mi cuidado, ninguno de los demás Oneroi habría interferido en tus sueños sin decírmelo.

—¿Estás segura? —preguntó con seriedad.

—Sí. Es la única regla que seguimos al pie de la letra. Cuando se nos asigna un Cazador Oscuro, nadie interfiere en sus sueños a menos que se le dé permiso expreso.

Ese ceño, tan característico de Wulf, volvió a acentuarse. Cassandra se preguntó si el Wulf «de verdad» sería capaz de componer otra expresión además de esa tan siniestra y amenazadora.

—Entonces, si tú eres mi Cazadora Onírica, ¿cómo es posible que ignores lo sueños que he tenido con ella?

D'Aria se encogió de hombros en un gesto que quedaba algo extraño en ella. A todas luces no era natural, sino ensayado.

—No me convocaste, no estabas herido y no necesitabas que te sanara. Yo no espío tu subconsciente sin una buena razón, Wulf. Los sueños son privados y solo los Skoti entran donde nadie los llama. —La diosa giró la cabeza para mirarla y extendió un brazo—. Puedes tocarme, Cassandra.

—¿Cómo sabes mi nombre?

—Lo sabe todo sobre ti —le dijo Wulf—. Los Cazadores Oníricos pueden leer la mente.

Indecisa, tocó la mano de la diosa. Era suave y cálida. Humana. Sin embargo, estaba rodeada de un extraño campo energético muy similar al de la electricidad estática, aunque diferente. Y resultaba extrañamente reconfortante.

—En este plano no somos tan diferentes —dijo en voz queda.

Cassandra apartó la mano.

—Pero ¿no sentís emociones?

—A veces y si acabamos de salir del sueño de un humano. Durante un breve instante podemos seguir canalizando sus emociones.

—Los Skoti pueden retenerlas durante períodos más largos —añadió Wulf—. En ese sentido, se parecen a los daimons. Pero en lugar de alimentarse de almas, los Skoti se alimentan de emociones.

—Vampiros energéticos —concluyó ella.

D'Aria asintió con la cabeza.

Cassandra había leído mucho sobre los Cazadores Oníricos. Al contrario que sucedía con los Cazadores Oscuros, se habían conservado muchos textos antiguos sobre los Oneroi. Los dioses del sueño aparecían en toda la literatura griega, pero había pocas referencias a los malvados Skoti, que se alimentaban de los humanos mientras dormían. Lo único que sabía sobre ellos era que eran muy temidos por las civilizaciones antiguas. Hasta tal punto los temían que muchos ni siquiera mencionaban sus nombres por miedo a invocarlos y sufrir una visita nocturna de los dioses del sueño.

—¿Crees que Artemisa nos ha hecho esto? —le preguntó Wulf a D'Aria.

—¿Por qué iba a hacerlo? —replicó la diosa.

Wulf se removió con incomodidad.

—Artemisa parece estar protegiendo a la princesa. ¿Podría haberla introducido en mis sueños con ese propósito?

—Supongo que todo es posible.

Cassandra se aferró a las palabras de D'Aria con entusiasmo y un extraño ramalazo de esperanza.

—¿Es posible que no muera en mi próximo cumpleaños?

La mirada impasible de la diosa le ofreció las mismas esperanzas que sus palabras.

—Si lo que me pides es que haga una profecía, no puedo hacerlo. El futuro es algo a lo que debemos enfrentarnos solos. Lo que pueda decirte ahora tal vez sea cierto o tal vez no.

—Pero ¿todos los medio apolitas mueren cuando cumplen los veintisiete años? —preguntó una vez más, desesperada por obtener una respuesta.

—Eso también es cosa de un oráculo.

Cassandra cerró los ojos presa de la frustración. Lo único que quería era un poco de esperanza. Un poco de ayuda.

Un año más de vida.

Algo. Pero al parecer eso era pedir demasiado.

—Gracias, D'Aria —dijo Wulf con voz grave y firme.

La Cazadora Onírica se despidió de ellos con una inclinación de cabeza antes de desvanecerse. No quedó rastro alguno de ella. Ni la más mínima señal.

Cassandra observó el elegante garaje de un hombre que había vivido incontables siglos. Acto seguido clavó los ojos en el pequeño sello que llevaba en la mano derecha, y que su madre le había regalado pocos días antes de morir. Un anillo que había pasado de generación en generación en su familia, desde que el primero de sus ancestros se convirtió prematuramente en polvo.

De pronto, se echó a reír.

Wulf pareció extrañado por su arrebato de buen humor.

—¿Te encuentras bien?

—No —respondió ella, tratando de contenerse—. Creo que esta noche he perdido algún tornillo. O que he entrado en el reino de la *Dimensión desconocida* de Rod Serling.

La miró con el ceño fruncido.

—¿Qué quieres decir?

—Bueno, vamos a ver... —le echó un vistazo a su reloj de oro de la firma Harry Winston—. Son solo las once. Esta misma noche he entrado en un club, que al parecer está regentado por hombres-pantera, y me ha atacado un grupo de élite de guerreros daimons, además de un posible dios. Cuando volví a casa, volvieron a atacarme dichos guerreros y, después, un dragón. Me ha salvado un Cazador Oscuro. Es posible que mi guardaespaldas esté al servicio de una diosa. Y ahora acabo de conocer a un espíritu del sueño. Un día genial, ¿no te parece?

Por primera vez desde que se conocieran en persona, vio aparecer el asomo de una sonrisa en el apuesto rostro de Wulf.

—Un día de lo más normalito, desde mi punto de vista —replicó.

Se acercó a ella y examinó la zona del cuello donde Stryker le había mordido. Notó sus cálidos dedos sobre la piel. Suaves y reconfortantes. Su fragancia le inundó los sentidos y le hizo desear por un momento volver atrás y ser amigos de nuevo.

Tenía una manchita de sangre en la camisa.

—Parece que ya se ha cerrado.

—Lo sé —dijo ella en voz queda. La saliva de los apolitas tenía un componente que favorecía la coagulación, razón por la que tenían que succionar continuamente la sangre una vez que abrían una herida. De otro modo, esta se cerraba antes de que tuvieran la oportunidad de alimentarse. Ese componente también podía cegar a los humanos si les escupía en los ojos.

Agradecía enormemente el hecho de que el mordisco no la hubiera vinculado a Stryker de ninguna manera. Solo los Cazadores Arcadios y los Katagarios tenían esa habilidad.

Wulf se apartó de ella y la guió hasta la casa. No estaba seguro de por qué le habían encargado la tarea de cuidar de ella, pero hasta que Aquerón dijera otra cosa, cumpliría su deber. Y a la mierda con los sentimientos.

Su teléfono comenzó a sonar en cuanto abrió la puerta.

Respondió y descubrió que era Corbin.

—Hola, ¿has encontrado a Kat?

—Sí —respondió la Cazadora—. Me ha dicho que solo había

salido a tirar la basura y que al regresar descubrió que Cassandra había desaparecido.

Wulf le transmitió la información a Cassandra, que pareció confundida.

—¿Qué quieres que haga con ella? —le preguntó.

—¿Puede venir aquí?

Sí. Cuando las ranas críen pelo, pensó. No estaba dispuesto a dejar que esa mujer se acercara a Chris o a su casa hasta que averiguara más sobre ella y sus lealtades.

—Oye, Bin, ¿puede quedarse contigo?

Cassandra entrecerró sus ojos verdes y lo miró con malicia.

—Eso no es lo que te he preguntado.

Él levantó una mano para que guardara silencio.

—Sí, vale. Te llamaré cuando esté instalada —dijo antes de colgar.

Su arrogancia la puso a la defensiva.

—No me gusta que me manden callar.

—Mira —dijo al tiempo que volvía a colocarse el teléfono en el cinturón—. Hasta que no averigüe más cosas sobre tu amiga, no pienso invitarla a mi casa, donde vive Christopher. No me importa arriesgar mi vida, pero no estoy dispuesto a arriesgar la suya. ¿Entendido?

Cassandra vaciló un momento al recordar lo que le había dicho en sueños sobre Chris y sobre lo mucho que significaba para él.

—Lo siento. No se me ocurrió. Entonces, ¿él también vive aquí?

Wulf asintió con la cabeza mientras encendía la luz del vestíbulo trasero. A su derecha había una escalera y a la izquierda un pequeño cuarto de baño. Al fondo del vestíbulo se encontraba la cocina. Grande y luminosa, era una estancia escrupulosamente limpia y de un diseño muy moderno.

Dejó las llaves en un pequeño llavero que había junto a la cocina.

—Estás en tu casa. Hay cerveza, vino, leche, zumo y refrescos en el frigorífico.

Le señaló el armario donde estaban los vasos y los platos, encima del lavavajillas.

Salieron de la cocina y él apagó la luz antes de continuar hacia un salón espacioso y acogedor. Había dos sofás de cuero negro, un sillón a juego y un arcón plateado de diseño medieval que servía como mesita de centro. En una de las paredes había un equipo audiovisual que contaba con una gigantesca pantalla de televisión, un equipo de música, reproductores DVD y VHS y todas las videoconsolas conocidas.

Ladeó la cabeza al imaginarse al enorme guerrero vikingo con el mando de una de las consolas en la mano. Parecía muy impropio de él y de su carácter serio.

—¿Te gusta jugar?

—A veces —respondió en voz baja—. Es Chris quien juega más. Yo prefiero vegetar frente al ordenador.

Contuvo una carcajada al imaginárselo. Parecía un hombre demasiado vital como para «vegetar».

Wulf se quitó el abrigo y lo dejó sobre el sofá. Ella escuchó que alguien bajaba la escalera y se acercaba al salón.

—Oye, grandullón, ¿has visto...? —Chris dejó la pregunta en el aire según entraba en la estancia, vestido con un pantalón de pijama de franela azul marino y una camiseta blanca.

Se quedó boquiabierto.

—Hola, Chris —lo saludó.

El muchacho guardó silencio un buen rato y se limitó a mirarlos de forma alternativa. Cuando por fin habló, su voz tenía una nota a caballo entre la furia y la exasperación.

—No, no y no. Esto no puede ser. Por fin encuentro una mujer que me deja entrar en su casa... ¿y te la traes aquí? —Se quedó pálido al momento, como si se le hubiera ocurrido otra idea—. ¡Por favor! Dime que no la has traído para que se acueste conmigo. No estarás haciendo de chulo otra vez, ¿verdad, Wulf? Te juro que como sea así te clavaré una estaca mientras duermes.

—Oye, un momento... —dijo Cassandra para interrumpir la perorata, que Wulf parecía encontrar muy graciosa—. Resulta que estoy aquí delante... ¿Qué clase de mujer crees que soy?

—Una muy amable —replicó Chris de inmediato en un intento por redimirse—, pero Wulf es muy dominante y tiende a intimidar a los demás para que hagan lo que él quiere.

El aludido resopló al escuchar eso.

—En ese caso, ¿por qué no he conseguido intimidarte para que tengas descendencia?

—¿Lo ves? —replicó Chris, que alzó la mano en un gesto triunfal—. Soy el único humano de la historia que tiene a un vikingo metomentodo en casa. ¡Dios! Ojalá mi padre hubiera sido más fértil.

Cassandra se echó a reír ante la imagen que las palabras de Chris conjuraron en su mente.

—Así que un vikingo metomentodo, ¿no?

Su amigo soltó un suspiro hastiado.

—No puedes hacerte una idea… —Hizo una pausa y después los miró con el ceño fruncido—. ¿Qué hace Cassandra aquí, Wulf?

—La estoy protegiendo.

—¿De quién?

—De los daimons.

—De unos enormes y malísimos —añadió ella.

Chris se lo tomó mucho mejor de lo que Cassandra había imaginado.

—¿Nos conoce?

Wulf asintió.

—Lo sabe prácticamente todo.

—¿Por eso me preguntaste tantas cosas sobre la web Dark-Hunter.com? —le preguntó Chris.

—Sí. Quería encontrar a Wulf.

Él la miró con una expresión recelosa.

—No pasa nada, Chris —lo tranquilizó Wulf—. Se quedará una temporada con nosotros. No tienes por qué ocultarle nada.

—¿Me lo juras?

—Sí.

Chris pareció muy complacido.

—Así que luchasteis contra algunos daimons, ¿no? Ojalá yo pudiera... pero a Wulf le da un pasmo cada vez que cojo un cuchillo de cocina.

Cassandra soltó una carcajada.

—En serio —dijo él con sinceridad—. Es peor que una gallina con sus polluelos. A ver, ¿a cuántos daimons matasteis?

—A ninguno —musitó Wulf—. Eran bastante más fuertes que los chupaalmas normales.

—Vaya, eso debería alegrarte... —replicó Chris—. Por fin has encontrado a alguien con quien pelear hasta que estés sangrando y lleno de moratones. —Se giró de nuevo hacia ella—. ¿Te ha explicado ese problemilla que tiene?

Cassandra abrió los ojos de par en par mientras intentaba adivinar qué «problemilla» podría tener Wulf. Bajó la vista de forma inconsciente hasta su entrepierna.

—¡Oye! —exclamó Wulf—. Esa nunca me ha dado problemas. Pero a él sí.

—¡Eso es una gilipollez! —mascculló Chris—. Mi único problema eres tú, que no dejas de darme la vara para que eche un polvo.

¡Vaya por Dios! No tenía el menor interés en los derroteros que estaba tomando la conversación. No necesitaba tanta información sobre ninguno de los dos.

—Bueno, en ese caso, ¿a qué problemilla te referías? —le preguntó a Chris.

—Al hecho de que si sales de esta habitación, no lo recordarás cuando hayas llegado al final del pasillo.

—¡Ah! —exclamó al comprender—. Eso.

—Sí, eso.

—«Eso» no es un problema —señaló Wulf al tiempo que cruzaba por delante del pecho—. Ella sí me recuerda.

—Me cago en la leche... —dijo Chris con una mueca de repugnancia—. Entonces, ¿he estado intentando ligarme a alguien de la familia? Eso es asqueroso.

Wulf puso los ojos en blanco.

—No está emparentada con nosotros.

Chris pareció aliviado por un instante, aunque no tardó en quedarse blanco de nuevo.

—En ese caso, es peor. Por fin encuentro a una mujer que no piensa que soy un fracasado total... ¿y viene aquí por ti? Algo no cuadra. —Guardó silencio un momento. De pronto se le iluminó el rostro, como si se le hubiera ocurrido algo aún mejor—. Espera un momento, ¿qué estoy diciendo? Si ella te recuerda, ¡yo soy libre! ¡Sí! —Comenzó a bailar alrededor del sofá.

Cassandra observó sus caóticos y descoordinados movimientos. Estaba claro que Wulf debía dejar que el chico saliera más.

—No te emociones demasiado, Christopher —dijo Wulf, que lo esquivó cuando rodeó el sofá e intentó que se sumara al bailecito—. Resulta que es una apolita.

Chris se quedó de piedra.

—Imposible, la he visto a la luz del día y no tiene colmillos.

—Soy medio apolita.

Chris se colocó detrás de Wulf, como si de repente temiera que se abalanzara sobre él para alimentarse.

—¿Y qué vas a hacer con ella?

—Será mi invitada durante un tiempo. Tú, en cambio, tienes que hacer el equipaje —le dijo mientras lo empujaba hacia el pasillo, aunque Chris se negó a moverse—. Voy a llamar al Consejo para que te saque de aquí.

—¿Por qué?

—Porque la persigue un daimon muy peligroso con poderes inusuales. Y no quiero que te pille en medio.

Chris le lanzó una mirada jocosa.

—No soy un niño, Wulf. No necesito que me escondas a la primera señal de algo que no sea aburrido.

A pesar de esas palabras, el semblante de Wulf era el de un padre paciente que tuviera que vérselas con un niñito.

—No pienso arriesgar tu vida, así que haz el equipaje.

Chris soltó un gruñido indignado.

—Me cago en el día que Morginne te dio el alma de una vieja y te dejó peor de lo que sería cualquier madre.

—Christopher Lars Eriksson, ¡mueve el culo! —bramó Wulf con un tono tan autoritario que Cassandra dio un respingo.

Chris se limitó a mirarlo con semblante aburrido. Tras suspirar exageradamente, se dio la vuelta y echó a andar hacia el pasillo por el que había aparecido.

—Te juro —gruñó Wulf con una voz tan baja que apenas si él lo entendió— que en ocasiones me dan ganas de estrangularlo.

—Bueno, es que lo tratas como si tuviera cuatro años...

Se giró hacia ella con una expresión tan amenazadora que retrocedió de forma instintiva ante su ira.

—Eso no es asunto tuyo.

Cassandra levantó las manos y le devolvió la mirada con una de su propia cosecha.

—Perdone usted, don Malaleche, pero no le permito ese tono. No soy un perrito que te obedece cuando chasqueas los dedos. No tengo por qué quedarme aquí.

—Tienes que hacerlo.

Ella lo miró con cara de pocos amigos.

—Yo creo que no; y si sigues hablándome con ese tonito airado, lo único que verás será mi culo de camino a esa puerta. —Señaló la entrada principal.

Wulf esbozó una sonrisa perversa.

—¿Alguna vez has intentado huir de un vikingo? Existía una razón de peso para que los europeos se mearan encima cuando se mencionaba nuestro nombre.

Sus palabras le provocaron un escalofrío.

—No te atreverías.

—Eres libre para comprobarlo.

Cassandra tragó saliva con fuerza. Tal vez no debiera ponerse tan arrogante...

¡Y una mierda! Si quería pelea, estaba preparada. Una mujer que se había pasado la vida luchando contra los daimons estaba más que preparada para enfrentarse a cualquier Cazador Oscuro.

—Deja que te recuerde una cosa, don Vikingo Bárbaro... mientras tus ancestros gorroneaban fuego y comida, los míos dominaban los elementos y construían un imperio que ni siquiera el mundo moderno puede igualar. Así que no te atrevas a amenazarme con lo que eres capaz de hacer. No se lo tolero a nadie. ¿Entendido?

Para su sorpresa, él se echó a reír y se acercó a ella. Sus ojos oscuros tenían una expresión peligrosa y la pusieron a cien a pesar de lo enfadada que estaba. El calor que emanaba su cuerpo la abrasó.

Le costaba trabajo respirar.

Era muy consciente de su presencia y de esa cruda e inquietante masculinidad que le robaba el aliento por completo.

Wulf le cubrió una mejilla con la mano. A sus labios asomaba una sonrisilla socarrona. La expresión de su rostro mientras la observaba resultaba arrebatadora.

—En mi época, habrías valido más que tu peso en oro.

Y entonces hizo algo de lo más inesperado: inclinó la cabeza y la besó.

Cassandra gimió al percibir su sabor. Sus alientos se mezclaron mientras devoraba su boca, excitándola hasta que su cuerpo comenzó a palpitar de deseo. Claro que no le costó mucho lograrlo, porque estaba para comérselo. Exudaba una virilidad salvaje. Su proximidad le provocaba un millar de escalofríos, que se sumaban a la electrizante sensación del roce de su lengua y de sus gemidos.

La estrechó contra su cuerpo hasta tal punto que ella notó su erección contra la cadera. Ya la tenía muy dura y sabía de primera mano que era un amante magnífico. Esa certeza avivó el deseo que la embargaba. Sus manos descendieron por su espalda hasta que le rodeó las nalgas y la apretó aún más contra él.

La furia que sentía momentos antes se derritió bajo el deseo que le provocaba ese hombre.

—Sabes aún más dulce que antes —susurró él sobre sus labios.

Cassandra era incapaz de hablar. Wulf tenía razón. Aquello era mucho más intenso. Mucho más vívido que cualquiera de los sueños. Lo único que quería era arrancarle la ropa, tirarlo al suelo y montarlo hasta que ambos estuvieran sudorosos y saciados. Todo su cuerpo le pedía a gritos que convirtiera en realidad esa fantasía.

Wulf se quedó sin aliento al sentir esas curvas femeninas contra su cuerpo, bajo sus manos.

La deseaba con locura. Con desesperación. Y lo peor era que la había poseído tantas veces en sueños que sabía con exactitud lo apasionada que era.

Es una apolita. La fruta más prohibida de todas, le dijo la voz de la cordura cuando se abrió camino en su mente.

No quería escucharla.

Pero no tenía elección.

La soltó y se obligó a apartarse de ella y del deseo que le provocaba.

Para su asombro, ella no se lo permitió. Le dio un tirón para acercarlo de nuevo a sus labios y devorarlo. Cerró los ojos y siseó de placer mientras ella embriagaba todos sus sentidos. Mientras su aroma a rosas y polvos de talco lo enloquecía.

No creía que pudiera saciarse jamás de ese aroma. Ni de ese cuerpo que se frotaba contra el suyo.

La deseaba más de lo que había deseado cualquier otra cosa en toda su vida.

Ella se apartó e inclinó la cabeza hacia atrás para mirarlo. Le brillaban los ojos y tenía las mejillas sonrosadas por la pasión.

—No eres el único que desea lo imposible, Wulf. Por mucho que odies lo que soy, imagina lo que siento sabiendo que he soñado con un hombre que ha matado a mi gente durante... ¿cuántos siglos?

—Doce —contestó sin pensar.

Ella se encogió al escucharlo y apartó las manos de su rostro.

—¿A cuántos has matado? ¿Lo sabes?

Él meneó la cabeza.

—Debían morir. Estaban matando a gente inocente.

Los ojos de Cassandra se oscurecieron y lo miraron con expresión recriminatoria.

—Querían sobrevivir, Wulf. Tú nunca tendrás que enfrentarte a la condena de morir a los veintisiete años. Cuando la vida de la mayoría de la gente no ha hecho más que comenzar, nosotros nos preparamos para nuestra sentencia de muerte. ¿Te haces una idea de lo que supone saber que jamás verás crecer a tus hijos? ¿Que jamás conocerás a tus nietos? Mi madre solía decirme que somos flores de primavera que solo florecen durante una estación. Brindamos nuestra belleza al mundo y nos convertimos en polvo para que otros puedan sucedernos.

Levantó la mano para que pudiera ver las cinco diminutas lágrimas de color rosa que tenía tatuadas en la palma y que parecían los pétalos de una flor.

—Cuando nuestros seres queridos mueren, los inmortalizamos de esta manera. Una de estas lágrimas representa a mi madre, y las otras cuatro, a mis hermanas. Nadie conocerá jamás la belleza de la risa de mis hermanas. Nadie recordará la ternura de la sonrisa de mi madre. Dentro de ocho meses, no quedará nada de mí que mi padre pueda enterrar. Me convertiré en una nube de polvo. Y ¿por qué? ¿Por algo que hizo un antepasado perdido en el tiempo? He estado sola toda mi vida porque no me atrevía a dejar que alguien me conociera. No quiero amar a nadie por temor a dejar atrás a alguien que llore mi muerte, como le pasó a mi padre.

»Me convertiré en un vago sueño y, sin embargo, aquí estás tú, Wulf Tryggvason. Un miserable vikingo que una vez vagó por la Tierra saqueando aldeas. ¿A cuántas personas mataste mientras buscabas tesoros y fama durante tu vida mortal? ¿Eras mejor que los daimons que matan para poder vivir? ¿Qué te hace mejor que ellos?

—No es lo mismo.

La invadió la incredulidad al ver que él no era capaz de entender algo tan obvio.

—Ah, ¿no? ¿Sabes una cosa? Entré en vuestro sitio web y vi la lista de nombres. Kirian de Tracia, Julian de Macedonia, Valerio Magno, Jamie Gallagher, William Jess Brady... He estudiado historia durante toda mi vida y conozco todos esos nombres y el terror que despertaron en su día. ¿Por qué está bien que los Cazadores Oscuros seáis inmortales cuando fuisteis unos asesinos como humanos, mientras que nosotros nacemos condenados por algo que ni siquiera hemos hecho? ¿Dónde está la justicia en todo esto?

Wulf no deseaba escuchar lo que decía. Jamás había pensado en los daimons ni en los motivos que los impulsaban a hacer lo que hacían. Debía cumplir con su trabajo, así que los mataba. Los Cazadores Oscuros llevaban la razón. Eran los protectores de los humanos. Los daimons eran los depredadores que se merecían la muerte.

—Los daimons son infames.

—¿Yo soy infame?

No, no lo era. Ella era...

—Tú eres una apolita —señaló con énfasis.

—Soy una mujer, Wulf —replicó Cassandra sin más, con la voz cargada de emoción—. Grito y lloro. Río y amo. Igual que mi madre. No veo diferencia alguna entre cualquiera de las personas de este planeta y yo.

Enfrentó su mirada y el fuego de esos ojos negros la abrasó.

—Pues yo sí, Cassandra. Yo sí la veo.

Esas palabras la hirieron en lo más hondo.

—Entonces no tenemos nada más que hablar. Somos enemigos. Es lo único que podemos llegar a ser.

Wulf respiró hondo al escucharla pronunciar una verdad inmutable. Desde el día en el que Apolo maldijo a sus propios hijos, los Cazadores Oscuros y los apolitas habían sido enemigos mortales.

—Lo sé —dijo con suavidad y se le hizo un nudo en la garganta al darse cuenta de que era cierto.

No quería ser su enemigo.

Pero ¿cómo iban a ser otra cosa?

No había elegido esa vida, pero había dado su palabra y debía cumplirla.

Eran enemigos.

Y eso lo destrozaba por dentro.

—Te enseñaré tu dormitorio. —La condujo al ala opuesta a la de Chris, donde podría disfrutar de toda la intimidad que deseara.

Cassandra no dijo ni una palabra mientras Wulf le mostraba la enorme y cómoda habitación que ocuparía. Sentía el corazón oprimido por pensar en cosas tontas y estúpidas. ¿Qué quería de él?

No había forma de impedir que matara a su gente. Así era el mundo, y no cambiaría por más que discutieran.

No había esperanza alguna de mantener una relación con él ni con ningún otro hombre. Su vida estaba a punto de acabar. Así que ¿dónde los dejaba eso?

En ningún sitio.

De modo que echó mano del sentido del humor que la había ayudado a superar todas las tragedias de su vida. Era lo único que tenía.

—Dime una cosa, si me pierdo en este lugar, ¿enviarás un equipo de rescate para localizarme?

A él no le hizo gracia. En esos momentos había un sólido muro entre ellos. Se había cerrado por completo a ella. Y así debía ser.

—Te traeré algo de ropa para dormir. —Comenzó a alejarse de ella.

—Ni siquiera te fías de que vea tu dormitorio, ¿verdad?

La taladró con la mirada.

—Ya has visto dónde duermo.

Cassandra se ruborizó al recordar el más erótico de sus sueños. Aquel en el que había contemplado ese cuerpo en los espejos mientras se deslizaba sobre ella y le hacía el amor lenta y apasionadamente.

—¿La cama de hierro negro?

Él asintió antes de marcharse.

Una vez sola, se sentó en el colchón y dejó a un lado sus pensamientos.

—¿Qué estoy haciendo aquí?

Una parte de ella le decía que lo mandara todo a la mierda y se enfrentase con Stryker.

Sin embargo, otra parte quería regresar a los sueños y fingir que ese día no había sucedido.

No, lo que quería era la única cosa que sabía que jamás podría tener…

Quería una fantasía prohibida… un hombre con el que poder vivir. Con quien poder envejecer. Un hombre que le sostuviera la mano mientras daba a luz a su hijo.

Era tan imposible que había descartado ese sueño hacía un sinfín de años.

Hasta ese momento jamás había conocido a alguien que la hiciera anhelar un imposible. No hasta que se cruzó con un par de ojos negros y escuchó a un guerrero vikingo hablar sobre cómo mantener a un chico a salvo.

Un hombre que se arrepentía de su pasado.

En ese momento sí lo anhelaba, aunque fuese imposible.

Jamás podría quedarse con Wulf y, aun cuando pudiera hacerlo, moriría en cuestión de meses.

Enterró la cabeza entre las manos y se echó a llorar.

7

—Llévame hasta Cassandra —masculló Kat a la Cazadora Oscura pelirroja que estaba sentada a su lado en el coche. No tenía por costumbre dejar que la controlaran o que controlaran el lugar donde se encontraba—. Soy la única que puede protegerla.

—Claro... —dijo Corbin al tiempo que enfilaba el camino de la mansión—. La protegiste de maravilla de... la basura, ¿no?

Kat lo vio todo rojo. Sintió el terrible impulso de reducir a la Cazadora a polvo... herencia de la mala leche de su madre. Por suerte para Corbin, había heredado mucho más de su padre y ya hacía tiempo que había aprendido a respirar hondo para no ceder a sus impulsos infantiles.

Enfadarse no serviría de nada. Tenía que encontrar a Cassandra, y si utilizaba sus poderes, Stryker también la localizaría. Ese capullo había aprendido a rastrear el débil rastro que dejaban sus poderes y lo utilizaba en su contra. Esa era la razón por la que no se había enfrentado a él en el club. Le gustara o no, Stryker era más poderoso. Más que nada porque le importaba una mierda a quién se llevaba por delante para salirse con la suya.

Lo que quería decir que necesitaba que la Cazadora la llevara hasta Cass.

Se había teletransportado del apartamento solo cinco minutos, para ir a ver a la Destructora y decirle que dejara a Cassandra tranquila.

¿Cómo iba a saber que Apolimia pensaba utilizar esa distracción para enviar a Stryker y sus hombres?

Se sentía tan traicionada que apenas podía respirar. Había pasado incontables siglos sirviendo lealmente tanto a Apolimia como a Artemisa. Pero las dos la estaban utilizando en esos momentos para luchar la una contra la otra y no le gustaba ni un pelo.

Y todavía se preguntaban por qué su padre se negaba a participar de sus jueguecitos de poder. Era mucho más listo que ella, ya que siempre había sido capaz de mantenerse al margen. Claro que él parecía comprender a ambas diosas.

Ojalá pudiera acudir a él. Sin duda pondría fin a esa situación en cuestión de segundos. Pero involucrarlo solo empeoraría las cosas.

No, tenía que solucionarlo ella sola.

Además, ya no le importaban los deseos de ninguna de las dos diosas. Se había encariñado muchísimo con Cassandra en esos cinco años y no quería que usaran a su amiga, mucho menos que le hicieran daño.

Había llegado el momento de que la dejaran tranquila. Todos.

Corbin salió del coche y se acercó a la puerta de la casa para abrirla. Kat la siguió.

—Mira, estamos del mismo lado —le aseguró.

La pelirroja la miró como si se hubiera vuelto loca.

—Lo que tú digas, encanto. Vamos, entra para que pueda tenerte vigiladita y evitemos que cometas una estupidez como dejar que los enemigos de Cassandra le vuelvan a echar el guante.

Kat usó sus poderes para mantener la puerta cerrada. Corbin tiró del pomo y golpeó la madera con la mano.

—Piensa un poco —dijo con voz airada—, si quisiera a Cassandra muerta, ¿no crees que ya la habría matado después de cinco años? ¿Por qué iba a esperar hasta ahora?

Corbin se apartó de la puerta.

—¿Cómo sé que os conocéis desde hace cinco años?

La pregunta le arrancó una carcajada mordaz.

—Pregúntaselo y te enterarás.

La Cazadora la miró fijamente.

—¿Y por qué la dejaste desprotegida esta noche?

La miró a los ojos para que Corbin pudiera ver que hablaba con el corazón en la mano.

—Te juro que de haber sabido que esos pirados iban a aparecer, no me habría largado del apartamento ni un segundo.

A pesar de esas palabras, la mirada de la mujer seguía albergando dudas. Por un lado, admiraba su instinto protector. Por otro, quería estrangularla.

—No sé qué pensar —dijo Corbin despacio—. Tal vez digas la verdad o tal vez me estés soltando una trola.

—Estupendo. —Levantó las manos en un gesto frustrado—. ¿Quieres pruebas?

—¿Tienes alguna?

Se dio la vuelta y se levantó la camiseta por encima de la cadera izquierda para mostrarle a Corbin el doble arco y la flecha. La marca de Artemisa.

Ella la miró con los ojos desorbitados.

—Sé que no eres una Cazadora Oscura. ¿Qué eres?

—Soy una de las doncellas de Artemisa y, al igual que tú, tengo la misión de mantener a Cassandra a salvo. Ahora llévame hasta ella.

Wulf dio unos golpecitos en la puerta antes de abrirla y toparse con una Cassandra que se estaba enjugando las lágrimas. Esa imagen lo dejó paralizado.

—¿Estás llorando?

—No —respondió ella al tiempo que carraspeaba—. Se me ha metido algo en el ojo.

Sabía que estaba mintiendo, pero respetaba su coraje. Era agradable tratar con una mujer que no utilizaba las lágrimas para manipular a los hombres.

Entró en la habitación con paso inseguro. La idea de que Cassandra estuviera llorando le retorcía las entrañas. Peor aún, sentía el desquiciado impulso de estrecharla entre sus brazos para consolarla.

No podía. Tenía que mantener las distancias.

—Yo... bueno... he cogido esto del armario de Chris. —Le tendió los pantalones de chándal y la camiseta que llevaba en las manos.

—Gracias.

No podía dejar de mirarla. Se había recogido la larga melena rizada. Había algo en ella que le recordaba a una niña pequeña asustada, pero al mismo tiempo también tenía un halo de férrea determinación.

Cubrió una de sus frías mejillas con la mano y le ladeó la cabeza para que lo mirara a los ojos. Si estuvieran en uno de sus sueños, ya estarían en la cama mientras saboreaba sus labios.

Mientras le desabrochaba la camisa...

—¿Llevas luchando así toda tu vida?

Ella asintió.

—Los daimons y los apolitas persiguen a mi familia. Hubo una época en la que éramos cientos, pero ahora solo quedo yo. Mi madre siempre nos dijo que debíamos tener niños. Que era nuestro deber continuar con el linaje.

—¿Por qué no lo has hecho?

Ella sorbió por la nariz con delicadeza.

—¿Por qué debería hacerlo? Si muero, sabremos si es cierta la leyenda que dice que nuestra extinción los liberará.

—¿Nunca se te ha pasado por la cabeza convertirte en daimon? —le preguntó. Cassandra se apartó y él leyó la respuesta en sus ojos—. ¿Serías capaz? —le preguntó de nuevo—. ¿Serías capaz de matar a inocentes para vivir?

—No lo sé —respondió ella, alejándose de la cama en dirección a la cómoda para guardar los pantalones y la camiseta—. Dicen que es más fácil después de la primera vez. Y que cuando tienes el alma de otro en tu interior, cambias del todo. Que te conviertes en algo totalmente distinto. En algo malvado e impasible. Un hermano de mi madre se convirtió. Yo tenía seis años cuando fue a verla e intentó convencerla de que se convirtiera también en daimon. Cuando se negó, trató de asesinarla. Al final, uno de sus guardaespaldas consiguió matarlo mientras mis hermanas y yo nos escondíamos en un armario. Fue aterrador. El tío Demos siempre había sido maravilloso con nosotras.

La tristeza que traslucían sus ojos mientras hablaba le encogió el corazón. Era difícil imaginar las atrocidades que habría presenciado Cassandra en su corta vida.

Claro que su propia niñez no había sido tampoco un camino de rosas. La vergüenza, la humillación... Todavía seguía sintiendo el dolor que le provocaban a pesar de todos los siglos que habían pasado.

Algunas penas jamás se atenuaban.

—¿Qué me dices de ti? —preguntó ella, mirándolo por encima del hombro ya que su imagen no se reflejaba en el espejo—. ¿Te resultó más fácil asesinar a un hombre después de quitarle la vida al primero?

Esa pregunta lo mosqueó.

—Nunca he asesinado a nadie. Solo protegía la vida de mi hermano y la mía propia.

—Ya... —replicó en voz baja—. Así que para ti no es un asesinato meterte en casa de alguien para robar y que ese alguien acabe muerto defendiéndose en lugar de rendirse a tu brutalidad, ¿no?

La vergüenza se apoderó de él al recordar sus primeras incursiones. Por aquel entonces su gente viajaba a tierras lejanas y atacaba aldeas en plena noche para arrasar otros pueblos, otras tierras. Su objetivo no era asesinar, preferían que hubiera el mayor número posible de supervivientes. Sobre todo cuando iban en busca de esclavos que vender en mercados extranjeros.

Su madre se había quedado horrorizada cuando descubrió que Erik y él se habían unido a los hijos de sus vecinos en esas incursiones.

«Mis hijos han muerto para mí. No quiero volver a veros en la vida», les espetó antes de arrojarlos de su modesto hogar.

Y no volvió a verlos. Murió de unas fiebres esa primavera. Su hermana le pagó a uno de los jóvenes de la aldea para que los encontrara y les diera la noticia.

Pasaron tres años antes de que pudieran regresar a su hogar para presentar sus respetos. Para entonces, su padre había sido asesinado y su hermana, raptada por invasores. Fueron hasta Britania para liberarla, y allí murió Erik justo después de abandonar la aldea donde estaba su hermana.

Brynhild se había negado a marcharse con ellos.

«Yo he recogido lo que Erik y tú habéis sembrado. Es la voluntad de Dios que sea una esclava para servir como todos aquellos a los que Erik y tú habéis vendido para sufrir el mismo destino. Y ¿para qué, Wulf? ¿Por dinero y gloria? Déjame, hermano. No quiero saber nada de tu vida violenta.»

Como un estúpido, la dejó allí, donde murió un año más tarde, cuando los anglos invadieron su pequeña aldea. La vida era sinónimo de muerte. La muerte era lo único inevitable.

Como humano, había estado muy familiarizado con ella. Como Cazador Oscuro, era todo un experto.

Dio la espalda a Cassandra.

—La vida era muy diferente por aquel entonces.

—¿En serio? —preguntó ella—. No sabía que en la Edad Media se considerara a las personas como ganado.

Cassandra se estremeció cuando él se giró y la fulminó con la mirada.

—Si esperas que me disculpe por lo que hice, puedes esperar sentada. Nací en un pueblo que solo respetaba la fuerza de la espada. Crecí ridiculizado y humillado porque mi padre se negaba a luchar. Así que cuando crecí lo bastante como para demostrar que yo no era como él y que jamás los abandonaría en mitad de una batalla, aproveché la oportunidad que se me presentó.

»Sí, hice cosas de las que me arrepiento. ¿Quién no? Pero jamás asesiné ni violé a ninguna mujer. Jamás le hice daño a un niño ni ataqué a un hombre que no pudiera defenderse. Es tu gente la que valora la muerte de una embarazada o de un niño más que nada. Los acosan con el único propósito de prolongar sus depravadas vidas. Así que no te atrevas a sermonearme.

Cassandra tragó saliva, pero se mantuvo en sus trece.

—Algunos lo hacen. Igual que algunos de tus compatriotas vivieron para violar y saquear todo lo que encontraban a su paso. ¿No me dijiste que tu madre era una esclava capturada por tu padre? Tal vez te sorprenda, Wulf Tryggvason, pero algunos miembros de mi raza solo se alimentan de gente como la tuya. Asesinos. Violadores. Hay toda una rama de daimons llamada *agkelos* que ha jurado matar únicamente a los humanos que lo merezcan.

—Mientes.

—No —lo contradijo con firmeza—, no miento. Es curioso, la primera vez que te vi pensé que sabrías más de mi pueblo que yo puesto que te dedicas a darnos caza. Pero no es así, ¿verdad? Para vosotros solo somos animales. Ni os molestáis en hablar con alguno para conocer la verdad.

Era cierto. Jamás había pensado en los daimons, lo único que sabía era que se trataba de asesinos a los que había que matar.

En cuanto a los apolitas...

No les había prestado la menor atención.

Sin embargo, en esos momentos tenía un rostro «humano» que asociar al término «apolita».

Y no solo un rostro. También tenía sus caricias.

El dulce susurro de una amante.

Pero ¿qué diferencia había?

Ninguna. Al final, él seguía siendo un Cazador Oscuro y seguiría persiguiendo a los daimons para matar a cualquiera de ellos que se cruzara en su camino.

No había nada más que decir. Era un obstáculo que ninguno de los dos sería capaz de superar.

De manera que se retiraba de la contienda.

—Tienes plena libertad para moverte por la casa de noche y por cualquier parte de la propiedad de día.

—¿Qué pasa si quiero marcharme?

—Pregúntale a Chris lo fácil que es —se burló.

A sus ojos asomó ese brillo esmeralda que ya empezaba a conocer. Era un brillo que lo desafiaba y le decía que no la controlaba en lo más mínimo. Era una de las cosas que más admiraba en ella, su fuego y su férrea fuerza de voluntad.

—Por si no lo sabes, estoy acostumbrada a salir de situaciones imposibles.

—Y yo a rastrear y seguir apolitas y daimons.

Cassandra enarcó una ceja.

—¿Me estás retando?

Negó con la cabeza.

—Solo constato un hecho. Si te vas, te traeré de vuelta. Encadenada si hace falta.

Lo miró con una expresión tan cómica que le recordó a Chris.

—¿También me castigarás?

—Creo que ya eres mayorcita para eso. Y también, que eres lo bastante lista como para saber que sería una estupidez marcharte cuando Stryker y sus hombres están deseando echarte el guante de nuevo.

Cassandra odió tener que darle la razón.

—¿Puedo llamar a mi padre al menos y decirle dónde estoy para que no se preocupe?

Sacó su móvil y se lo tendió.

—Déjalo en el salón cuando termines de hablar.

Se giró para encaminarse hacia la puerta.

—Wulf —lo llamó antes de que se fuera.

Se dio la vuelta para mirarla.

—Gracias por salvarme otra vez cuando sé que eso ha debido ponerte a cien.

Su mirada se suavizó.

—Eso no me pone a cien, Cassandra. Solo tú puedes hacerlo.

Se quedó boquiabierta mientras él salía.

El comentario la había dejado pasmada. ¿Quién iba a decir que su guerrero vikingo tenía un lado más tierno? Claro que ella debería saberlo mejor que nadie. Había visto su corazón en los sueños que habían compartido.

Unos sueños que eran reales. Durante esas preciadas horas, había vislumbrado el corazón del hombre. Sus miedos.

Cosas que mantenía bajo llave, lejos de miradas ajenas, salvo de la suya...

—Tengo que estar como una regadera —musitó. ¿Cómo podía sentir afecto por un hombre que se ganaba la vida matando a su pueblo?

Además, en el fondo de su mente también se preguntaba si Wulf sería capaz de matarla en caso de que se convirtiera en daimon...

Wulf dejó escapar un largo suspiro cuando entró en el salón donde Chris estaba tirado en el sofá. Justo lo que le hacía falta, otra persona incapaz de hacer lo que le mandaban.

¿No podía haberles dado Thor un par de dedos de frente?

—Creí que te había dicho que hicieras el equipaje.

—Haz el equipaje, lávate los dientes, echa un polvo. Siempre me estás diciendo lo que tengo que hacer. —Chris estaba cambiando de un canal a otro—. Si bajaras la vista, te darías cuenta de que ya lo he hecho y estoy esperando tu siguiente orden. Señor, sí, señor.

Wulf hizo precisamente eso y vio una mochila negra delante del sofá.

—¿Solo te llevas eso?

—Sí. No necesito mucho y cualquier cosa que se me haya olvidado seguro que puedo comprarla, ya que el Consejo sabe que soy el muchachito encantador al que hay que darle todos los caprichos para evitar que el vikingo malo y grandullón les corte la cabeza.

Wulf le tiró uno de los cojines del sofá. Con cuidado.

Chris se lo colocó detrás de la espalda y continuó cambiando de canal sin contestarle.

De manera que se sentó en el otro sofá, mientras sus pensamientos se empeñaban en regresar a la mujer que había dejado en el ala de invitados. Todo lo relacionado con ella lo confundía muchísimo, y no estaba acostumbrado a la confusión. Siempre había sido un hombre muy sencillo. Si tenía un problema, lo eliminaba.

Pero no podía eliminar a Cassandra sin más. Bueno, en teoría sí podía hacerlo, pero estaría mal. Lo más cercano a esa eliminación sería ponerla de patitas en la calle para que se las apañara sola o mandársela a Corbin.

El problema era que Ash lo había encargado de su protección y él no era de los que se desentendía de las obligaciones. Si Ash quería que la vigilara, tenía que haber un motivo. El atlante no hacía nada si no tenía una puta razón para hacerlo.

—¿Cuánto sabe Cassandra sobre nosotros? —le preguntó Chris.

—Parece que todo. Como ella misma ha dicho, es apolita.

—Medio apolita.

—Medio apolita o apolita entera, ¿qué diferencia hay?

Chris se encogió de hombros.

—La diferencia es que me cae bien de verdad. No es insoportable como esas putas forradas de dinero que pululan por la universidad.

—Esa lengua, Christopher.

El escudero puso los ojos en blanco.

—Perdón, olvidé cuánto te disgusta esa palabra…

Apoyó la cabeza en la mano mientras miraba la tele. Cassandra sí que era diferente. Hacía que volviera a sentirse humano. Le hacía recordar lo que era ser normal. Sentirse acogido.

Cosas que llevaba mucho tiempo sin sentir.

—¡Por el amor de Dios! Parecéis salidos de El Pueblo de los Sofás Malditos.

Wulf echó la cabeza hacia atrás para mirar a Cassandra, que estaba en el vano de la puerta. Ella los contemplaba mientras meneaba la cabeza; después entró en la estancia y le tendió el móvil.

Chris soltó una carcajada mientras le quitaba el sonido al televisor.

—Es alucinante verte en mi casa.

—Créeme, yo también estoy alucinada por estar en tu casa.

Chris no hizo caso del comentario.

—Además, me parece rarísimo que recuerdes quién es Wulf al entrar en la habitación. Sigo teniendo la compulsión de presentaros.

En el teléfono de Wulf empezó a sonar «IronMan» de Black Sabbath. Lo abrió para aceptar la llamada. Cassandra se acercó a Chris mientras él contestaba.

—¿Qué hace aquí? —masculló Wulf.

Cassandra frunció el ceño al escuchar la malhumorada pregunta.

—Es una llamada de seguridad —le dijo Chris.

—¿Cómo lo sabes?

—La melodía. A Wulf le hace gracia que suene «IronMan» para mis escoltas. Viven en la casa situada al otro lado de la propiedad, no muy lejos de la entrada. Alguien debe de haber entrado por el camino y solicita pasar.

Y ella creía que su padre era un paranoico de la seguridad...

—¿Esto qué es, Fort Knox?

—No —respondió Chris con sinceridad—. De Fort Knox puedes salir y entrar. La única manera de salir de aquí es con un mínimo de dos escoltas pegados a tus talones todo el tiempo.

—Me da la impresión de que has intentado saltar la tapia...

—Más veces de las que te imaginas.

Se echó a reír al recordar lo que Wulf le había dicho en su dormitorio.

—Según Wulf, es inútil.

—Lo es. Créeme, si hubiera una manera de salir, a estas alturas ya la habría encontrado y usado.

Wulf colgó y se puso de pie.

—¿Es para mí? —preguntó Chris.

—No, es Corbin.

—¿Es quien está con Kat? —le preguntó Cassandra.

Él asintió con la cabeza mientras se encaminaba hacia la puerta principal.

Lo siguió a tiempo para ver cómo un elegante Lotus Esprit rojo se detenía delante de la casa. La puerta del pasajero se abrió antes de que Kat saliera y se acercara con largas zancadas a la puerta.

—Hola, pequeña, ¿estás bien?

La pregunta le arrancó una sonrisa.

—No estoy segura.

—¿Por qué está aquí? —le preguntó Wulf a Corbin mientras la Cazadora se acercaba.

Corbin se metió las manos en los bolsillos.

—También está al servicio de Artemisa. Su trabajo es proteger a Cassandra. La he traído porque me pareció sensato dejar que te ayudara.

Wulf recorrió a Kat con una mirada suspicaz.

—No necesito ayuda.

Kat se puso de uñas.

—Tranquilo, machote, no voy a mear en tu terreno. Pero me necesitas. Da la casualidad de que conozco a Stryker en persona. Soy la única oportunidad que tienes de vencerlo.

Wulf no tenía muy claro si debía fiarse de lo que le decía.

—En el club dijiste que no lo conocías.

—No quería echar por tierra mi tapadera, pero eso fue antes de que nos separarais y tuviera que convencer a Corbin para que me trajera hasta Cassandra antes de que Stryker la volviera a encontrar.

—¿Te fías de ella? —le preguntó a Corbin.

—Tanto como me fío de cualquiera. Pero me ha dicho que lleva cinco años con Cassandra y esta sigue viva y coleando.

—Es verdad —intervino Cassandra—. He confiado ciegamente en ella todo este tiempo.

—Muy bien —accedió a regañadientes. Miró a Corbin a los ojos—. Ten el móvil a mano. Me mantendré en contacto.

La Cazadora asintió con la cabeza antes de regresar a su coche.

—No nos han presentado formalmente —dijo Kat, que le tendió la mano a Wulf mientras Corbin se alejaba—. Soy Katra.

Le estrechó la mano.

—Wulf.

—Sí, lo sé. —Kat entró en la casa delante de ellos hacia el salón donde Chris seguía sentado en el sofá.

Wulf cerró la puerta a cal y canto en cuanto entraron todos.

—Por cierto, Wulf —dijo Kat cuando se detuvo junto a la mochila de Chris—, si se te ha ocurrido mandar lejos a Chris para protegerlo, te invito a que lo reconsideres.

—¿Por qué?

Kat señaló la tele con el pulgar.

—¿Cuántas veces has visto el episodio en el que los malos deciden secuestrar al amigo del bueno para pedir rescate?

La pregunta lo hizo resoplar.

—Créeme, nadie sería capaz de sacarlo del Consejo de Escuderos.

—*Au contraire* —replicó Kat con tono sarcástico—. Stryker no tendrá el menor problema en encontrarlo. En cuanto dejes que ponga un pie fuera de esta casa, Stryker y sus Illuminati caerán sobre él como si fueran moscas sobre un plato de miel. No llegará a ningún sitio seguro antes de que le pongan las manos encima. Literalmente.

—No se atreverían a matarlo, ¿verdad? —preguntó Cassandra.

—No —respondió Kat—, no es el estilo de Stryker. Le va más castigar y golpear donde más duele. Devolverá a Chris, sin duda. Solo que no estará entero…

—¿Cómo que no estaré entero? —preguntó Chris presa del nerviosismo.

Kat bajó la vista hasta su entrepierna.

Chris se tapó de inmediato con las manos.

—Ni soñarlo.

—Cariño, Stryker sabe perfectamente cuánto valora Wulf tu habilidad para procrear. Es lo único que os quitará.

—Chris —dijo Wulf mortalmente serio—, ve a tu cuarto y cierra la puerta.

Chris salió corriendo de la habitación sin rechistar.

Wulf y Kat se miraron.

—Ya que conoces tan bien al tal Stryker, ¿cómo sé que no trabajas para él?

Kat resopló.

—Ni siquiera me gusta. Tenemos una... amiga común que ha hecho que nos encontremos de vez en cuando a lo largo de los siglos.

—¿Siglos? —preguntó Cassandra—. ¿Cómo que siglos? ¿Qué eres, Kat?

Kat le dio unas palmaditas en el brazo para calmarla.

—Lo siento, Cass. Debería habértelo dicho antes, pero tenía miedo de que no confiaras en mí si lo hacía. Hace cinco años, cuando Stryker estuvo a punto de matarte, Artemisa me mandó para evitar que volviera a acercarse tanto a ti.

Semejante revelación le resultó desconcertante.

—¿Fuiste tú quien abrió el portal en el club?

Kat asintió con la cabeza.

—Estoy rompiendo media docena de juramentos al decir esto, pero lo último que deseo es herirte. Te lo juro.

Wulf dio unos pasos hacia ella.

—¿Por qué tomarse tanto trabajo para mantenerla a salvo si de todos modos va a morir en unos meses?

Kat inspiró hondo al tiempo que retrocedía. Los miró antes de hablar.

—Mi misión ya no es mantenerla a salvo.

Wulf se interpuso entre ellas. Estaba tenso, listo para entrar en combate.

—¿Qué quieres decir con eso?

Kat ladeó la cabeza para poder mirar a Cassandra, que estaba detrás de Wulf.

—Mi nueva misión es asegurarme de que el bebé que lleva en su seno nace sano y salvo.

8

—Mi... mi ¿¡qué!? —preguntó Cassandra, pasmada por las palabras de Kat. Debía de haberlo entendido mal. Era imposible que estuviera embarazada.

—Tu bebé.

Al parecer, oía perfectamente.

—¿Qué bebé?

Kat respiró hondo y comenzó a hablar muy despacio, lo cual fue un detalle por su parte, porque le estaba costando mucho trabajo comprender todo aquello.

—Estás embarazada, Cass. Llevas muy pocos días de embarazo, pero el bebé sobrevivirá. Ya me encargaré yo de ello, puedes estar segura.

Cassandra tenía la sensación de que alguien le hubiera lanzado un dardo paralizante. Era incapaz de asimilar lo que Kat le estaba diciendo.

—No puedo estar embarazada. No he estado con nadie.

La mirada de Kat voló hacia Wulf.

—¿Qué? —preguntó él a la defensiva.

—Tú eres el padre —afirmó Kat.

—¡Los cojones! Siento darte esta mala noticia, nena, pero los Cazadores Oscuros no podemos tener hijos. Somos estériles.

Kat asintió.

—Cierto, pero tú no eres realmente un Cazador Oscuro, ¿verdad?

—Entonces, ¿qué coño soy?

—Un inmortal, pero a diferencia de los demás Cazadores Oscuros, tú no tuviste que morir. Los otros perdieron la capacidad de tener descendencia porque sus cuerpos murieron durante un tiempo. Sin embargo, tú estás exactamente igual que hace mil doscientos años.

—Pero no la he tocado —insistió.

Kat enarcó una ceja ante su comentario.

—Yo diría que sí...

—Eso fueron sueños —dijeron Wulf y Cassandra al unísono.

—¿Sueños que los dos recordáis? No, se os reunió para que hicierais perdurar el linaje de Cassandra; sé de lo que estoy hablando porque fui yo quien la drogó para que pudiera estar contigo.

—Creo que voy a vomitar —dijo Cassandra, apoyándose en el brazo del sofá—. Esto no puede estar sucediendo. Es imposible.

—Porque tú lo digas... —replicó Kat con una nota irónica en la voz—. No permitamos que la realidad interfiera a estas alturas... Vamos a ver, tú eres un ser mitológico descendiente de unos seres mitológicos y estás en casa de un guardián inmortal que ningún humano puede recordar cinco minutos después de haberse alejado de él. ¿Tan imposible es que puedas quedarte embarazada de él en un sueño? ¿Eh? ¿Vamos viendo las cosas en perspectiva ya o no? —Su mirada la atravesó—. Voy a ser sincera contigo. Creeré en las leyes naturales cuando Wulf, aquí presente, pueda salir a la luz del sol sin sufrir una combustión espontánea. O, mejor todavía, cuando tú, Cassandra, puedas ir a la playa y ponerte morena.

Wulf estaba tan atónito que ni siquiera era capaz de moverse mientras Kat hablaba. ¿Había dejado embarazada a Cassandra? Era algo que jamás de los jamases se le había pasado por la cabeza, algo con lo que nunca había soñado.

No. No podía creerlo. Era imposible.

—¿Cómo he podido dejarla embarazada en un sueño? —preguntó, interrumpiendo a Kat.

Ella se calmó y se dispuso a explicárselo a los dos.

—Hay distintos tipos de sueños. Diferentes planos en los que tienen lugar. Artemisa ordenó a un Cazador Onírico que os indujera un estado de semiinconsciencia, de modo que pudierais... estar juntos, por decirlo de alguna manera.

Eso le hizo fruncir el ceño.

—Pero ¿por qué?

Kat señaló a Cassandra con la mano.

—Eres el único con el que se habría acostado. En los cinco años que hace que la conozco no ha mirado a un solo tío con deseo. No hasta la noche que tú entraste en el club para matar a los daimons. Se encendió como una luciérnaga. Cuando salió corriendo detrás de ti, creí que por fin había encontrado a alguien con el que podría acostarse.

»Pero ¿os comportasteis como personas normales y fuisteis a una de vuestras casas para montároslo como conejos? No. Ella regresó tan tranquila, como si nada hubiera sucedido. ¡Madre mía! No tenéis remedio, ninguno de los dos. —Suspiró—. Así que Artemisa dedujo que podía utilizar esa conexión momentánea que habíais sentido en la calle para meter a Cass en tus sueños de modo que la dejaras embarazada.

—Pero ¿por qué? —insistió Cassandra—. ¿Por qué es tan importante que me quede embarazada?

—Porque el mito del que te burlas es cierto. Si el último descendiente de Apolo muere, se acaba la maldición.

—En ese caso, déjame que muera y los apolitas serán libres.

El rostro de Kat se crispó y adoptó una expresión amenazadora.

—Yo no he dicho que pudieran ser libres. En fin, lo más divertido de tratar con las Moiras es que las cosas nunca son así de simples. La maldición acabará porque Apolo morirá contigo. Tu sangre y tu vida están vinculadas a él. Cuando muera, también morirá el sol, así como Artemisa y la luna. Una vez que ellos desaparezcan, no habrá mundo que valga. Todos moriremos. Todos.

—No, no y no —susurró Cassandra—. Esto no puede ser cierto.

La expresión de Kat no se aclaró.

—Es cierto, cariño. Créeme. Yo no estaría aquí si no lo fuera.

Cassandra la miró mientras se esforzaba por comprender todo lo que acababa de descubrir. Estaba abrumada.

—¿Por qué no me lo has dicho antes?

—Lo hice, pero te asustaste tanto que Artemisa y yo decidimos borrarlo de tu memoria y comenzar desde cero con más tiento.

La ira se apoderó de ella al instante.

—¿Que hicisteis qué?

Kat se puso a la defensiva.

—Fue por tu propio bien. Te cabreaba tanto la idea de verte obligada a quedarte embarazada que Artemisa decidió que si tuvieras al padre y al niño antes de saber la verdad, la aceptarías mejor. Cuando te lo expliqué en la otra ocasión, estabas decidida a dejarte atropellar por un autobús antes que utilizar a un hombre y dejar a un bebé a merced de tus perseguidores. Así que es estupendo que hayas encontrado a Wulf, ¿no crees? Con sus poderes, los apolitas y los daimons no podrán acercarse a él sin poner en peligro su vida.

Cuando hizo ademán de abalanzarse sobre ella, Wulf la detuvo.

—No, Cassandra.

—¡Por favor! —le suplicó—. Solo quiero estrangularla un poquito... —Lanzó una mirada furibunda a la que había creído su amiga—. Confié en ti y me has utilizado, me has mentido. Ahora entiendo tu empeño en que me fijara en algún tío.

—Lo sé y lo siento —se disculpó Kat. Aunque su expresión era sincera, Cassandra no estaba por la labor de creerla—. Pero ¿no te das cuenta de que esto nos conviene a todos? Wulf teme perder su último vínculo humano con el mundo. Gracias a ti tendrá otra línea de descendientes que lo recordarán, y tú tendrás a un inmortal que podrá hablarle a tu hijo y a tus nietos de ti y de tu familia. Podrá cuidarlos y mantenerlos a salvo. Se acabaron las huidas, Cassandra. Piénsalo.

Siguió sin moverse mientras reflexionaba sobre eso último. Alguien la recordaría y los suyos estarían a salvo. Era lo único que deseaba. Por ese motivo ni siquiera se había planteado antes la idea de tener hijos.

Pero... ¿se atrevería a albergar esa esperanza?

El embarazo de una apolita duraba apenas veinte semanas. La mitad de un embarazo humano. Puesto que su vida era tan corta, había un montón de diferencias biológicas con los humanos. Los apolitas alcanzaban la madurez a los once años y no era extraño que se casaran entre los doce y los quince.

Su madre solo tenía catorce años cuando se casó con su padre, pero su aspecto era el de una humana de veintitantos.

Miró a Wulf, que escuchaba con semblante impasible.

—¿Qué piensas de todo esto?

—Si te soy sincero, no sé qué pensar. Ayer mi prioridad era que Chris echara un polvo. Hoy lo único que me importa es que, a menos que Kat esté drogada o como una cabra, tú llevas en tus entrañas a un niño que forma parte de mí y que, a su vez, tiene en sus manos el destino del mundo.

—Si dudas de todo esto, habla con Aquerón —intervino Kat.

Wulf la miró con los ojos entrecerrados.

—¿Lo sabe?

La respuesta de Kat fue un tanto evasiva y su actitud se tornó nerviosa por primera vez.

—Dudo mucho que Artemisa le haya dicho algo sobre el plan de juntaros para que engendrarais un hijo, ya que suele molestarse bastante cuando la diosa interfiere con el libre albedrío, pero podrá confirmarte todo lo que he dicho sobre la profecía.

Cassandra dejó escapar una seca carcajada al escuchar que su supuesta amiga conocía a uno de los hombres cuyos nombres aparecían en el sitio web. Por no mencionar el hecho de que también conociera a Stryker y a sus hombres...

—Por curiosidad nada más, ¿hay alguien a quien no conozcas?

—En realidad, no —contestó ella con evidente desasosiego—. Llevo con Artemisa muchísimo tiempo.

—¿Cuánto exactamente? —insistió Cassandra.

Kat no contestó. En cambio, retrocedió un poco y unió las manos al frente.

—¿Sabéis una cosa? Creo que debería daros unos minutos para que habléis a solas. Voy a echarle un vistazo a tu habitación, Cass.

Sin una palabra más, salió en dirección al pasillo que llevaba a su habitación. Sin que nadie le hubiera dicho dónde estaba ubicada y cuál era... Claro que, teniendo en cuenta que Kat tampoco era humana...

Wulf no se movió hasta que hubo desaparecido. Todavía estaba intentando asimilar todo lo que les había contado.

—No sabía nada de esto, Wulf. Te lo juro.

—Lo sé.

La miró un instante. Era la madre de su hijo. Era increíble y, a pesar de lo confuso que se sentía, de lo único que estaba seguro era de que una parte de sí mismo sentía deseos de gritar de alegría.

—¿Te sientes bien? ¿Necesitas algo? —le preguntó.

Ella negó con la cabeza antes de mirarlo. El deseo que asomó a sus ojos verdes lo abrasó.

—Bueno, no sé tú, pero a mí me vendría de maravilla un abrazo.

Su cabeza le decía que no sería inteligente encariñarse con ella, abrirse a una mujer cuya fecha de caducidad estaba bastante próxima, pero de todos modos se descubrió abrazándola, y tuvo que hacer un enorme esfuerzo por obviar las sensaciones que le provocaba la cercanía de ese cuerpo. Su aliento le hizo cosquillas en el cuello cuando lo abrazó por la cintura y se apoyó contra él.

Era fantástico tenerla así. Parecía perfecto. Nunca, en todos los siglos de su existencia, había experimentado esa ternura.

¿Qué tenía Cassandra que lo estremecía? ¿Que lo ponía a cien?

Cerró los ojos, la estrechó con más fuerza y dejó que su olor a rosas y polvos de talco lo ayudara a olvidar por un instante que deberían ser enemigos.

Cassandra cerró los ojos y dejó que la calidez de Wulf la inundara.

Era maravilloso estar encerrada entre sus brazos. No había nada sexual en el gesto, sus caricias estaban destinadas a consolarla. Y los unían mucho más que la intimidad que ya habían compartido.

¿Cómo es posible que me sienta reconfortada por un hombre que afirma que mi gente debería desaparecer?, pensó.

Sin embargo, era una estupidez negarlo.

Los sentimientos rara vez seguían los dictados de la lógica.

Seguía encerrada en su abrazo cuando una idea espantosa destrozó la paz que la embargaba.

—¿Odiarás a mi hijo por tener sangre apolita, Wulf?

Él se tensó entre sus brazos, como si no se le hubiera ocurrido, y se alejó de ella.

—¿Hasta qué punto sería apolita?

—No lo sé. El linaje de gran parte de mi familia es puro. Fue mi madre la que rompió la tradición, porque creyó que un padre humano podría protegernos mejor. —Se le hizo un nudo en el estómago al recordar los secretos que su madre le había contado poco antes de morir—. Creyó que al menos él sobreviviría a sus hijos y a sus nietos.

—Lo utilizó.

—No —lo corrigió con un hilo de voz, ofendida porque se le hubiera ocurrido algo así—. Mi madre lo amaba, pero al igual que tú estaba cumpliendo con su deber de protegernos. Supongo que no me contó nada sobre lo importante que sería mi papel si todos moríamos sin descendencia, porque yo era muy pequeña cuando nos dejó. O tal vez ella tampoco lo supiera. Solo me dijo que el deber de todo apolita era continuar con nuestro linaje.

Wulf se alejó un poco para apagar el televisor, sin mirarla. Mantuvo los ojos clavados en la repisa sobre la que descansaba en horizontal una antigua espada, apoyada sobre un pedestal.

—¿Hasta qué punto eres apolita? No tienes colmillos y Chris dice que sales durante el día.

Cassandra deseó acercarse para volver a tocarlo. Necesitaba sentirse cerca de él, pero notaba que ese deseo no era mutuo.

Wulf necesitaba tiempo y respuestas.

—Tenía colmillos de pequeña —le explicó, ya que no quería ocultarle nada. Se merecía saber lo que su hijo podría llegar a necesitar para sobrevivir—. Mi padre hizo que me los limaran cuando cumplí los diez años para que pudiera camuflarme mejor entre los humanos. Al igual que el resto de mi gente, necesito sangre para vivir, pero no tiene por qué ser apolita y tampoco tengo que beberla a diario.

Hizo una pausa al pensar en las necesidades de su vida y en lo mucho que deseaba haber nacido siendo humana. Pero, en conjunto, había sido mucho más afortunada que sus hermanas, que habían heredado muchos más rasgos apolitas que humanos. Las cuatro la habían envidiado mucho, porque incluso toleraba el sol.

—Suelo ir al médico para que me hagan una transfusión cada cierto tiempo —continuó—. Como mi padre cuenta con un equipo de investigadores que trabaja para él, falsificó una serie de pruebas de modo que los resultados señalaran una rara enfermedad y así pudiera conseguir la sangre necesaria sin necesidad de que otros médicos averiguaran que no soy humana. Solo voy cuando empiezo a sentirme débil. Y además, tampoco he envejecido con la misma rapidez que los demás. Llegué a la pubertad prácticamente al mismo tiempo que lo hacen las niñas humanas.

—En ese caso, tal vez nuestro hijo sea aún más humano.

Fue imposible pasar por alto la nota esperanzada de su voz cuando pronunció esas palabras. Al igual que Wulf, ella rezaba por que fuera cierto. Sería todo un milagro tener un bebé humano.

Por no mencionar la alegría que la invadió cuando lo escuchó referirse al bebé como «nuestro». Era una buena señal.

Al menos, para el bebé.

—¿No pones en duda que el niño sea tuyo? —le preguntó.

Su mirada la abrasó.

—Sé que estuve contigo en sueños y, tal y como Kat ha señalado, soy la prueba viviente de lo que los dioses son capaces de hacer. Así que no. No lo pongo en duda. Ese bebé es mío y seré su padre.

—Gracias —musitó y los ojos se le llenaron de lágrimas. Era mucho más de lo que se había atrevido a soñar.

Se aclaró la garganta y parpadeó para alejar las lágrimas. No iba a llorar, al menos por eso. Era muy afortunada y lo sabía. A diferencia de otros niños de su raza, el suyo tendría un padre que lo mantendría a salvo. Uno que podría verlo crecer.

—Mira el lado positivo, solo tendrás que aguantarme unos meses más y después no volverás a verme el pelo jamás.

Sus palabras hicieron que la mirara con tal ferocidad que se alejó un poco más de él.

—No hables de la muerte con tanta ligereza.

Recordó lo que le había contado en sueños sobre ver morir a sus seres queridos.

—Créeme, no lo hago. Soy muy consciente de lo frágiles que son nuestras vidas. Pero tal vez nuestro hijo viva más de veintisiete años.

—¿Y si no lo hace?

Su infierno volvería a seguir su curso, pero en ese caso sería mucho peor porque se trataría de sus descendientes directos.

De su hijo.

De sus nietos. Y estaría obligado a verlos morir en plena juventud.

—Siento mucho haberte metido en todo esto.

—Ya somos dos.

Pasó por su lado de camino a las escaleras que llevaban al piso inferior.

—Al menos podrás conocer a nuestro hijo, Wulf —le dijo, mientras él se alejaba—. Te recordará. Yo solo estaré unas semanas con él antes de morir. Jamás me conocerá.

Wulf se detuvo en seco. Se quedó paralizado durante un minuto.

Cassandra lo observó en busca de alguna señal que delatara sus emociones. Su rostro permanecía impasible. Continuó escaleras abajo sin decir nada.

Intentó olvidar su rechazo. Tenía otras cosas en las que pensar en esos momentos, como el diminuto bebé que crecía en su interior.

Echó a andar hacia su habitación, ansiosa por comenzar a hacer planes. El tiempo era vital para ella y no disponía de mucho.

Wulf entró en su habitación y cerró la puerta. Necesitaba estar solo un tiempo para digerir todo lo que le habían dicho.

Iba a ser padre.

El niño lo recordaría. Pero ¿y si era más apolita que Cassandra? La genética era extraña y había vivido lo suficiente como para ser testigo de sus extravagancias. Chris era el ejemplo perfecto. Nadie se había parecido tanto a Erik desde que su propio hijo murió hacía más de mil doscientos años. Y, sin embargo, el muchacho era el vivo retrato de su hermano.

Se parecían incluso en el temperamento y en los gestos. Podrían ser el mismo hombre.

¿Y si su hijo se convertía algún día en un daimon? ¿Sería capaz de matarlo?

La idea le heló la sangre. Lo aterrorizó.

No sabía qué hacer. Necesitaba consejo. Alguien que pudiera ayudarlo a asimilar todo aquello. Cogió el teléfono y llamó a Talon.

Nadie contestó.

Soltó un taco. Solo conocía a una persona que pudiera prestarle ayuda. Aquerón.

El atlante contestó al primer tono.

—¿Qué pasa?

Wulf resopló al escuchar el sarcasmo de la pregunta.

—¿Qué pasa? ¿Nada de «Hola, Wulf, qué tal te va»?

—Te conozco, vikingo. Solo llamas cuando tienes un problema. Así que, dime, ¿qué pasa? ¿Has tenido problemas… conectando con Cassandra?

—Voy a ser padre.

Su anuncio fue seguido de un silencio sepulcral. Le resultó

agradable saber que la noticia era capaz de dejar a Ash tan atónito como lo había dejado a él.

—Bueno, supongo que la respuesta a mi pregunta es un rotundo no, ¿verdad? —dijo el atlante por fin. Hizo una pausa antes de continuar—: ¿Estás bien?

—Veo que el hecho de que haya dejado embarazada a una mujer no te sorprende...

—No. Sabía que podías hacerlo.

Wulf se quedó boquiabierto y sintió un intenso ramalazo de furia. ¿Ash lo había sabido todo el tiempo?

—No sé si te das cuenta de que esa información podría haber sido vital para mí, Ash. Eres un cabrón por no habérmelo dicho antes.

—¿Qué habría cambiado si te lo hubiera dicho? Te habrías pasado estos doce siglos paranoico por la posibilidad de dejar embarazada a una mujer que después no recordaría que tú eras el padre. Ya tenías suficiente tal y como estaban las cosas. No me pareció oportuno empeorar la situación.

Eso no aplacó su enfado.

—¿Y si he dejado embarazada a alguien más?

—No lo has hecho.

—¿Cómo lo sabes?

—Créeme, lo sé. De haberlo hecho, te lo habría dicho. No soy tan cabrón como para ocultarte algo tan importante.

Sí, claro... Si Ash era capaz de callarse algo así, ni siquiera quería imaginarse qué otras cosas de vital importancia habría olvidado mencionar.

—¿Se supone que ahora debo confiar en ti, después de que acabas de admitir que me has mentido?

—Me parece que has pasado demasiado tiempo hablando con Talon. De repente parecéis la misma persona. Sí, Wulf, puedes confiar en mí. Y nunca te he mentido. Solo he omitido unos cuantos detalles.

No replicó, pero le habría encantado tener al atlante allí mismo para darle una buena tunda por todo aquello.

—¿Qué tal lleva Cassandra el embarazo? —le preguntó Ash.

La pregunta lo dejó helado. Había ocasiones en las que ese tío lo acojonaba de verdad.

—¿Cómo has sabido que se trata de Cassandra?

—Sé muchas cosas cuando me lo propongo.

—En ese caso, tal vez deberías aprender a compartir esos detallitos, sobre todo cuando forman parte de la vida de otras personas.

Ash suspiró

—Si te sirve de consuelo, te confieso que el modo en el que ha sucedido todo me hace tan poca gracia como a ti. Pero hay ocasiones en las que todo debe torcerse para que al final se enderece.

—¿Qué quieres decir?

—Ya lo comprenderás, hermanito. Te lo prometo.

Apretó los dientes.

—Odio cuando te pones en plan oráculo.

—Lo sé. Os pasa a todos, pero ¿qué quieres que te diga? Mi trabajo consiste en cabrearte.

—Creo que deberías encontrar uno nuevo.

—¿Por qué? Da la casualidad de que este me encanta.

Sin embargo, hubo algo en su voz que le indicó que estaba mintiendo también al respecto. Así que decidió cambiar de tercio.

—Ya que no quieres decirme nada que me sea útil, cambiaré de tema por el momento. ¿Conoces a alguna doncella de Artemisa que se llame Katra? Está aquí y afirma estar de nuestra parte. Dice que lleva protegiendo a Cassandra cinco años, pero no tengo muy claro si puedo confiar en ella o no.

—No conozco a las doncellas por su nombre, pero se lo preguntaré a Artemisa.

Por algún extraño motivo, eso hizo que se sintiera mucho mejor. Ash no era omnisciente después de todo.

—Vale. Pero si no está de nuestra parte, dímelo de inmediato.

—Desde luego.

Wulf fue a colgar.

—Por cierto —añadió Ash justo cuando se apartaba el teléfono de la oreja.

Volvió a acercárselo.

—¿Qué?

—Enhorabuena por el niño.

Wulf resopló.

—Gracias. Creo.

Cassandra vagaba por la enorme mansión. Era como estar en un museo. Había antiquísimos objetos nórdicos por todos lados. Por no mencionar un buen número de óleos de pintores famosos que jamás había visto y que no dudaba de que fueran auténticos.

Había uno en particular en el pasillo de su habitación firmado por Jan van Eyck. Un retrato de un hombre de pelo oscuro y su esposa. En cierto modo le recordaba al famoso cuadro *El matrimonio Arnolfini*, pero la pareja era diferente. El vestido de la mujer rubia era de un rojo intenso y el hombre iba vestido de azul marino.

—Es el retrato de bodas de dos de mis descendientes.

Dio un respingo al escuchar la profunda voz de Wulf a su espalda. No lo había oído acercarse.

—Es muy bonito. ¿Lo encargaste tú?

Asintió con la cabeza e hizo un gesto hacia la mujer del cuadro.

—Isabella era una gran admiradora del trabajo de Van Eyck, así que creí que sería un regalo de bodas perfecto. Era la hija mayor de otra familia de escuderos y se casó con mi escudero Leif. Chris desciende directamente de su tercera hija.

—¡Vaya! —murmuró, impresionada—. Yo me he pasado toda la vida buscando algo sobre mi familia y mis antepasados, y aquí estás tú, que eres un libro de texto andante para Chris. ¿Sabe lo afortunado que es?

Él se encogió de hombros.

—La experiencia me ha hecho comprender que a la mayoría de la gente no le interesa su pasado a esa edad. Solo el futuro. Querrá saberlo cuando se haga mayor.

—No sé —replicó ella, pensando en la alegría que iluminaba los ojos de Chris cada vez que intentaba enseñarle inglés antiguo—. Creo que sabe mucho más de lo que te imaginas. Es un estudiante de primera. Deberías escucharlo cuando habla. Cuando estudiamos, parece saberlo todo sobre tu cultura.

El rostro de Wulf adoptó una expresión más relajada, convirtiéndolo en el hombre tierno que había visto en sueños.

—Así que me escucha...

—Sí. —Se encaminó hacia su habitación—. Bueno, se está haciendo tarde y ha sido una noche muy larga. Ya me iba a la cama.

Él la agarró de la mano y la detuvo.

—He venido a verte.

—¿Para qué?

Clavó los ojos en los suyos.

—Puesto que llevas un hijo mío, no quiero que duermas aquí arriba, donde no pueda estar a tu lado en caso de que necesites protección. Sé que te he dicho que puedes salir y entrar a tu antojo durante el día, pero preferiría que no lo hicieras. Los daimons tienen colaboradores humanos, igual que nosotros. No les sería muy difícil acercarse a ti.

Su primera reacción fue la de decirle que era una estupidez; sin embargo, algo la detuvo.

—¿Me lo estás ordenando?

—No —respondió él en voz baja—. Te lo estoy pidiendo. Por tu seguridad y por la del bebé.

Su respuesta la hizo sonreír, así como el tono de su voz, que dejó bien claro que no estaba acostumbrado a pedirle nada a nadie. Lo había escuchado muchas veces mascullarle órdenes a Chris como para saber que «Wulf» y «libre albedrío» no solían ir de la mano...

—Vale —le dijo, ofreciéndole una sonrisilla—, pero solo porque me lo has pedido.

Su rostro se relajó aún más. ¡Madre del amor hermoso! ¡Así estaba impresionante!

—¿Necesitas algo de tu apartamento? Puedo hacer que te lo traigan.

—La ropa me vendría fenomenal. Y mi maquillaje y un cepillo de dientes ya ni te cuento.

Sacó el móvil, llamó y saludó a sus guardias de seguridad. Entretanto, ella abrió la puerta de su habitación y entró. Wulf la siguió. Kat, que estaba sentada en un sillón leyendo, alzó la vista pero no dijo nada.

—Espera. —Le pasó el teléfono—. Toma, diles lo que necesitas y dales tu dirección.

—¿Por qué?

—Porque si se lo digo yo, dentro de cinco minutos lo habrán olvidado y ni siquiera saldrán de aquí. Siempre le pido a alguien que les diga lo que necesito. Normalmente a Ash, a Chris o a mi amigo Talon. O les envío un correo electrónico. Pero ahora mismo no tenemos tiempo para eso.

¿Estaría hablando en serio?

—Puedo ir con ellos —se ofreció Kat mientras dejaba el libro a un lado—. Sé lo que necesita y a mí también me gustaría coger unas cuantas cosas.

Wulf se lo comunicó a los guardias de seguridad y después hizo que Cassandra lo repitiera palabra por palabra.

Una vez que hubo acabado de hablar, cortó la llamada. ¡Joder! Y ella había creído que su vida era una mierda...

—Así que ¿me estás diciendo que los humanos ni siquiera pueden recordar una conversación contigo?

—Exacto.

—¿Y cómo te las apañas para mantener controlado a Chris? ¿No puede decirles que era una orden tuya, que le has dado permiso para que se marche?

Él se echó a reír.

—Porque cualquier orden concerniente a su seguridad tiene que provenir de Ash y él lo sabe. Los guardias de seguridad no hacen nada sin contar con sus órdenes expresas.

¡Vaya! Pues sí que era estricto, sí...

Kat le ofreció una media sonrisa mientras ella sacaba de la cómoda la ropa que Wulf le había prestado.

—Me alegra que te lo hayas tomado tan bien esta vez.

Y también me alegro por Wulf. Vuestra reacción facilita las cosas.

Asintió. Su amiga tenía razón.

Ojalá Wulf pudiera aceptar su linaje con la misma facilidad con la que había aceptado al bebé. Aunque ¿qué tenía de bueno cuando estaba destinada a morir en breve? Tal vez las cosas fueran mejor así. De ese modo, Wulf no lloraría demasiado su muerte.

No, le dijo una vocecilla. Quería mucho más de Wulf. Quería lo que habían compartido en los sueños, ni más ni menos.

Deja de ser egoísta, se reprendió.

La idea se le atascó en la garganta y tuvo que tragar saliva. Era cierto. Debía mantenerse alejada de él en el plano sentimental, por el bien de Wulf. Lo último que quería era que sufriera por su culpa. Cuanta menos gente llorara su muerte, mejor. Aborrecía la idea de que alguien pasara por lo mismo que había pasado ella cuando murieron su madre y sus hermanas. No pasaba un día en el que no las recordara. En el que no sufriera en su fuero interno por la imposibilidad de volver a verlas.

Una vez que tuvo los pantalones de deporte y la camiseta en los brazos, Wulf la guió por la casa. Su poderosa presencia la reconfortaba. Nunca había imaginado que pudiera sentir algo semejante.

—Menuda casa tienes... —le dijo.

Él la miró como si llevara mucho tiempo sin prestarle atención.

—Gracias. Se construyó por orden de la tatarabuela de Chris a principios del siglo pasado. Tenía quince hijos y quería una casa lo bastante grande como para albergarlos a todos, y también a los nietos que llegaran. —Había una nota afectuosa en su voz cada vez que hablaba de su familia. Era obvio que los había querido profundamente.

—¿Y qué ha pasado para que Chris sea el único descendiente?

La desolación le ensombreció la mirada e hizo que Cassandra se entristeciera por él.

—El hijo mayor murió en el hundimiento del *Titanic* junto con varios primos y con su tío. La epidemia de gripe de 1918 acabó con tres más y dejó estériles a otros dos. La guerra se llevó por delante a cuatro. Dos murieron siendo niños y uno en un accidente de caza cuando era un muchacho. Los dos restantes, Stephen y Craig, se casaron. Stephen tuvo un hijo y dos hijas. El hijo murió en la Segunda Guerra Mundial y una de las hijas murió de una enfermedad a los diez años. La otra murió en el parto antes de que naciera su hijo.

Esas palabras y el sufrimiento que se reflejaba en su voz la estremecieron de pies a cabeza. Era evidente que los había querido mucho a todos. A cada uno de ellos.

—Craig tuvo cuatro hijos. Uno murió en la Segunda Guerra Mundial, otro de niño, otro en un accidente de tráfico con su esposa y el otro fue el abuelo de Chris.

—Lo siento —le dijo, al tiempo que le acariciaba el brazo en muestra de simpatía. No era de extrañar que protegiera a Chris con tanto ahínco—. Me sorprende que dejaras ir a la guerra a tantos.

Él le cubrió la mano con la suya. La expresión que asomó a sus ojos le indicó lo mucho que apreciaba su contacto.

—Intenté detenerlos, créeme. Pero pocas cosas pueden convencer a un hombre testarudo cuando quiere marcharse de casa. Por fin comprendí cómo se sintió mi padre cuando Erik y yo nos marchamos en contra de sus deseos.

—Pero todavía no comprendes por qué tu madre se negó a volver a recibirte.

Wulf se detuvo en seco.

—¿Cómo lo sabes?

—Yo... —Guardó silencio al percatarse de lo que acababa de hacer—. Lo siento. De vez en cuando puedo leer los pensamientos de los que me rodean. No lo hago a propósito y no lo puedo controlar, sucede sin más.

Su mirada volvía a ser turbulenta.

—A ver —le dijo, intentando reconfortarlo un poco—. A veces la gente hace y dice cosas en el calor de la pasión de las que luego se arrepiente. Estoy segura de que tu madre te perdonó.

—No —la corrigió con voz ronca y baja—. Le di la espalda a las creencias que ella me había inculcado. Dudo mucho que fuera capaz de superarlo.

Tiró de la cadena de plata que Wulf llevaba al cuello hasta que tuvo los colgantes en la mano. Al igual que había visto en su sueño, eran un martillo de Thor y un pequeño crucifijo.

—No creo que le hayas dado la espalda a nada. ¿Por qué, si no, llevas esto?

Wulf observó los dedos que sostenían la cruz de su madre y el talismán de su tío. Reliquias antiguas que hacía tanto tiempo que llevaba encima que ya no les prestaba atención.

Representaban el pasado, al igual que Cassandra representaba el futuro. El contraste le llegó hasta lo más hondo.

—Para recordarme que las palabras que se dicen por culpa de la ira no se pueden retirar después.

—Y a pesar de todo tienes la costumbre de seguir hablando cuando estás enfadado.

Wulf resopló por el comentario.

—Hay defectos imposibles de corregir.

—Tal vez. —Se puso de puntillas con la intención de darle un beso de carácter amistoso, aunque no fue así.

Wulf gimió ante el contacto y la estrechó entre sus brazos para poder sentir cada centímetro de ese cuerpo femenino.

Cómo la deseaba... deseaba arrancarle la ropa y saciar el deseo que le abrasaba la entrepierna cada vez que esos ojos lo miraban. Era maravilloso tener a una mujer que lo recordara.

Una que recordaba su nombre y todo lo que le decía.

Era un regalo inconmensurable.

Cassandra gimió por el roce de los labios de Wulf. Por el roce de sus colmillos, de su lengua. Sintió cómo se contraían los músculos bajo sus manos; sintió la tensión que se apoderaba de ese cuerpo tan lleno de vida.

Era tan abrumador, tan salvaje y a la vez tan tierno... Parte de sí misma no quería alejarse de él jamás.

Y otra parte le exigía que lo hiciera.

Atormentada por la idea, lo besó con más ardor antes de alejarse de mala gana.

Wulf deseó atraparla de nuevo entre sus brazos. La observó con el corazón desbocado y el cuerpo en llamas. ¿Por qué no la había encontrado cuando era humano?

¿Habría importado? Ella habría sido apolita y él un humano. Dos especies distintas.

La suya era una relación imposible; aun así, una diosa intrigante los había unido. El espíritu y la pasión de Cassandra lo cautivaban. Su voz, su olor. Todo le resultaba irresistible.

Pero su relación estaba condenada desde el principio.

Va a morir, se recordó.

Las palabras lo atravesaron como una daga. Llevaba solo tanto tiempo... tenía el corazón magullado y herido por tantas pérdidas. Y ella iba a dejarle otra cicatriz. Lo sabía. Lo presentía.

Lo único que deseaba era que esa cicatriz sanara algún día, pero algo le decía que no sería así. Su presencia perduraría, al igual que había sucedido con todos los demás.

Su rostro lo atormentaría...

Para siempre.

En ese momento, odió a Artemisa por su intervención. La odió por obligarlo a aceptar esa vida y por ofrecerle a una mujer que iba a perder sin remedio.

No era justo.

Y todo ¿por qué? ¿Porque Apolo se había enfadado y había maldecido a sus propios hijos?

—Los linajes son muy frágiles. —No se dio cuenta de que había hablado en voz alta hasta que Cassandra hizo un gesto afirmativo con la cabeza.

—Eso explica por qué proteges a Chris del modo en que lo haces.

Ni se imaginaba hasta qué punto lo protegía.

La guió escaleras abajo, hacia su dormitorio.

—Debo admitir que me sorprende mucho que Apolo no haya cuidado mejor de los suyos. Sobre todo, teniendo en cuenta lo importante que es vuestra supervivencia.

—Al igual que tú, comenzamos siendo muy numerosos, pero nuestra familia fue menguando hasta que solo quedé yo. Claro que tampoco ha ayudado mucho ese afán por extinguirnos.

Wulf se detuvo al llegar a la puerta. En la pared adyacente había un teclado numérico.

—¿Paranoico? —le preguntó Cassandra.

Él esbozó una sonrisa burlona mientras tecleaba el código de acceso.

—Hay un montón de gente que trabaja aquí durante el día y que no sabe nada de mí porque no me recuerda. De este modo nadie entra por error en mi habitación y nadie alerta a gritos de la presencia de un intruso cuando Chris está en clase.

Parecía lógico.

—¿Qué se siente al ser tan anónimo?

Wulf abrió la puerta y encendió la luz. Era muy tenue.

—A veces es como ser invisible. Lo que me resulta extraño es veros a ti y a Kat sin necesidad de tener que presentarme una y otra vez.

—Pero Aquerón y Talon también te recuerdan.

—Cierto. Los Cazadores Oscuros y los Cazadores Katagarios me recuerdan, pero no puedo estar mucho tiempo junto a otro Cazador Oscuro y los katagarios se ponen de uñas cada vez que me acerco a ellos. No les gusta tener cerca a alguien que no sea de los suyos.

Cassandra observó la estancia mientras él se acercaba a la cama. La habitación era enorme. Había una serie de ordenadores en uno de los laterales que le recordó a la NASA, además de un Alienware plateado de sobremesa, emplazado en un escritorio negro de diseño moderno.

Sin embargo, lo más sorprendente era la inmensa cama negra situada a su derecha, en el extremo más alejado. Era idéntica a la del sueño. A su alrededor, las paredes eran de un mármol negro tan brillante que reflejaba la luz, pero Wulf no se reflejaba en ellas y tampoco había ventanas.

En la pared situada a su izquierda había más retratos, bajo los que había un aparador alargado de caoba. Sobre él descansaban cientos de fotografías con marcos de plata. Delante había un sofá negro de piel y una butaca, idénticos a los que había arriba, y un televisor gigantesco.

Mientras observaba la miríada de rostros del pasado, recordó el retrato de la mujer que colgaba cerca de la habitación de Kat, la que hasta ese momento se suponía que iba a ser también la suya. Wulf conocía muchas cosas sobre ella y eso le hizo preguntarse hasta qué punto conocería cada rostro expuesto en las paredes de su casa y en el aparador. Rostros de personas que posiblemente no lo habían conocido mucho.

—¿Tenías que presentarte siempre que veías a Isabella?

Él le echó el pestillo a la puerta.

—Con ella fue un poco más fácil. Como provenía de una familia de escuderos, sabía que yo era el Cazador Oscuro maldito y cada vez que me veía, sonreía y me decía: «Vos debéis de ser Wulf. Encantada de volver a conoceros».

—Así que ¿todas las parejas de tus descendientes te conocían?

—No. Solo las que pertenecían a una familia de escuderos. No puedes explicarle a un humano normal y corriente que hay un vikingo inmortal viviendo en el sótano, con el que no recordará haber hablado porque ni siquiera recordará su existencia. Así que la gente normal, como la madre de Chris, no sabe siquiera que existo.

Lo observó mientras se sentaba para quitarse las botas. Tenía unos pies muy grandes...

—¿La madre de Chris no es una escudera? —preguntó, en un intento por distraerse de la visión de esos pies desnudos que acababan de despertar en ella el deseo por ver otras cosas desnudas...

—No. Su padre la conoció cuando era camarera en un restaurante de la ciudad. Estaba tan enamorado de ella que no intervine.

—¿Por qué tuvieron solo un hijo?

Wulf suspiró mientras colocaba las botas bajo el escritorio.

—Sus embarazos fueron difíciles. Sufrió tres abortos antes de que Chris naciera. Y él fue prematuro; nació siete semanas antes de lo debido. Cuando nació, le dije a su padre que no quería que ninguno de los dos volviera a pasar por eso.

El comentario la sorprendió, dado lo importante que la conservación del linaje era para él.

—¿En serio?

Él asintió con la cabeza.

—¿Cómo iba a pedirles que siguieran sufriendo así? Ella estuvo a punto de morir en el parto y los abortos fueron muy traumáticos.

Lo que había hecho era admirable. Le alegró saber que no era el bárbaro que había temido que fuera.

—Eres un buen hombre, Wulf. La mayoría de la gente no habría pensado en los demás.

Él resopló.

—Chris discreparía contigo.

—Chris discreparía con un semáforo...

Se vio recompensada con una carcajada sincera. Su risa era ronca y muy agradable, y le provocó un escalofrío. Le encantaba el timbre de esa voz con su leve acento.

Ni se te ocurra seguir por ese camino, le recordó su mente.

Tenía que hacer algo para mantener el rumbo de sus pensamientos alejado de lo buenísimo que estaba.

—Bueno —dijo bostezando—. Estoy cansada, embarazada de pocos días y me vendría fenomenal una noche de sueño. —Hizo un gesto en dirección a la puerta cerrada que tenía a la espalda—. ¿El cuarto de baño?

Él asintió con la cabeza.

—Vale. Voy a cambiarme y después, a la cama.

—Hay un cepillo de dientes nuevo en el botiquín.

—Gracias.

Cassandra lo dejó para que se cambiara de ropa. A solas en el baño, abrió el botiquín y se quedó helada. Contenía un sinfín de medicamentos e instrumental médico, incluyendo un escalpelo y todo lo necesario para suturar. Wulf no podía ir al médico, como ella.

Mientras cogía el cepillo de dientes recordó que los daimons le habían disparado.

Su mirada regresó al botiquín.

Debía de haberse tratado él las heridas. Solo. Ni siquiera las había mencionado. Y tampoco estaban en su sueño.

En ese momento recordó la rapidez con la que Stryker había sanado cuando lo apuñaló, y se preguntó si el cuerpo de Wulf tendría la misma capacidad regenerativa.

—Pobre Wulf... —susurró mientras se cambiaba de ropa.

Era extraño estar ahí. Con él, en sus dominios. Nunca había pasado la noche con un hombre. Los pocos chicos con los que se había acostado no habían significado nada, aparte del placer del momento, y siempre se había alejado lo antes posible. No había necesidad de pasar la noche con ellos y estrechar de ese modo su relación.

Sin embargo, se sentía unida a Wulf. Mucho más de lo que debería. ¿O no? Era el padre de su hijo. ¿No deberían profesarse cierto grado de cariño?

Parecía lo correcto.

Salió del baño y lo encontró sentado en la butaca, aún vestido salvo los pies, que seguían desnudos.

—Quédate con la cama. Yo dormiré en el sofá.

—No tienes por qué hacerlo, en serio. No vas a dejarme embarazada ni nada de eso...

Sus palabras no parecieron hacerle mucha gracia.

Acortó la distancia que los separaba y lo cogió de la mano.

—Vamos, grandullón. No hay necesidad de obligar a este pedazo de cuerpo a pasar la noche en un sofá pequeño cuando hay una cama maravillosa esperándote.

—Nunca me he acostado con una mujer.

Cassandra enarcó una ceja.

—Para dormir —le aclaró—. Nunca he pasado la noche con nadie.

—¿Nunca?

Él meneó la cabeza.

¡Vaya! Eran mucho más parecidos de lo que podría haberse imaginado.

—Bueno. Nunca es tarde para aprender y tú no vas a ser la excepción a esa regla por muchos años que tengas, ¿no?

El ceño que le arrugaba la frente se acentuó hasta adoptar la expresión irritada que lo caracterizaba.

—¿Todo te parece gracioso?

—No —contestó con sinceridad mientras tiraba de él en dirección a la cama—. Pero el humor me ayuda a sobrellevar los horrores de mi vida. Me explico: o me río o me echo a llorar. El llanto me roba mucha energía y necesito toda la energía posible para seguir viviendo, ¿me entiendes?

Lo soltó para recogerse el pelo en una trenza.

Wulf le cogió las manos para detenerla.

—No me gusta que lo hagas.

Cassandra tragó saliva al ver el deseo que asomaba a esos ojos negros como el azabache. Sintió un extraño *déjà-vu* al estar en esa habitación mientras él la miraba de ese modo. Aunque sabía que no estaba bien, le gustaba ver que la deseaba. Le encantaba sentir el roce de sus manos.

Mejor aún, le encantaba sentir el roce de sus manos sobre su cuerpo...

Wulf sabía que no debía estar a su lado, que no debía compartir la cama ni ninguna otra cosa con ella, pero no podía evitarlo.

Quería acariciarla de verdad. Quería sentir esas piernas a su alrededor mientras el calor que emanaba su cuerpo consolaba su exhausto corazón.

Ni se te ocurra, le advirtió su mente.

La orden fue tan severa que estuvo a punto de obedecerla, pero Wulf Tryggvason nunca había sido de los que acataban las órdenes...

Ni siquiera las suyas.

Ladeó la cabeza para poder ver la pasión que asomaba a esos ojos verdes. Lo abrasó. Cassandra había entreabierto los labios en clara invitación.

Deslizó los dedos por su mentón hasta enterrarlos en esa melena rubia y, al instante, se apoderó de su boca. Sabía a ternura. Cassandra tiró de él para acercarlo más y lo estrechó con fuerza mientras le acariciaba la espalda. Se le puso dura al instante.

La alzó del suelo con un gruñido. Para su sorpresa, ella levantó las piernas y le rodeó la cintura. Su reacción le arrancó una carcajada a pesar de la punzada de deseo que lo atravesó. Sentía el roce de su sexo sobre la entrepierna y solo podía pensar en lo cerca que estaban.

Con los ojos oscurecidos por la pasión, Cassandra le quitó la camisa, pasándosela por encima de la cabeza.

—¿Tienes prisa, *villkat*? —musitó contra sus labios.

—Sí… —musitó ella para su deleite.

La dejó en la cama. Ella deslizó una mano entre sus cuerpos para bajarle la cremallera de los pantalones. En cuanto esa ávida mano lo tocó, soltó un gruñido. El roce de sus dedos sobre su miembro lo estremeció de los pies a la cabeza. Porque recordaba incluso cómo le gustaba que lo acariciaran. El milagro de que algo así pudiera suceder lo dejó al borde de las lágrimas. Tal vez habría debido buscarse una amante apolita o katagaria hacía siglos.

No, pensó al tiempo que le enterraba los labios en el cuello y aspiraba su perfume a rosas. No habría sido Cassandra y no habría tenido lo que él necesitaba, lo que Cassandra le daba. Había algo en esa mujer que lo satisfacía plenamente. Que lo hacía arder de deseo como nadie lo había logrado nunca. Solo por ella rompería la norma que le prohibía llevarse a una apolita a la cama.

Cassandra alzó los brazos cuando Wulf le pasó la camiseta por la cabeza. Gimió al sentir el delicioso calor que emanaba del cuerpo contra el que se apretaba. Toda esa maravillosa piel masculina era un festín para sus ojos.

En ese momento, él le rozó los pechos con el dorso de los dedos, endureciéndole los pezones. Acto seguido, se llevó el derecho a la boca y lo lamió hasta que se le desbocó el corazón. Las caricias de esa lengua sobre su pezón eran delicadas y tiernas. El intenso placer que le provocaba hizo que sintiera un cosquilleo en el estómago.

Los besos descendieron hasta llegar a su vientre. Una vez allí, Wulf se detuvo para morderle la cadera mientras le bajaba los pantalones. Ella colaboró alzando las caderas. Wulf arrojó la prenda al suelo antes de separarle los muslos con las manos.

Lo observó hecha un manojo de nervios a causa del deseo mientras él contemplaba la parte más íntima de su cuerpo. Tenía una expresión salvaje y ansiosa. Posesiva. Una expresión que le provocó una sensación semejante a una descarga eléctrica.

Siseó cuando esos dedos la acariciaron. Sus caricias la excitaron y la atormentaron. Eran maravillosas. Placenteras y estimulantes.

Wulf observó el placer que reflejaba el rostro de Cassandra mientras se frotaba contra su mano. Le encantaba la forma que tenía de responder a sus caricias. Su entrega total y sin reservas.

Se subió a la cama y se tumbó sobre ella antes de rodar sobre el colchón para dejarla encima. Lo apresó con brazos y piernas mientras se besaban con ardor. El roce de su piel era una sinfonía sensual que avivaba el deseo. Se incorporó con ella en el regazo. Cassandra le rodeó la cintura con sus largas piernas mientras le hundía los dedos en el pelo y comenzaba a acariciarlo.

El sentimiento que lo invadió cuando se alzó un poco y lo tomó en su interior lo asustó de verdad. Sin más demora, comenzó a moverse con desenfreno sobre él mientras se contraía a su alrededor para tomar lo que necesitaba, entregándole a cambio lo que él más ansiaba.

No quería dejarla marchar. Ni siquiera quería abandonar esa cama jamás.

Cassandra se mordió el labio ante el glorioso placer de sentir a Wulf en su interior de verdad. La tenía tan dura y tan grande... hacerlo de verdad era mucho mejor de lo que lo había sido en sueños.

El vello que le cubría el pecho le hizo cosquillas en los pezones cuando él le aferró las nalgas y la instó a moverse más rápido. Lo miró a los ojos y vio que la contemplaban rebosantes de pasión.

Sus respiraciones se acompasaron a medida que subía y bajaba hasta rozarse con él una vez y otra, y otra.

Nunca había hecho el amor con un hombre de ese modo. Sobre su regazo, abrazados. Era el momento de mayor intimidad que había experimentado jamás.

Echó la cabeza hacia atrás cuando él comenzó a chuparle un pezón. Le tomó la cabeza entre las manos y dejó que el placer la abrumara.

Cuando se corrió, se le escapó un grito.

Wulf levantó la cabeza para observarla en pleno éxtasis. Era preciosa. Volvió a echarla sobre el colchón sin salir de ella y tomó el control de la situación. Cerró los ojos y se obligó a no pensar en nada salvo en el cuerpo ardiente y húmedo que lo acogía.

No había pasado, ni futuro. No había Cazadores Oscuros. No había apolitas.

Solo ellos dos. Y las manos de Cassandra en la espalda. Y sus piernas rodeándolo mientras se hundía en ella hasta el fondo.

Con un anhelo que le resultaba totalmente desconocido, le enterró la cara en el pelo y se corrió en su interior.

Cassandra lo abrazó con fuerza mientras se estremecía sobre ella. Sentía el roce de su aliento en el cuello y el sudor que le humedecía la piel. Su pelo le hacía cosquillas. Ninguno de los dos se movió mientras recuperaban el aliento, exhaustos y satisfechos.

Su peso la relajaba. La sensación de tener encima ese cuerpo musculoso era extraña. Deslizó las manos por su espalda y por sus cicatrices antes de seguir los trazos del tatuaje de su hombro.

Wulf se alzó para mirarla a los ojos.

—Creo que me he enganchado a ti.

Ella sonrió ante semejante declaración, aunque también le provocó una enorme tristeza. La postura hizo que su melena oscura le cayera a ambos lados del rostro y la tenue luz intensificó su suavidad. Cassandra alzó las manos y se lo colocó detrás de las orejas al tiempo que lo besaba.

Sus brazos la estrecharon con más fuerza. Le encantaba sentirse así, tan protegida, tan segura...

Exhaló un suspiro de contento y volvió a dejar la cabeza sobre la almohada.

—Tengo que ir a lavarme.

Él no la soltó.

—No quiero que te vayas.

Confusa, ladeó la cabeza para mirarlo.

—Me gusta la idea de que lleves mi simiente dentro de ti, Cassandra —le susurró al oído con voz entrecortada—. Me gusta que lleves mi olor en la piel. Y me gusta sentir tu olor en mí. Pero lo que más me gusta es saber que por la mañana recordarás lo que hemos hecho y cómo me llamo.

Acarició una de sus mejillas, áspera por la barba. El sufrimiento que reveló su mirada la enterneció. Lo besó con delicadeza y se acurrucó de nuevo.

Wulf se apartó lo justo para acomodarse a su espalda, le pasó un brazo bajo la cabeza para que se apoyara en él y se vio envuelta en un tierno abrazo. Escuchó su respiración y descubrió que la felicidad le inundaba el corazón.

En ese momento, él alzó la cabeza para darle un beso en la mejilla y le enterró la mano en el pelo. Minutos después estaba dormido. Era el momento más tranquilo de toda su vida. Sabía sin ningún género de dudas que Wulf le había mostrado esa noche una faceta de sí mismo que nadie más había visto.

Era un tío gruñón y adusto, pero en sus brazos había demostrado ser un amante tierno. En lo más profundo de su mente reconoció que podría llegar a amar a un hombre así. No sería difícil.

Permaneció acostada en la quietud de la madrugada. No estaba segura de la hora que era, pero sí sabía que ese hombre derretía una parte de sí misma que había estado congelada hasta ese momento sin que ella lo supiera.

Se preguntó durante cuántos siglos habría estado confinado en un lugar como ese. Le había dicho que la casa tenía algo más de cien años. Echó un vistazo a su alrededor e intentó imaginarse lo que sentiría estando ahí sola, día tras día, década tras década.

Una inmensa soledad.

Extendió un brazo y se colocó la mano sobre el vientre, intentando imaginarse al bebé. ¿Sería un niño o una niña? ¿Rubio como ella o moreno como su padre?

En realidad, no llegaría a saber el color real del pelo de su hijo. La mayoría de los bebés perdían el pelo al poco de nacer o su color cambiaba y no se sabía con certeza hasta que tenían dos o tres años.

Pero para entonces ella estaría muerta. Muerta antes de que le salieran los dientes. Antes de que diera su primer paso o de que pronunciara su primera palabra.

Jamás conocería a su hijo.

No llores, se dijo.

Sin embargo, no pudo evitarlo.

—¿Cassandra? —dijo Wulf con voz somnolienta.

No contestó. Si lo hacía, se delataría.

Él le dio la vuelta como si supiera que estaba llorando y la abrazó.

—No llores.

—No quiero morir, Wulf —sollozó contra su pecho—. No quiero dejar a mi hijo. Tengo muchas cosas que decirle. Ni siquiera sabrá que he existido.

Wulf la estrechó con más fuerza mientras escuchaba las desgarradoras palabras.

Ojalá pudiera decirle que sus temores eran infundados, pero no era el caso. Cassandra lloraba por un destino que ninguno de los dos podía cambiar.

—Tenemos tiempo, Cassandra. Cuéntame todo lo que puedas sobre ti, sobre tu madre y sobre tus hermanas y yo me aseguraré de que el bebé las conozca a todas. Y todos los bebés que le sigan. Nunca dejaré que te olviden. Jamás.

—¿Me lo prometes?

—Te lo juro, y también te juro que siempre los mantendré a salvo.

Sus palabras parecieron calmarla. Mientras la acunaba despacio, se preguntó cuál de los dos lo tenía peor. La madre que no viviría para ver a su hijo crecer o el padre que estaba condenado a ver morir a su hijo y a todos sus descendientes.

9

Durante tres semanas completas, Wulf mantuvo a Chris y a Cassandra bajo arresto domiciliario. Sin embargo, a medida que fue pasando el tiempo y no hubo ni rastro de los daimons, comenzó a preguntarse si no estaría pasándose un pelín.

Thor era testigo de que Chris lo acusaba de eso mismo cinco veces a la hora.

Cassandra había dejado de asistir a la facultad, por más que lo odiara. Apenas si llevaba tres semanas de embarazo, pero daba la sensación de que fueran tres meses. Ya tenía barriguita, detalle que les recordaba que era cierto que llevaba un niño en su interior.

Era lo más bonito que Wulf había visto en la vida, aunque intentara por todos los medios mantener las distancias.

Pero era muy difícil. Sobre todo porque pasaban mucho tiempo juntos grabándola en vídeo para el bebé. Por regla general, solía estar muy tranquila mientras le hablaba al niño de su pasado, de su madre y sus hermanas. De su padre. Con cada recuerdo grato que compartía, se sentía más unido a ella.

—Mira esto —dijo al tiempo que levantaba la mano en la que llevaba el sello para que la videocámara que él tenía en las manos lo captara bien. Wulf hizo un zoom—. Mi madre me dijo que era la alianza que los reyes atlantes usaban al casarse. —Cassandra lo miró con tristeza—. No sé muy bien cómo ha sobrevivido a lo largo de los siglos. Mi madre se lo dio a mi padre para que él pudiera entregármelo. Yo me aseguraré de que tu padre lo tenga para que pueda dártelo a ti.

Cada vez que la escuchaba hablar del futuro del bebé sin que ella estuviera presente, algo se rompía en su interior. La injusticia de la situación le destrozaba el corazón.

Así como el dolor que veía en sus ojos, los remordimientos.

Y cada vez que lloraba, todo era peor. Intentaba calmarla como buenamente podía, pero ambos sabían cuál sería el desenlace.

No había manera de evitarlo.

Su padre solía ir a visitarla durante el día. Cassandra no se lo presentó, porque de todos modos no lo recordaría.

Y le estaba tremendamente agradecido por ello.

Sin embargo, sí que se lo presentó a Chris, y ambos hicieron planes para mantenerse en contacto una vez que naciera el bebé.

Aquerón había llamado la noche del Mardi Gras y lo había liberado de inmediato de sus obligaciones como Cazador Oscuro para que protegiera a Cassandra y al bebé. También transfirió a otros dos Cazadores Oscuros a Saint Paul para que se encargaran de sus patrullas y ayudaran en caso de que Stryker o cualquier otro apareciera.

Ash también le había dado el nombre de un Cazador Oscuro apolita, Spawn, que tal vez pudiera ayudarlos en caso de que Cassandra necesitara ayuda con el embarazo. Había llamado todas las noches a casa del tal Spawn para dejarle un mensaje, pero todavía no había dado señales de vida.

Y tampoco había podido establecer contacto de nuevo con Aquerón.

Su móvil sonó.

Cassandra observó a Wulf mientras se sacaba el teléfono del bolsillo y contestaba la llamada. Sabía que estaba preocupado y no solo por Chris y por ella. Su mejor amigo, Talon, había desaparecido y hacía semanas que ningún Cazador Oscuro sabía de él.

Pero lo más preocupante era el hecho de que Aquerón estuviera desaparecido. Wulf no dejaba de repetir que era una mala señal, a pesar de que Kat les asegurara que no había nada de lo que preocuparse. Al parecer, Aquerón tenía la costumbre de desaparecer del mapa de vez en cuando.

Kat les había asegurado que Artemisa jamás permitiría que le sucediera algo malo. Si estuviera herido, a esas alturas ya lo sabrían.

Estaban sentadas en el suelo con Chris y Kat, jugando al *Life*. Habían probado con el *Trivial Pursuit*, pero habían llegado a la conclusión de que un Cazador Oscuro y una doncella inmortal de Artemisa contaban con una ventaja muy injusta sobre los pobres mortales.

En el *Life* lo único que importaba era la suerte.

—La madre que lo parió... —dijo Wulf pasados unos minutos, después de colgar y retomar su lugar en el suelo.

—¿Qué ha pasado? —le preguntó mientras movía ficha.

—Talon ha recuperado su alma.

—¡No me jodas! —exclamó Chris, que se tumbó en el suelo, anonadado—. ¿Cómo lo ha hecho?

Wulf tenía un semblante impasible, pero había llegado a conocerlo lo bastante bien como para percatarse de la tensión que lo embargaba. Se alegraba por su amigo, pero también era evidente que sentía un poco de envidia. Algo lógico, desde luego.

—Conoció a una artista y se enamoraron —les explicó al tiempo que se sentaba a su lado y apilaba los billetes falsos del juego—. En la noche del Mardi Gras, ella recuperó su alma y lo liberó.

Chris resopló ante el anuncio de Wulf.

—Menuda mierda, tío. Ahora va a tener que unirse a la patrulla senil de Kirian.

—¡Chris! —exclamó ella, aunque se le escapó una carcajada—. Qué cosas más horribles dices.

—Ya, pero es verdad. A mí no se me ocurriría cambiar la inmortalidad por una mujer. Sin ánimo de ofender, señoras, pero hay algo que no me cuadra.

Wulf mantuvo la mirada en el tablero.

—Talon no ha renunciado a su inmortalidad. A diferencia de Kirian, la ha conservado.

—¡Vaya! —exclamó Chris—. Pues entonces, genial. Bien hecho. Tío, tiene que ser la caña tenerlo todo, ¿eh? —Se puso como un tomate mientras los miraba, porque se dio cuenta de lo que acababa de decir—. Lo que quería decir...

—No pasa nada, Chris —lo tranquilizó Wulf, aunque sus ojos dejaron muy claro el daño que le habían hecho esas palabras.

Le llegó el turno a Kat.

Mientras tanto, ella extendió la mano y entrelazó los dedos con los de Wulf.

—No sabía que los Cazadores Oscuros podían liberarse.

—No es algo que pase todos los días —replicó él, apretándole la mano con más fuerza—. Al menos hasta ahora. Talon y Kirian son los únicos que lo han conseguido, que se sepa, claro.

—Tres —lo corrigió Kat mientras movía su ficha por el tablero.

—¿Tres? —preguntó Wulf. Parecía estupefacto.

Kat asintió con la cabeza.

—Se han liberado tres Cazadores Oscuros. Se lo oí decir a las otras doncellas anoche, cuando fui a hablar con Artemisa.

—Creí que no habías podido hablar con ella —dijo Cassandra, citando lo que Kat les había dicho la noche anterior.

—Y no pude. Tenía el enorme letrero de NO MOLESTAR en la puerta de su templo. Hay ciertos momentos en los que solo Apolo se atreve a entrar en sus dominios. Pero sí que escuché cómo las otras cotilleaban. Al parecer, Artemisa no estaba lo que se dice contenta.

—Mmm... —musitó ella, sopesando la información.

—¿Quién es el tercero? —preguntó Wulf.

—Zarek de Moesia.

Wulf se quedó boquiabierto y Chris miró a Kat como si acabara de salirle otra cabeza.

—Ahora sé que estás de broma, Kat. Zarek tiene una sentencia de muerte. Imposible —dijo, con voz burlona.

Kat lo miró.

—Bueno, pues no está muerto, pero sí es libre. Artemisa ha amenazado con cargarse al primero que se cruce en su camino si pierde a otro Cazador.

Esas palabras no le sirvieron de mucho consuelo. Y apenas acertaba a imaginar lo que supondrían para Wulf.

—Jamás creí que llegara el día en el que liberarían a Zarek —dijo Wulf entre dientes—. Está tan pirado que lo han tenido exiliado casi tanto tiempo como yo llevo de Cazador.

Cass respiró hondo al escuchar el comentario. No le parecía justo que alguien como el tal Zarek quedara libre mientras que Wulf padecía la terrible maldición que pesaba sobre él.

—Me pregunto qué hará Nick para los Cazadores ahora que Talon está libre —dijo Chris al tiempo que le quitaba la lata de Pringles a Kat—. No me lo imagino sirviendo a Valerio.

—Imposible —convino Wulf. Y procedió a explicarle que Valerio era el nieto del hombre que había arruinado a la familia de Kirian y que había crucificado al general griego. Dado que Nick había sido su escudero y seguía siendo su amigo, jamás serviría a un hombre cuya familia le había hecho tanto daño.

Wulf, Kat y Chris siguieron hablando de los Cazadores Oscuros mientras Cass meditaba acerca de lo que había averiguado esa noche.

—¿Yo podría liberarte? —le preguntó a Wulf.

Una curiosa expresión le ensombreció el semblante.

—No. A diferencia del resto de los Cazadores Oscuros, yo no tengo una cláusula de rescisión.

—¿Por qué?

Wulf dejó escapar un suspiro resignado mientras hacía girar la ruleta.

—Me engañaron para que entrara al servicio de Artemisa. Los demás se ofrecen voluntarios.

—¿Cómo que te engañaron?

—¿Fuiste tú? —interrumpió Kat antes de que él pudiera contestar a la pregunta.

De manera que se giró hacia su amiga.

—¿Qué sabes de la historia?

—Bueno, no sabes el follón que se montó por aquel entonces. Artemisa aún está que trina porque Morginne le ganara la mano. A la diosa no le gusta perder ante nadie, sobre todo cuando se trata de una mortal cuya alma posee.

—¿Cómo lo hizo? —le preguntó.

Kat recuperó las Pringles antes de que Chris se las ventilara. ¡El tío era una lima! Era un misterio cómo podía estar tan delgaducho con todo lo que se metía entre pecho y espalda.

Malhumorado, Chris se levantó y fue a la cocina, sin duda en busca de algo para comer.

Kat se puso la lata al lado.

—Morginne hizo un trato con el dios nórdico Loki; el dios utilizó una planta, un cardo, muy conocido entre los nórdicos porque aseguran que tiene la habilidad de hacer que alguien ocupe el lugar de otra persona durante un día.

Wulf frunció el ceño ante la explicación.

—¿Y cómo consiguieron que durara?

—Con la sangre de Loki. Los dioses nórdicos tienen reglas muy raras y Loki quería quedarse con Morginne, de manera que cambió su alma por la tuya para retenerla a su lado. A Artemisa no le apetecía declarar una guerra para recuperar a Morginne. Además, creyó que tú serías mejor Cazador Oscuro.

Wulf entrecerró los ojos.

Kat le dio unas palmaditas en el brazo.

—Si te sirve de consuelo, te diré que Loki todavía sigue torturando a Morginne y ella tampoco tiene una cláusula de rescisión. Y aunque fuera así, Artemisa la mataría. La única razón por la que no lo ha hecho es porque sigue gozando de la protección de Loki.

—No me consuela.

—No, ya me lo imaginaba.

Stryker se paseaba por el lóbrego salón con sed de sangre. Ya habían pasado tres semanas y no había ni rastro de Wulf ni de Cassandra.

Ni siquiera podían llegar hasta el padre para hacerla salir.

Malditos fueran.

Había puesto a su hijo Urian a trabajar en ello, pero parecía inútil.

—¿Tan difícil es averiguar la dirección de un Cazador Oscuro?

—Son muy ingeniosos, *kyrios* —dijo Zolan, que utilizó el tratamiento atlante para «señor».

Zolan era su tercero en el mando y uno de sus soldados de mayor confianza. Había ascendido en las filas spati por su habilidad para asesinar a sangre fría y sin remordimientos. Había alcanzado el tan ansiado grado de «general» hacía más de diez mil años.

Al igual que él, había decidido teñirse el pelo de negro y lucía el símbolo spati: un sol dorado con un dragón en el centro, el emblema de la Destructora.

—Si no lo fueran —prosiguió Zolan—, podríamos localizarlos y utilizar a nuestros sirvientes para que los mataran mientras duermen.

Se giró hacia Zolan y lo fulminó con una mirada tan malévola que el daimon retrocedió. Solo su hijo poseía el valor necesario para no estremecerse ante su furia. El coraje de Urian no tenía igual.

El demonio Xedrix apareció ante él en el salón. A diferencia de los daimons, Xedrix no rendía cuentas ante nadie ni reconocía la posición de Stryker en su mundo. En la mayoría de las ocasiones, lo trataba más como a un sirviente que como a un amo. Y eso lo sacaba de sus casillas.

Era evidente que el demonio creía que la gran estima que le tenía la Destructora bastaba para protegerlo, pero él sabía que no era así. Era a él a quien su madre amaba por encima de todas las cosas.

—Su Benévola Excelencia desea hablar contigo —dijo el demonio en voz baja y carente de inflexiones.

Benévola Excelencia... Cada vez que escuchaba el tratamiento le entraban ganas de echarse a reír, pero se contenía. Su madre no tenía sentido del humor.

Se teletransportó a las estancias privadas de Apolimia.

La diosa estaba inclinada sobre una pila de la que surgía un reluciente caño a través del cual el agua manaba hasta el plano humano. A su alrededor había un precioso arco iris y una nube de vapor. Allí era donde la diosa adivinaba el futuro para saber qué ocurría en la Tierra.

—Está embarazada —anunció sin darse la vuelta.

No hizo falta que especificara a quién se refería su madre, sabía que era Cassandra.

—¿Cómo es posible?

La diosa levantó las manos y trazó un círculo en el aire. El agua de la pila formó una especie de bola de cristal. A pesar de que estaba suspendida en el aire, comenzó a girar sobre sí misma hasta que la imagen de la mujer a la que ambos querían muerta apareció en ella. Sin embargo, no había ninguna pista que lo ayudara a localizarla.

Apolimia atravesó la imagen con un dedo, distorsionándola.

—Artemisa está haciendo de las suyas.

—Aún tenemos tiempo para matar a la madre y al niño.

La diosa sonrió.

—Sí, tenemos tiempo. —Abrió las manos y la bola se desintegró, haciendo que el agua regresara a la pila—. Ha llegado el momento de atacar. Artemisa mantiene retenido al Electi. No puede detenerte. Ni siquiera se enterará de que estás atacando.

Se tensó ante la sola mención del Electi. Al igual que en el caso de la Abadonna, tenía prohibido atacarlo.

Cómo odiaba las restricciones...

—No sabemos dónde atacar —le dijo a su madre—. Hemos estado buscando...

—Llévate a uno de los ceredones. Mis mascotas son capaces de localizarlos.

—Creí que tenían prohibido abandonar esta dimensión.

Una mueca cruel curvó los labios de su madre.

—Artemisa se ha saltado las reglas, así que yo también lo haré. Ahora, *m'gios*, haz que me sienta orgullosa de ti.

Asintió con la cabeza y se dio media vuelta. Apenas había dado tres pasos cuando la voz de la Destructora lo detuvo.

—Recuerda, Strykerio, mata a la heredera antes de que el Electi regrese. No puedes enfrentarte a él. Jamás.

No miró hacia atrás a pesar de haberse detenido.

—¿Por qué siempre me has prohibido que lo toque?

—No es cosa nuestra preguntarnos el porqué, solo vivir o morir.

Apretó los dientes al escuchar la cita humana tergiversada.

Cuando Apolimia volvió a hablar, la frialdad de su voz lo enfureció todavía más.

—La respuesta a esa pregunta es otra pregunta: ¿hasta qué punto valoras tu vida, Strykerio? Te he mantenido a mi lado todos estos siglos y no me apetece verte muerto.

—El Electi no puede matarme. Soy un dios.

—Pero otros dioses mucho más poderosos que tú han caído. Muchos de ellos aplastados por mi ira. Ten presente mi advertencia, muchacho. Tenla siempre muy presente.

Reanudó la marcha y solo se detuvo de nuevo para soltar a Kyklonas, cuyo nombre significaba «ciclón». Una vez suelto, el ceredón era una amenaza letal. Igual que él.

Rondaba la medianoche cuando el teléfono de Wulf volvió a sonar. Al descolgar, escuchó una voz malhumorada con un marcado acento griego que no reconoció.

—Soy Spawn, vikingo. Me has llamado por lo menos cien veces mientras no estaba.

Pasó por alto el tono agraviado del hombre.

—¿Dónde andabas?

La respuesta de Spawn fue poco más que un gruñido desafiante.

—¿Desde cuándo tengo que darte explicaciones? Ni siquiera te conozco, así que no es de tu puta incumbencia.

Vaya, vaya, alguien se había olvidado de tomar la medicación esa noche.

—A ver, personalmente no tengo ningún problema contigo, daimon.

—Soy apolita, vikingo. Una diferencia abismal.

Vale, lo que tú digas, pensó Wulf.

—Lo siento, no era mi intención ofenderte.

—Utilizando tus mismas palabras, vikingo: vale, lo que tú digas.

¡Me cago en la puta!

—Y sí, también he escuchado eso.

Contuvo la ira y dejó la mente en blanco. Lo último que quería era traicionar sus pensamientos con un desconocido que podría ser tan letal como los daimons que perseguían a Cassandra.

—Si sabes tantas cosas, digo yo que deberías saber por qué te he estado llamando.

El silencio fue su respuesta.

Tras una breve pausa, Spawn soltó una carcajada ronca.

—No puedes ocultarme tus pensamientos, Wulf. No hay manera de protegerte contra mí mientras siga en contacto directo contigo... como a través del teléfono que tienes en la mano. Pero no te preocupes. Yo no soy tu problema. Aunque me sorprende que Apolo tenga una heredera a la que proteger. Enhorabuena por el bebé.

—Gracias —respondió sin el menor ápice de sinceridad.

—Y para responder a tu pregunta, no lo sé.

—¿Qué es lo que no sabes?

—Si los híbridos sobreviven a los veintisiete años. Aunque cualquier cosa es posible. Yo voto por que dentro de unos meses nos hagamos con un buen paquete de palomitas y nos sentemos a disfrutar del espectáculo.

El hecho de que el apolita se tomara a chiste algo tan trágico lo enfureció.

—Cierra la boca, Spawn. No tienes gracia ninguna.

—Pues qué lástima. Yo me tengo por todo un comediante.

Sentía unas ganas locas de descuartizar al Cazador Oscuro apolita.

—En ese caso, es una suerte que viva en Alaska, bien lejos de ti, ¿no?

—¿Cómo lo haces?

—Soy telépata. Sé lo que piensas antes incluso de que tú lo sepas.

—¿Y por qué eres tan capullo?

—Estamos hablando de telepatía, no de empatía. Me importa una mierda lo que sientas, solo me importa lo que pienses. Pero como resulta que Ash me ha ordenado que te ayude, supongo que lo haré.

—Qué detallazo por tu parte... —dijo con sarcasmo.

—Sí que lo es, sobre todo porque os odio a casi todos. Pero como Cassandra es de los míos, seré bueno. De estar en tu lugar, yo buscaría a una comadrona apolita para ayudar en el parto de tu hijo.

El corazón se le encogió al escucharlo.

—¿Es un niño?

—Aún no, pero lo será en cuanto esté un poco más formado.

Esbozó una sonrisa al pensarlo; aunque si era sincero, una pequeña parte de sí mismo habría estado encantada de que fuera una niña. Una pequeñina que le recordara a su madre cuando Cassandra los abandonara.

Aplastó ese pensamiento antes de que lo llevara por derroteros que no le convenían y prestó atención a todo lo que, según Spawn, podría necesitar Cassandra.

—Mi gente es un poquito distinta a los humanos. Hay ciertos aspectos alimenticios y algunos cambios del entorno que se deben tener en cuenta.

—Sé que Cassandra necesita una transfusión —dijo, recordando lo pálida que había estado esos dos últimos días—. Me ha dicho que se sentía muy débil.

—Créeme, necesita mucho más que eso.

—¿Como qué?

Spawn se desentendió de la pregunta.

—Haré unas cuantas llamadas a ver si encuentro a alguien que esté dispuesto a ayudaros. Si tenemos suerte, tal vez os acoja una colonia. No puedo prometer nada. Dado que ahora juego en el equipo contrario, mi gente tiene la mala costumbre de odiarme y de intentar matarme en cuanto me ven.

—Te lo agradezco, Spawn.

—Claro, y yo te agradezco que mientas en aras de las buenas maneras cuando los dos sabemos que no hablas en serio. La única razón por la que me toleras es Cassandra. Buenas noches, Wulf.

La línea se quedó en silencio.

—Supongo que no ha ido muy bien.

Miró por encima del hombro y vio a Cassandra en el vano de la puerta. Había estado tan concentrado en los comentarios mordaces de Spawn que no la había oído acercarse.

—Más o menos como si me hubiera metido en la cueva de un oso cubierto de miel.

Cassandra sonrió por la comparación y se acercó a él.

—Interesante imagen.

Recordó lo que Spawn le había dicho acerca de las necesidades de su embarazo. Ya llevaba casi un mes de gestación. ¿Estaría bien?

—¿Cómo te sientes?

—Muy, muy cansada. He bajado para acostarme temprano.

Soltó una carcajada al oírla.

—Solo en nuestro mundo se consideraría «temprano» la medianoche. —La sentó con mucho cuidado en su regazo.

Cuando ella se recostó contra él, se dio cuenta de lo cómodo que se sentía en su presencia.

—Ya lo sé —dijo Cassandra al tiempo que se apoyaba contra su pecho y colocaba la cabeza bajo su mentón—. Las maravillas de la vida nocturna... —Suspiró—. Cuando era pequeña, intenté por todos los medios llevarle la luz del sol a mi madre. Me sentía fatal porque jamás lo hubiera visto o sentido. Así que intenté atraparlo en tarros. Cuando no funcionó, llené tarros y tarros de luciérnagas y le dije que si capturábamos bastantes, sería como tener el sol. Se echó a reír y me abrazó antes de liberarlas y decirme que ninguna criatura debía vivir enjaulada.

Wulf sonrió. Era fácil imaginársela dándole los tarros a su madre.

—Seguro que le encantó.

Cassandra le acarició el brazo de forma distraída, provocándole un escalofrío que lo recorrió de pies a cabeza.

—Mi hermana mayor era como ella. No toleraba el sol en lo más mínimo. Si estaba más de tres minutos expuesta, acababa churruscada.

—Lo siento.

Se quedaron en silencio y él cerró los ojos, aprovechando la ocasión para inhalar su aroma a rosas. Su cuerpo estaba relajado contra él. Sus curvas eran mucho más voluptuosas a causa del embarazo.

Se moría por besarla.

—¿Crees que la muerte duele? —le preguntó ella con un hilo de voz.

El dolor lo atravesó al escucharla.

—Nena, ¿por qué te haces esto?

—Intento no pensar en ello —susurró—, de verdad que lo intento. Pero no puedo evitar pensar en que dentro de siete meses no volveré a ver el sol. —Levantó la cabeza y lo miró con los ojos brillantes por las lágrimas—. Que no volveré a verte. Ni a Kat. Ni tampoco este sótano infestado de ratas.

—Mi habitación no está infestada de ratas.

Cassandra esbozó una sonrisilla agridulce.

—Lo sé. Supongo que debo dar gracias por lo que tengo. Al menos sé cuándo voy a morir. Así puedo dejarlo todo en orden.

No, no todo, porque cuanto más tiempo pasaba con ella, más atraído se sentía.

Las últimas tres semanas habían sido increíbles. Había aprendido a sentirse casi como cualquier otro ser humano. Era maravilloso subir y no tener que volver a presentarse a Kat y a ella. O despertarse al anochecer con ella acurrucada a su lado, una mujer que lo recordaba, que recordaba sus caricias…

Con un suspiro, Cassandra se levantó de su regazo y se encaminó a la cama.

Dio un paso y se tambaleó.

Wulf se movió como una exhalación y la cogió en brazos antes de que cayera al suelo.

—¿Estás bien?

—Solo ha sido un mareo.

Había sufrido unos cuantos durante la última semana.

—¿Quieres que envíe a por sangre?

—No, creo que ha tenido más que ver con el embarazo.

La llevó a la cama y la dejó en el colchón con sumo cuidado.

Cassandra sonrió al ver con qué ternura la atendía su guerrero vikingo. Si necesitaba o quería cualquier cosa, Wulf enviaba a alguien a por ella o iba él en persona.

Cuando hizo ademán de apartarse, lo besó en los labios. Su reacción la sorprendió, ya que le devolvió el beso con desesperación. Devoró su boca como un animal salvaje. Sus lenguas se rozaron, pero fue el roce de sus colmillos lo que le provocó un escalofrío.

Sentía el depredador que llevaba dentro, el bárbaro. Sabía a sed de sangre, pero también a compasión. Con un gruñido, Wulf le levantó la camiseta y cubrió un pecho con una de sus manos.

Suspiró bajo sus exigentes caricias. Por regla general era muy tierno, pero esa noche se comportaba con un ansia feroz. Le quitó los pantalones y las bragas de un solo tirón y con tanta prisa que casi no se dio cuenta de que los vaqueros y la seda ya no la cubrían.

Él ni se molestó en quitarse los pantalones, se limitó a bajárselos hasta las caderas, lo justo para poder penetrarla.

Gimió cuando la penetró. La sensación fue tan maravillosa que le entraron ganas de llorar. Parecía descontrolado mientras la embestía con fuerza, y ella se deleitó con cada envite de sus caderas.

Wulf no podía respirar. No se le había perdido nada con ella. No tenía sentido que la dejara colarse tras sus defensas, sobre todo porque no tenía más remedio que dejarla marchar, pero no podía evitarlo.

Necesitaba sentirla entre sus brazos. Necesitaba sentirla bajo su cuerpo.

Ella le clavó las uñas en la piel y se arqueó al correrse. Esperó a que sus estremecimientos pasaran antes de seguirla al paraíso.

Se recostó sobre ella con mucho cuidado para no aplastarla ni hacerle daño al bebé. Lo único que deseaba era sentirla contra él, sentir sus piernas desnudas alrededor de las caderas.

—¿Estás bien? —le preguntó ella en voz baja—. No sueles tener tanta prisa.

Cerró los ojos mientras sus palabras lo desgarraban por dentro.

Solo Cassandra había llegado a conocerlo. A conocer sus hábitos. Sus gustos y sus manías. Y a recordarlo todo. Durante todos esos siglos, era la única amante que había averiguado todas esas cosas.

¿Qué iba a hacer sin ella?

Llamaron a la puerta.

—Oye, Cass... —la llamó Chris—. Si no te has acostado todavía, acabo de pedirte una pizza... Como dijiste que querías una... Llegará en unos minutos.

Cassandra se echó a reír y Wulf la miró con el ceño fruncido. Sus cuerpos seguían unidos.

—Le dije poco después de que bajaras que mataría por un trozo de pizza con pepperoni —le explicó. Alzó la voz para contestar a Chris—. Gracias. Subiré enseguida.

El ceño de Wulf se acentuó.

—Si necesitas descansar...

—¿Estás de guasa? Decía muy en serio lo de que mataría por un trozo de pizza.

—Deberías haberlo dicho antes. Chris le habría dicho a la cocinera que te preparara una.

—Lo sé, pero cuando subí, Marie ya estaba preparando el pollo y no quería herir sus sentimientos. Es una mujer encantadora.

—Lo sé.

Se percató de la expresión angustiada de Wulf.

Marie llevaba trabajando para él casi ocho años y creía erróneamente que Chris era su jefe. La cocinera le había contado con pelos y señales que el padre de Chris la había contratado y que, hacía tres años y después de que el hombre sufriera un infarto en el salón, la madre de Chris se había trasladado a la otra punta de la ciudad para no tener que revivir la muerte de su marido cada vez que atravesara la mansión.

La mujer había intentado que Chris también se marchara, pero él se había quedado con Wulf por razones obvias. Su padre le había dejado la casa en fideicomiso, de modo que su madre no pudiera venderla y obligarlo así a mudarse.

A lo largo de los últimos ocho años, Wulf se había presentado a la cocina en incontables ocasiones...

—Lo siento, Wulf.

—No te preocupes, estoy acostumbrado.

Salió de ella y se vistió antes de ayudarla a hacer lo mismo. No la dejó volver por su propio pie al salón por temor a que se cayera por las escaleras. Así que la llevó en brazos al sofá y la obligó a quedarse tendida mientras él iba en busca de un cojín y una manta.

Cassandra sonrió ante su ternura cuando regresó, la arropó con la manta y quitó el mando a distancia a Chris sin muchos miramientos.

—¡Oye! —protestó él, indignado.

—Tú no estás embarazado. —Le dio el mando a ella.

—Vale —replicó Chris de malhumor—. Veremos si alguna vez tengo un hijo...

—Bueno, lo que tú digas. Cuando te pongas a ello, mi hijo ya tendrá nietos.

Chris estaba anonadado.

—Ja, ja, ja, eso no pienso aguantártelo, cornudo. —Esa última palabra era un insulto que Chris solía utilizar para chinchar a Wulf. Cassandra no lo entendió hasta que el escudero le explicó que provenía de la errónea creencia medieval de que los vikingos llevaban cascos con cuernos—. Se acabó —prosiguió—. Me cambio a Stanford. Además, ya estoy harto de tanta nieve. Tal vez tampoco eche un polvo allí, pero al menos mis compañeras de clase no irán tapadas hasta las cejas.

Cuando Kat entró en la habitación y los miró, puso los ojos en blanco.

—¿Me lo parece a mí o estos dos se pelean como dos niños cada vez que están juntos?

—Discuten como niños —respondió ella—. Creo que intentan convertir las pullas verbales en deporte olímpico.

Chris abrió la boca para hablar, pero en ese mismo instante alguien llamó al timbre.

—La pizza —dijo al tiempo que se ponía en pie.

Cassandra tuvo una extraña sensación. Se frotó la nuca y miró a su alrededor.

—¿Estás bien? —le preguntó Kat.

—Eso creo. —Solo se sentía... rara...

Recostó la cabeza en el sofá y vio a Chris con la pizza en la mano y al repartidor en el porche. No tardó en pagarle.

—Oye, tío —dijo el repartidor cuando Chris retrocedió—, ¿te importa que entre un momento para llamar por teléfono? Tengo que hablar con mi jefe para preguntarle algo sobre mi siguiente entrega.

Chris ladeó la cabeza.

—¿Qué te parece si te doy un móvil y llamas desde el porche?

—Vamos, tío, hace un frío que pela aquí fuera. ¿No puedo entrar un segundín?

Wulf se puso de pie de un salto y se encaminó hacia la puerta a grandes zancadas mientras Chris retrocedía otro paso.

—Lo siento, amigo —replicó el escudero con más énfasis—. Ningún desconocido entra en esta casa, *capito*?

—Chris —mascculló Wulf en voz baja y seca—, adentro.

Por una vez, Chris no protestó.

Wulf cogió una espada de la pared al mismo tiempo que el daimon que estaba en el porche sacaba dos enormes dagas de la bolsa térmica para pizzas.

El daimon le lanzó una daga a Chris antes de enfrentarse a Wulf. Chris retrocedió tambaleándose y cayó al suelo con el rostro ceniciento.

Al verlo, Cassandra se puso en pie de un salto e hizo ademán de acercarse a él, pero Kat la detuvo.

—Piensa en el bebé. Quédate aquí.

Asintió con la cabeza mientras Kat saltaba por encima del sofá para ayudarlo.

Mientras tanto, ella cogió otra de las espadas de la pared y se aprestó para la lucha por si acaso fuera necesario.

Por suerte, Chris ya estaba de pie, ileso, cuando Kat llegó a su lado. La pizza, en cambio, no había sobrevivido. Menos mal que la caja había desviado la daga...

Wulf y el daimon seguían su lucha en el porche.

—¡Joder! —exclamó Chris entre dientes antes de echar a correr hacia ella con Kat a la zaga—. ¡Hay un montón más que vienen hacia la casa!

—¿Qué? —exclamó mientras se le aflojaban las rodillas.

Wulf pulverizó al daimon del porche y cerró de un portazo.

—Me cago en la puta, Chris. ¿Estás bien?

Él asintió con la cabeza.

Wulf atravesó la estancia y lo examinó de todas formas antes de aplastarlo con un abrazo de oso.

—Tío, déjate de mariconadas y suéltame —protestó Chris—. Me estás aplastando. Si quieres abrazar a alguien, ahí tienes a Cassandra.

Vio que Wulf apretaba los dientes justo antes de soltarlo. Sin embargo, siguió apretándole el hombro con ferocidad al tiempo que bajaba la cabeza para mirarlo a los ojos.

—Te juro que si vuelves a abrir esa puerta, Christopher Lars Eriksson, te arranco esa cabeza de chorlito que tienes. —Empujó a Chris hacia el pasillo—. Baja los escudos.

—¿Es que estamos en la *Enterprise*? —exclamó Kat mientras Chris se apresuraba a obedecer la orden.

—No, pero sí tenemos persianas metálicas antibalas. No sé qué están tramando los daimons, pero prefiero quitarles la posibilidad de que nos cuelen un cóctel Molotov o cualquier otra cosa parecida por una ventana.

—Buena idea —musitó Kat.

La casa se estremeció mientras bajaban las persianas de acero.

Wulf hervía de furia cuando llamó a los vigilantes de seguridad para averiguar cómo estaban.

—¿Hola? —respondió una voz desconocida y, además, con un marcado acento.

Por razones obvias, los vigilantes no lo recordaban, pero él conocía a todos los integrantes del equipo de seguridad que había enviado el Consejo para proteger a Chris. Tenía un mal presentimiento.

—¿Quién es?

—¿Tú quién crees, Cazador? Por cierto, felicita de mi parte a quien pidiera una pizza. Nos ha encantado el aperitivo.

Apretó con más fuerza el teléfono.

—¿Dónde están mis guardias?

—Bueno, uno está justo aquí delante, pero no tiene muchas ganas de hablar. La muerte suele tener ese efecto: convierte en mudos hasta a los más dicharacheros. En cuanto al otro, está... Ay, vaya, ya está muerto. Mis chicos acaban de rematarlo.

—Vas a pagar por esto.

—Vale, ¿por qué no sales y me traes la cuenta?

—Voy para allá.

Colgó y se encaminó a la puerta, decidido a desollar a Stryker.

Kat lo atrapó antes de que diera dos pasos.

—¿Qué crees que estás haciendo? —le preguntó, indignada.

La fulminó con la mirada.

—Voy a acabar con esto.

Ella lo miró con expresión arrogante.

—No puedes. Te matará en cuanto pongas un pie fuera de esta casa.

—Entonces, ¿qué quieres que haga?

—Vigila a Chris y a Cassandra. Volveré enseguida.

Y se teletransportó fuera de la casa.

Kat rastreó la energía de Stryker y lo encontró en la garita. Se estremeció al ver los cuerpos de los dos guardias en el suelo. En el exterior había al menos una docena de daimons abriendo cajas y preparando el ataque.

En el interior solo había cuatro daimons: Stryker, Urian, Ícaro y Trates. Este último apartó la vista de los monitores y se puso pálido.

—¿Cómo habéis entrado? —exigió saber.

Stryker se dio la vuelta muy despacio para enfrentarla con una sonrisa cínica. No había miedo en él, solo socarronería.

—Los guardias salieron cuando devoramos al repartidor e intentaron detenernos. Los metimos aquí después de matarlos.

Tanto sus palabras como su falta de remordimientos por lo que habían hecho le revolvieron el estómago, sensación que empeoró al ver por uno de los monitores el ceredón que los acompañaba.

De manera que Apolimia había cambiado las reglas. Mierda.

—Eres un ser abyecto —dijo entre dientes.

Stryker sonrió como si sus palabras lo halagaran.

—Gracias, preciosa, me enorgullezco de serlo.

Kat abrió el portal a Kalosis.

—Es hora de que volváis a casa.

Stryker miró el portal y se echó a reír.

—Me temo que no, corazón. Soy el prefe de mamá ahora mismo. Así que ya puedes meterte ese portal por tu precioso culito. Mis chicos y yo tenemos trabajo que hacer. Únete a nosotros o lárgate.

Por primera vez en su vida, Kat sintió el aguijonazo del miedo.

—Tenéis que iros. Esas son las reglas. El portal se abre y vosotros tenéis que entrar.

Stryker dio un paso hacia ella con una mirada siniestra y gélida.

—No, no tenemos que hacerlo.

El portal se cerró.

Jadeó al darse cuenta de lo que pasaba. La Destructora también le había dado una llave, otorgándole el control de la situación.

La proximidad de Stryker le provocó un escalofrío. El daimon le cogió la cara con la mano.

—Es una pena que te proteja. Si no fuera así, te habría dado un bocadito hace siglos.

—Quítame la mano de encima o te la corto —le dijo con una mirada furibunda.

Para su sorpresa, Stryker la obedeció, pero no antes de haberla besado con rudeza.

Kat gritó y le dio una bofetada.

Él soltó una carcajada.

—Vete a casa, niña. Si te quedas aquí, podrías acabar herida.

Temblando de pies a cabeza, se teletransportó de vuelta a la casa. Cassandra estaba en el centro del salón mientras Wulf sacaba un arsenal de un armario y se armaba hasta los dientes.

—¿Qué tienes para mí? —le preguntó ella al tiempo que se acercaba.

Wulf la miró con sorna.

—Supongo que las cosas no han ido bien.

—No. De hecho, tenemos que prepararnos para lo peor. Las cosas están a punto de ponerse muy feas.

Chris entró corriendo en el salón con un casco de fútbol americano en la cabeza.

—¿Qué coño te pasa? —le preguntó Kat al verlo.

Wulf lo miró y frunció el ceño.

—¿Ahora te pones el casco?

—Sí —replicó Chris al tiempo que se metía un cojín por la pretina de los pantalones—. Ahora me pongo el casco. Por si no os habéis dado cuenta, nuestros daimons están muy entretenidos en el jardín.

—Nos hemos dado cuenta.

—Vale —dijo Chris mientras se acercaba al armario y sacaba un chaleco antibalas—. Pero tengo una pregunta. Sé que las persianas son a prueba de balas y fuego. Pero ¿resisten los cohetes antitanque y la dinamita?

Antes de que Wulf pudiera contestar, una explosión sacudió la casa.

10

—Cuidado —les advirtió Stryker a sus hombres cuando abrieron fuego de nuevo sobre la mansión—. No creo que lo hagan, pero dadles una oportunidad de salir antes de volar la casa.

—¿Por qué? —preguntó Trates—. Creí que el objetivo era matar a la heredera.

Urian fulminó al otro daimon con una mirada que decía a las claras: «¿Es que no tienes dos dedos de frente?».

—Sí, pero si de camino herimos a la Abadonna, sabremos qué se siente cuando te sacan las tripas. Literalmente. Al igual que la mayoría de los seres vivos, da la casualidad de que me gusta llevarlas por dentro.

—Es inmortal —dijo Trates—. ¿Qué más le da una bomba?

—Es como nosotros, cabeza de chorlito. —Urian le arrebató el lanzacohetes de las manos y se lo pasó a Ícaro—. Si le vuelas el cuerpo en pedazos, la matarás. Y a ninguno os gustará saber lo que nos haría la Destructora si eso sucediera...

Ícaro apuntó con más cuidado.

Stryker asintió con aprobación ante las palabras de su hijo y después proyectó sus pensamientos al resto de su equipo.

—Vigilad las salidas. Sé que el Cazador tendrá salida de emergencia. Y será mejor que los atrapéis cuando salgan corriendo. Debéis estar preparados.

Cassandra frunció el ceño cuando Chris se metió otro cojín por el frontal de los pantalones.

—¿Qué estás haciendo?

—Protejo las joyas de la familia. Después de lo que dijo Kat sobre Stryker y mi tropiezo con la daga del repartidor de pizzas que falló por los pelos, no quiero correr riesgos con mis pequeñines.

—Aleluya... —dijo Wulf entre dientes—. Ya era hora de que el chico comenzara a usar la cabeza.

Chris lo miró echando chispas por los ojos, pero Wulf no le hizo el menor caso. Se limitó a encender la televisión y empezó a zapear por los canales de las cámaras de seguridad del perímetro para ver dónde se encontraban los daimons. Muchos de ellos corrían por el jardín.

—Parece que la explosión se ha cargado parte del ala este —dijo en voz baja.

Se produjo otra explosión en el garaje.

Chris gritó eufórico.

—Creo que acaban de volar el Hummer. ¡Sí!

—¡Christopher! —lo reprendió.

—Es superior a mis fuerzas —replicó Chris algo más calmado—. Odio esa cosa con todas mis fuerzas. Además, ya te dije que no me protegería de todo. ¿Ves? No ha tenido nada que hacer contra unas granaditas.

Sacudió la cabeza al escuchar a su escudero, momento en el que se dio cuenta de que Cassandra estaba sacando armas del armario.

—¿Qué estás haciendo? —Se acercó a ella a la velocidad del rayo para impedir que tocara las armas.

Ella suspiró irritada.

—Pertrechándome.

—¡Los cojones! Tu trabajo consiste en...

—Permanecer con vida —lo interrumpió ella con gesto decidido. Le acarició el brazo con una ternura que lo estremeció de la cabeza a los pies. Estaba preciosa allí de pie, preparada para enfrentarse al mundo—. No te preocupes, Wulf, no soy imbécil.

No voy a enfrentarme a ellos arriesgándome a que me den una patada en el estómago. Pero tampoco pienso quedarme aquí quietecita y dejar que me atrapen sin oponer resistencia. Estoy tan acostumbrada a ir armada como puedas estarlo tú.

—Tiene razón —dijo Kat, que se colocó detrás de Cassandra—. Su osito de peluche esconde una hoja retráctil de quince centímetros y un revólver de calibre 38 especial.

La observó y se percató del brillo decidido de sus ojos. La admiraba más en esos momentos de lo que nunca había admirado a nadie.

Retrocedió y la llevó hasta el armero. Le colocó unas cuchillas plegables en ambas muñecas antes de enseñarle cómo accionar las hojas y cómo desplegarlas.

—Y esta... —Sacó una Beretta Panther de pequeño calibre. Le metió un cargador entero y le puso el seguro—. Es solo para distraerlos.

La enfundó en una pistolera que le aseguró alrededor de las caderas.

Su semblante se suavizó al mirarlo. Por alguna razón, esa mirada hizo que comenzara a hervirle la sangre.

—Bien, ¿cuál es el plan?

—Salir corriendo.

—¿Hacia dónde? —preguntó Chris—. Si vamos a la casa de otro Cazador Oscuro, solo conseguiremos mermar tus poderes y los suyos. Sin ánimo de ofender, creo que esos tipos son un pelín más fuertes que los daimons de toda la vida, y no quiero ver cómo te patean el culo. Al menos esta noche, cuando tengo cosas que proteger.

Otra explosión hizo estallar los cristales de las ventanas protegidas por las persianas de acero.

—No nos queda otra, Chris —dijo al tiempo que alejaba a Cassandra de las ventanas—. No van a esperar a que amanezca para darnos la posibilidad de largarnos durante el día; y si no salimos de aquí, van a hacer pedazos la casa. No nos queda más remedio que recurrir a una evacuación de emergencia a pecho descubierto.

A Chris no parecía hacerle ni pizca de gracia.

—De verdad que no me gusta un pelo la idea de salir al descubierto. ¿A nadie se le ocurre una idea mejor?

Miraron a Kat, que les devolvió la mirada con perplejidad.

—Yo no soy de este mundo. No tengo la menor idea de dónde escondernos. Voto por ir con Wulf.

—¿Qué pasa con Artemisa? —preguntó Cassandra—. ¿Nos ayudará?

Kat negó con la cabeza.

—Lo siento. En estos momentos está muy ocupada y le importa un comino que se acabe el mundo. Si la molesto por algo así, pillará un berrinche de los que hacen época.

—De acuerdo —dijo Wulf—. Propongo que nos pongamos todas las prendas de abrigo que encontremos y que nos preparemos para abandonar el barco a las primeras de cambio.

Stryker contemplaba detenidamente las cámaras de seguridad. Sabía que la heredera y sus guardianes no se quedarían mucho más tiempo dentro de la casa. Sus hombres ya habían volado el garaje y procedían en esos momentos a ir barriendo parte a parte la mansión. Los daños exteriores eran muy numerosos, pero no tenía manera de saber cuánto había sufrido el interior.

Aunque tampoco importaba mucho. Si eso no funcionaba, incendiaría la mansión. Ya tenía preparado el lanzallamas.

Cualquiera con un mínimo de cabeza tendría túneles de salida. Y Wulf iba sobrado en ese aspecto.

Urian ya había encontrado varias salidas.

Su hijo solo tenía que asegurarse de encontrarlas todas antes de que su presa escapara de la propiedad.

—*¿Urian?* —Contactó con él telepáticamente—. *¿Estás en posición?*

—*Sí. Tenemos todas las salidas cubiertas.*

—*¿Dónde estás?*

—*En el jardín trasero. ¿Por qué? ¿Hay algún problema?*

—No, solo quería asegurarme de que podemos atraparlos.
—Serán nuestros, padre. Relájate.
—Lo haré cuando ella esté muerta.

Wulf repasó por última vez a sus protegidos. Estaban todos bien abrigados y listos para huir. Él, en cambio, apenas llevaba ropa encima. Necesitaba libertad de movimientos por si tenía que emplearse a fondo en la lucha.

—Está bien, chicos —dijo a modo de advertencia—. Recordad que tenemos que movernos con sigilo. Ellos ven mejor de noche que… —Hizo una pausa al darse cuenta de con quién estaba hablando—. Bueno, mejor que Chris, al menos. Yo iré delante. Kat, tú irás en la retaguardia. Si sucede algo, grita pero ni se te ocurra desaparecer sin más.

—Hecho.

Sonrió a Cassandra para darle ánimos. Le cogió la mano y besó el guante de lana, deseando poder sentir la piel que cubría.

Ella le devolvió la sonrisa antes de taparse la cara con la bufanda.

Le soltó la mano a regañadientes y los condujo hasta su habitación. Se escucharon más explosiones en la planta superior.

Gruñó al escuchar cómo se rompían las cosas.

—Juro que Stryker pagará muy caro todo esto.

—A mí me gustaría saber dónde está la policía —dijo Cassandra—. Alguien tiene que haber escuchado todo este jaleo.

—No estoy tan seguro —intervino Chris—. Estamos bastante aislados. Es posible que nadie se haya dado cuenta.

La casa se estremeció a causa de otra explosión.

—Alguien tiene que haber oído eso —insistió Cassandra—. Esto parece una zona de guerra.

—Bueno, esperemos que no aparezcan los polis —añadió Kat, que estaba detrás de ella.

Miró a su amiga por encima del hombro.

—¿Por qué?

—Porque si vienen, serán otro aperitivo para los daimons.

Se le torció el gesto de solo pensarlo.

—Por el amor de Dios, Kat, ¡eso es horrible!

—Pero muy cierto —apostilló Wulf al tiempo que los hacía pasar junto a la cama de camino al vestidor, que era tan grande como el dormitorio de la mayoría de las personas—. Aunque no te lo creas, Cassandra, los daimons no son más que animales rabiosos que necesitan que alguien los remate por caridad.

Se tensó al escucharlo, pero por una vez no discutió con él.

Enarcó una ceja al ver el vestidor mientras lo atravesaban. No había ni rastro de color desde la primera camisa que había colgada hasta el último par de zapatos. Parecía un enorme agujero negro.

—Te gusta el negro, ¿eh?

Wulf esbozó una sonrisa torcida.

—Sirve a un propósito. Cuesta trabajo intimidar a la gente vestido con tonos pastel.

Se echó a reír al escuchar su respuesta y estuvo a punto de soltar que estaba mucho mejor desnudo, pero se contuvo. Chris y Kat ya sabían que eran amantes, pero no terminaba de parecerle bien hacer comentarios al respecto con ellos delante.

Wulf marcó una serie de códigos en el teclado y abrió una puerta secreta situada en el fondo del armario a través de la cual se accedía a las catacumbas que había construido bajo la casa y los jardines en caso de emergencia.

Aunque no se le había ocurrido la posibilidad de que los daimons bombardearan su mansión cuando las construyó.

Había tenido en mente que la casa se incendiara durante el día o que la invadieran unos terroristas más normalitos, de los que no tenían colmillos.

Por si las moscas.

El pasillo era largo y estrecho, al más puro estilo medieval, para que cualquiera que entrara tuviera que ir en fila india, y también para detener a cualquiera que los siguiese.

Algunas veces ser un paranoico tenía sus ventajas…

Cogió una linterna y los condujo en fila india hacia el interior.

Caminaron durante varios minutos antes de llegar a una bifurcación de la que salían cinco pasillos.

—¡Vaya! —exclamó Chris al tiempo que estiraba el cuello para ver lo que había por delante—. ¿Adónde llevan todos estos pasadizos?

Wulf señaló con el haz de luz el que se encontraba más a la derecha.

—Ese lleva hasta el garaje; el siguiente lleva al jardín que hay justo detrás de la puerta sur; el del medio conduce a un refugio antiaéreo a más profundidad. El que está a su izquierda lleva a la calle a la que da la puerta principal y este… —dijo mientras iluminaba el que estaba más a la izquierda—, conduce al embarcadero.

—Tío, me habría encantado saber esto de niño. Me lo habría pasado bomba aquí abajo.

—Claro, y también podrías haberte perdido o haberte hecho daño sin que nadie se enterase.

Chris le sacó la lengua.

No le prestó atención, sino que reanudó la marcha por el largo y serpenteante túnel que recorría toda la propiedad. El embarcadero estaba bastante apartado, de modo que diera la impresión de que no era suyo.

Cosa que, al igual que el diseño del embarcadero, había sido deliberado.

Visto desde el agua el embarcadero tenía toda la pinta de una mansión de unos quinientos metros cuadrados. En la planta baja guardaba su colección de embarcaciones. La primera planta tenía cuatro dormitorios, una cocina, un salón, un comedor y una sala de juegos. A lo largo de los años, había servido como alojamiento de invitados para Aquerón cada vez que se dejaba caer por la ciudad.

Solo esperaba que Stryker no fuera lo bastante listo como para descubrir que tenía una salida de emergencia que quedaba tan lejos de la casa.

Al final del túnel, una escalera de acero llevaba hasta una trampilla por la que se accedía a un pequeño trastero en la parte trasera del edificio.

Salió en primer lugar, preparado para cualquier cosa. La trampilla tenía un candado convencional para evitar problemas en caso de incendio. Hizo girar la ruedecilla para introducir la combinación y esperó hasta escuchar el chasquido que señalaba que se había abierto.

Empujó la puerta muy despacio, esperando lo peor.

No se movía nada allí dentro, ni tampoco en el exterior. No se oía ningún ruido. Agudizó el oído unos minutos, pero lo único que le llegó fueron los crujidos del hielo y el aullido del viento.

Todo parecía en orden...

Salió del pasadizo y se volvió para ayudar a Cassandra, que se alejó un poco de la trampilla para dejarles espacio a Chris y a Kat.

—Vale —les susurró—. Por ahora vamos bien. Quiero que vosotros dos —dijo dirigiéndose a Cassandra y a Chris— os quedéis atrás. Si ocurre algo, volved a los túneles y pulsad el botón rojo para cerrar la puerta.

—¿Y qué haréis Kat y tú? —preguntó Cassandra.

—Ya nos las apañaremos. Aquí lo importante es que vosotros dos estéis a salvo.

Por la expresión que leyó en los ojos de Cassandra supo que no estaba de acuerdo.

—Tardaré un par de minutos en bajar el hidrodeslizador hasta el hielo —le explicó—. Esperemos que los daimons no lo oigan.

Cassandra asintió y le dio un beso.

—Ten cuidado.

La abrazó con delicadeza antes de abrir la puerta. Dio un paso, pero titubeó cuando tocó con el pie algo grande y sólido que había en el suelo.

No, un momento, se dijo.

Era ropa. Y le recordó a lo que quedaba de un daimon al morir.

Sacó la hoja retráctil de la bota justo cuando una sombra se acercaba a él. Se preparó para atacar.

—No pasa nada —susurró una voz femenina—. Soy una amiga.

Eso no lo tranquilizó mucho.

Escuchó el jadeo asustado de Cassandra. Al mirar hacia atrás, la vio en el vano de la puerta sin saber muy bien qué hacer.

—¿Phoebe? —murmuró ella—. ¿Eres tú de verdad?

Su hermana Phoebe fue una de las que murió junto con su madre.

La sombra avanzó hacia la luz para que pudieran ver su rostro, que guardaba un asombroso parecido con el de Cassandra. La única diferencia era el pelo. El de Phoebe era liso, mientras que el de Cassandra era muy rizado. Phoebe llevaba un traje pantalón negro y no parecía ir armada.

—Soy yo, Cassie. He venido para ayudaros.

Cassandra retrocedió un paso y chocó con Chris, que observaba con recelo a la recién llegada. Incluso Kat estaba tensa.

Cassandra contempló a su hermana con perplejidad.

—Se suponía que estabas muerta.

—Estoy muerta —susurró Phoebe.

—Eres una daimon —la acusó Wulf.

Ella asintió.

—Por Dios, Phoebe... —dijo Cassandra con una nota decepcionada en la voz—. ¿Cómo has podido?

—No me juzgues, hermanita. Tuve mis razones. Ahora tenemos que ponerte a salvo.

—Como si fuera a confiar en ti... —le replicó con sequedad—. Recuerdo muy bien al tío Demos.

—Yo no soy el tío Demos y no tengo la más mínima intención de convertirte en lo que soy. —Phoebe dio un paso hacia ella, pero Wulf impidió que siguiera acercándose, al menos hasta cerciorarse de sus verdaderas intenciones.

Phoebe lo fulminó con la mirada antes de volver a clavar la vista en su hermana.

—Por favor, Cassie, tienes que creerme. Yo nunca, jamás, te haría daño. Te lo juro por el alma de mamá.

Otro daimon entró en el embarcadero. Un varón alto y rubio. Wulf lo recordaba del club. Era el daimon que le había pateado el culo a base de bien.

El daimon que había llamado «padre» a Stryker.

Kat se quedó boquiabierta.

—Date prisa, Phoebe —le dijo el daimon a su hermana—. No podré ocultar esto mucho más tiempo. —Se detuvo lo justo para enfrentar la mirada de Wulf sin amilanarse.

La furia y el odio que irradiaban ambos hombres eran tan palpables que Cassandra se estremeció. Daba la impresión de que iban a lanzarse al ataque en cualquier momento.

—¿Por qué nos estás ayudando? —quiso saber Wulf.

El daimon frunció los labios en un gesto de repugnancia.

—Tú me importas una puta mierda, Cazador Oscuro. Solo estoy aquí para ayudar a mi esposa a proteger a su hermana pequeña. Aunque sigo creyendo que es una estupidez. —Miró a Phoebe, quien a su vez lo miró malhumorada.

—Mañana lo verás de otra manera —replicó ella.

El daimon resopló.

—Menos mal que te quiero, si no…

Kat no daba crédito.

—¿Urian tiene corazón? Quién lo iba a decir…

El aludido le lanzó una mirada asesina.

—Cierra el pico, Abadonna.

Cassandra vio el amor en el rostro de su hermana cuando su marido se acercó a ella.

—Urian fue quien me salvó cuando mamá murió —explicó—. Me sacó del coche cuando explotó la bomba y me ocultó. También intentó salvar a mamá y a Nia, pero no consiguió llegar hasta ellas a tiempo.

No supo cómo reaccionar ante esa información. No tenía sentido que un daimon, mucho menos uno emparentado con Stryker, las ayudara cuando llevaban toda la vida persiguiéndolas.

—¿Por qué?

—No hay tiempo para esto —masculló Urian—. Mi padre no

es estúpido. Comprenderá lo que ocurre en cuanto los dos hombres muertos no den señales de vida.

Phoebe asintió y después se giró hacia Cassandra.

—Te estoy pidiendo que confíes en mí, Cassie. Te juro que no te arrepentirás.

Frunció el ceño y miró a Wulf y a Kat.

—Creo que podemos confiar en ella.

Wulf miró a Urian y después a Kat.

—Dijiste que son unos sádicos. ¿Hay alguna posibilidad de que esto sea un truco?

El daimon soltó una risotada amarga al escucharlo.

—Ni te lo imaginas...

Phoebe le dio un codazo en el estómago.

—Pórtate bien, Uri. Tu actitud no nos sirve de mucho.

El daimon miró a su esposa con el ceño fruncido mientras se frotaba la zona donde lo había golpeado, pero se abstuvo de hacer más comentarios.

—Adelante —dijo Kat—. Si miente, sé cuál es su punto débil. —Su mirada se clavó en Phoebe de forma elocuente.

Urian se tensó al instante.

—Con la protección de la Destructora o sin ella, si la tocas, te mataré, Katra.

—Nos vamos entendiendo —apostilló Wulf—. Porque si algo llegara a ocurrirle a Cassandra, Kat será el menor de tus problemas.

Urian dio un paso hacia delante, pero Phoebe lo obligó a retroceder.

—Dijiste que debíamos darnos prisa.

La adusta expresión del daimon se suavizó cuando miró a su esposa justo antes de asentir con la cabeza. Sin mediar palabra, los condujo hasta un hidrodeslizador negro que ya los esperaba en el hielo.

Chris subió en primer lugar, seguido de Kat.

Cassandra los siguió.

—¿Es la misma embarcación que utiliza la policía montada del Canadá para operaciones de rescate? —le preguntó a Wulf.

Este carraspeó como si lo hubiera ofendido.

—Los fabrica la misma compañía, pero me gustaría pensar que el mío es un poco más bonito.

Y lo era. Con todos los lujos, incluidos los asientos acolchados.

—Ya te digo… —afirmó Chris mientras se sentaba y se ponía el cinturón de seguridad—. Somos como Dudley de la Montaña.

El comentario le arrancó una sonrisa mientras Wulf se ponía al timón. Su hermana subió a bordo, pero se giró al darse cuenta de que su marido se había quedado en el muelle y no hacía ademán de subir a la embarcación.

Su rostro parecía aún más pálido de lo normal.

—Ven con nosotros, Uri —suplicó al tiempo que le cogía la mano. Su voz sonaba tensa y preocupada.

Cassandra observó las manos entrelazadas de la pareja, el símbolo de lo mucho que ambos deseaban aferrarse el uno al otro y no separarse jamás.

—Te matarán si llegan a descubrir que nos has ayudado.

El dolor que reflejaba el rostro de Urian mientras miraba a su esposa con los ojos rebosantes de anhelo hizo que se le encogiera el corazón por ellos.

—No puedo, nena, y lo sabes. Tengo que quedarme para cubrir vuestra huida, pero te prometo que me pondré en contacto contigo lo antes posible.

Besó a Phoebe con pasión y después le dio un beso en la mano antes de soltarla.

—Ten cuidado.

—Tú también.

Él asintió y soltó el último amarre.

—Cuida de mi esposa, Cazador.

Wulf miró de reojo a Phoebe y asintió con la cabeza.

—Gracias, daimon.

Urian resopló con sorna.

—Apuesto a que nunca has pensado que dirías algo así.

El daimon accionó las puertas que daban al lago en el mismo instante en el que un grupo de daimons entraba en el embarcadero.

Phoebe jadeó e hizo ademán de reunirse con su marido. Chris tiró de ella mientras Wulf encendía el motor y ponía rumbo al norte a toda velocidad. Por suerte, tenían el viento a favor y aceleraron rápidamente.

—¡No! —gritó Phoebe mientras atravesaban el lago—. No podemos abandonarlo.

—No tenemos elección —señaló Chris—. Lo siento.

Cassandra vio la desesperación pintada en el rostro de su hermana, pero Phoebe no lloró. Se limitó a mirar el embarcadero con expresión aterrada a medida que se perdía en la distancia.

—¿A qué velocidad vamos? —le preguntó a Chris al tiempo que se aferraba al cinturón de velocidad con el corazón desbocado.

—A ciento cincuenta por hora, por lo menos —respondió él—. Estos cacharros superan los doscientos kilómetros por hora con el viento a favor, pero solo dan unos cincuenta con el viento en contra.

¡Vaya! Desvió la vista hacia su hermana, que seguía mirando hacia el embarcadero a pesar de que había desaparecido de la vista.

—No le pasará nada, Phoebe —le aseguró Kat—. Su padre no le haría daño. Stryker puede ser un psicópata, pero adora a su hijo.

El rostro de Phoebe reflejó todo su escepticismo.

—Sigue en dirección norte —le dijo a Wulf—. Tenemos un lugar seguro donde podemos esconderos.

No bien hubo acabado de pronunciar esas palabras, se oyó un horrible alarido que parecía sacado de una película de terror. Y que no tardó en ser seguido por el inconfundible batir de unas alas.

Cassandra alzó la vista y comprobó que el dragón que había visto en otra ocasión se dirigía a ellos.

—Madre del amor hermoso... —El pánico hizo que se le atascaran las palabras en la garganta.

Kat reaccionó de inmediato y la cubrió con su cuerpo.

El dragón chilló de nuevo, como si se hubiera disgustado por su reacción. Lanzó una bocanada de fuego sobre la proa.

Wulf no aminoró la velocidad, sino que sacó su arma y comenzó a disparar.

La bestia se lanzó en picado hacia ellos sin dejar de chillar. Cassandra vio cómo le acertaban las balas. Se sacudió por los impactos, pero no aminoró la velocidad ni cambió de dirección.

Continuó descendiendo hacia ellos con un solo objetivo en mente.

Más cerca.

Más cerca.

Estaba tan cerca que podía sentir el calor de su aliento.

Wulf recargó el arma y abrió fuego de nuevo.

Justo cuando estaba segura de que iba a devorarlos, el dragón se desvaneció como por arte de magia.

Pasaron varios segundos antes de que se movieran.

—¿Qué ha pasado? —preguntó Chris.

—Le han ordenado regresar —respondió Kat—. Es lo único que puede detenerlo de esa forma.

Wulf aminoró por fin la velocidad.

—¿Quién se lo ha ordenado?

—La Destructora —respondió Phoebe—. No permitiría que el dragón le hiciera daño a Kat.

—¿Y eso a qué se debe, Kat? —preguntó Wulf.

A ella pareció incomodarle la pregunta.

—Al igual que Stryker, soy una de sus sirvientes.

—Creí que servías a Artemisa —señaló Cassandra.

—Las sirvo a ambas.

Cassandra ladeó la cabeza y estudió a su amiga. Una persona a la que había creído conocer durante años, pero de la que se daba cuenta que no sabía absolutamente nada.

—Una pregunta —dijo con el corazón desbocado por el miedo—. ¿Qué ocurre cuando hay conflicto de intereses? ¿A quién sirves en ese caso?

11

Kat la miró echando chispas por los ojos, presa de la indignación.

—Creo que la respuesta es bastante obvia. Estoy aquí, ¿no?

—¿Ah, sí? —preguntó Cassandra, hirviendo de furia—. Cada vez que me doy la vuelta, me encuentro con que me persigue un daimon. Y todos los días descubro un hecho crucial sobre ti que, mira tú por dónde, has omitido durante los últimos... Déjame contar... ¡cinco años! ¿Cómo sé en quién debo confiar a estas alturas?

Kat adoptó una expresión dolida mientras se alejaba de ella.

—No puedo creer que dudes de mí.

—Cassie...

—¡Déjate de Cassie por aquí y Cassie por allá, Phoebe! —exclamó—. ¿Por qué no se te ocurrió decirme que seguías viva? Una postal no te habría matado, sin ánimo de ofender...

Phoebe le lanzó una mirada asesina.

—¡No te atrevas a hablarme así! Y mucho menos después de que tanto como Urian como yo lo hayamos arriesgado todo por ti. En este preciso momento podrían estar matándolo mientras yo estoy aquí tan tranquila.

El temblor que escuchó en la voz de su hermana le hizo recobrar la cordura y la calma.

—Lo siento, Phoebe. Kat... es que estoy asustada.

Kat la ayudó a ponerse en pie; pero en lugar de regresar a su asiento, se encaminó hacia el de Wulf, quien redujo la velocidad lo justo para permitirle sentarse en su regazo.

Al menos allí se sentía protegida. Segura. Confiaba en él ciegamente.

—No te pasará nada, Cassandra —le dijo con los labios enterrados en el pelo, por encima del rugido del motor.

Se acurrucó en su regazo y aspiró su cálido aroma masculino. Se aferró a él mientras los conducía velozmente hacia un futuro que la aterrorizaba.

El amanecer estaba cerca. Lo notaba mientras viajaban en silencio en el Land Rover de diseño modificado, sentada junto a Wulf. Ella era inmune a los rayos del sol, pero sabía que ni él ni su hermana lo eran. Chris estaba dormido en el asiento trasero, sentado entre Kat y Phoebe, con la cabeza apoyada en el hombro de Kat mientras esta observaba el exterior con evidente nerviosismo.

Hacía algo más de una hora que habían abandonado el hidrodeslizador y en esos momentos viajaban en el todoterreno hacia un lugar que su hermana no había querido especificar. Se limitaba a darles las indicaciones pertinentes.

—¿Cuánto falta? —le preguntó.

—No mucho. —La incertidumbre que traslucía la voz de Phoebe desmintió sus palabras.

Tomó la mano de Wulf entre las suyas. Él le dio un reconfortante apretón, pero no dijo nada.

—¿Llegaremos antes de que salga el sol? —volvió a preguntar.

—Por los pelos. —Y después, entre dientes, escuchó que Phoebe murmuraba—: Si es que llegamos…

Observó a Wulf mientras este conducía. Llevaba puestas las gafas de sol para mitigar el resplandor de las luces sobre la nieve, pero la noche era tan oscura que no entendía cómo podía ver con ellas. Su mentón, cubierto por un asomo de barba, estaba tenso. Aunque no dijera nada, sus ojos buscaban con insistencia el reloj del salpicadero.

Rezó para que llegaran a su destino antes de que el sol lo matara.

Se obligó a alejar el miedo antes de que la abrumara y bajó la vista hacia sus manos entrelazadas. Ella llevaba guantes de lana negros, y entre ellos los dedos de Wulf eran largos y muy masculinos. La mano de un guerrero protector.

¿Quién le iba a decir que encontraría a un amigo y amante en un enemigo de su especie?

Y, sin embargo, allí estaba, a sabiendas de que Wulf era el único que podía salvar y proteger a su hijo. A sabiendas de que ese hombre entregaría su vida para protegerlo. Esa certeza, acompañada del nerviosismo que la invadió al ver clarear el horizonte, le provocó un doloroso nudo en el pecho.

Wulf no podía morir. Las Moiras no serían tan crueles...

Le soltó la mano lo justo para quitarse el guante y después volvió a entrelazar los dedos. Necesitaba el contacto físico.

Él la miró de reojo y le ofreció una sonrisa reconfortante.

—Gira a la derecha —dijo Phoebe, que se había inclinado hacia delante y había extendido el brazo entre ellos para señalar un camino sin asfaltar.

Wulf ni siquiera preguntó. No había tiempo. Se limitó a girar donde ella le había indicado.

Era un idiota por confiar en Phoebe, lo sabía. Pero no había otra opción. Además, todavía no los había traicionado. Y en el caso de que se le ocurriera hacerlo, él se encargaría de que lo pagara con creces. No solo ella, sino todo aquel que se atreviera a perseguir a Cassandra.

Se internaron en el bosque y sortearon la maleza, los arbustos y la nieve con relativa facilidad gracias a la carrocería blindada del vehículo. Apagó las luces para ver mejor el accidentado terreno por el que se movían.

Chris se despertó de repente y soltó un taco.

—¿Stryker ha vuelto?

—No —le contestó Kat—. Hemos tenido que abandonar la carretera.

Aminoró un poco la velocidad para no dañar las orugas que

sustituían a los neumáticos del vehículo. Eran bastante más seguras en ese clima, pero distaban mucho de ser infalibles y lo último que les hacía falta era quedarse varados a la intemperie con el amanecer tan cerca.

Justo cuando el sol comenzaba a aparecer sobre las montañas, llegaron a la linde del bosque y, tras ella, descubrieron la entrada de una cueva.

Junto a ella había tres apolitas. Esperando.

Cassandra siseó y le soltó la mano.

—No pasa nada —les dijo Phoebe mientras abría la puerta y saltaba del todoterreno.

Wulf titubeó al verla correr hacia los hombres, con los que comenzó a hablar al tiempo que los señalaba.

—Bueno —musitó, contemplando el sol que comenzaba a salir por encima de las cimas—. El momento de la verdad ha llegado. No podemos huir.

—Estaré con vosotros hasta el final —susurró Kat desde el asiento trasero.

Chris asintió con la cabeza.

—Yo también.

—Quedaos aquí —les dijo Wulf a Chris y a ella antes de apearse con la mano en la empuñadura de la espada.

Kat salió con él.

Chris se inclinó hacia delante hasta que su cabeza quedó prácticamente pegada a la suya.

—¿Son lo que yo creo que son?

—Sí —contestó ella, conteniendo la respiración—. Son apolitas y no parecen muy contentos de vernos.

Los hombres contemplaban a Wulf y a Kat con recelo. El odio que demostraban era mucho más palpable que el de Urian cuando se enfrentó a Wulf en el embarcadero.

Y le heló la sangre en las venas.

Phoebe señaló el sol y les dijo algo. Pero los apolitas siguieron sin moverse.

Hasta que Wulf la miró por encima del hombro. Sus miradas se encontraron y él hizo un escueto gesto con la cabeza.

Con expresión inescrutable, Wulf entregó todas sus armas.

Al verlo, Cassandra sintió que se le desbocaba el corazón. ¿Iban a matarlo?

Sabía que jamás entregaría sus armas al enemigo por propia voluntad. Lucharía hasta el final, por amargo que este fuera. Pero se había rendido por ella.

Los apolitas lo condujeron al interior, acompañados por Phoebe, mientras Kat regresaba a por ellos.

—¿Qué está pasando? —le preguntó.

Kat dejó escapar un suspiro cansado.

—Se llevan a Wulf bajo custodia para asegurarse de que no le hace daño a nadie. Vamos, tienen a una doctora esperándote.

La indecisión se apoderó de ella al mirar hacia el lugar por donde habían desaparecido.

—¿Confías en ellos de verdad?

—No lo sé. ¿Y tú?

Meditó un instante, pero no estaba segura de la respuesta.

—Confío en Phoebe... Creo.

Kat soltó una carcajada.

Ella salió del todoterreno y, acompañada de Chris, siguió a Kat hacia el interior de la cueva, donde ya estaría Wulf.

Phoebe los esperaba justo en la entrada.

—No tengas miedo, Cassandra. Todos sabemos lo importante que sois tu bebé y tú. No os haremos daño. Te lo juro.

Cassandra deseaba que su hermana le estuviera diciendo la verdad.

—¿A quiénes te refieres?

—Aquí vive una comunidad apolita —contestó su hermana mientras los conducía hacia las profundidades de la cueva—. Una de las más antiguas de Norteamérica.

—Pero ¿por qué me estás ayudando ahora? —le preguntó—. Supongo que durante todos estos años sabrías que me estaban persiguiendo.

La pregunta hizo que apareciera una expresión afligida en el rostro de su hermana.

—Sabía que estabas viva y esperaba que fueras tú quien perpetuara nuestro linaje. No te dije que seguía con vida por temor a tu reacción. Creí que de este modo sería más fácil.

—Entonces, ¿a qué viene este cambio?

—A que un apolita llamado Spawn llamó hace unos días y nos explicó lo que estaba sucediendo. Después de hablar con Urian y enterarme de lo que tramaba su padre, comprendí que no podía dejarte sola más tiempo. Somos hermanas, Cassandra, y tu bebé debe sobrevivir.

Cuando llegaron al fondo de la cueva, Phoebe colocó la palma de la mano sobre una de las piedras y accionó una palanca que abría la puerta de un ascensor.

Chris se quedó boquiabierto.

—¡Rayos y centellas, Batman! ¡Si es la Batcueva...!

Cassandra le lanzó una mirada irritada.

—Venga ya... —dijo él—, ¿es que nadie más le ve la gracia? —Su mirada recorrió los rostros de las tres—. Me da que no.

Cassandra fue la primera en entrar al ascensor.

—¿Y los hombres que nos esperaban? ¿Quiénes son?

Phoebe la siguió.

—Nuestro Consejo Legislativo. No se puede hacer nada sin su consentimiento expreso.

Kat y Chris entraron también. La puerta del ascensor se cerró.

—¿Hay algún daimon aquí? —preguntó el escudero al tiempo que Phoebe pulsaba un botón para que el ascensor comenzara el descenso.

—El único daimon de esta comunidad soy yo —contestó con timidez—. Me permiten vivir aquí porque le deben mucho a Urian. Siempre y cuando sea discreta y no ponga en evidencia su existencia, puedo vivir entre ellos.

Cassandra no estaba segura de lo que debía esperar de la colonia apolita. Ni de su hermana. Tiempo atrás habría confiado en ella con los ojos cerrados, pero la Phoebe que conocía no habría sido capaz de arrebatarle la vida a otra persona para sustentarse.

La nueva Phoebe la asustaba.

Se le taponaron los oídos, señal de que estaban descendiendo muchos metros bajo la montaña. Cuando las puertas del ascensor se abrieron, tuvo la sensación de que ante sus ojos se estaba desarrollando una película de ciencia ficción.

Todo parecía salido de una ciudad futurista. El acero y el hormigón dominaban el lugar y los muros estaban pintados con alegres y hermosos murales en los que brillaba el sol.

Se detuvieron al llegar a la zona central, que podría tener el mismo tamaño de un campo de fútbol. A su alrededor se abrían una serie de pasillos a través de los cuales se accedía a otras áreas. Un montón de tiendas exponían sus productos en los escaparates. Solo faltaban las de comestibles... cosa que los apolitas no necesitaban, ya que se alimentaban de la sangre de sus congéneres.

—La ciudad se llama Elisia —les explicó Phoebe mientras los instaba a seguir caminando y dejaban atrás a un grupo de apolitas que se había detenido para observarlos—. Casi todos los apolitas que viven aquí desconocen la superficie. No sienten deseo alguno de subir, porque no quieren ver a los humanos ni ser testigos de su violencia. Y tampoco quieren ver a los suyos perseguidos y aniquilados.

—¡Protesto, señoría! —la interrumpió Chris—. No soy violento. Al menos, no chupo la sangre de nadie.

—Baja la voz —le advirtió Phoebe—. Los humanos nunca han sido benévolos con mi gente. Nos han perseguido con más saña incluso que los Cazadores Oscuros. Aquí estás en minoría y si amenazas a alguien, podrían matarte sin molestarse siquiera en averiguar si eres violento o no.

Chris cerró la boca de golpe.

Cassandra era consciente de las miradas asesinas y burlonas que les dedicaban a medida que seguían a Phoebe en dirección al corredor de la izquierda.

—¿Qué hacen con los apolitas que se convierten en daimons? —preguntó Chris en cuanto estuvieron lejos de los mirones.

—No se tolera su presencia porque requieren una dieta constante de almas humanas. Si un apolita decide convertirse en daimon, se le permite marcharse, pero se le prohíbe regresar.

—Sin embargo, tú vives aquí —replicó Kat—. ¿Por qué?

—Ya te lo he dicho. Urian los protege. Fue quien les enseñó cómo construir este lugar.

—¿Por qué? —insistió Kat.

Phoebe se detuvo y se giró para mirarla con semblante serio.

—A pesar de lo que puedas pensar de él, Katra, mi marido es un buen hombre. Solo quiere lo mejor para su gente. —Su mirada voló hacia ella—. Urian fue el primer niño que nació de una apolita después de la maldición.

Cassandra se quedó boquiabierta ante semejante información.

—Según eso, tiene...

—Más de once mil años —la interrumpió su hermana, acabando la frase por ella—. Sí. La mayoría de los guerreros que lo acompañan tiene esa edad. Nacieron en los albores de nuestra historia.

Chris soltó un silbido por lo bajo.

—¿Cómo es posible?

—La Destructora los protege —contestó Kat—. Al igual que los Cazadores Oscuros sirven a Artemisa, los verdaderos spati sirven a la Destructora. —Soltó un suspiro, como si el conflicto la apenara—. Artemisa y Apolimia llevan luchando desde el comienzo. La diosa atlante está cautiva porque Artemisa la engañó, y pasa todo el tiempo maquinando formas de torturar a Artemisa y matarla. Si alguna vez consigue liberarse, la destruirá.

Cassandra frunció el ceño.

—¿Por qué la odia tanto?

—Por amor. ¿Por qué si no? —contestó Kat sin más—. El amor, el odio y la venganza son las emociones más poderosas sobre la faz de la Tierra. Apolimia quiere vengarse de Artemisa porque mató lo que ella más quería.

—¿Y eso es...?

—No traicionaré a ninguna de las dos dándoos una respuesta.

—¿Y si la escribieras? —preguntó Chris.

Kat puso los ojos en blanco.

Cassandra y Phoebe menearon la cabeza.

—Sí, claro como si vosotras dos no hubierais pensado lo mismo... —replicó él.

Phoebe les hizo un gesto para que continuaran caminando. Los guió por un pasillo flanqueado por puertas a ambos lados.

—Estos son apartamentos. Se os asignará uno grande, con cuatro dormitorios. El mío está un poco más lejos, en un pasillo independiente. Me habría gustado teneros más cerca, pero este era el único disponible lo bastante grande como para alojaros a los cuatro y no me pareció acertado separaros.

Cassandra también deseó estar más cerca de su hermana. Tenía que ponerse al día de muchas cosas con ella.

—¿Wulf ya está dentro?

—No —contestó Phoebe, apartando la mirada—. Se lo han llevado a una celda.

Se quedó horrorizada antes de que la ira la inundara.

—¿Cómo dices?

—Es nuestro enemigo, Cassie. ¿Qué esperabas que hiciéramos?

—Espero que lo liberes. Ahora mismo.

—No puedo.

Cassandra se detuvo en seco.

—En ese caso, llévame a la salida.

El rostro de Phoebe mostraba la incredulidad que había suscitado su reacción.

—¿Qué?

—Ya me has oído. No me quedaré aquí a menos que aceptéis la presencia de Wulf. Ha arriesgado su vida por mí. Destruyeron su casa por mi culpa, y no pienso vivir cómodamente mientras al padre de mi hijo se le trata como a un vulgar criminal.

Alguien comenzó a aplaudir a su espalda.

Cuando se giró, vio a un hombre a cuyo lado se sentía diminuta. Con una altura que superaba los dos metros y diez centímetros, estaba como un tren. Rubio y delgado, aparentaba su misma edad.

—Bonito discurso, princesa. Pero no cambia nada.

Cassandra lo miró con los ojos entrecerrados.

—¿Y una buena patada en el culo cambiaría algo?

El tipo se echó a reír.

—Estás embarazada.

—No tanto... —Le lanzó una de las dagas que llevaba en la muñeca. Se clavó en la pared, justo al lado de su cabeza.

El rostro del apolita perdió todo rastro de buen humor.

—La siguiente irá directa a tu corazón.

—¡Cassie, para! —le ordenó Phoebe al tiempo que la agarraba del brazo.

Ella se soltó al instante.

—No. Me he pasado media vida liquidando a todo daimon o apolita que cometiera el error de perseguirme. Si crees que Kat y yo no somos capaces de echar abajo este lugar para liberar a Wulf, estás muy equivocada.

—¿Y si mueres? —le preguntó el desconocido.

—Todos perdemos.

Él la contempló con expresión pensativa.

—Te estás tirando un farol.

Cassandra intercambió una mirada decidida con Kat.

—Ya sabes que nunca le hago ascos a una buena pelea —dijo esta mientras se sacaba la vara retráctil del bolsillo y la extendía.

El apolita resopló por la nariz al ver que las dos se aprestaban a atacarlo.

—¿Así es como pagáis a quien os da cobijo?

—No —respondió ella con una tranquilidad que no sentía—. Así es como pago al hombre que me protege. No voy a permitir que encierren a Wulf de esta manera después de todo lo que ha hecho.

Esperaba que el tipo luchara; en cambio, retrocedió e inclinó la cabeza como muestra de respeto hacia ella.

—Tiene el coraje de un spati.

—Te lo dije —replicó Phoebe con el orgullo pintado en el rostro.

El apolita les ofreció una media sonrisa.

—Entra con Phoebe, princesa, y ordenaré que traigan a tu Cazador Oscuro.

Cassandra lo observó con recelo, sin saber si debía confiar en él o no.

—¿Lo prometes?

—Sí.

Puesto que no acababa de fiarse de él, miró a su hermana.

—¿Es de fiar?

—Sí. Shanus es nuestro Consejero Supremo. Nunca miente.

—Phoebe —la llamó con voz seria—, mírame.

Su hermana la obedeció.

—Dime la verdad. ¿Estamos seguros aquí?

—Sí. Te lo juro por lo que más quiero... por la vida de Urian. Estáis aquí porque a Stryker jamás se le ocurriría buscaros en una colonia apolita. Todos los que residimos en este lugar sabemos que si tu bebé muere, también morirá el mundo. Y valoramos mucho nuestras vidas, a pesar de ser como son. Veintisiete años para esta gente es mejor que nada.

Ante esa respuesta, respiró hondo y asintió con la cabeza.

—Vale.

Phoebe abrió la puerta que tenía tras ella mientras Shanus se despedía y los dejaba para que exploraran su nuevo hogar.

Cassandra entró en un salón encantador. Con más de cuarenta metros cuadrados, tenía todo lo que podría encontrarse en un hogar humano normal. Un cómodo sofá, un diván y un equipo audiovisual completo con televisor, equipo de música y reproductor de DVD incluidos.

—¿Funciona? —preguntó Chris mientras se acercaba para examinarlo todo.

—Sí —contestó Phoebe—. Tenemos conexión eléctrica y comunicación por satélite, lo necesario para acercar el mundo humano hasta aquí abajo.

Kat abrió las puertas que llevaban a los dormitorios y al baño, situados en un pasillo independiente del salón.

—¿Dónde está la cocina?

—No tenemos cocinas —explicó su hermana—. Pero los

consejeros están intentando conseguir un microondas y un frigorífico. Junto con alimentos. No tardarán mucho en traeros algo de comer.

Phoebe les señaló una cajita de color verde oscuro situada en una mesita auxiliar.

—Si necesitáis cualquier cosa, ahí tenéis el intercomunicador. Solo tenéis que pulsar el botón y alguien os atenderá. Si queréis hablar conmigo, decid que buscáis a la esposa de Urian y sabrán a qué Phoebe os referís.

Alguien llamó a la puerta.

Phoebe fue a abrir mientras ella esperaba con Kat y Chris.

—¿Qué pensáis?

—Me parece bien —contestó el escudero—. No capto ninguna vibración negativa. ¿Y vosotras?

Kat se encogió de hombros.

—Estoy de acuerdo contigo. Pero no acabo de confiar del todo en ellos. Sin ánimo de ofender, Cass, los apolitas no son famosos por jugar limpio.

—Dímelo a mí...

—¿Cassandra?

Cuando se dio la vuelta, vio a una mujer de su misma edad junto a su hermana. Llevaba el pelo rubio recogido en un moño y vestía unos vaqueros y un jersey de un delicado tono pastel.

—Soy la doctora Lakis —se presentó la recién llegada, tendiéndole la mano—. Si no te importa, me gustaría reconocerte y ver qué tal está el bebé.

Wulf aguardaba sentado en la celda mientras se preguntaba cómo coño se había metido en ese follón. Podrían estar matando a Cassandra en ese mismo momento y él les había permitido encerrarlo sin rechistar.

—Debería haber luchado.

Soltó un taco y comenzó a pasearse por la diminuta celda. Era un lugar oscuro y húmedo, con una cama y un retrete. Nunca había estado en una celda humana, pero por lo que había visto en el cine y en la televisión, los apolitas habían copiado el modelo.

Escuchó pisadas en el exterior.

—He venido a por el Cazador Oscuro.

—Nos han ordenado retenerlo.

—La heredera lo quiere con ella y asegura que no se quedará bajo nuestra protección a menos que lo liberemos.

Wulf sonrió al escuchar las valiosas palabras. Nadie como Cassandra para poner las cosas en su sitio. Cuando quería salirse con la suya, su testarudez no conocía límites.

Era una de las cosas que más le gustaba de ella.

Le dio un vuelco el corazón cuando cayó en la cuenta de lo que acababa de pensar. Había muchísimas cosas de Cassandra que le gustaban.

Cosas que iba a echar de menos...

—¿Estás loco? —insistió el guardia apostado en el exterior—. Nos matará a todos.

—Le está prohibido matar apolitas, y lo sabes. Ningún Cazador Oscuro puede matarnos a menos que nos convirtamos en daimons.

—¿Y estás dispuesto a apostar tu vida por ello?

—No —contestó Wulf desde el interior en voz alta, para que pudieran escucharlo—. Está dispuesto a apostar la tuya. Déjame salir para que pueda asegurarme de que no le habéis hecho daño a Cassandra.

La puerta se abrió despacio y tras ella apareció un hombre que, sorprendentemente, era más alto que él. Cosa que no ocurría muy a menudo.

—Así que es cierto que la proteges —dijo el recién llegado en voz baja.

—Sí.

El apolita lo miró con una expresión extraña.

—La amas. —Fue una afirmación, no una pregunta.

—Apenas la conozco.

La respuesta le arrancó al apolita una sonrisa torcida.

—El tiempo no guía los dictados del corazón. —Le tendió la mano y Wulf la aceptó a regañadientes—. Me llamo Shanus y me alegro de saber que harás todo lo posible para protegerla. Bien, vamos, te está esperando.

Cassandra estaba tumbada en la cama mientras una enfermera preparaba una transfusión de sangre. Un detalle fabuloso, porque ya llevaba un tiempo sintiéndose fatigada y el ataque sorpresa de Stryker había empeorado la situación.

La doctora le ofreció una camiseta de manga corta para que se la pusiera en lugar del jersey, de modo que pudieran conectarla a la máquina. En un principio se habían quedado espantadas por el hecho de que no quisiera beber la sangre directamente. Al parecer, los apolitas no eran quisquillosos al respecto, pero ella tenía suficiente sangre humana como para negarse a hacerlo.

Así que, tras una breve aunque acalorada discusión, habían cedido.

Se cambió el jersey por la camiseta mientras la doctora lo preparaba todo para hacerle una ecografía.

—Necesitarás más sangre de lo normal durante el embarazo —le explicó mientras ella se tumbaba en la cama. Le subió la camiseta para dejar su vientre, ligeramente redondeado, a la vista—. Es una suerte que estés aquí, porque la sangre apolita es más fuerte y contiene los nutrientes que tu hijo necesita. También necesitarás un aporte mayor de hierro y de calcio, porque eres medio humana. Me aseguraré de que dispongas de una gran cantidad de alimentos ricos en vitaminas.

Cassandra oyó que Kat decía algo en el salón. Se incorporó un poco y ladeó la cabeza para escucharla, pero no entendió lo que decía.

Qué raro… Chris y Phoebe ya estaban en sus habitaciones, durmiendo.

Estaba a punto de bajarse de la cama para ir a ver qué pasaba cuando Wulf abrió la puerta y entró. El alivio la inundó al ver esos increíbles dos metros y tres centímetros de puro músculo.

Parecía cansado, pero ileso. Sus ojos se demoraron en la maravillosa visión de su cuerpo y su rostro.

La doctora, en cambio, lo observó con recelo.

—¿El padre del bebé?

—Sí —contestaron ellos a la vez.

Extendió la mano para que él se la cogiera y, cuando lo hizo, le dio un beso en los nudillos.

—Llega justo a tiempo —dijo la doctora mientras le extendía el frío y espeso gel en la barriga. Acto seguido, comenzó a mover el transductor.

Se escucharon una serie de pitidos cada vez que la mujer presionaba los botones del ecógrafo.

Ansiosa, Cassandra clavó la vista en el monitor hasta que vio al diminuto niño que movía las piernas en su vientre.

La mano de Wulf le dio un apretón.

—Ahí está —confirmó la doctora—. Un niño perfectamente saludable y dispuesto a enfrentarse al mundo.

—¿Cómo sabe que es un niño? —le preguntó mientras observaba las contorsiones de su hijo. A ella le parecía un renacuajo...

—Bueno, en realidad aún no lo puedo afirmar con seguridad —contestó la mujer mientras tecleaba una serie de parámetros en el ecógrafo—, pero puedo sentirlo. Es fuerte. Un luchador, como sus padres.

Cassandra sintió que le caía una lágrima por el rabillo del ojo. Wulf la enjugó con un beso. Lo miró y vio que su rostro resplandecía de felicidad. Estaba orgulloso de su hijo.

—De momento todo parece ir bien —prosiguió la doctora mientras imprimía una pequeña imagen del bebé—. Solo necesitas dormir mucho más y comer mejor —concluyó mientras comenzaba a limpiarle los restos del gel y ellos contemplaban la fotografía.

—Parece un ángel —susurró ella.

—No sé. A mí me parece más una rana o algo así.

—¡Wulf!

—Pero es verdad. ¿O no?

—Doctora Lakis... —Guardó silencio hasta que la mujer hizo una pausa para mirarla—. ¿Cree que el niño...? —se detuvo, incapaz de acabar la pregunta.

—¿Morirá como un apolita?

Ella asintió con un nudo de aprensión en la garganta. La doctora la contempló con expresión compasiva.

—Sinceramente, no lo sé. Podemos hacerle unas pruebas cuando nazca, pero la genética es extraña y no hay forma de predecir nada.

Se tragó el nudo que tenía en la garganta y se obligó a hacer la otra pregunta cuya respuesta ansiaba con desesperación.

—¿Sabe si viviré más de lo normal?

—Cassandra, ya conoces la respuesta. Lo siento. Eres uno de los pocos afortunados que disfrutan de características humanas, pero tu código genético es mayoritariamente apolita. El simple hecho de que ahora mismo te estemos haciendo una transfusión es confirmación suficiente.

Se le llenaron los ojos de lágrimas al comprender que se desvanecía su última esperanza.

—¿No hay nada que podamos hacer? —insistió Wulf.

—La única opción para que siga viviendo es que se convierta en daimon y, no sé por qué, dudo mucho que se lo permitiera...

Cassandra aferró con fuerza la imagen de su bebé mientras se preguntaba hasta qué punto sería apolita. ¿También sufriría la maldición?

Guardó silencio hasta que la enfermera y la doctora se marcharon de la habitación. Cuando salieron, extendió los brazos y se aferró a Wulf con fuerza.

Lo estrechó contra su cuerpo, aterrada por el futuro. Aterrada por todo.

—Todo saldrá bien, *villkat* —musitó él.

Cómo deseaba que fuera cierto... De todos modos, le alegraba ver que él había decidido enfocar la situación como si fueran una pareja normal con preocupaciones cotidianas.

Alguien llamó a la puerta.

Cassandra se apartó para que Wulf pudiera ir a abrir.

Era su hermana. Pasó junto a él sin decirle nada y se acercó a la cama, donde ella estaba sentada.

—Pensé que te vendría bien algo de ropa limpia.

Le dio las gracias mientras Phoebe dejaba el montón de ropa en la cama, a sus pies.

—¿Sabes algo de Urian? —le preguntó.

Phoebe negó con la cabeza, apenada.

—Pero a veces pasan varios días hasta que puede ponerse en contacto conmigo. En ocasiones incluso meses...

Se compadeció de su hermana. Conocía a Wulf hacía poco tiempo y aun así era incapaz de imaginar un solo día sin hablar con él. Sin que la hiciera reír con un comentario. Para Phoebe debía de ser mucho peor.

—¿Por qué no vives con él?

Phoebe la miró como si fuera idiota.

—Su padre intentó matarme, Cassie. Nos conoce —dijo, haciendo un gesto que las abarcaba a ambas—. Matará a Urian si nos ve juntos.

Wulf se acercó a ella.

—Si tú estás viva y, además, casada, el linaje de Apolo está a salvo, ¿verdad?

—No —contestó Phoebe—. Los daimons no pueden tener hijos. Al igual que los Cazadores Oscuros, somos muertos vivientes. Por eso dejé que mi padre y mi hermana creyeran que estaba muerta. No había necesidad de entristecerlos aún más al hacerles saber en lo que me había convertido.

—¿Te ha cambiado mucho? —preguntó Cassandra—. ¿Es como siempre nos han dicho?

—Sí y no. El ansia de matar es difícil de resistir. Hay que tener mucho cuidado con el alma que capturas, porque una parte de ella se une a la tuya. Creo que es diferente para los daimons que matan por matar, muy distintos a nosotros.

—¿A quiénes te refieres con ese «nosotros»? —preguntó Wulf.

—Eres una daimon *anaimikos* —intervino Cassandra.

Phoebe asintió con la cabeza.

Wulf parecía estar totalmente perdido. Como si no hubiera escuchado ese término en la vida.

—¿Qué es eso?

—Un daimon que se alimenta de otro daimon —le explicó Phoebe—. Urian me alimenta.

Estaba atónito.

—¿Eso es posible?

—Sí.

Retrocedió un poco para apartarse de ellas y digerir lo que acababa de descubrir. En su mundo solo había dos tipos de daimons: los que corrían cuando se les perseguía y los spati, que luchaban. Desde que conocía a Cassandra había descubierto dos tipos más: los *agkelos*, que se alimentaban de la escoria de la humanidad, y los *anaimikos*, que se alimentaban de otros daimons.

Se preguntó si algún otro Cazador Oscuro sabría todo aquello y por qué nadie se había molestado en señalarle esa distinción.

—¿Cómo conociste a Urian? —le preguntó Cassandra a su hermana mientras colocaba parte de la ropa que le había llevado en la cómoda emplazada junto a la puerta.

—Cuando vivíamos en Suiza, era Urian quien nos vigilaba. Se suponía que estaba reuniendo información para matarnos, pero según dice se enamoró de mí en cuanto me vio. —El rostro de su hermana resplandecía de felicidad. Le alegró saber que estaba tan enamorada—. Una noche nos encontramos por accidente, cuando me escapé de casa después de tener aquella horrible discusión con mamá sobre la facultad. Caí sin pretenderlo en su escondite... y sobre él.

Cassandra recordaba aquella noche perfectamente. Su madre y Phoebe no solían discutir, pero la noche en cuestión habían tenido una buena. Phoebe deseaba asistir a clases por las noches como cualquier otra chica. Su madre se negaba en redondo.

Phoebe suspiró.

—Era tan guapo... Sabía que era un daimon, pero no me dio miedo. Me quedé con él durante horas. A partir de ese momento, quedamos todas las noches.

—Así que por eso te escapabas a escondidas... —le dijo, al recordar las ocasiones en las que encubría las escapadas nocturnas de su hermana.

Ella asintió.

—Habían pasado solo seis meses desde que conocí a Urian cuando su padre perdió la paciencia y colocó la bomba en el coche. Se suponía que yo no iba a salir esa noche. Se suponía que iba a quedarme en casa contigo, ¿lo recuerdas?

Y tanto que lo recordaba. Cada uno de los detalles de aquella noche estaba grabado a fuego en su memoria. Ella no las había acompañado porque estaba enferma y su madre se había negado a dejarla salir de la cama.

—Querías ir al aeropuerto con Nia —contestó con un nudo en la garganta.

Su hermana mayor tenía billete para un vuelo chárter a París, donde iba a encontrarse con su padre. Nia pensaba quedarse con él una semana y después iban a regresar juntos a Suiza, donde la familia al completo disfrutaría de unas breves vacaciones.

Phoebe asintió con la cabeza.

—Urian me sacó del coche y utilizó su propia sangre para que viviera.

Cassandra dio un respingo al escucharla.

—¿Te convirtió en daimon contra tu voluntad?

—Fue mi elección. Podría haber muerto, pero no quería dejarlo.

Wulf ladeó la cabeza.

—¿Cómo te convirtió en daimon?

Ambas lo miraron con incredulidad.

—Si un apolita bebe la sangre de un daimon, se convierte en uno de ellos al instante. ¿Es que no lo sabes? —le preguntó Cassandra.

—No. Creía que el único modo de convertirse en daimon era robando un alma humana.

—No —lo corrigió Phoebe—. Jamás he matado a un humano. Dudo mucho que pudiera hacerlo.

Cassandra se alegraba mucho de oír eso, pero para un daimon era duro vivir de ese modo. Además de peligroso.

—¿Qué haces si tarda mucho en venir?

—Uno de los apolitas le hace llegar el mensaje de que lo necesito. Es muy fuerte y puedo pasar sin alimentarme mucho tiempo. Además, en la enfermería guardan medio litro de su sangre, por si hubiera una emergencia. Cada vez que viene, se asegura de que haya suficiente.

—¿Funciona? —le preguntó a su hermana. A diferencia de los apolitas, lo que sustentaba a los daimons no era la sangre, sino la fuerza vital que esta contenía.

—No dura mucho, pero me ayuda durante un par de horas hasta que él llega.

—Así que ¿mata para los dos? —intervino Wulf.

Phoebe asintió mientras la tomaba de las manos.

—No sufras por mí, Cassandra. Tengo un hombre que me ama más que a nada en el mundo. Si no lo hiciera, ahora mismo estarías muerta. Ojalá algún día conozcas esa clase de amor. —La besó en la mejilla—. Y ahora debes descansar. Ha sido una noche muy larga. ¿Quieres que te traiga algo de comer?

—No, gracias. Solo necesito dormir un ratito.

—Que paséis un buen día —les dijo al salir de la habitación.

Wulf cerró la puerta con el pestillo cuando se marchó y después se quitó la ropa mientras ella se ponía un camisón de seda verde oscuro que le había llevado su hermana. Para su sorpresa, le quedaba perfecto, a pesar de la barriga.

Wulf se metió en la cama y la rodeó en un cálido abrazo.

—¿Cómo estás, *villkat*? Dime la verdad.

—No lo sé. Ha sido una noche extraña y llena de emociones. —Rememoró los acontecimientos. Había descubierto muchas cosas, por no mencionar que se había llevado un par de sorpresas. Y estaba exhausta—. Siento mucho lo de tu casa.

Sintió que él se encogía de hombros.

—Las casas pueden volver a construirse. Me alegro de que nadie resultara herido.

—Yo también.

Wulf la sintió relajarse entre sus brazos en cuanto cerró los ojos y se acurrucó contra él. Enterró el rostro en su pelo y aspiró su delicado y femenino aroma. No paraba de pensar en todo lo que había sucedido esa noche.

Pero, sobre todo, pensaba en el bebé que había visto en el monitor. Le colocó las manos en el vientre y se imaginó al niño que crecía en su interior. Su hijo.

El hijo de ambos.

Una parte de los dos. El niño de un Cazador Oscuro y de una apolita. Dos seres que jamás deberían haberse unido y que, sin embargo, allí estaban... Ya no eran enemigos, aunque no estaba seguro de lo que eran. Cassandra era su amante. Su amiga.

Se quedó de piedra al caer en la cuenta. Era su amiga de verdad. La primera que tenía en siglos. Durante las tres semanas que llevaban juntos se habían reído en incontables ocasiones. Había escuchado sus historias, sus miedos. Sus esperanzas para el futuro del bebé.

E iba a perderla.

La ira y el dolor se adueñaron de él. Y los celos también, al pensar en esos tres Cazadores Oscuros a los que se les había dado una segunda oportunidad.

Se alegraba de que Kirian y Talon hubieran encontrado a sus esposas. Eran tíos legales.

Ojalá él pudiera conseguirlo también.

El dolor de perder a Cassandra sería intolerable y debía admitir que era egoísta. Quería tanto a Cassandra como al bebé.

Sanos y salvos.

Ojalá conociera un modo de que sobreviviera a su cumpleaños.

Tenía que haber algo. Los dioses siempre dejaban una vía de escape. Ese no podía ser el final de su relación. Costara lo que costase, iba a encontrar esa vía.

La alternativa era inaceptable.

12

Cassandra no despertó hasta casi las seis de la tarde. Estaba completamente sola en la habitación. Se levantó, se puso unos pantalones negros premamá de lana y un enorme jersey gris que le había dado Phoebe.

Abrió la puerta y descubrió que Chris, Wulf y Kat estaban comiendo sentados en el suelo del salón. Se quedó boquiabierta al ver el festín que se estaban dando.

—¿Tienes hambre? —preguntó Chris al ver que titubeaba en la puerta—. Pasa. Wulf dice que no ha visto nada igual desde los banquetes de su época de vikingo.

Cassandra se acercó a la mesita de café, sobre la que había docenas de platos diferentes. Estaba sorprendida por la enorme variedad de comida que habían conseguido los apolitas. Había filetes, pescado, pollo asado, huevos, patatas, plátanos y manzanas, tanto asadas como troceadas. De todo.

Kat se lamió los dedos.

—Shanus dijo que no sabían qué comen los humanos ni cuánta cantidad, así que se han pasado un poquito.

—¿Un poquito? —preguntó con una carcajada—. Hay suficiente comida para alimentar a todo un ejército de Cazadores Oscuros.

—Sí, lo sé —replicó Kat con una sonrisa—, pero todo está buenísimo.

Cassandra se mostró de acuerdo en cuanto le dio un bocado a una suculenta pierna de cordero asado.

—Aquí tienes la gelatina de menta —le dijo Kat al tiempo que se la ofrecía—. Espera a probarla...

Wulf le limpió la barbilla con una mano.

—Tenías una gota de grasa.

—Gracias.

Él asintió con énfasis.

Tan pronto como hubo terminado de comer, Cassandra quiso dar un paseo para compensar el atracón. Wulf la acompañó; no quería dejarla sola por temor a que le sucediera algo.

Salieron del apartamento y se encaminaron hacia la zona comercial de la ciudad subterránea para que ella pudiera ver los escaparates. Sin embargo, cuando pasaban junto a los miembros de la comunidad apolita, la hostilidad que sentían hacia él resultaba palpable.

Era imposible que pasara inadvertido entre los altos y rubios apolitas. No había duda de que Wulf no era uno de ellos.

Estaba mirando ropa de bebé en un escaparate cuando un muchacho con la apariencia de un humano de dieciséis años, aunque probablemente tuviera solo once o doce años, pasó junto a ellos.

—Disculpa —dijo Wulf para detenerlo.

El muchacho los miró aterrorizado.

—No te preocupes, chaval, no voy a hacerte daño —le aseguró Wulf con voz amable—. Solo quiero preguntarte qué significa ese símbolo que llevas en la sudadera.

Cassandra se giró para observar los círculos entrelazados que adornaban la parte delantera de la prenda.

El chico tragó saliva con nerviosismo, como si le aterrorizara la posibilidad de que Wulf le pegara.

—Es el símbolo del Culto de Pólux.

Los ojos de Wulf se oscurecieron peligrosamente.

—Así que ocultáis a daimons aquí.

—No —replicó el muchacho aún más aterrorizado.

—¿Hay algún problema?

Cassandra alzó la vista y vio a una mujer de su edad que se aproximaba al chico. Estaba vestida con un uniforme de color crema que la señalaba como agente de la policía apolita fuera de servicio. Aunque el término «policía» no tenía el mismo significado para ellos que para los humanos. La policía apolita solo se encargaba de luchar contra los daimons, ya que los apolitas en raras ocasiones se peleaban y nunca infringían las leyes de su pueblo.

Phoebe le había dicho que el trabajo de la policía elísea era escoltar a cualquier apolita que estuviera a punto de convertirse en daimon fuera de la ciudad y proporcionarle el dinero y el transporte necesarios para sobrevivir en el mundo humano.

—No pasa nada —le dijo a la agente, que estaba mirando a Wulf con frialdad.

El chico salió corriendo mientras la mirada de la mujer recorría a Wulf con desprecio.

—No soy una niña a quien puedas aterrorizar, Cazador Oscuro. Después de esta noche, ya no podrás hacerme nada.

—¿Qué quieres decir?

—Moriré mañana.

A Cassandra se le encogió el corazón al escuchar sus palabras.

—Lo siento.

La mujer no le prestó la menor atención.

—¿Por qué estabas asustando a mi hijo?

El rostro de Wulf permaneció impasible, pero ella lo conocía lo bastante bien como para saber que se compadecía de la mujer tanto como ella. Vio la simpatía en sus ojos negros y la escuchó en su tono de voz cuando comenzó a hablar.

—Solo quería saber algo más sobre el símbolo que llevaba en la camiseta.

—Es nuestro emblema —dijo ella, aún con una mueca de desprecio en los labios—. Todos los apolitas que viven aquí juran seguir el Código de Pólux cuando alcanzan la mayoría de edad. Al igual que el antiguo dios, todos estamos vinculados los unos con los otros. Ninguno de nosotros traicionará a nuestra comunidad ni a nuestros hermanos. Ni se comportará como un cobarde. A diferencia de otros apolitas, no practicamos el suicidio ritual la noche previa a nuestro cumpleaños. Apolo quiso que muriéramos de forma dolorosa, así que nos atenemos a sus deseos. Mi hijo, al igual que todos mis parientes, lleva el emblema para honrarme tanto a mí como al hecho de que me niegue a huir de mi herencia.

Los ojos de Wulf tenían un brillo suspicaz.

—Pero he visto ese emblema fuera de aquí. Lo llevaba un daimon particularmente violento que maté hará cosa de un año.

La mueca de desprecio de la agente se convirtió en una de pesar. Cerró los ojos y se encogió, como si esas noticias le resultaran dolorosas.

—Jason. —Pronunció el nombre en un susurro—. Siempre me he preguntado qué fue de él. ¿Tuvo una muerte rápida?

—Sí.

La agente soltó un suspiro entrecortado al escuchar la respuesta.

—Me alegro. Era un buen hombre, pero la noche anterior a su muerte huyó, aterrado. Su familia intentó detenerlo, pero no quiso atenerse a razones. Dijo que se negaba a morir cuando ni siquiera había visto el mundo de la superficie. Mi marido fue quien lo acompañó al exterior y lo dejó marchar. Debió de sentirse aterrorizado ahí fuera, solo.

Wulf resopló.

—A mí no me lo pareció. Grababa ese emblema en todos los humanos que asesinaba.

La apolita se dio tres golpecitos en la barbilla con el dedo índice y el corazón, un gesto sagrado para ellos.

—Que los dioses le otorguen la paz. Debió de alimentarse de almas infames.

—¿Qué quieres decir? —le preguntó Wulf.

—Era uno de los daimons que se niegan a alimentarse de almas humanas inocentes —le explicó Cassandra—. Y que, en su lugar, se alimentan de las almas de los criminales. Después de todo, las almas de los criminales son poderosas porque están imbuidas del odio y de la ira. El único problema es que esas almas están corruptas, y si el daimon no es lo bastante fuerte, su veneno puede dominarlo y convertirlo en un ser tan perverso como la persona que ocupaban.

La agente asintió con la cabeza.

—Parece que a Jason le ocurrió eso mismo. Es probable que estuviera deseando morir cuando lo mataste. Es una tortura cuando las almas comienzan a poseerte y a controlarte. O al menos eso es lo que me han dicho. —Suspiró—. Ahora, si me disculpáis, me gustaría pasar todo el tiempo posible con mi familia.

Cassandra le deseó buena suerte.

Con una inclinación de cabeza, la apolita se alejó de ellos y fue en pos de su hijo.

Wulf siguió a la mujer con una mirada sombría.

—Así que no bromeabas sobre los daimons...

—Por supuesto que no.

Reflexionó sobre el tema durante un instante. Había muchas cosas sobre los daimons que los Cazadores Oscuros ignoraban. Y eso lo dejaba perplejo.

Ella tenía razón. Ya que pasaban tanto tiempo matando daimons, al menos deberían comprenderlos mejor.

O quizá no. Era mucho más fácil matar a alguien a quien no se compadecía. Pensar en las cosas en términos de blanco y negro.

El bien y el mal.

—Vamos a ver a Phoebe —dijo Cassandra, tomándolo de la mano para guiarlo hasta otro pasillo—. Me dijo que podía pasarme por su apartamento cuando quisiera.

No tardaron mucho en llegar. La parte de la ciudad donde vivía Phoebe estaba mucho más concurrida que la suya.

Wulf se quedó a un lado, observando cómo los apolitas pasaban a toda prisa junto a él, mientras Cassandra introducía el código de acceso que abría la puerta de Phoebe.

Cassandra hacía todo lo posible para no pensar en el futuro. Para no pensar en la agente que pasaría su última noche con su familia. Lo mismo que haría ella un día no muy lejano con Wulf.

Tenía que alejarlo de ella. Mantenerlo apartado para que su muerte no lo afectara demasiado.

Se concentró en el hecho de que todavía le quedaba una hermana.

La puerta se abrió.

Entró en la habitación y se quedó petrificada. Phoebe estaba en el sofá, encima de Urian. La tenue luz de las velas que habían encendido en la estancia resaltaba la perfección de sus cuerpos desnudos.

Cassandra se quedó boquiabierta al pillarlos *in flagrante delicto.*

Su hermana dio un respingo, con la boca llena de sangre.

Cassandra retrocedió y cerró la puerta, muerta de la vergüenza.

—Vaya, qué momento más inoportuno.

—¿Cómo? —preguntó Wulf cuando se giró hacia ella.

Lo cogió de la mano, dando gracias por el hecho de que no los hubiera visto. Se habría enfurecido al ver el modo en que se alimentaba la mayoría de los apolitas.

—Creo que hablaré con ella más tarde.

Wulf no cedió con facilidad.

—¿Qué ha pasado?

No quería compartir esa experiencia con un Cazador Oscuro que juzgaría a su hermana con severidad por alimentarse.

La puerta del apartamento se abrió.

—¿Cassie? —Phoebe llevaba puesto un grueso albornoz azul. Tenía la cara y la boca limpias, pero el pelo estaba muy enredado—. ¿Pasa algo?

—Nada que no pueda esperar —se apresuró a responderle—. Termina lo que estabas haciendo; hablaré contigo más tarde.

Phoebe volvió dentro con el rostro ruborizado.

Wulf estalló en carcajadas.

—Deja que adivine... ¿Urian está con ella?

Cassandra se sonrojó aún más que su hermana.

Y él siguió riendo a mandíbula batiente.

—No tiene gracia, Wulf —lo reprendió—. ¿Cómo te sentirías si alguien nos interrumpiera a nosotros?

—Tendría que matarlo.

—Ahí está. Estoy segura de que Urian siente lo mismo. Vámonos a ver si así me olvido de que tendré pesadillas durante meses por lo que acabo de presenciar.

Mientras caminaban pasillo abajo, una niñita se acercó corriendo a Wulf. Echó la cabeza hacia atrás para mirarlo con expresión de reproche.

—¿De verdad vas a matar a mi hermana pequeña esta noche por haberse olvidado de lavarse detrás de las orejas?

La pregunta los dejó pasmados.

—¿Cómo has dicho? —preguntó Wulf.

—Mi mamá dice que los Cazadores Oscuros matan a los niños que no se portan bien. Yo no quiero que mates a Alicia. No es mala, lo que pasa es que no le gusta mojarse las orejas.

Wulf se arrodilló frente a la niña y le apartó el pelo de la cara.

—Pequeña, no voy a hacerle daño a tu hermanita, ni a ninguna de las personas que viven aquí. Te lo prometo.

—¡Dacia! —gritó un hombre que corría hacia ellos—. Te he dicho que nunca hables con gente de pelo oscuro. —Cogió a su hija en brazos y huyó de allí con ella, como si le aterrorizara la posibilidad de que Wulf la matara de verdad.

—¿Nadie os ha dicho que no les hacemos daño a los apolitas? —les gritó Wulf—. Madre mía... —dijo entre dientes—. Y yo que creía que Chris era la única persona que me tenía miedo...

Un hombre que pasaba por allí respondió a su comentario escupiéndole en los zapatos.

—¡Oye! —exclamó Cassandra, caminando tras el tipo—. No es necesario ser grosero.

El hombre la miró con asco.

—¿Cómo puedes permitir que te toque alguien como él? En mi opinión, deberíamos haberte dejado morir a manos de los daimons. Es lo que se merece una puta como tú.

Con una mirada asesina, Wulf le dio un puñetazo. Con fuerza. El apolita se tambaleó y luego se abalanzó sobre él. Lo rodeó por la cintura y lo estampó contra la pared. Cassandra gritó, deseando detenerlos, pero temía acabar haciéndole daño al bebé en el proceso.

De pronto, aparecieron apolitas de todas partes para separarlos. Incluso Urian apareció como por arte de magia.

Fue él quien apartó a Wulf. Su piel tenía un color ceniciento y era obvio que estaba muy débil. Aun así, se colocó entre Wulf y el apolita y apoyó una mano sobre el pecho de cada uno.

—¡Ya está bien! —gritó.

—¿Te pasa algo? —le preguntó Wulf.

Urian los soltó. Los demás se llevaron al apolita, aunque este los miró con evidente odio a modo de despedida.

—No debes dejarte ver, Cazador Oscuro —dijo Urian con un tono mucho más amable. Se enjugó el sudor que le cubría la frente con el dorso de la mano.

—La verdad es que no tienes muy buen aspecto —replicó Wulf, pasando por alto la advertencia—. ¿Necesitas algo?

Urian sacudió la cabeza, como si tratara de despejarse la mente.

—Lo único que necesito es descansar un rato. —Frunció los labios al mirar a Wulf—. ¿Puedes hacer el favor de no meterte en problemas para que lo consiga?

—¿Uri? —lo llamó Phoebe cuando se reunió con ellos—. ¿He tomado demasiado?

Los rasgos del daimon se suavizaron al instante. La estrechó contra su cuerpo y le dio un beso en la cabeza.

—No, cariño. Solo estoy cansado. Me pondré bien.

La soltó e hizo ademán de echar a andar hacia su apartamento. Pero se tambaleó.

—Y una mierda... —replicó Wulf. Antes de que ella adivinara sus intenciones, Wulf se pasó el brazo de Urian por la cabeza y se encaminó de vuelta hacia el apartamento que les habían asignado.

—¿Qué estás haciendo? —le preguntó Urian con voz furiosa.

—Voy a llevarte con Kat antes de que te desmayes.

El daimon siseó al escucharlo.

—¿Por qué? Me odia.

—Yo también, pero ambos estamos en deuda contigo.

Cassandra guardó silencio mientras los seguía junto a Phoebe.

Kat y Chris estaban jugando a las cartas cuando entraron.

—¡Madre del amor hermoso! ¿Qué ha ocurrido? —preguntó Kat en cuanto vio a Urian.

—Creo que bebí demasiada sangre —respondió Phoebe, cuyo precioso rostro estaba crispado por la preocupación.

Wulf dejó a Urian en el sofá.

—¿Puedes ayudarlo? —le preguntó a Kat.

Ella lo apartó de un empujón. Levantó dos dedos delante del rostro de Urian.

—¿Cuántos dedos ves?

—Seis.

Kat le dio un guantazo en el costado.

—Basta. Esto es serio.

Urian abrió los ojos de par en par y trató de enfocar la mirada.

—Tres... creo.

Kat meneó la cabeza.

—Volveremos en un momento.

Cassandra contempló con asombro cómo Kat desaparecía con Urian de la habitación.

—¿Por qué no hizo eso cuando nos perseguía Stryker? —preguntó Chris.

—Se lo ha llevado a Kalosis, Chris —respondió su hermana—. Dudo mucho que queráis entrar en una dimensión gobernada por daimons spati y por una antigua diosa cabreada, empeñada en destruir el mundo.

—¿Sabes una cosa? —replicó Chris—. Me encanta este lugar. Además, ahora puedo ver las cartas de Kat. —Le dio la vuelta a las cartas y soltó un taco—. Debería haber adivinado que no iba de farol.

Cassandra observó a su hermana con detenimiento. A pesar de la preocupación que reflejaba su rostro, tenía mucho mejor aspecto que antes. Tenía las mejillas sonrosadas y la piel resplandeciente.

—Siento mucho haberos interrumpido —le dijo, ruborizándose de nuevo.

—No le des más vueltas, de verdad. A ver, espero que no se convierta en una costumbre, pero si no hubieras entrado, quizá lo habría matado. Tiene la mala costumbre de no decirme cuándo he tomado demasiada sangre. A veces me asusta.

Wulf cruzó los brazos por delante del pecho.

—Así que los daimons pueden morir por la pérdida de sangre, ¿no?

—Solo cuando beben de ellos —contestó Cassandra.

Phoebe lo fulminó con la mirada.

—¿Estás planeando utilizarlo contra nosotros?

Wulf hizo un gesto negativo con la cabeza.

—Prefiero la muerte antes que chuparle el cuello a otro hombre. Qué asco... Además, ¿no me has dicho que así es como los apolitas se convierten en daimons? Eso me hace preguntarme una cosa: como los Cazadores Oscuros no tienen alma, ¿podrían convertirse también?

—Sí, pero la sangre de los Cazadores Oscuros es venenosa para los daimons —dijo Chris mientras barajaba las cartas—. ¿No es esa la razón de que los daimons no puedan alimentarse de vosotros ni convertiros en uno de ellos?

—Tal vez... —respondió Phoebe—. Pero es cierto que las almas sin cuerpo pueden poseer a los Cazadores Oscuros, y puesto que Urian y yo compartimos el alma, me pregunto si los daimons y los Cazadores Oscuros podrían compartirla también...

—Esperemos no averiguar nunca la respuesta —replicó Wulf mientras se sentaba en el sofá frente a Chris.

Phoebe se giró hacia Cassandra.

—¿Qué querías cuando viniste a verme?

—He estado haciendo una caja de recuerdos para el bebé. Notas y fotos mías. Recuerdos que le hablen de nuestra gente y de nuestra familia. Me preguntaba si te gustaría añadir algo tuyo.

—¿Por qué quieres hacer algo así cuando para mí será una alegría poder contarle todo lo que quiera saber?

Cassandra titubeó, renuente a herir los sentimientos de su hermana.

—No puede criarse aquí, Phoebe. Tendrá que vivir con Wulf en el mundo de los humanos.

Los ojos de su hermana echaron chispas.

—¿Por qué no puede criarse aquí? Podemos protegerlo tan bien como él. Probablemente mejor.

Wulf levantó la vista mientras Chris repartía las cartas.

—¿Qué ocurrirá si es más humano que Cassandra? ¿Estaría a salvo aquí?

La indecisión que reflejó el rostro de Phoebe lo dijo todo.

No, no lo estaría. El trato que le habían dispensado a él esa noche era prueba más que suficiente para todos ellos. Los apolitas toleraban a los humanos en la misma medida que los humanos a ellos...

Al menos ya no los llevaban a la hoguera.

No muy a menudo...

Wulf le lanzó una mirada elocuente a Phoebe.

—Puedo protegerlos a él y a sus hijos mucho más fácilmente que tú. Creo que la presencia de un alma humana sería una tentación demasiado grande para algunos apolitas. Sobre todo con lo mucho que odian a los Cazadores Oscuros. Menuda hazaña: matarían a mi hijo, conseguirían un alma humana y se vengarían de lo que más odian en el mundo.

Phoebe asintió con la cabeza.

—Supongo que tienes razón. —Tomó la mano de Cassandra—. Sí, me gustaría meter algunas cosas en la caja para él.

Mientras Wulf y Chris jugaban a las cartas, Cassandra fue al dormitorio y sacó la caja con incrustaciones de plata que Kat había salvado de la mansión, además de papel y bolígrafos.

Phoebe y ella le escribieron unas cuantas cartas al bebé. Un rato después, su hermana la dejó sola para hacer un recado.

Cassandra se quedó a solas en su habitación mientras ojeaba las cartas que le había escrito a su hijo. Ojalá pudiera verlo crecer. Daría cualquier cosa por ver a su hijo convertido en un hombre, aunque fuera un instante.

Tal vez Wulf consiguiera ponerse en contacto con un Cazador Katagario que pudiera llevarla al futuro. Solo para echar un vistazo. Solo para ver lo que se perdería.

Sin embargo, eso podría hacer que las cosas le resultaran aún más difíciles. Además, las embarazadas no podían viajar a través de los portales temporales.

—Espero que te parezcas a tu padre —dijo al tiempo que se frotaba el vientre con dulzura y se imaginaba al diminuto bebé que crecía en su interior. Lo imaginaba con el pelo oscuro y ondulado de Wulf. Sería alto y musculoso.

Y se vería obligado a crecer sin el amor de una madre. Al igual que Wulf se vería obligado a verla morir...

Se le quedó atascado un sollozo en la garganta mientras cogía otra hoja de papel. Escribió a toda prisa, conteniendo las lágrimas y diciéndole a su hijo lo mucho que lo amaba. Quería que supiera que a pesar de no estar físicamente con él, siempre lo acompañaría en espíritu.

De algún modo, encontraría una forma de velar por él. Siempre.

Acabó la carta y la colocó en la caja antes de llevarla al salón, donde Chris y Wulf seguían jugando a las cartas. Temía quedarse sola. Sus pensamientos tenían la horrible costumbre de torturarla cuando no había nadie a su alrededor.

Chris y Wulf eran expertos a la hora de mantener su mente alejada del futuro. De hacerla sonreír aunque no tuviera ganas.

Chris acababa de darle cartas para que jugara con ellos cuando Phoebe regresó con un libro.

—¿Qué es eso? —le preguntó a su hermana al ver que lo metía en la caja que estaba en el sofá, a su lado.

—Son cuentos de hadas apolitas —respondió—. ¿Recuerdas el que mamá solía leernos cuando éramos niñas? Donita los vende en su tienda, así que fui a comprarle uno al bebé.

Wulf cogió el libro con recelo y lo ojeó con el ceño fruncido.

—Oye, Chris —dijo al tiempo que se lo tendía a su escudero—. Tú sabes griego, ¿verdad?

—Ajá.

—¿Qué dice?

Chris comenzó a leer en silencio, pero después se echó a reír. A mandíbula batiente.

Cassandra se encogió al recordar algunas de las cosas que su madre les había leído de niñas.

Chris no paraba de reírse.

—No sé si querrás que el bebé vea esto siendo tú quien va a educarlo.

—Déjame adivinar... —dijo Wulf, que miró a Phoebe con los ojos entrecerrados—. Tendrá pesadillas en las que su papá lo perseguirá para arrancarle la cabeza, ¿verdad?

—Más o menos. El que más me gusta es uno que se titula: «Aquerón, el Malvado». —Hizo una pausa mientras leía otro cuento—. Espera, espera... este me encanta. También tienen uno sobre el malvado Cazador Oscuro vikingo. ¿Recuerdas el cuento de la bruja y el horno? En esta historia te comparan con un incinerador.

—¡Phoebe! —masculló Wulf, con los ojos clavados en ella.

—¿Qué? —preguntó la aludida con expresión inocente—. Esa es nuestra herencia. Como si vosotros no tuvierais historias sobre los malvados apolitas o sobre Daniel, el daimon asesino. ¿Sabes? Yo también he visto películas y he leído libros humanos. No dejan muy bien parada a mi gente. Nos retratan como malvados asesinos incapaces de sentir compasión ni emoción alguna.

—Sí, ya... —replicó Wulf—. Pero resulta que los tuyos son demonios que se dedican a chupar almas.

Phoebe ladeó la cabeza con expresión asesina.

—¿Alguna vez has conocido a un banquero o a un abogado? Dime quién es peor, mi Urian o uno de ellos... Al menos nosotros lo necesitamos para alimentarnos; ellos lo hacen sencillamente por los beneficios.

Cassandra se echó a reír ante la broma y después le quitó el libro a Chris de las manos.

—Te agradezco el gesto, Phoebe, pero ¿no podrías encontrar un libro que no pinte a los Cazadores Oscuros como demonios?

—No creo que exista. Y si lo hay, yo nunca lo he visto.

—Genial —murmuró Wulf al tiempo que cogía otra carta—, sencillamente genial. Mi pobre hijo tendrá pesadillas durante toda su infancia.

—Hazme caso —replicó Chris, que subió la apuesta—. Contigo como padre, ese libro será el menor de los problemas de tu hijo.

—¿Qué quieres decir? —le preguntó Cassandra.

Chris dejó las cartas para mirarla a los ojos.

—¿Sabes que cuando era niño me llevaban de un lado a otro sobre un almohadón? Tenía un casco hecho a medida que tuve que llevar hasta que cumplí los cuatro años.

—Porque te dabas golpes en la cabeza cuando te enfadabas. Me preocupaba que sufrieras algún daño cerebral...

—Mi cerebro está bien —añadió Chris—. Son mi ego y mi vida social los que han acabado hechos una mierda. Me da escalofríos pensar en lo que le harás a ese niño. —Bajó la voz e imitó el cantarín acento vikingo de Wulf—. No te muevas, a menos que quieras acabar con moratones. Vaya, ha estornudado; será mejor que llamemos a los especialistas belgas. ¿Le duele la cabeza? Podría ser un tumor, Odín no lo quiera. Rápido, hay que hacerle un TAC.

Wulf le dio un puñetazo sin fuerza en el hombro.

—Y todavía estás vivo.

—Y todo porque tengo que procrear para ti. —Chris la miró a los ojos—. Su vida será un infierno. —A continuación bajó la vista, como si se lo hubiera pensado mejor—. Pero hay cosas peores.

Cassandra no tuvo muy claro quién se quedó más sorprendido ante semejante confesión. Ella o Wulf.

Chris se levantó y fue al recibidor, donde había una mesa con bebidas y aperitivos. Se sirvió un poco más de Coca-Cola y cogió unas cuantas patatas fritas, tras lo cual retomó la partida con Wulf.

Urian regresó justo antes de medianoche. Tenía mucho mejor aspecto que antes. Su piel tenía un brillo de lo más saludable. Su mirada era radiante y, por una vez, llevaba la melena rubia suelta. Cassandra tenía que reconocerle el mérito a su hermana. Su marido estaba como un tren.

Vestido de negro, no había muchas diferencias entre Urian y un Cazador Oscuro. Salvo por lo que cada uno necesitaba para sobrevivir.

Phoebe sonrió cuando se acercó a ella.

Wulf no lo hizo. De hecho, la tensión entre ellos era palpable.

—¿Qué te pasa, Cazador Oscuro? —preguntó Urian al tiempo que rodeaba los hombros de su esposa con el brazo—. ¿Esperabas que muriera?

—No, solo me preguntaba a quién has tenido que matar para recuperar la salud.

Urian soltó una carcajada al escucharlo.

—Estoy seguro de que a las vacas que te comes tampoco les gusta mucho que las maten.

—No son humanas.

Urian sonrió con desprecio.

—Por si no te has dado cuenta, Cazador Oscuro, hay muchas personas ahí fuera que tampoco son humanas.

Tras coger la mano de su esposa, la guió hasta la puerta.

—Vamos, Phoebe, tengo poco tiempo antes de regresar a Kalosis y no quiero desperdiciarlo con mis enemigos.

Tan pronto como la pareja se marchó, Chris se fue a la cama. Cassandra y Wulf se quedaron a solas.

—¿Crees que Kat está bien? —le preguntó Wulf mientras recogía el vaso de Chris y cerraba la bolsa de patatas.

—Seguro que sí. Es probable que vuelva pronto. —Ella reunió las cartas que su hermana le había escrito al bebé y las metió en la caja.

—Después del libro que ha comprado, tiemblo de pensar en lo que habrá escrito en esas cartas.

—Mmm —murmuró ella, echando un vistazo a la caja—. Tal vez deba leerlas primero…

—Bueno, me encantaría que me describieran como un demonio con rabo.

Cassandra bajó la mirada hasta su entrepierna y descubrió el bulto que ya se había formado allí.

—No sé yo. Aunque sé de primera mano que tienes uno…

Él enarcó una ceja.

—Ah, ¿sí?

—Ajá. Y muy largo…

Wulf se echó a reír antes de besarla lenta y apasionadamente.

—Sabes a limón —susurró contra sus labios.

Ella se los lamió y recordó que le había echado limón al pescado.

Wulf sabía a sexo salvaje y feroz, lo que hizo que su corazón latiera desbocado.

—¡Un momentito, por favor! ¡Me quedaré ciega!

Wulf se apartó al escuchar la voz de Kat.

Cassandra echó un vistazo por encima del hombro y vio a su amiga en el vano de la puerta.

Kat cerró la puerta tras de sí al entrar.

—Gracias a los dioses, ninguno de los dos está desnudo.

—Tres segundos más y lo habríamos estado —bromeó Wulf.

—¡Puaj! —exclamó Kat—. No necesito tanta información.

Se sentó frente a ellos. Dejando las bromas a un lado, Kat tenía un aspecto demacrado.

Wulf estaba un poco enfadado por su intromisión.

Cassandra se apartó de él y se giró para mirarla.

—¿Algo va mal?

—Un poco. Stryker no está muy contento con tu desaparición. La Destructora también está cabreada conmigo. Mucho. Por suerte, no ha anulado la regla que impide que me pongan la mano encima. Eso nos da un poco de margen de acción, pero no estoy muy segura de que Stryker siga acatándola mucho más.

—¿Te avisarán en caso de que cambien las circunstancias? —preguntó Wulf.

—No lo sé.

—¿Qué pasó con Urian? —le preguntó ella—. ¿Descubrieron que nos está ayudando?

—No, creo que no. Pero tengo que admitir una cosa. Me preocupa lo que podría hacerle Stryker si descubre que nos ha ayudado. Se muere de ganas por que el bebé y tú desaparezcáis del mapa.

Cassandra tragó saliva al escucharlo y cambió el tema de conversación.

—Cuéntame qué hicisteis.

—Dejé a Urian a la puerta de su casa para que nadie supiera que lo había ayudado. Si me vieran con él, sospecharían de inmediato. No es que hayamos sido muy amigos a lo largo de los siglos... Coño, no podíamos ni vernos.

—¿Por qué? —quiso saber ella—. Parece agradable. Un poco frío, pero bueno, no hay que reprochárselo.

—Cariño, hazme caso. El que tú has visto es un Urian distinto. No es el mismo que yo conozco desde hace once mil años. Ese Urian no dudaría en matar a cualquiera si su padre se lo ordena. He visto cómo le rompía el cuello a cualquier daimon que lo mosqueara y no creo que te apetezca saber lo que le hace a los Cazadores Arcadios y a los Katagarios que los traicionan.

Wulf cogió su vaso de la mesita de café.

—Los spati son la razón de que los Cazadores Oscuros jamás hayan salido de una madriguera, ¿verdad?

Ella asintió.

—Las madrigueras os transportan hasta el centro del salón de banquetes de Kalosis, que está en mitad de la ciudad. Los Cazadores Oscuros son asesinados al instante. Los Katagarios y los Arcadios tienen una oportunidad. Pueden jurarle fidelidad a la Destructora para conservar la vida.

—¿Y los daimons?

—Son bien recibidos siempre y cuando se entrenen con ellos y sigan su código de honor como guerreros. En cuanto muestran la mínima debilidad, también mueren.

Wulf soltó un largo suspiro.

—Menudo infierno es el sitio donde vives, Kat.

—No vivo allí; mi hogar está en el Olimpo.

—¿Y cómo acabaste enredada con la Destructora?

Cassandra también sentía curiosidad al respecto.

Kat parecía avergonzada.

—No puedo contestar a eso.

—¿Por qué no? —quiso saber ella.

Kat se encogió de hombros.

—Es algo de lo que nadie habla, y mucho menos yo.

En fin, una respuesta irritante que no le dijo nada. Aunque tenía otras cosas en mente más importantes.

—¿Crees que Stryker podrá encontrarnos aquí?

—Si te soy sincera, no lo sé. Stryker tiene un montón de espías en las comunidades apolitas, arcadias y katagarias. Así nos encontró antes. Al parecer, hay alguien en el Infierno que trabaja para él y lo llamó en cuanto aparecimos por la puerta.

Wulf señaló la puerta que daba a la ciudad.

—De modo que cualquiera de esos podría traicionarnos, ¿no?

Cassandra tragó saliva cuando la invadió el pánico.

—¿Hay algún lugar seguro?

—En estos momentos, no.

13

Cassandra se estaba preparando para acostarse. Wulf seguía fuera con Kat, discutiendo posibles escapatorias en caso de que necesitaran largarse de Elisia.

A título personal, estaba harta de huir. Harta de que la persiguieran.

Míralo por el lado bueno: todo acabará el día de tu cumpleaños, pensó.

Por alguna razón esa idea no la consolaba demasiado. Con un suspiro, pasó la mano sobre las cartas que había guardado en la caja de los recuerdos. Se detuvo al ver un trozo de pergamino lacrado que no era del mismo papel crema que ella utilizaba.

No era suyo. El miedo de Wulf a lo que pudiera escribir su hermana espoleó su curiosidad.

Con el ceño fruncido, sacó la carta y la miró por todos lados. Levantó el lacre con mucho cuidado para no romperlo y la abrió.

Le dio un vuelco el corazón al ver la letra, de trazos masculinos y elegantes.

> Querido hijo:
>
> Te llamaría por tu nombre, pero sigo esperando a que tu madre se decida. Solo espero que esté de broma cuando te llama Albert Dalbert.

Se echó a reír. Era una broma entre ellos, al menos casi siempre. Cuando se le pasó el ataque de risa, siguió leyendo.

> Llevo semanas observando cómo tu madre reúne recuerdos de forma frenética para guardarlos en esta caja. Tiene muchísimo miedo de que no llegues a saber nada de ella y a mí me preocupa muchísimo que jamás llegues a conocer su fuerza de primera mano. Estoy seguro de que cuando leas esta carta, ya lo sabrás todo sobre ella.
>
> Pero nunca lo sabrás por ti mismo, y eso es lo que más me duele. Ojalá pudieras ver su cara cuando te habla. Ojalá vieras la tristeza que la invade y que intenta ocultar a toda costa. Cada vez que la veo, me destroza el corazón.
>
> Te quiere muchísimo. Se pasa el día hablando de ti. No para de darme órdenes en lo referente a ti. Me ha prohibido desquiciarte como hago con tu tío Chris. Me ha prohibido llamar a un médico cada vez que estornudes, pero tú sí tienes permitido pelearte con tus amigos sin que a mí me dé un ataque por el miedo de que alguien te haga un moratón.
>
> También tengo prohibido darte la vara para que te cases o tengas hijos. Terminantemente prohibido.
>
> Pero, sobre todo, tienes permiso para elegir tu primer coche cuando cumplas los dieciséis. Se supone que no tengo que comprarte un tanque. Ya veremos… Me he negado a prometérselo hasta que te conozca mejor. Además, sé muy bien cómo conduce la gente. Así que si acabas con un tanque, lo siento. Es difícil cambiar los malos hábitos en un hombre de mi edad.
>
> No sé lo que nos deparará el futuro. Solo espero que al final te parezcas más a tu madre que a mí. Es una buena mujer. Una mujer llena de ternura. Está llena de amor y compasión a pesar de haber llevado una vida dura y marcada por el dolor. Lleva su sufrimiento con una elegancia, una dignidad y un buen humor de los que yo carezco.
>
> Aunque sobre todo, tiene un valor que hacía siglos que no veía. Espero de todo corazón que heredes todas sus virtudes y ninguno de mis defectos.

Ya no sé qué más decirte. Se me ocurrió que debería haber algo mío en la caja.

Te quiere,

TU PADRE

Las lágrimas le corrieron por las mejillas al leer sus palabras.

—Ay, Wulf... —susurró con el corazón en un puño por todas las cosas que ese hombre jamás sería capaz de admitir en voz alta. Era muy raro verse a través de sus ojos. Jamás se había creído especialmente valiente. Jamás se había creído fuerte.

Hasta la noche en la que había conocido a su misterioso paladín.

Mientras doblaba el pergamino y volvía a sellarlo, se dio cuenta de algo.

Amaba a Wulf. Con desesperación.

No tenía muy claro cuándo había sucedido. Tal vez fuera la primera vez que la abrazó. O quizá cuando la acogió en su casa a regañadientes.

No, comprendió, no fue entonces. Se había enamorado de él la primera vez que le tocó el vientre con esas manos fuertes y diestras, y reconoció a su hijo como propio.

Cazador Oscuro o no, era un hombre bueno y maravilloso para ser un antiguo bárbaro.

La puerta se abrió.

—¿Estás bien? —Wulf se acercó a la cama sin pérdida de tiempo.

—Perfectamente —dijo y carraspeó—. Son las dichosas hormonas del embarazo. Lloro por las cosas más tontas. ¡Uf!

Wulf le enjugó las lágrimas.

—No pasa nada. Lo entiendo. He vivido muchos embarazos a lo largo de mi vida.

—¿Las esposas de tus escuderos?

Él asintió con la cabeza.

—Incluso he traído al mundo a algunos de sus hijos.

—¿De verdad?

—Ajá. Tengo gratos recuerdos de aquellos días en los que no había carreteras ni hospitales y acababa de placenta hasta los codos...

Cassandra se echó a reír, aunque no era nada raro con él cerca. Tenía un don especial para animarla.

Wulf la ayudó a guardarlo todo.

—Deberías acostarte y descansar un poco. No dormiste bien anoche.

—Lo sé. Ahora mismo me acuesto, te lo prometo.

Wulf la arropó después de que se pusiera el camisón, apagó las luces y la dejó a solas. Y allí se quedó tendida en la oscuridad, pensando en un sinfín de cosas.

Cerró los ojos e imaginó que estaban en casa de Wulf, con una caterva de niños correteando a su alrededor.

Qué curioso que nunca hubiera pensado en tener un hijo siquiera y que en esos momentos deseara contar con más tiempo para tener el mayor número de niños posible.

Por él.

Por ella.

Claro que todo su pueblo deseaba tener más tiempo. Su madre e incluso su hermana.

Tú también podrías convertirte en daimon, pensó.

Tal vez, pero en ese caso el hombre al que amaba estaría obligado a matarla.

No, no podía hacer eso; por él y por sí misma. Al igual que el resto de apolitas de la colonia, se enfrentaría a su muerte con la dignidad que había descrito Wulf.

Y él se quedaría solo para llorar por ella...

Se estremeció ante la idea. Ojalá se atreviera a huir para que no tuviera que verla morir. Para que nunca supiera cuándo había muerto. Era demasiado cruel para él.

Sin embargo, ya era demasiado tarde para eso. No había manera de huir de él mientras necesitara su protección. Lo único que podía hacer era evitar que llegara a amarla tanto como ella lo amaba.

Pasaron tres días en los que Cassandra tuvo la impresión de que se estaba tramando algo. Cada vez que se acercaba a Wulf y a Kat cuando estaban juntos, dejaban de hablar y empezaban a actuar con evidente nerviosismo.

Chris había trabado amistad con un par de chicas apolitas que Phoebe le había presentado cuando lo llevó a comprar unos cuantos chismes electrónicos con los que entretenerse. Las chicas consideraban que su pelo oscuro era «exótico» y les encantaba el hecho de que supiera tanto sobre ordenadores y tecnología punta.

—¡He muerto e ido al Valhalla! —exclamó la noche que las conoció—. Estas mujeres aprecian a un hombre con cerebro y no les importa que no esté moreno. Como ninguno de su raza lo está... ¡Es genial!

—Son apolitas, Chris —fue la advertencia de Wulf.

—¿Y qué? Tú te has buscado a una nena apolita. Yo también quiero una. O dos... o tres... o cuatro... Es una pasada.

A Wulf no le quedó más que menear la cabeza y dejarlo a su rollo con una última advertencia:

—Si se te tiran al cuello, corre.

Al quinto día, Cass comenzó a preocuparse de verdad. Wulf llevaba nervioso desde que ella se levantó. Además, la noche anterior había desaparecido durante horas con Kat y ninguno quiso decirle qué estaban tramando.

Wulf le recordaba a un potrillo nervioso.

—¿Hay algo que deba saber? —le preguntó cuando consiguió arrinconarlo en el salón.

—Voy a ver a Phoebe... o algo —dijo Kat, que salió pitando hacia la puerta.

Se quitó de en medio en un abrir y cerrar de ojos.

—Hay algo que yo... —Wulf se detuvo.

Y ella esperó.

—¿Qué? —lo instó a continuar.

—Espera aquí. —Se fue a la habitación de Chris.

Unos minutos después, regresó con una antigua espada vikinga. Cassandra recordaba haberla visto en una vitrina especial en su habitación. Debió de volver a su casa con Kat la noche anterior para recogerla. Aunque no acababa de entender por qué habría corrido semejante riesgo. Wulf sostuvo la espada con los brazos extendidos de modo que quedara entre ellos e inspiró hondo.

—Durante mil doscientos años ni siquiera he pensado en esto y estoy intentando recordarlo todo, así que dame un segundo.

El comentario no le gustó un pelo. Frunció el ceño.

—¿Qué vas a hacer? ¿Cortarme la cabeza?

Wulf la miró, mosqueado.

—No es eso...

Observó cómo se sacaba dos alianzas de oro del bolsillo y las colocaba sobre la hoja. Después le tendió la espada.

—Cassandra Elaine Peters, ¿quieres casarte conmigo?

La proposición la dejó descolocada. La idea del matrimonio jamás se le había pasado por la cabeza.

—¿Cómo?

Sus ojos oscuros la atravesaron.

—Sé que nuestro hijo ha sido concebido de una manera muy extraña, y tendrá una vida más extraña aún, pero quiero que nazca al modo tradicional... de padres casados.

Cassandra se tapó la cara con las manos cuando comenzó a llorar.

—¿Qué narices tienes para hacerme llorar todo el rato? Te juro que no había llorado nunca hasta que te conocí. —El rostro de Wulf se crispó como si lo hubiera abofeteado—. Lo digo en el buen sentido. Es que siempre haces cosas tan bonitas que acabo llorando.

—¿Eso quiere decir que te casarás conmigo?

—Por supuesto que sí, idiota.

Se acercó para besarla. La espada se movió y las alianzas cayeron al suelo.

—Joder —gruñó al verlas rebotar contra el suelo—. Sabía que iba a fastidiarla. Espera un momento.

Se arrodilló en el suelo y sacó los anillos de debajo del sofá. Después, volvió junto a ella y le dio un beso apasionado.

Cassandra se deleitó con su sabor. Ese hombre le había dado mucho más de lo que jamás había soñado.

Se apartó tras mordisquearle los labios.

—Los vikingos hacíamos las cosas al revés. Para sellar el compromiso se intercambian un par de alianzas sencillas. Y te regalaré el anillo de diamantes cuando nos casemos.

—Vale.

Wulf le colocó la alianza más pequeña en un tembloroso dedo y después le dio la más grande.

El temblor empeoró al ver el intricado motivo nórdico que representaba a un elegante dragón. Se lo puso en el dedo y besó el dorso de esa enorme mano.

—Gracias.

Él le cogió la cara entre las manos con mucha ternura y la besó. La cabeza comenzó a darle vueltas de inmediato.

—Lo he planeado todo para el viernes por la noche, si te parece bien —dijo Wulf en voz baja.

—¿Por qué el viernes?

—Mi gente siempre se casaba en viernes para rendirle tributo a la diosa Frigga. He pensado que podíamos hacer una mezcla entre las costumbres de tu pueblo y las del mío. Como los apolitas no tienen un día específico, Phoebe dijo que no te importaría.

Lo acercó de nuevo y le dio un beso que lo dejó tiritando. ¿Quién se habría imaginado que un bárbaro pudiera ser tan dulce?

Solo faltaba que su padre estuviera presente para que todo fuera perfecto, pero hacía mucho que había aprendido a no pedir un imposible.

—Gracias, Wulf.

Él asintió con la cabeza.

—Kat y Phoebe te están esperando para ir a comprar el vestido de novia —dijo Wulf antes de abrir la puerta de repente, cosa que hizo que ambas estuvieran a punto de acabar en el suelo.

Se enderezaron al instante mientras esbozaban un par de sonrisas avergonzadas.

—En fin... —dijo Kat—, solo queríamos asegurarnos de que todo marchaba según lo planeado.

Wulf meneó la cabeza.

—Todo ha salido estupendamente —respondió ella—. Era imposible que saliera mal.

Y antes de que se diera cuenta, se la llevaron a una tiendecita del centro mientras que Wulf se quedaba en el apartamento.

La verdad era que no había vuelto a poner un pie en la ciudad después del «cálido» recibimiento con el que se encontró Wulf y de haber pillado juntos a Phoebe y Urian del peor modo posible.

Wulf y ella habían pasado la mayor parte del tiempo encerrados en el apartamento, donde se sentía segura y no tenía que preocuparse de que alguien lo insultara.

Fue agradable salir, aunque el aire no fuera fresco, sino reciclado. Phoebe la llevó a una tienda de ropa regentada por una amiga que las estaba esperando. A decir verdad, todas las mujeres presentes en la tienda la trataron con sorprendente amabilidad.

Tenía la sospecha de que la mayoría lo hacía porque le debían mucho al marido de Phoebe.

Melissa, la chica que las atendía, parecía rondar los veinte años. Era muy delgada y no sobrepasaba el metro setenta, lo que era una estatura muy corta para un apolita.

—Este podría estar arreglado sin problemas para el viernes —les dijo mientras les mostraba un diáfano vestido que resplandecía a la débil luz. Era de un color blanco iridiscente que parecía plateado—. ¿Te gustaría probártelo?

—Sí.

En cuanto se vio en el espejo de cuerpo entero, supo que no tendría que seguir buscando. Era una maravilla y se sentía como una princesa de cuento de hadas. El tejido era tan suave como el pétalo de una flor y se deslizaba por su piel del modo más sensual.

—Estás preciosa —susurró Phoebe mientras contemplaba su reflejo en el espejo—. Ojalá mamá y papá pudieran verte.

Cassandra le ofreció una sonrisa. Era difícil sentirse guapa cuando estaba tan gorda como una ballena, pero al menos tenía una buena razón para justificar el sobrepeso.

—Estás encantadora —convino Kat mientras ayudaba a cogerle el dobladillo.

—¿Qué te parece? —preguntó la dependienta—. Tengo más modelos si...

—Me lo quedo.

Melissa se acercó con una sonrisa y la ayudó a quitárselo antes de proceder a tomarle las medidas para los ajustes. Kat y Phoebe dejaron el probador para ir en busca de los complementos.

—Debo admitir —comenzó Melissa mientras le medía la cintura— que te admiro por lo que has hecho.

Cassandra la miró, desconcertada.

—¿A qué te refieres?

—Al hecho de que hayas buscado a un Cazador Oscuro para que te proteja —respondió la chica mientras anotaba las medidas en una PDA—. Ojalá tuviera a alguien como él para cuidar de mis hijos cuando yo ya no esté. Mi marido murió hace tres meses y aunque a mí me quedan todavía dos años, no puedo evitar preocuparme por ellos.

Dos años...

Melissa parecía mucho más joven. Era difícil imaginar que la vivaracha y saludable dependienta moriría en tan poco tiempo.

Y la pobre acababa de perder a su marido. La mayoría de los apolitas se casaba con personas de su misma edad por esa razón. Se consideraba una bendición encontrar a un cónyuge que hubiera nacido el mismo día.

—¿Es... doloroso? —preguntó de forma indecisa. Jamás había visto a un apolita morir de causas «naturales».

Melissa hizo otra anotación.

—Aquí hemos hecho el juramento de no permitir que nadie muera solo.

—No has contestado a mi pregunta.

Melissa la miró a la cara. Sus ojos rebosaban de un sinfín de emociones contenidas, pero fue el miedo que leyó en ellos lo que le provocó un escalofrío.

—¿Quieres que te diga la verdad?

—Sí.

—Es insoportable. Mi marido era un hombre fuerte. El dolor lo hizo llorar como un niño durante toda la noche. —Se aclaró la garganta, como si su propio sufrimiento también fuera insoportable—. A veces comprendo por qué tantos se suicidan la noche anterior. Incluso he pensado en mudarme con mis hijos a otra comunidad para que ellos tengan la oportunidad de elegir, pero en la superficie tenemos que enfrentarnos a demasiados depredadores. Otros apolitas, daimons, Cazadores Katagarios y Arcadios, humanos, Cazadores Oscuros... todos persiguen a nuestro pueblo. Mi madre me trajo aquí cuando solo era una niña. Pero me acuerdo bien del mundo exterior. Esto es mucho más seguro. Al menos podemos vivir sin miedo a que alguien averigüe lo que somos.

Cassandra se esforzó por seguir respirando mientras la imagen que se había formado en su mente la desgarraba. Siempre había sabido que no sería agradable, pero lo que Melissa acababa de describir superaba todos sus temores.

Ya sería horrible que ella sufriera... pero ¿y el bebé? Él era inocente. No se merecía semejante destino.

Claro que ¿quién se lo merecía?

—Ay, lo siento —se apresuró a decir Melissa—, no quería inquietarte.

—No pasa nada —consiguió decir a pesar del nudo que tenía en la garganta—. He sido yo quien ha preguntado y te agradezco la sinceridad.

No tardaron en acabar con las medidas, pero ya no se sentía alegre en absoluto y no le apetecía seguir de compras. Necesitaba ver a Wulf. Lo encontró en el dormitorio de su apartamento, zapeando. Apagó la tele en cuanto la vio.

—¿Pasa algo?

Indecisa, se detuvo a los pies de la cama. Wulf estaba recostado contra las almohadas, con los pies descalzos y una pierna doblada. La preocupación que reflejaban sus ojos significaba mucho para ella, pero no era suficiente.

—¿Perseguirás a mi bebé, Wulf?

Él frunció el ceño.

—¿Cómo?

—Si cuando nuestro hijo crezca decide que no quiere morir, ¿lo matarás?

Wulf contuvo el aliento mientras lo pensaba.

—No lo sé, Cassandra. De verdad que no. Mi honor me dicta que lo haga. Pero no creo que pudiera.

—Júrame que no le harás daño —le dijo al tiempo que se ponía a su lado. Lo cogió de la camiseta y tiró de él, presa de la angustia y el temor—. Prométeme que si cuando crezca se convierte en daimon, lo dejarás marchar.

—No puedo.

—Entonces, ¿por qué estamos aquí? —le gritó—. ¿De qué va a servirle que seas su padre si vas a matarlo de todas formas?

—Cassandra, por favor. Sé razonable.

—¡Tú eres quien debe ser razonable! —replicó sin bajar la voz—. Yo voy a morir, Wulf. ¡Voy a morir! De una manera muy dolorosa. Y ya casi no me queda tiempo. —Lo soltó y comenzó a pasearse de un lado a otro mientras intentaba calmarse—. ¿No te das cuenta? No recordaré nada cuando muera. Me habré ido. Me habré marchado de este sitio. Me habré alejado de todos vosotros. —Recorrió la habitación con mirada frenética—. No veré estos colores. No veré tu rostro. No veré nada. Voy a morir. ¡A morir!

Wulf la estrechó entre sus brazos mientras ella sollozaba contra su pecho.

—No pasa nada, Cassandra, estoy aquí.

—Deja de decir que no pasa nada, Wulf. Porque sí que pasa. Y no podemos hacer nada por impedirlo. ¿Qué voy a hacer? Solo tengo veintiséis años. No lo entiendo. ¿Por qué tengo que pasar por esto? ¿Por qué no puedo ver crecer a mi hijo?

—Tiene que haber alguna manera de ayudarte —insistió Wulf—. Tal vez Kat pueda hablar con Artemisa. Siempre hay una vía de escape.

—¿Cómo la que tú tienes? —preguntó algo histérica—. Ni tú puedes dejar de ser un Cazador Oscuro ni yo puedo dejar de ser una apolita. ¿Para qué vamos a casarnos? ¿Qué sentido tiene?

Wulf la taladró con la mirada.

—Porque no pienso permitir que termine de esta manera —gruñó con fiereza—. He perdido cuanto he amado en esta vida. No voy a perderte ni a ti ni al bebé de este modo. ¿Me oyes?

Lo había oído, pero no cambiaba nada.

—¿Hay alguna solución?

La apretó contra su pecho sin muchos miramientos.

—No lo sé. Pero tiene que haber algo.

—¿Y si no lo hay?

—Derribaré las paredes del Olimpo o del Tártaro o de cualquier otro lugar hasta que te encuentre. No voy a dejarte marchar, Cassandra. No sin pelear.

Lo abrazó con fuerza, pero en su corazón sabía que todo era inútil. Sus días estaban contados y cada hora que pasaba la acercaba irrevocablemente al final.

14

Cuando llegó el viernes, Cassandra estaba deseando que la boda acabara. Su hermana y Kat se habían pasado la semana entera agobiándola con todo lo que había que hacer. Por suerte, Wulf se había mantenido al margen.

Si alguien le pedía su opinión sobre algo, su respuesta era siempre la misma: «Ni loco intentaría mediar en una discusión entre tres mujeres. Por si se os ha olvidado, así empezó la guerra de Troya».

Chris no era tan listo y al final descubrió que era mejor no aparecer por el apartamento. O salir corriendo en cuanto se acercaban a él.

Cassandra esperaba en su habitación, vestida de novia. Se había dejado el pelo suelto, como era la costumbre entre los vikingos. Llevaba una corona de plata entrelazada con flores recién cortadas, otra costumbre nórdica. Según Chris, la corona en cuestión era un legado familiar que había pasado de generación en generación desde que la llevó la hermana de Wulf.

Para ella significaba mucho. Porque así se sentía unida a su pasado.

Él también llevaría la espada familiar durante la ceremonia, al igual que lo haría su hijo cuando se casara.

La puerta se abrió muy despacio para dar paso a Urian. Su larga melena rubia le caía sobre los hombros y estaba ataviado con un elegante esmoquin negro.

—¿Estás preparada?

Tras debatirlo largo y tendido, habían decidido que él fuera el padrino. Los apolitas no tenían las mismas costumbres que los humanos. Ya que había muchas posibilidades de que los padres de la novia estuvieran muertos, se elegía un padrino que acompañara a la novia y pronunciara las palabras rituales que unían a la pareja.

Le habría gustado que hubiera un sacerdote que celebrara el enlace, pero tanto ella como Wulf sabían que su presencia sería un riesgo excesivo para la comunidad. Así que se casarían por el rito apolita.

En un principio Urian había protestado por la idea de ser su padrino, pero Phoebe lo había convencido en un abrir y cerrar de ojos de que le iría muchísimo mejor si se plegaba a sus deseos...

«Lo harás y te portarás bien con Wulf si no quieres dormir en el sofá. Para siempre. Y, teniendo en cuenta tu edad, no es moco de pavo...»

—¿Está listo Wulf? —le preguntó a Urian.

Él asintió con la cabeza.

—Te está esperando con Chris en el módulo principal.

Le ofreció la rosa blanca cuyo tallo estaba adornado con una cinta blanca y otra roja. Otra costumbre apolita.

Ella la cogió.

Kat y Phoebe asumieron sus lugares frente a ella y abrieron la marcha. Ella las siguió del brazo de Urian.

La costumbre vikinga dictaba que la boda se celebrara al aire libre. Sin embargo, puesto que esa costumbre era mucho más peligrosa que la presencia del sacerdote, habían alquilado la plaza de la zona comercial. Shanus y varios miembros del Consejo habían tirado la casa por la ventana y habían conseguido plantas y flores hidropónicas para recrear un vivero.

Habían construido incluso una pequeña fuente.

Cassandra titubeó al entrar en el módulo.

Wulf y Chris aguardaban frente a la fuente que, aunque construida con prisas, era preciosa. Había imaginado que Wulf llevaría algún atuendo vikingo. En cambio, tanto él como Chris llevaban un esmoquin igual al de Urian.

Se había dejado el pelo suelo y lo llevaba peinado hacia atrás para apartarlo de la cara. El esmoquin de seda le quedaba como un guante y resaltaba cada uno de sus músculos. Jamás había visto a un hombre más guapo.

Estaba para comérselo.

—Yo la llevaré desde aquí.

Jadeó al escuchar la voz de su padre tras ella.

—¿Papá? —preguntó, al tiempo que se daba la vuelta y lo veía allí de pie, sonriendo de oreja a oreja.

—No pensarías que iba a perderme la boda de mi pequeñina, ¿verdad?

Lo miró de arriba abajo con el corazón desbocado. No podía creer que estuviera allí con ella.

—Pero ¿cómo...?

Su padre señaló a Wulf con la cabeza.

—Vino a casa anoche y me trajo hasta aquí. Me dijo que para ti no sería una boda de verdad a menos que yo estuviera presente. Y me contó lo de Phoebe. Anoche me quedé con ella en su apartamento para ponerme al día y también para poder sorprenderte hoy. —Se le llenaron los ojos de lágrimas cuando le miró el vientre—. Estás preciosa, cariño.

Cassandra se arrojó a sus brazos, o al menos se acercó tanto como se lo permitió la barriga, para abrazarlo con fuerza. Era el mejor regalo que Wulf podría haberle hecho.

Estaba sollozando como una niña.

—¿Suspendemos la boda antes de que nos ahogues con las lágrimas? —le preguntó Kat.

—¡No! —exclamó, recobrando la compostura y sorbiendo por la nariz—. Estoy bien, de verdad.

Su padre le dio un beso en la mejilla, la tomó del brazo y la llevó hasta el lugar donde Wulf esperaba. Kat y Phoebe se colocaron detrás de Chris mientras Urian ocupaba su puesto junto a su esposa. El único asistente además de ellos era Shanus, que permaneció apartado, observándolos con una expresión afable que delataba su alegría por ser testigo del acontecimiento.

—Gracias —le dijo a Wulf, articulando la palabra con los labios.

Él le correspondió con una sonrisilla enternecedora.

Y, en ese momento, comprendió la magnitud del amor que sentía por él. Sería un marido estupendo durante los meses que le quedaban de vida, y también un gran padre.

A pesar de lo que dijera Chris.

Una vez que llegó junto a su futuro esposo, su padre la tomó de la mano y se la entregó a Wulf. Acto seguido, cogió las cintas que la rosa llevaba en el tallo y las envolvió alrededor de sus manos unidas.

Cassandra miró a Wulf. La contemplaba con deseo. Con ternura. La pasión y el orgullo que sentía la abrasaron y le provocaron un estremecimiento. La pusieron a cien.

La miró de arriba abajo, a placer.

Hasta que le dio un apretón en la mano cuando su padre comenzó a pronunciar las palabras que los unirían.

—Nacemos de la noche...

—De la luz —susurró Urian, interrumpiéndolo.

Su padre se sonrojó.

—Lo siento. He tenido que aprendérmelo en poco tiempo. —Se aclaró la garganta y comenzó de nuevo—. Nacemos de la luz y... y... —titubeó un instante.

Urian se acercó para susurrarle el resto al oído.

—Gracias —le dijo—. Esta ceremonia no se parece en nada a la nuestra.

Urian inclinó la cabeza y retrocedió, no antes de guiñarle un ojo a Cassandra, un gesto de lo más extraño en él.

—Nacemos de la luz y vivimos de la noche. La luz es el amor de nuestros padres que nos dan la bienvenida a este mundo, y acompañados de ese amor lo abandonamos. Wulf y Cassandra han elegido unirse para alegrar el resto de sus vidas y reconfortarse el uno al otro en las noches venideras. Y, cuando les llegue la última noche... —Su padre se detuvo con los ojos llenos de lágrimas y la miró.

La tristeza y el miedo que vio en sus ojos la dejaron al borde del llanto.

—No puedo —dijo él en voz baja.

—¿Papá?

Su padre dio un paso hacia atrás al tiempo que una lágrima le resbalaba por la mejilla. Phoebe se adelantó y lo abrazó. Cassandra hizo ademán de acercarse, pero su hermana la detuvo.

—Acaba tú, Uri, por favor.

Phoebe acompañó a su padre y se colocaron a un lado.

Cassandra deseaba unirse a ellos, pero intuía que él estaba muy avergonzado y molesto por haberle arruinado la ceremonia. Así que siguió donde estaba, junto a Wulf.

Urian se colocó frente a ellos.

—Y, cuando nos llegue la última noche, prometemos estar juntos y ayudar al primero que se marche. Nuestras almas se han unido. Nuestros alientos son el mismo. Pero debemos abandonar solos esta existencia, hasta que llegue la noche decretada por las Moiras para nuestro reencuentro en *katoteros.*

Se le volvieron a llenar los ojos de lágrimas al escuchar que utilizaba el término atlante para «cielo».

Acto seguido, Urian se acercó al pedestal en que se había colocado un recargado cáliz de oro, con un grabado de las tres Moiras. Se lo acercó.

—Normalmente esto sería una mezcla de la sangre de los dos, pero ya que ninguno os mostráis muy entusiastas al respecto, es vino.

Le tendió el cáliz para que le diera un sorbo y después hizo lo mismo con Wulf quien, tras devolvérselo, se inclinó para besarla de modo que el sabor del vino se mezclara en sus bocas tal y como dictaba la costumbre apolita.

Urian devolvió el cáliz al pedestal y concluyó la ceremonia.

—Aquí está Cassandra, la novia. Es única en el mundo. Su belleza, su elegancia y su encanto son el legado de aquellos que la precedieron; un legado que transmitirá a sus descendientes. Wulf, en cambio, es producto de... —Hizo una pausa, ceñudo—. Bueno, es producto de una zorra que no puede soportar la idea de que los hijos de Apolo gobiernen la Tierra.

—¡Urian, compórtate! —masculló Phoebe desde el lugar que ocupaba junto a su padre.

La orden lo puso a la defensiva.

—Teniendo en cuenta que acabo de unir a un miembro de tu familia con un miembro de una especie a la que he jurado aniquilar, creo que mi comportamiento ha sido bastante bueno.

Phoebe le lanzó una mirada furibunda que decía a voz en grito que estaría durmiendo en el sofá por lo menos una semana.

O más...

Urian miró a Wulf con los labios fruncidos. Estaba claro a quién culpaba del enfado de su esposa.

—Muy bien. Me alegro de no haber dicho lo que pensaba de verdad —dijo entre dientes. En voz alta, continuó con la ceremonia—: Han sido vuestras similitudes las que os han unido y son vuestras diferencias las que añaden variedad y sal a vuestra vida. Que los dioses bendigan y protejan vuestra unión y os provean... —Se detuvo de nuevo—. En fin, ya os han provisto de fertilidad, así que nos saltaremos esa parte.

Phoebe lanzó un gruñido mientras Cassandra lo miraba echando chispas por los ojos.

Urian, a su vez, le lanzó a Wulf otra mirada asesina.

—Que disfrutéis cada minuto del tiempo que os resta.

Acto seguido, cogió las cintas que les unían las manos y las ató con un nudo doble. Tendrían que pasar toda la noche unidos de ese modo y las cortarían por la mañana para enterrarlas, ya que se suponía que traía buena suerte.

Chris y Kat echaron a andar de vuelta al apartamento.

Su padre se acercó a ella para abrazarla.

—Siento mucho no haber acabado.

—No pasa nada, papá. Lo entiendo.

Y era cierto. A ella también le resultaba dolorosa la idea de decirle adiós.

Cuando llegaron al apartamento, Wulf la cogió en brazos para cruzar el umbral, siguiendo la costumbre vikinga. Fue toda una sorpresa, porque tuvo que hacerlo con una mano ya que la otra seguía unida a la suya.

Chris sirvió bebidas para todos.

—Aquí es cuando los vikingos se emborrachan y lo celebran durante una semana. ¡Por los vikingos, dignos precursores de las hermandades universitarias!

—Puedes celebrarlo todo lo que quieras —le dijo Wulf—, pero será mejor que no te pille borracho...

Chris puso los ojos en blanco antes de inclinarse hacia ella y murmurar sobre su vientre:

—Demuestra que eres listo, pequeñín, y quédate ahí, donde el rey Neurótico no te estropeará la diversión.

Wulf meneó la cabeza.

—Me sorprende que no estés con tus nuevas amistades.

—Sí, ya. Dentro de un rato iré a buscarlas. Kyra está trabajando en un programa nuevo y voy a probarlo.

Urian resopló.

—Menudo eufemismo...

Chris se puso rojo como un tomate.

—Y yo que pensaba que él —dijo, señalando a Wulf con el pulgar— era malo. ¿Qué es lo que tenéis las Peters que os sentís atraídas por los perdedores?

—Creo que eso me ofende —comentó su padre.

Wulf se echó a reír.

—Chaval, será mejor que vayas a buscar a Kyra antes de que sigas metiendo la pata...

—Creo que tienes razón. —Se despidió de ellos y se marchó.

Kat se acercó a ella por la espalda y le quitó la corona de la cabeza.

—Me aseguraré de guardarla en su caja.

—Gracias.

De repente, el ambiente de la habitación se tornó un tanto incómodo.

—Papá, ¿quieres acompañarnos a nuestro apartamento? —preguntó su hermana.

—Claro —contestó él, antes de darle un beso en la mejilla—. La recepción no ha sido muy larga, pero creo que deberíais quedaros solos.

Kat se marchó tras ellos.

Cuando se quedaron solos, Wulf sacó un anillo con un diamante de talla princesa y se lo puso en el dedo. El aro de oro tenía un diseño en filigrana, siguiendo el estilo vikingo. Era lo más bonito que había visto en la vida.

—Gracias —musitó.

Wulf asintió con la cabeza. La miró a la tenue luz. La ternura resplandecía en esos ojos verdes.

Su esposa…

Lo único que jamás había creído que pudiera tener. Al menos no durante los últimos mil doscientos años.

Por regla general, las parejas planeaban su futuro durante la luna de miel. Planeaban el resto de sus vidas…

No quería pensar en el futuro. Era demasiado yermo. Demasiado doloroso. No debería haber permitido que Cassandra se colara en su corazón. Día tras día intentaba sacarla, y día tras día la encontraba más asentada en él.

—Cassandra Tryggvason —susurró, pronunciando el nuevo nombre de su esposa por primera vez.

—Suena fenomenal, ¿verdad?

Le rozó los labios con la punta de los dedos. Al igual que ella, eran suaves y delicados. Incitantes.

—¿Eres feliz?

—Sí.

Y, sin embargo, su mirada estaba teñida de tristeza. Cómo deseaba poder erradicar esa tristeza para siempre. Cassandra se puso de puntillas y lo besó. Él gimió al paladear su sabor. Al sentir el roce de su mano en la nuca mientras le enterraba esos dedos largos y elegantes en el pelo.

El aroma a rosas lo inundó, embriagándolo y excitándolo al punto.

—Eres preciosa. Y mía.

Cassandra se estremeció al escuchar el timbre ronco de su voz. Le encantaba cuando decía que era suya.

La tomó de la mano que estaba unida a la suya y la guió hacia el dormitorio. Ella lo observó entretanto y se mordió el labio. Eran tan alto y tan guapo… La echó sobre la cama y se detuvo.

—¿Cómo se supone que vamos a quitarnos la ropa con esto en las muñecas?

—Mis mangas tienen cremallera.

—Las mías no.

—Pues entonces te veo con el esmoquin toda la noche... ¡Uf!

—¿Cómo que «¡uf!»? —le preguntó con voz burlona—. ¿De repente soy «¡uf!»?

Soltó un gemido cuando la tomó de la barbilla y le mordisqueó los labios con los colmillos.

—No sabes lo «¡uf!» que eres... —contestó sin aliento.

Sintió que le bajaba la cremallera de la espalda muy despacio, como si estuviera saboreando el momento de dejarla desnuda ante él.

—No sé si sabes que, según la tradición vikinga, deberíamos tener testigos para esto.

El ardiente roce de su mano sobre la piel le provocó un estremecimiento.

—Sin ánimo de ofender, me alegro muchísimo de que los tiempos hayan cambiado.

—Yo también. Tendría que matar a cualquier hombre que viera lo hermosa que eres. Si te vieran, soñarían contigo, y eso jamás podría permitirlo.

Cerró los ojos para saborear esas palabras mientras él acababa de quitarle el vestido. Se detuvo lo justo para darle un beso en el abultado vientre. En cuanto sus labios la rozaron, percibió el ligero movimiento que se produjo en su interior.

—¡Dios mío! —exclamó—. ¡Acabo de sentir al bebé!

Wulf se apartó.

—¿Qué?

Con los ojos llenos de lágrimas, colocó la mano en el punto exacto donde Wulf la había besado, deseosa de volver a sentir a su hijo de nuevo.

—Lo he sentido —repitió—. Ahora mismo.

El orgullo iluminó los ojos de Wulf mientras inclinaba la cabeza para volver a besarla. Frotó su áspera mejilla contra su piel desnuda.

Debería sentirse avergonzada de que un hombre tan perfecto estuviera acariciándola con los labios cuando parecía una ballena, pero no lo estaba. Era reconfortante tenerlo a su lado.

Era su paladín. Y no porque le hubiera salvado la vida, sino por el modo en el que estaba actuando en esos momentos. Por su modo de abrazarla. Por su modo de reconfortarla.

Él era su fuerza. Su valor.

Y estaba muy agradecida de tenerlo. No quería enfrentarse sola al final.

Wulf no lo permitiría. Estaría con ella, aunque le destrozara verla morir. Le sostendría la mano y, cuando se fuera, alguien la recordaría eternamente.

—Ni siquiera sé cómo se llamaba mi abuela.

Wulf frunció el ceño.

—¿Cómo?

—No sé cómo se llamaba mi abuela. Mi madre murió antes de que se me ocurriera preguntárselo. Phoebe dice que ella tampoco se lo preguntó nunca. No sé qué aspecto tenía, ni tampoco sé cómo era mi abuelo. Solo conozco a mis abuelos paternos por fotografías. Estaba pensando que solo seré una foto para mi hijo. Me mirará igual que yo solía mirarlos a ellos. Eran abstractos. Gente irreal.

Una expresión intensa asomó a los ojos de Wulf.

—Serás real para él, Cassandra. Te lo prometo.

Cómo deseaba que fuera verdad.

La rodeó con los brazos y la estrechó con fuerza. Se pegó a él, buscando su ternura. Dejando a un lado los remordimientos y la tristeza.

No podía hacer nada. Lo inevitable era inevitable. Al menos podía disfrutar del momento presente.

Estalló en carcajadas y se echó a llorar a la vez.

Wulf se separó y la miró, confuso.

—Lo siento —se disculpó, intentando controlar sus emociones—. Me he acordado de repente de esa canción tan tonta, «Seasons in the sun». ¿Te sabes la letra? «Nos reímos, nos divertimos, pasamos los días al sol.» ¡Madre mía! ¡Deberían ingresarme en un hospital psiquiátrico!

Wulf enjugó sus lágrimas y le besó las mejillas. El ardiente roce de sus labios le abrasó la piel.

—Eres más fuerte que cualquier guerrero que haya conocido. No vuelvas a disculparte nunca más por las contadas ocasiones en las que me demuestras tus miedos, Cassandra.

El amor que sentía por él la inundó, ahogándola con más efectividad que los remordimientos.

—Te quiero, Wulf —musitó—. Más de lo que jamás he querido a nadie.

Wulf se quedó sin aliento al escuchar la sentida declaración. Sus palabras lo atravesaron como si fueran esquirlas de cristal.

—Yo también te quiero —le dijo con un nudo en la garganta, porque era cierto. No quería dejarla marchar. Nunca.

Pero no podía hacer nada para evitarlo.

Su ardoroso beso le arrancó un gemido. Acabó de desvestirla en un arranque de pasión mientras ella le desabrochaba la camisa. Al darse cuenta de que no había modo de librarse ni de la camisa ni de la chaqueta, las desgarró.

Cassandra se echó a reír al ver la pinta que tenía. Sin embargo, la risa murió en su garganta en cuanto ese poderoso y excitante cuerpo se pegó al suyo y la besó de nuevo.

Rodó sobre el colchón para quedar de espaldas con ella encima. Siempre tenía mucho cuidado de no presionarle el vientre para no hacerles daño ni al niño ni a ella.

Con una ardiente mirada, la ayudó a colocarse sobre él.

Ambos gimieron en cuanto la penetró. Hicieron el amor con frenesí, conscientes del hecho de que para ellos el final se acercaba con rapidez.

Conscientes de que cada día que pasara los acercaría a un desenlace que ninguno podía controlar ni evitar.

Era aterrador.

Cassandra gritó cuando se corrió, arrastrada por una abrasadora marea de placer. Él la abrazó con fuerza cuando la siguió.

Sus manos descansaban en el colchón, sobre sus cabezas. Wulf entrelazó los dedos con los suyos y le hizo una desgarradora promesa:

—No dejaré que mueras sin pelear.

15

Las semanas pasaron en un santiamén mientras Cassandra terminaba la caja de los recuerdos para el bebé. Por primera vez en su vida se sentía a salvo en un lugar.

Era una sensación maravillosa.

Chris y Kyra, la novieta apolita que se había echado, pasaban mucho tiempo en el apartamento. Kyra era una chica encantadora que solía fingir no acordarse de Wulf para mosquearlo.

La delgada y alta apolita lo miraba con expresión vacía y preguntaba:

—¿Te conozco de algo?

A Wulf lo irritaba, pero hacía reír a todos los demás.

A medida que iba avanzando el embarazo, comprendió otra de las razones por las que los daimons no podían tener hijos: cada vez necesitaba más sangre. Sus transfusiones pasaron de ser bisemanales a ser diarias; y en las dos últimas semanas las había necesitado dos o tres veces al día.

Ese incremento la preocupaba. ¿Quería decir que el bebé sería más apolita que humano?

La doctora Lakis le había dicho que no era indicativo de la biología del bebé y que tenía que tranquilizarse. Pero le resultaba muy difícil.

Había estado muy deprimida durante toda la noche y muy cansada. Se había acostado temprano, antes de que amaneciera, ya que quería descansar y estar cómoda aunque fuera unos minutos.

En un momento dado, Wulf entró en el dormitorio y la despertó lo justo para preguntarle cómo se encontraba.

—Estoy durmiendo —masculló—. Déjame tranquila.

Él levantó las manos en señal de rendición y soltó una carcajada antes de acostarse a su lado. Tenía que admitir que le encantaba tenerlo cerca. Que le encantaba la sensación de su mano sobre el vientre.

Daba la impresión de que el bebé era capaz de distinguir cuándo se trataba de la mano de Wulf. De inmediato comenzaba a moverse como si le estuviera diciendo «Hola, papá, estoy impaciente por reunirme contigo».

También reaccionaba a su voz.

Cerró los ojos e intentó volver a dormirse, pero no era tarea fácil cuando su pequeño jugador de fútbol decidió que quería practicar y le dio unas cuantas patadas en las costillas.

Estuvo acostada pero sin dormirse durante una hora hasta que comenzó a dolerle la parte baja de la espalda. En menos de veinte minutos, comprendió que las contracciones eran regulares y que se sucedían cada vez más rápido.

Wulf dormía plácidamente cuando Cassandra lo despertó.

—Estoy de parto —le dijo entre jadeos.

—¿Estás segura? —preguntó, pero bastó una mirada a su rostro exasperado para saber la respuesta a una pregunta tan tonta—. Muy bien —dijo al tiempo que intentaba espabilarse—. Quédate aquí mientras yo reúno las tropas.

Salió corriendo en busca de Kat y le ordenó a Chris que buscara a la doctora antes de regresar junto a Cassandra, que se había levantado y estaba paseándose de un lado para otro.

—¿Qué estás haciendo?

—Caminar me ayuda a mitigar el dolor.

—Sí, pero...

—No pasa nada, cielo —dijo Kat al entrar—. El bebé no se va a caer de cabeza.

No estaba muy seguro, pero había aprendido que era mejor

no discutir con esa Cassandra tan embarazada. Estaba muy tensa y sensible emocionalmente, pero tenía una lengua muy afilada cuando se enfadaba.

Era mejor complacerla.

—Dime qué necesitas —le dijo.

Cassandra estaba jadeando.

—¿Qué te parece otra persona para que dé a luz al bebé?

La réplica le arrancó una carcajada... Pero cerró el pico en cuanto vio la expresión asesina con la que ella lo miraba.

Recuperó la seriedad y carraspeó.

—Ojalá pudiera.

Cuando llegó la doctora, ya estaba detrás de Cassandra, abrazándola por la cintura para intentar ayudarla con la respiración cada vez que sufría una contracción. Cada vez que llegaba una, sentía en las palmas de las manos cómo se le tensaba el vientre y podía adivinar el momento exacto en el que ella soltaría un taco a causa del dolor.

Odiaba que tuviera que pasar por eso. Ya estaba cubierta de sudor y apenas si había comenzado el parto.

Las horas pasaron muy despacio mientras lo soportaban juntos y ella le dedicaba un buen número de obscenidades a él en particular, a los hombres en general y a los dioses en especial.

Él se limitaba a tomarla de la mano y a enjugarle el sudor de la frente mientras la doctora les iba diciendo lo que tenían que hacer.

Acababan de dar las cinco de la tarde cuando su hijo por fin llegó al mundo.

Contempló el diminuto bebé que la doctora sostenía mientras berreaba a pleno pulmón, dejando bien claro que estaba sanísimo.

—Está aquí de verdad —sollozó Cassandra mientras le apretaba la mano y contemplaba el bebé al que había dado a luz.

—Aquí está, sí —dijo con una carcajada y le besó la sien empapada de sudor—. Y es precioso.

La doctora lo limpió y lo examinó antes de ofrecérselo a su madre.

Cassandra se quedó sin aliento cuando cogió por primera vez a su hijo. Había cerrado sus diminutos puños y con su llanto les hacía saber a todos los presentes que estaba allí. Tenía la cara arrugada como la de un anciano, pero aun así para ella era precioso.

—Mirad su pelo —dijo mientras le alisaba la espesa mata de cabello negro—. Se parece a su padre.

Wulf sonrió cuando el bebé cerró los dedos alrededor de su dedo índice.

—Pero tiene tus pulmones.

—¡Venga ya! —se defendió ella, indignada.

—En serio —replicó él, mirándola a los ojos—. Todos los apolitas de este lugar saben que mi madre era una mujer de vida alegre y que si tú sobrevivías a esta noche, tenías toda la intención de convertirme en un eunuco.

Ella se echó a reír y luego lo besó mientras sostenía a su hijo en brazos.

—Por cierto, si lo decías en serio —intervino la doctora con una mirada risueña—, tengo por aquí un escalpelo que podría prestarte.

Cassandra volvió a reír.

—No me tiente...

Wulf cogió al bebé y lo sostuvo en sus grandes manos con sumo cuidado. Su hijo. La alegría y el miedo que sentía le aflojaron las rodillas. Jamás había experimentado nada igual.

Era increíblemente pequeño. Un milagro. ¿Cómo podía sobrevivir algo tan pequeño? Sabía que mataría o lisiaría a cualquiera que lo amenazara siquiera.

—¿Cómo lo vas a llamar? —le preguntó a Cassandra. Durante todas esas semanas, se había mantenido al margen de su decisión. Quería que su madre le pusiera el nombre.

Sería su último legado para el niño, un hijo que no llegaría a conocerla.

—¿Qué te parece Erik Jefferson Tryggvason?

Wulf parpadeó, sorprendido.

—¿Estás segura?

Ella asintió con la cabeza mientras lo observaba acariciar la mejilla del bebé.

—Hola, pequeño Erik —murmuró. Se le hizo un nudo en la garganta al pronunciar el nombre de su hermano—. Bienvenido a casa.

—Es probable que el bebé quiera comer —dijo la doctora Lakis cuando terminó de guardar el instrumental—. Si no le importa, sería mejor devolvérselo a su madre un momento.

Hizo lo que le indicaba.

—¿Quieres que busquemos a alguien que te ayude a conservar la leche? —le preguntó a Cassandra—. Los bebés apolitas no suelen adaptarse a la lactancia artificial, sobre todo cuando son híbridos. La verdad es que no hay una mezcla exacta que podamos darle sin problemas porque no sabemos cuánto tiene de apolita y cuánto de humano.

—Creo que es una buena idea —dijo Cassandra—, no quiero fastidiarla y que tenga problemas de crecimiento, ni que se convierta en un mutante o algo parecido.

La doctora tenía una expresión curiosa en el rostro que decía a las claras: «Pues yo creía que tu hijo era un mutante».

Cassandra tuvo el tino de morderse la lengua.

Él acompañó a la doctora a la puerta.

—Gracias —le dijo cuando salieron al salón donde Chris y Kat esperaban.

—¡Ja! —dijo Kat en cuanto lo vio—. Te dije que saldría ileso.

—Joder —masculló Chris antes de pasarle un billete de veinte dólares—. Estaba convencido de que acabarían castrándolo.

Ambos se lanzaron hacia el dormitorio para ver al bebé mientras él se quedaba hablando con la doctora.

La mujer lo miró con una sonrisa triste.

—Supongo que en cierto sentido es apropiado.

—¿El qué?

—Que el último bebé al que he ayudado a traer al mundo esté destinado a mantenerlo a salvo.

Sus palabras le hicieron fruncir el ceño.

—¿A qué se refiere con eso del último bebé?

La doctora Lakis suspiró como si estuvieran a las puertas del Apocalipsis.

—Mi cumpleaños es el jueves.

Se quedó helado al escuchar sus palabras y comprender a qué se refería.

—¿Su vigésimo séptimo cumpleaños?

Ella asintió con la cabeza.

—La doctora Cassus se encargará de controlar la salud de Cassandra y la del bebé. También le hará la revisión mensual y se asegurará de que todo va como es debido —le informó antes de hacer ademán de marcharse.

—Un momento, doctora.

La mujer se giró hacia él.

—Yo...

—No diga que lo siente. No soy más que otra apolita para usted.

—No —la corrigió con sinceridad—. No lo es. Es la mujer que ha mantenido con vida a mi esposa y que ha ayudado a traer a mi hijo a este mundo. Jamás lo olvidaré.

Ella le dedicó una trémula sonrisa.

—Que tenga suerte con su hijo. Espero que crezca y se convierta en un buen hombre, como su padre.

La observó marcharse con el corazón en un puño. Había intentado con todas sus fuerzas no implicarse con los habitantes de ese lugar. No encariñarse con nadie ni darse cuenta de lo humanos que eran sus enemigos. Pero había sido imposible. Al igual que lo había sido mantenerse alejado de Cassandra.

En contra de su voluntad y de su sentido común, todos se le habían metido en el corazón.

¿Cómo podría volver a sus deberes de Cazador Oscuro cuando todo hubiera acabado?

¿Cómo podría matar a otro daimon cuando había llegado a comprenderlos tan bien? ¿Cómo?

Cassandra estaba exhausta cuando Wulf regresó a la habitación. Kat y la enfermera se habían llevado al bebé para que ella descansara. Por supuesto, tendrían que despertarla cuando llegara la hora de la siguiente toma, pero por un ratito, podría descansar.

—Cierra los ojos —le ordenó Wulf.

Hizo lo que le pedía sin protestar y sintió que le colocaba algo alrededor del cuello. Al abrir los ojos, vio un antiguo collar de intrincado diseño. Era a todas luces vikingo. Tenía cuatro piedras cuadradas de ámbar, engastadas para simular la forma de un diamante. En el centro habían montado otra piedra de ámbar circular de la que colgaba una pequeña embarcación vikinga con una vela... también de ámbar.

—Es precioso.

—Erik y yo le compramos dos iguales a un mercader danés en Bizancio. Nos recordó a nuestro hogar. Él le regaló el suyo a su esposa y yo iba a regalárselo a mi hermana, Brynhild.

—¿Por qué no lo hiciste?

—No lo aceptó. Estaba demasiado enfadada conmigo por no estar allí cuando nuestro padre murió, enfadada porque me hubiera unido a las incursiones. Dijo que no quería volver a verme, así que me marché y lo he guardado desde entonces. Lo saqué de la caja fuerte cuando Kat y yo fuimos a mi casa en busca de la espada.

Su tristeza la conmovió. Los meses que llevaban juntos le habían hecho comprender cuánto habían significado sus hermanos para él.

—Lo siento, Wulf.

—No lo sientas. Me gusta vértelo puesto. Es como si estuviera hecho para ti. —Le alisó el pelo con la mano—. ¿Quieres que duerma en el sofá?

—¿Por qué iba a querer algo así?

—Según dijiste antes, no me dejarías acercarme a tu cama jamás de los jamases.

Cassandra soltó una carcajada.

—Ni siquiera recuerdo la mitad de lo que dije.

—No pasa nada. Creo que Chris lo estaba grabando todo desde el salón para la posteridad.

Ella se tapó la cara con las manos.

—Espero que estés de guasa.

—Pues la verdad es que no.

—En fin, ahora que ha terminado me siento más predispuesta hacia tu persona. Así que ven y acurrúcate aquí conmigo. Creo que me vendría bien —le dijo mientras le acariciaba el pelo y dejaba que los sedosos mechones se deslizaran entre sus dedos.

Wulf se apresuró a darle el gusto.

Cassandra dejó escapar un suspiro cansado y se durmió enseguida.

La observó mientras dejaba que la calidez de su cuerpo le calara hasta el corazón. Le cogió la mano y estudió sus elegantes dedos.

—No me dejes, Cassandra —susurró—. No quiero educar a nuestro hijo sin ti.

Sin embargo, desear que se quedara a su lado era tan fructífero como desear que le devolvieran su alma.

Era jueves por la mañana y Wulf era incapaz de dormir. Cassandra y Erik lo hacían a pierna suelta, pero a él se lo impedían sus pensamientos.

Se levantó, se vistió y salió del apartamento. Dado que pocos apolitas andaban por la calle, no tuvo que soportar muchos insultos o miradas asesinas.

Sabía que no se le había perdido nada en el lugar al que iba, pero tenía que hacerlo.

Tenía que despedirse de la doctora Lakis. De alguna manera la mujer había entrado a formar parte de su reducido círculo durante las semanas que había pasado velando por la salud de Cassandra y de su hijo.

Su apartamento no estaba lejos del de Phoebe.

Sin saber muy bien cómo lo recibirían, llamó a la puerta.

Un muchacho de unos doce años abrió.

—¿Eres Ty? —le preguntó al niño, recordando que la doctora le había hablado de su hijo mayor.

—Mi mamá no se va a convertir en daimon. Así que puedes dejarla tranquila.

La ira que encerraban sus palabras lo sobresaltó.

—Sé que no va a hacerlo. Solo quería verla un momento.

—¡Tía Millicent! —gritó sin dejarlo pasar—, el Cazador Oscuro quiere ver a mamá.

Una chica muy hermosa que aparentaba la edad de Chris se acercó a la puerta.

—¿Qué quiere?

—Quiero ver a la doctora Lakis.

—¡Va a matarla! —exclamó el niño desde detrás de su tía.

La chica pasó por alto el comentario. Lo miró con los ojos entrecerrados y se apartó para que pudiera pasar.

Aliviado, inspiró hondo y la siguió hacia el dormitorio que había a la izquierda. Cuando se abrió la puerta, vio a cinco niños y a otra chica de la edad de Millicent. La doctora Lakis estaba en la cama, pero apenas la reconoció. Ya no era la mujer llena de vida que había ayudado en el parto de su hijo, sino una mujer de unos cincuenta años.

Millicent hizo que los niños y la otra chica salieran.

—Tienes cinco minutos, Cazador. Queremos estar con ella todo el tiempo posible.

Asintió con la cabeza y se arrodilló junto a la cama en cuanto se quedó a solas con la doctora.

—¿Por qué estás aquí, Wulf? —le preguntó ella. Era la primera vez que utilizaba su nombre.

—No estoy seguro. Solo quería darle las gracias otra vez.

La doctora parpadeó con los ojos llenos de lágrimas y pareció envejecer otros diez años.

—Aún no ha llegado lo peor —susurró—. Eso viene después, cuando nuestros cuerpos se desintegran mientras seguimos vivos. Si tenemos suerte, nuestros órganos dejan de funcionar casi de inmediato y morimos. Si no, puede durar horas y el dolor es insoportable.

Sus palabras lo desgarraron por dentro al pensar que Cassandra tendría que pasar por eso. Al pensar que podría sufrir todavía más de lo que había sufrido durante el parto de Erik.

La doctora no se apiadó de él.

—¿Me contestarás si te hago una pregunta?

—Por supuesto.

Lo taladró con una intensa mirada, tan ardiente como la lava.

—¿Lo comprendes?

Wulf asintió de nuevo con la cabeza. Sí, sabía por lo que tenían que pasar y comprendía por qué los daimons se convertían en lo que eran. ¿Quién podía culparlos?

La doctora Lakis extendió el brazo y le tocó la mano.

—Espero que tu hijo no tenga que pasar por esto. De verdad que sí. Por su bien y por el tuyo. Nadie debería morir así. Nadie.

Miró la mano de la mujer, que en esos momentos tenía arrugas y manchas. Una mano que había sido tan tersa como la suya solo unas horas antes.

—¿Hay algo que pueda hacer por usted? —le preguntó.

—Cuida de tu familia y no dejes que Cassandra muera sola. No hay nada peor que pasar por esto sola.

Su familia regresó al dormitorio. De modo que se levantó para dejarlos a solas. Cuando llegó a la puerta, la doctora Lakis lo llamó.

—Por si te interesa, Wulf, me llamo Maia.

—Buen viaje, Maia —le dijo con voz ronca por las emociones reprimidas—. Espero que tus dioses sean más benevolentes en la próxima vida.

Lo último que vio fue al hijo de la doctora Lakis, lanzándose a los brazos de su madre mientras se echaba a llorar.

Salió del apartamento y regresó al suyo. Cuando entró, estaba hirviendo de furia. Fue al dormitorio, donde encontró a Cassandra dormida con Erik a su lado.

Eran la estampa más bonita que había visto nunca. Una mujer joven que debería tener toda la vida por delante. Tenía un hijo que la necesitaba.

Y, sobre todo, él la necesitaba.

No podía acabar de esa manera. No podía.

No lo permitiría.

Cogió el móvil y regresó al salón para llamar a Aquerón.

Para su sorpresa, Ash descolgó al primer tono.

—¿Ya has vuelto? —le preguntó.

—Eso parece.

Pasó por alto el habitual sarcasmo de Ash y fue directo al grano.

—¿Tienes alguna idea de lo que ha pasado mientras no estabas?

—Lo sé todo, Wulf —contestó el atlante con tono compasivo—. Felicidades por la boda y por Erik.

Estuvo a punto de darle un pasmo al escuchar el nombre de su hijo. Aunque tampoco se molestó en preguntarle cómo se había enterado de la noticia. Ash nunca le contestaría y además todos sabían que era un bicho raro.

—¿Hay alguna...? —Ni siquiera se atrevía a preguntar si tenían una oportunidad de futuro.

—No estás listo para la respuesta.

Eso hizo que explotara.

—Vete a tomar por culo. ¿Cómo que no estoy listo?

—Escúchame —le dijo el atlante con la paciencia de un padre que hablara con su hijo enfadado—. Escucha con atención. Algunas veces, para conseguir lo que más queremos tenemos que renunciar a todo lo que creemos. Y tú aún no estás preparado para hacerlo.

Wulf apretó el móvil con fuerza.

—Ni siquiera sé de qué coño estás hablando. ¿Por qué no puedes darme una respuesta sencilla?

—Cuando hagas una pregunta sencilla, obtendrás una respuesta sencilla. Lo que me preguntas es muy complicado. Has hecho lo que Artemisa quería que hicieras. Has salvado tu linaje y el de su hermano.

—¿Por qué me da en la nariz que eso no te hace muy feliz?

—No me gusta ver cómo manipulan o utilizan a la gente. Sé que estás sufriendo. Sé que estás enfadado. Y lo entiendo. Tienes todo el derecho del mundo a sentir lo que te corroe las entrañas.

Pero esto todavía no ha terminado. Cuando estés listo, contestaré a tu pregunta.

El muy cabrón le colgó el teléfono.

Se quedó allí de pie, sintiéndose traicionado. Quería la sangre de Ash, pero sobre todo quería la de Artemisa y la de Apolo. ¿Cómo se atrevían a jugar con ellos de esa manera, como si no fueran nada?

La puerta del dormitorio se abrió y apareció Cassandra con el ceño fruncido por la preocupación.

—Hola —dijo con aspecto muy cansado.

—Deberías estar en la cama.

—Lo mismo que tú. Me preocupé cuando desperté y vi que no estabas. ¿Va todo bien?

Por alguna extraña razón, todo iba bien cuando ella estaba cerca. Ese era uno de los motivos por los que le resultaba tan duro estar con ella en esos momentos.

Intentó imaginarse lo que sería sostenerle la mano mientras envejecía delante de sus ojos.

Lo que sería verla desintegrarse...

El dolor lo atravesó con tal ferocidad que tuvo que echar mano de toda su fuerza de voluntad para disimular. Para no ponerse a gritar hasta que su ira agitara los muros del Olimpo.

El deseo de poseerla, de hundirse en ella en ese mismo momento fue tan fuerte que le nubló la razón.

Pero era demasiado pronto. Aún seguía dolorida por el parto. Por más que deseara el consuelo físico que le reportaría su cuerpo, jamás sería tan egoísta.

Cassandra no se esperaba que Wulf la levantara por los aires y la apoyara contra la pared que tenía detrás antes de apoderarse de su boca como si fuera la última vez.

Sin aliento, aspiró el aroma de su guerrero vikingo. Dejó que sus brazos la hicieran olvidar la inevitable realidad.

Sabía que la necesitaba. Aunque él jamás lo admitiría. Eso también lo sabía. Era demasiado fuerte como para admitir que tenía una debilidad. Como para decir que estaba asustado, pero ¿cómo no iba estarlo?

Ninguno de los dos sabía si su hijo era humano o apolita. La prueba preliminar no había tenido un resultado concluyente. Y tendrían que pasar otros tres meses antes de que pudieran hacerle otra prueba para averiguar cuál era el ADN predominante.

Fuera cual fuese el resultado, Wulf se quedaría solo para atender las necesidades de su hijo.

En ese momento, la dejó en el suelo y se apartó.

Ella lo cogió de la mano y lo condujo de vuelta al dormitorio. Lo obligó a sentarse en la cama y a recostarse.

—¿Qué estás haciendo? —le preguntó él.

Le bajó la cremallera de los pantalones.

—Después de tantos siglos, creía que serías capaz de reconocer cuándo una mujer intenta seducirte.

Se la rodeó con los dedos y la acarició desde la punta hasta la base. La tenía dura y la humedad que lubricaba el glande le mojó los dedos.

Wulf era incapaz de respirar mientras la observaba. Le cogió la cara entre las manos cuando bajó la cabeza para torturarlo con su cálida boca. Entre resuellos contempló cómo lo lamía mientras le acariciaba los testículos con las manos. Era maravilloso hacer el amor con alguien que lo conocía. Con alguien que recordaba cómo le gustaba que lo acariciasen.

Con alguien que lo recordaba.

Durante siglos solo lo habían tocado desconocidas. Nadie le había hecho sentir lo que ella. Nadie había derretido ese trozo congelado que había en su corazón hasta aflojarle las rodillas.

Solo Cassandra.

Cassandra sintió cómo Wulf se iba relajando con cada lametón y beso que le prodigaba, hasta que se corrió con un gemido feroz.

Una vez que estuvo completamente saciado, se quedó tirado en la cama, jadeando, con los ojos cerrados mientras ella se tendía sobre él y se recostaba contra su pecho. La estrechó con los brazos mientras escuchaba los latidos de su corazón.

—Gracias —le dijo en voz baja mientras le acariciaba el pelo.

—De nada. ¿Te sientes mejor?

—No.

—Bueno, al menos lo he intentado.

Su comentario le arrancó una carcajada agridulce.

—No eres tú, cariño. De verdad que no eres tú.

De repente Erik se despertó llorando. Wulf se subió la cremallera mientras ella cogía al pequeño en brazos y lo acunaba. Observó cómo se levantaba la camiseta para darle el pecho. Contempló la escena maravillado; una escena que conmovió sus instintos masculinos más atávicos. Eran su mujer y su hijo.

Y todo lo que sentía surgía del instinto más básico: quería protegerlos; mataría a cualquiera que los amenazara.

Se recostó en la cama y abrazó a Cassandra mientras ella alimentaba a su hijo.

—Hemos empezado a congelar mi leche esta mañana —dijo ella en voz baja.

—¿Para qué?

—Para Erik. La doctora Lakis me dijo que seguramente necesitaría mi leche hasta los seis meses. Los apolitas han desarrollado un método para conservarla, porque es muy común que muchas mujeres mueran antes de que los niños se alimenten de otro modo.

—No —susurró contra su sien, incapaz de pensar en su muerte—. He... he estado pensando sobre todo esto. Mucho.

—¿Y?

—Quiero que te conviertas en daimon.

Cassandra se echó hacia atrás y lo miró, estupefacta.

—¿Wulf? ¿Lo dices en serio?

—Sí. Tiene sentido. De esa manera...

—No puedo hacerlo —lo interrumpió.

—Claro que puedes. Solo tienes que...

—Que matar a gente inocente. —Parecía horrorizada—. No puedo.

—Phoebe no mata a nadie.

—Pero se alimenta de alguien que sí lo hace y tiene que beber de su sangre. Sin ánimo de ofender, eso es una asquerosidad. Por no mencionar el detallito de que ya no tengo el equipo necesario para chuparle la sangre a nadie y de que la última persona de la que querría alimentarme es Urian. Y ya que estamos, no podemos pasar por alto que tus compañeros y tú me perseguiréis si alguna vez salgo de Elisia para cazar.

—No lo harán —dijo con vehemencia—. No lo permitiré. Puedo mantenerte a salvo, Cassandra. Lo juro. Puedes quedarte en el sótano de mi casa, conmigo. Nadie tiene por qué saberlo.

Sus palabras lograron suavizarle la expresión y una de esas cálidas y delicadas manos le acarició la mejilla.

—Yo lo sabría, Wulf. Y también Erik. Y Chris...

—Por favor, Cassandra —le rogó sin dejar de pensar en la doctora Lakis y en su aspecto. En lo mucho que había envejecido. En el dolor que había reflejado su rostro—. No quiero que mueras. Y mucho menos de esa manera...

—Yo tampoco —volvió a interrumpirlo—. Puedes creerme.

—Pues lucha por mí. Lucha por Erik.

Cassandra dio un respingo.

—Eso no es justo. Tengo tantas ganas de morir como las que tú tienes de ver cómo lo hago, pero me estás pidiendo un imposible. Va en contra de todo aquello por lo que has luchado, de todas tus creencias. Acabarás odiándome.

—Jamás podría odiarte.

Ella meneó la cabeza sin creerlo.

—Los juzgados de familia están llenos de maridos que pensaban eso mismo cuando se casaron. ¿Cómo te sentirías dentro de un año, después de que hubiera matado a varios inocentes?

No quería pensarlo. Solo quería pensar en ellos. Por primera vez en siglos quería ser egoísta. A la mierda con el mundo. Llevaba mil doscientos años defendiendo a los humanos. Lo único que quería era un año de felicidad. ¿Era mucho pedir después de todo lo que había hecho por la Humanidad?

—¿Me harás el favor de pensarlo por lo menos? —le pidió, a pesar de que sabía que ella tenía razón.

«Cuidado con lo que deseas; es posible que se haga realidad.» Las palabras de Talon lo atormentaron.

—Está bien —susurró Cassandra, aun a sabiendas de que no iba a hacerlo.

Los dos dieron un respingo cuando el teléfono sonó.

Creyendo que se trataba de Ash ya que era un número oculto, sacó el móvil de la funda que llevaba en el cinturón y contestó.

—Hola, vikingo.

Se le heló la sangre en las venas al escuchar el fuerte acento griego que tan bien recordaba.

—¿Stryker?

—Exacto. Muy bien. Estoy orgulloso de ti.

—¿Cómo has conseguido mi número?

Si Urian los había traicionado, que los dioses lo ayudaran porque le arrancaría el corazón y se lo haría tragar.

—Una pregunta muy interesante, ¿no crees? Te reconozco el mérito. Me has estado llevando de un lado a otro. Pero tengo mis recursos. Es una suerte que uno de ellos viva en esta ciudad.

—¿Quién? —exigió saber.

Stryker chasqueó la lengua.

—La espera tiene que estar matándote, ¿eh? ¿A quién tengo? ¿Qué quiero? ¿Mataré a la persona que está en mi poder? —Se detuvo para emitir un gruñido complacido—. En fin, seré benevolente. Creo que eres lo bastante listo como para saber a quién quiero.

—No te daré a Cassandra. Me importa una mierda a quién tengas.

—Vaya, pero es que ya no quiero a Cassandra, vikingo. Piensa, anda. Ella morirá dentro de unas semanas. A quien quiero es a tu hijo y lo quiero ya.

—¡Que te jodan!

El daimon volvió a chasquear la lengua.

—¿Es tu última respuesta? ¿Ni siquiera quieres saber de quién es el alma que voy a devorar?

No, porque no se podía comparar con su hijo ni con Cassandra. No le importaba en lo más mínimo. No había nadie en la faz de la Tierra que le importara más que ellos. Pero tenía que averiguarlo.

—¿A quién tienes?

La línea se quedó en silencio varios segundos mientras contenía la respiración. No podía ser ni Cassandra, ni Erik ni Chris. ¿Quién quedaba?

La respuesta le heló la sangre.

—¿Wulf?

Era el padre de Cassandra.

16

Wulf colgó el teléfono con la cabeza hecha un lío. Miró a Cassandra, que se había quedado pálida.

—¿Qué ha dicho?

Una parte de él quería mentirle, pero fue incapaz. Su relación se lo impedía. Jamás le había ocultado nada. Y no iba a empezar en ese momento. Tenía derecho a saber lo que estaba pasando.

—Stryker quiere cambiar a tu padre por Erik. Si nos negamos, tu padre morirá.

Lo que no le dijo fue que su padre moriría de todas maneras. Al menos esa era la conclusión lógica por lo que sabía de Stryker. Estaba prácticamente convencido.

Aunque tal vez Urian pudiera mantener a Jefferson Peters con vida, dado que el daimon tenía un interés personal en su integridad física.

Cassandra se tapó la boca con la mano. Tenía los ojos desorbitados por el miedo.

—¿Qué vamos a hacer? No puedo permitir que mate a mi padre y desde luego que no voy a darle a mi hijo.

Wulf se puso de pie y habló con voz serena para no alarmarla más. Cassandra solo debía preocuparse por Erik y por sí misma. Él se encargaría del resto.

—Solo se me ocurre una cosa. Voy a matar a Stryker.

La idea no pareció entusiasmarla.

—Ya lo hemos intentado, ¿o es que no te acuerdas? No se puede decir que funcionase. Creo recordar que sus hombres y él os barrieron a ti, a los Cazadores Katagarios y a Corbin.

—Lo sé, pero si hay algo que sabemos hacer los vikingos es aprovecharnos del elemento sorpresa para despistar a nuestros enemigos. Mi ataque lo pillará desprevenido.

—Ni en broma. No es estúpido y sabe muy bien con quién se la juega.

—Y ¿qué quieres que haga? —le preguntó, presa de la frustración—. ¿Quieres que le dé a Erik y le diga *bon appétit*?

—¡No!

—Entonces, dame otra solución.

Cassandra se devanó los sesos. Pero Wulf tenía razón. No había otra forma.

Tal vez si consiguieran hablar con Urian... pero hacía días que se había ido y nadie, ni siquiera Phoebe, le había visto ni había tenido noticias suyas.

—¿Cuándo y dónde se supone que tienes que encontrarte con él? —le preguntó.

—Esta noche en el Infierno.

—Para entonces ya se nos habrá ocurrido algo.

Eso esperaba él, porque la alternativa era totalmente inaceptable.

—Yo también voy.

Tanto Wulf como Kat miraron a Chris como si le faltara un tornillo.

—Y ¿qué se supone que vamos a hacer contigo, Chris? —le preguntó—. ¿Te lanzamos sobre ellos?

El rostro de Chris se crispó por la ira.

—No soy un niño, Wulf. Da la casualidad de que sé pelear. Joder, llevo años entrenándome contigo.

—Sí, pero nunca te he dado fuerte.

Chris pareció aún más ofendido.

Kat le dio unas palmaditas en el brazo.

—No te preocupes. Cuando haya un ataque de PlayStation sobre la Tierra y amenace con destruirla, serás el primero a quien llamemos.

Chris resopló, mosqueado.

—No sé ni para qué lo he dicho...

Wulf respiró hondo mientras se colocaba la espada.

—Tu trabajo es proteger a Cassandra y a Erik. Te necesito aquí, chaval.

—Sí, claro. Soy un inútil, como de costumbre.

Lo cogió de la nuca y tiró de él.

—Jamás te he considerado un inútil. Y que no vuelva yo a oírte decir eso. ¿Me has entendido?

—Vale —cedió Chris mientras intentaba desasirse de su férreo apretón—. Supongo que la importancia de mi capacidad procreadora no ha disminuido con el nacimiento de tu heredero, ¿no?

Le revolvió el pelo antes de volverse hacia Kat.

—¿Estás lista?

—Supongo que sí. ¿Sabes que huirán de mí en cuanto me vean?

—Estupendo. Jugaremos al despiste. Si están preocupados por no hacerte daño, no podrán hacerme trizas a mí.

—Tienes razón.

Cuando hizo ademán de irse, Cassandra lo detuvo. Se acercó a él y lo abrazó con fuerza.

—Vuelve conmigo, Wulf.

—Esa es mi intención. Dios y Odín mediante.

Lo besó y acto seguido lo soltó.

Wulf echó un último vistazo a su esposa y al bebé que dormía plácidamente, ajeno a lo que iba a suceder esa noche. Ajeno al hecho de que si Stryker se salía con la suya, moriría y el mundo acabaría con él.

Ojalá él pudiera sumirse en esa bendita ignorancia.

Pero no podía ser. Tenía trabajo por hacer y mucho que perder si fallaba.

Su subconsciente no paraba de darle vueltas a un asunto... ¿Cómo había descubierto Stryker al padre de Cassandra?

¿Los habría traicionado Urian? ¿Sería posible?

En parte quería creer que se trataba de una coincidencia. Pero, por otro lado, no dejaba de pensar en la posibilidad de que Urian hubiera cambiado de opinión sobre ayudar a Stryker. A fin de cuentas, era su padre...

Salió del apartamento con Kat y se topó con Phoebe en la entrada principal. Llevaba en las manos un colgante que le puso alrededor del cuello.

—Esto hará que las puertas de Elisia se abran cuando regreses. No he podido ponerme en contacto con Urian y estoy preocupada. Rezo por que no se hayan enterado de que nos está ayudando.

—Urian está bien, Phoebe —la tranquilizó Kat—. Créeme cuando te digo que es un actor de primera. Ni siquiera se me había pasado por la cabeza que no fuera un capullo integral. Estoy convencida de que su padre tampoco lo sabe.

Phoebe pareció enfadarse por el comentario.

—Era una broma, Phoebe —le explicó Kat—. Relájate.

Phoebe sacudió la cabeza.

—¿Cómo puedes estar tan tranquila cuando sabes lo que está en juego?

—A diferencia de vosotros, yo sé que sobreviviré a esta noche de una manera o de otra. A menos que la Tierra sea destruida o me corten a trocitos, no corro peligro. Sois vosotros los que me preocupáis.

—Pues asegúrate de pegarte a mí como una lapa —dijo Wulf medio en broma—. Necesito un buen escudo protector.

Kat lo empujó hacia la salida.

—Vale, lo que tú digas. El gran guerrero vikingo escondiéndose detrás de mis faldas. Lo creeré cuando lo vea.

La guió hacia la salida, hacia la superficie. El vehículo en el que llegaron había sido trasladado a una cueva cercana donde guardaban otros coches, necesarios en caso de que alguno de los apolitas se convirtiera en daimon y necesitara un modo de llegar hasta el mundo humano.

Era patético, pero por una vez dio las gracias por la «preocupación» que demostraban por los daimons.

Había comenzado el deshielo de primavera y el suelo ya no estaba tan helado como antes.

Shanus le había dado varios juegos de llaves para que pudiera elegir el vehículo que los llevara a su destino lo más rápidamente posible. Escogió el Ford Mercury Mountaineer azul oscuro.

Kat entró primero. Mientras tanto, él clavó la vista en el camino por el que habían salido de la ciudad y pensó en su familia.

—Todo saldrá bien, Wulf.

—Claro... —susurró. Sabía que sería así. Se encargaría de que todo saliera bien aunque le fuera la vida en ello.

Se colocó en el asiento del conductor y puso rumbo a la ciudad. Su primera parada sería su casa. O lo que quedaba de ella. Quería estar armado hasta los dientes para esa batalla.

Recorrieron un trayecto de más de una hora antes de llegar a su propiedad. Cuando enfiló el camino, titubeó. Ya no había rastros del ataque. El garaje y las ventanas estaban intactos.

Incluso la puerta principal estaba en su sitio.

—¿Lo ha arreglado Stryker? —le preguntó a Kat.

Ella se echó a reír.

—No es su estilo, créeme. Jamás repara el daño que causa. No tengo ni idea de lo que ha pasado aquí. ¿Podría ser obra de tu Consejo de Escuderos?

—No, ni siquiera se enteraron de lo que había pasado.

Metió la llave que activaba la puerta y condujo muy despacio hacia la casa, esperándose lo peor.

Estaban a punto de llegar a la puerta principal cuando se detuvo de golpe.

Entre las sombras que proyectaba la casa, vio un movimiento.

La niebla que surgía del lago era espesa y se movía con el viento. Apagó las luces para que no disminuyeran su visión y alargó el brazo en busca de la espada retráctil que llevaba bajo el asiento.

Tres hombres muy altos vestidos de negro se acercaban a ellos muy despacio, con actitud arrogante, como si tuvieran todo el tiempo del mundo. Los tres tenían la misma fuerza y poder, y sus cuerpos irradiaban un deseo irrefrenable de entrar en combate.

Todos eran rubios.

—Quédate aquí —le dijo a Kat al tiempo que salía del coche, dispuesto para la lucha.

La niebla se arremolinó en torno a ellos mientras se acercaban.

Uno de ellos, que no mediría más de metro noventa, llevaba unos pantalones de pinzas, un jersey y una trenca de lana. Debajo de la trenca abierta se veía una vaina muy antigua y una espada de diseño griego. El del centro era varios centímetros más alto y también llevaba pantalones de pinzas, un jersey y un abrigo largo de cuero negro. El tercero tenía el pelo corto, y era de un rubio algo más oscuro que el de sus compañeros. Iba vestido con atuendo de motero y le caían dos trencitas de la sien izquierda.

Y en ese mismo instante lo reconoció.

—¿Talon?

El motero esbozó una enorme sonrisa.

—Por el modo en el que sujetabas la espada, creí que no ibas a acordarte de mí, vikingo.

Wulf se echó a reír mientras su viejo amigo se acercaba. Llevaban más de un siglo sin verse. Le estrechó la mano al celta de buena gana.

Se giró hacia el hombre que estaba en el centro y lo recordó del breve período que había pasado en Nueva Orleans durante un Mardi Gras hacía más de cien años.

—¿Kirian? —dijo, inseguro.

El antiguo general griego había cambiado bastante desde la última vez que lo vio. Por aquel entonces, Kirian tenía el pelo muy corto y llevaba barba. En esos momentos, el cabello le llegaba por los hombros e iba afeitado.

—Me alegro de volver a verte —replicó Kirian, que le estrechó la mano—. Este es mi amigo Julian de Macedonia.

Solo conocía al hombre por su reputación. Había sido Julian quien enseñó a luchar a Kirian.

—Encantado de conocerte. Y ahora ¿qué coño estáis haciendo los tres aquí?

—Son tus refuerzos.

Se giró y vio que Aquerón Partenopaeo se unía al grupo. No supo qué le sorprendió más, si la presencia de los hombres o el bebé que Ash llevaba contra el pecho en una mochila portabebés.

Estaba estupefacto.

—¿Kirian? ¿Es tu hija?

—Joder, no —respondió el aludido—. Ni por pienso metería a Marissa en todo esto. Además, Amanda me los cortaría primero y luego me mataría si se me ocurriera siquiera. —Inclinó la cabeza hacia Aquerón—. Es el bebé de Ash.

El comentario hizo que enarcara una ceja.

—Lucy —comenzó, imitando el acento cubano de Ricky Ricardo en *Yo quiero a Lucy*—, tienes que explicar algunas cosillas.

Ash resopló.

—Stryker no es estúpido. Aunque tu idea de ir con un bebé de plástico tiene su aquel, no funcionará. Stryker olería el plástico en un abrir y cerrar de ojos. —Giró la mochila para que pudiera ver al diminuto bebé de pelo oscuro que había dentro—. Así que te he traído un bebé de verdad.

—¿Qué pasa si sale herido?

El bebé estornudó.

Y tuvo que apartarse de un brinco cuando la bocanada de fuego que le salió por la nariz estuvo a punto de achicharrarle la pierna.

—Simi lo siente —dijo el bebé con voz cantarina—. Casi hace barbacoa con un Cazador Oscuro, y eso sería un desperdicio porque Simi no lleva la salsa para barbacoas. —El bebé echó la cabeza hacia atrás para mirar a Ash—. Ya sabes que los Cazadores Oscuros churruscaditos sin salsa no están buenos. Necesitas...

—Simi —dijo Ash entre dientes a modo de advertencia e interrumpiendo al bebé.

Este lo miró con ojos desorbitados.

—Vaya, Simi lo siente, akri. Gu, gu, gu.

Wulf se frotó la frente.

—¿Qué es eso?

—Ya te lo ha dicho, Simi es su bebé... demonio.

Los cinco se giraron en dirección a la siniestra y ronca voz de marcado acento griego. Otro hombre apareció de entre las sombras. Era casi tan alto como Aquerón y tenía el pelo negro y unos brillantes ojos azules.

Ash enarcó una ceja.

—Ya veo que has venido, Z. Me alegro de que te unas a la fiesta.

Zarek resopló.

—¿Qué coño? No tenía nada mejor que hacer. Supuse que podría pasarme por aquí, patear unos cuantos culos y hacer unos cuantos amigos. Claro que lo de los amigos me importa una mierda. Solo estoy aquí por dar caña.

—Así que tú eres Zarek —le dijo sin quitarle la vista de encima al que fuera el infame Cazador Oscuro exiliado a Fairbanks, en Alaska.

Además de irradiar mala leche por todos y cada uno de los poros de su cuerpo, llevaba los labios fruncidos en una permanente mueca. Billy Idol y Elvis eran unos aficionados a su lado.

—Ajá —respondió Zarek, con más socarronería—. Y me estoy congelando, así que a ver si vamos cortando los saluditos para que pueda matar a unos cuantos capullos y volver a mi playa.

—Si odias tanto esto —comenzó Talon—, ¿por qué aceptaste venir?

Con un sutil gesto de la mano que dejaba claro lo que opinaba de él, Zarek se peinó una ceja... con el dedo corazón. Un dedo cubierto por una larga y afilada garra metálica.

—Astrid quiere que haga amigos. No sé por qué, la verdad. Cosas de mujeres. Quiere que me esfuerce en ser más sociable.

Ash soltó una carcajada al escucharlo.

Zarek intercambió una mirada cómplice y risueña con el atlante.

—Ni se te ocurra decirlo, oh, Gran Ash. Tú me metiste en

esto. —Acto seguido, Zarek hizo lo impensable: se inclinó y acarició la barbilla al bebé—. ¿Cómo te va, Simi?

El bebé comenzó a dar botes en la mochila.

—Simi está bien. ¿Tienes más judías congeladas? Simi echa de menos estar en Alaska contigo. Fue divertido.

—No hay tiempo para comer, Simi —replicó Ash.

El bebé le hizo una pedorreta.

—¿Puede Simi comerse a los daimons?

—Si los atrapas —le prometió Ash, lo que hizo que Wulf se preguntara qué sabría el atlante de los daimons que él desconocía.

—¿Qué quiere decir eso? —le preguntó Zarek—. ¿Vuelves a ser ambiguo?

Ash lo miró con arrogancia.

—Siempre.

Zarek resopló disgustado.

—En mi opinión, deberíamos darte una paliza entre los cinco hasta que te aclares.

Kirian se frotó el mentón, con gesto pensativo.

—La verdad es que...

—No empieces —le dijo Aquerón, mosqueado. Se giró hacia Wulf—. Ve a por tus armas. Tienes una cita a la que no puedes faltar.

Lo obedeció y al llegar junto al atlante se detuvo para decirle:

—Gracias por venir.

Ash le hizo un gesto con la cabeza y se apartó a un lado mientras acunaba al bebé demonio contra su pecho.

Kat no estaba por ningún lado cuando regresó al coche a por ella.

—¿Kat? —la llamó—. ¿Kat?

—¿Qué pasa? —le preguntó Talon cuando el grupo se acercó al coche.

—¿Habéis visto a la mujer que me acompañaba?

Todos negaron con la cabeza.

—¿De qué mujer estás hablando? —preguntó Talon.

Frunció el ceño antes de contestar.

—Mide más de metro noventa y es rubia. No puede haber salido del coche y desva... —Se detuvo al pensar en lo que estaba diciendo—. Da igual, es una de las pocas personas que podría desvanecerse en el aire.

—¿Es tu esposa? —preguntó Kirian.

—No, es la de doncella de Artemisa que nos ha estado ayudando.

Ash frunció el ceño al escucharlo.

—Artemisa no tiene ninguna *kori* más alta que ella. Créeme. No permite que ninguna mujer la mire por encima del hombro. Literalmente.

Wulf miró al atlante al tiempo que un mal presentimiento le hacía un nudo en el estómago.

—Espero que estés equivocado, porque si no es así, Kat ha estado trabajando para Stryker todo este tiempo y probablemente le esté contando nuestra fiestecita sorpresa.

Ash ladeó la cabeza como si estuviera agudizando el oído.

—Ni siquiera percibo trazas de su presencia. Es como si no existiese.

—¿Qué opinas? —preguntó Kirian.

Ash cambió al bebé de postura cuando comenzó a darle patadas en la entrepierna y se lo colocó en la cadera. El bebé empezó a juguetear con su trenza antes de mordisquearla.

Al verlo, Wulf frunció el ceño. Si no supiera que era imposible, habría jurado que el bebé tenía colmillos.

—No sé qué pensar —respondió Ash, quitándole la trenza—. Kat responde a la descripción de una apolita o de una daimon.

—Pero resiste la luz del sol —les explicó.

Zarek soltó un taco.

—No me digas que hay otro Asesino de la Luz suelto.

—No —replicó Aquerón con firmeza—, sé de primera mano que Artemisa no ha creado otro. No se atrevería. Al menos, por el momento.

—¿Qué es un Asesino de la Luz? —preguntó Talon.

—No te gustaría saberlo en lo más mínimo —respondió Julian.

—Ajá —convino Zarek—. Lo que te ha dicho multiplicado por cien.

—Vale, estupendo —dijo Wulf para dar por zanjada la cuestión antes de dirigirse a su casa—. Recojo mis cosas y nos ponemos en marcha.

Mientras se alejaba, vio que Talon se acercaba a Ash.

—Este es el momento en el que sueles decir que si todo el mundo hace lo que se supone que tiene que hacer, todo saldrá como está previsto. ¿O no?

El rostro de Aquerón era una máscara impasible.

—Normalmente, sí.

—Pero...

—Esta noche nos enfrentamos a un poder superior al de las Moiras. Lo único que puedo decir sin equivocarme es que va a ser una pelea de las gordas.

Wulf se echó a reír al escuchar esa última frase justo antes de que la distancia le hiciera perderse el resto de la conversación. Por él, perfecto. Los vikingos eran máquinas peleando.

Llegaron al Infierno poco después de la medianoche. Por extraño que pareciera, el club estaba vacío.

Dante los recibió en la puerta, vestido de negro de pies a cabeza. No llevaba los colmillos falsos y parecía muy cabreado.

—Ash —dijo, saludando al atlante—. Ha pasado mucho tiempo desde la última vez que asomaste por aquí.

—Dante —correspondió él, estrechándole la mano.

Dante echó un vistazo al bebé y frunció el ceño.

—¿Simi?

El bebé sonrió.

El katagario dejó escapar un silbido por lo bajo y retrocedió un poco.

—Joder, Ash, te agradecería que me avisaras cuando vayas a traer a tu demonio. ¿Les digo a los chicos que la insaciable glotona ha llegado?

—No —contestó Ash, meciendo al bebé con cuidado—. Solo ha venido a merendarse unos cuantos daimons.

—¿Dónde están todos? —preguntó Wulf.

Dante echó un vistazo hacia la pared que tenía a su derecha.

—Escuché rumores de lo que iba a pasar esta noche, así que cerré el club.

Wulf siguió la dirección de su mirada y vio la piel de una pantera en la pared. La reconoció por la veta rojiza.

—¿Tu hermano?

Dante se encogió de hombros mientras la ira le ensombrecía la mirada.

—El cabrón estaba trabajando con los daimons. Les estaba pasando información sobre nosotros y sobre ti.

—Tío —musitó Talon—. Hay que ser muy frío para matar a los tuyos.

Dante lo miró con una expresión feroz que dejó bien claro que no era humano.

—Mi hermano nos traicionó a mí y a nuestra gente. Si fuera tan frío como me gustaría, su piel estaría en el suelo para que todo el mundo la pisara. Por desgracia, a mis otros hermanos no les hacía mucha gracia, así que nos decidimos por la pared.

—Entendido —replicó Ash—. ¿Dónde está el resto de la manada?

—Atrás. Nos lavamos las manos en este asunto. No nos gusta matar a los nuestros.

Zarek resopló ante el comentario.

—A menos que sea tu propio hermano.

El katagario se acercó y ambos se contemplaron con mutuo desprecio.

—La ley de la selva. El traicionado se come al traidor.

Zarek le lanzó una mirada socarrona.

—Mi ley de la selva: mátalos a todos y deja que Hades decida quién es quién.

Dante se echó a reír.

—Me gusta este, Ash. Nos entiende.

—¡Vaya, Z! —exclamó el atlante con sorna—. Creo que por fin has encontrado un amiguito. Astrid va a ponerse muy contenta.

Zarek le hizo un gesto grosero con la mano.

Que Ash pasó por alto.

—De acuerdo, vamos al lío, chicos.

Dante se apostó en la puerta principal mientras Ash sacaba a Simi de la mochila portabebés y se la entregaba a Wulf, que no parecía estar muy convencido de tocar a la pequeña demonio.

Ella lo miró con expresión calculadora antes de sonreír.

—Simi no va a morderte si tú no la dejas caer.

—Entonces intentaré no hacerlo.

La pequeña le enseñó los colmillos antes de acomodarse entre sus brazos... la viva imagen de un bebé feliz.

—¿No deberíamos escondernos? —preguntó Julian—. Para tomarlos por sorpresa.

—No podemos —contestó Ash—. Stryker no es un daimon normal.

—¿Es más del tipo de Desiderio? —quiso saber Kirian.

—Peor. De hecho, el mejor consejo que os puedo dar a todos —respondió de nuevo, observando a Zarek en particular— es que dejéis que sea yo quien se ocupe de Stryker. Soy el único al que no puede matar.

—¿Y por qué, Ash? —quiso saber Zarek—. No, espera. Fairbanks alcanzará una temperatura de 110 °C en pleno enero antes de que tú contestes a esa pregunta...

Ash cruzó los brazos por delante del pecho.

—Entonces, ¿para qué preguntas?

—Para mosquearte —contestó él mientras se alejaba—. ¿Cuándo se supone que llegarán?

El espacio vacío situado sobre la pista de baile siseó y comenzó a brillar.

Zarek sonrió de oreja a oreja.

—¡Sí, sí, sí! Que comience el baño de sangre.

Kirian sacó su espada retráctil y la extendió mientras Talon cogía su *srad*. Julian desenvainó su espada griega.

Zarek y Ash no hicieron ademán alguno de sacar sus armas. Ni Wulf. Su objetivo era proteger a Simi, Erik y Cassandra.

La madriguera apareció un segundo antes de que Stryker la atravesara. Tras él llegó una legión de daimons, Urian incluido. Su rostro tenía una expresión estoica cuando enfrentó la mirada de Wulf. Era difícil creer que ese era el hombre que había oficiado su boda con Cassandra. No había nada en sus ojos ni en su expresión que delatara que se conocieran. Kat tenía razón, era un actor cojonudo.

—Qué bonito... —dijo Stryker con una carcajada malévola—. Has traído la cena para mis hombres. Ojalá todo el mundo fuera tan considerado.

Varios daimons rieron.

Y también lo hizo Zarek.

—¿Sabes, Ash? Me gusta este tío. Una lástima que tengamos que matarlo.

Stryker le lanzó una mirada asesina por el rabillo del ojo antes de mirar a Aquerón. Los dos se miraron sin decir una palabra y sin delatar lo que estaban pensando.

Sin embargo, Wulf captó el instante de indecisión que mostró el rostro de Urian cuando se percató de la presencia de Ash.

—¿Padre?

—No pasa nada, Urian. Lo sé todo sobre el atlante. ¿Verdad, Aquerón?

—Eso es lo que tú te crees, Strykerio. Yo, en cambio, conozco cada uno de tus puntos débiles, incluido ese que te lleva a tener fe en la Destructora mientras ella juega contigo.

—Mientes.

—Tal vez sí... o tal vez no.

Estaba claro que nadie igualaba la capacidad de Ash para mostrarse ambiguo. Era un maestro a la hora de no decir nada y de hacer dudar a la gente hasta del mismo aire que respiraban.

Pasado un instante, Stryker se giró hacia Wulf. Su mirada se posó en el bebé que sostenía. El daimon ladeó la cabeza y sonrió.

—Qué bonito... os habéis tomado muchas molestias, ¿verdad? Todos vosotros. Debería sentirme halagado.

Wulf tuvo un mal presentimiento. Algo no iba bien.

¿Sabría el daimon que Simi no era su hijo?

Stryker se acercó a Urian. Le echó un brazo sobre los hombros y lo besó en la mejilla. Urian frunció el ceño y se tensó.

—Son los hijos los que nos dan la vida, ¿no es cierto? —preguntó—. Nos dan alegría. Y, en ocasiones, nos provocan sufrimientos.

Urian frunció el ceño todavía más mientras su padre jugueteaba con la cinta de cuero que llevaba atada en el extremo de la trenza.

—Claro que tú nunca conocerás el sufrimiento al que me refiero, Wulf. Tu hijo no vivirá lo suficiente como para que te traicione.

Antes de que pudieran moverse, Stryker degolló a su hijo con una mano que ya no tenía apariencia humana. Era la garra de un dragón.

Apartó a Urian de un empujón. Este cayó al suelo resollando y se llevó las manos al cuello para intentar detener el flujo de sangre mientras su padre se enfrentaba a los Cazadores Oscuros.

—No me creeréis tan estúpido como para caer en esta trampa, ¿no? —Su mirada taladró a Wulf y, cuando habló, no fue su voz la que escucharon, fue la del padre de Cassandra—. Sabía que jamás traeríais al bebé. Lo único que necesitaba era alejaros de Elisia un tiempo.

Wulf soltó una maldición e hizo ademán de atacar.

—*¡Ak'ritah tah!* —gritó Aquerón.

El portal se abrió.

Uno de los daimons se echó a reír.

—No tenemos por qué cruzarlo... —Antes de que pudiera acabar la frase, el daimon fue absorbido sin muchos miramientos por el portal.

Los otros no tardaron en seguirlo.

Ash corrió hacia el lugar donde Urian yacía en un charco de sangre.

—Tranquilo —susurró, cubriéndole las manos. Los ojos del daimon se llenaron de lágrimas mientras lo miraba—. Respira despacio y de forma superficial —le dijo con voz profunda y reconfortante.

Wulf y los demás observaron en un atónito silencio cómo Ash sanaba a Urian.

—¿Por qué? —preguntó el daimon.

—Te lo explicaré más tarde. —Aquerón se puso en pie y se alzó el borde de la camisa hasta que su musculoso abdomen quedó al descubierto—. Simi, regresa conmigo.

El supuesto bebé dejó los brazos de Wulf de inmediato. Una vez en el aire, abandonó la forma humana y se convirtió en un diminuto dragón que se posó sobre la piel de Ash hasta convertirse en un tatuaje que se acomodó en su costado izquierdo.

—Siempre me he preguntado cómo era posible que se te moviera el tatuaje —dijo Kirian.

Ash no dijo nada. En cambio, alzó las manos.

En un abrir y cerrar de ojos dejaron atrás el Infierno y aparecieron en Elisia.

Decir que se había desatado el caos en la ciudad era quedarse cortos. El aire estaba lleno de gritos agónicos y por todos lados había cadáveres de apolitas, ya fueran hombres, mujeres o niños. Al parecer, no se desintegraban como los daimons a menos que murieran en su vigésimo séptimo cumpleaños.

El horror y el miedo se apoderaron de Wulf.

—¡Phoebe! —gritó Urian, echando a correr hacia su apartamento.

Wulf no se molestó en gritar. Nadie podría escuchar nada por encima de los chillidos. Así que corrió tanto como pudo para llegar hasta su mujer y su hijo.

Varios daimons trataron de detenerlo. Se abrió paso entre ellos con la mirada vidriosa a causa de la ira.

Nadie se interpondría entre él y su familia.

Nadie.

Cuando llegó al apartamento, descubrió que habían echado la puerta abajo. Shanus yacía muerto en el salón.

El miedo le provocó un nudo en el estómago hasta que escuchó que alguien luchaba en su dormitorio. Pero lo que más le gustó fue el enojado llanto de su hijo.

Atravesó la estancia como una exhalación hasta llegar a la puerta del dormitorio, donde se detuvo. Chris estaba en el rincón más lejano, protegiendo a Erik contra su pecho. Sus dos amigas apolitas, Kyra y Ariella, estaban frente a él formando una barrera protectora.

Stryker y tres daimons más estaban atacando a Kat y a Cassandra, quienes se defendían con mucha pericia.

—No podrás mantener tu escudo eternamente, Katra —gruñó Stryker.

Kat miró a Wulf y sonrió.

—No tengo por qué hacerlo. Me basta con resistir lo justo para que llegue la caballería.

Stryker titubeó antes de mirar por encima del hombro y ver que Wulf se lanzaba al ataque.

Mató a uno de los daimons y fue a por Stryker. Este se giró y le lanzó una descarga astral que lo estampó de espaldas contra la pared.

Siseando por el dolor, vio un movimiento por el rabillo del ojo.

Eran Ash y Zarek.

Kat se desvaneció de inmediato mientras Stryker soltaba una maldición.

Wulf y Zarek fueron a por los daimons que quedaban mientras Ash y Stryker se medían el uno al otro.

—Vete a casa, Stryker —le dijo Ash—. La guerra ha acabado.

—Jamás acabará. No mientras mi padre —dijo, mascullando la palabra con desprecio— viva.

Ash meneó la cabeza.

—Y yo que tachaba a mi familia de disfuncional... Ríndete. Ya has perdido. ¡Por todos los dioses! Has matado a tu propio hijo, y ¿por qué?

Stryker dejó escapar un rugido de furia y lo atacó.

Wulf cogió a Erik de los brazos de Chris al mismo tiempo que Zarek protegía a Cassandra con su cuerpo. Su intención era sacarlos de allí, pero no podían llegar a la puerta mientras Ash y Stryker la estuvieran bloqueando.

Stryker lanzó una descarga astral a Ash, pero este la absorbió como si nada. A cambio, le dio un revés que levantó al daimon del suelo y lo estrelló contra la pared.

Wulf silbó por lo bajo. Todos sabían que Ash era poderoso, pero nunca lo habían visto hacer algo así.

Stryker atacó de nuevo. Sin embargo, por alguna razón, Ash no lo mató. Los dos se defendían como si fueran humanos y no... lo que fuesen.

Con el rostro ensangrentado, Stryker lanzó una nueva descarga astral.

Ash la desvió. Alzó la mano y, mientras lo hacía, Stryker fue alzándose del suelo.

En ese momento, el daimon lanzó otra nueva descarga que hizo que Ash se tambaleara y lo liberase.

Stryker puso los pies en el suelo y echó a correr. Atrapó a Ash rodeándolo con los brazos y lo estampó contra la pared.

Sin embargo, antes de que pudiera atacarlo de nuevo, un demonio de piel amarilla surgió de la nada. Sus ojos relampaguearon al tiempo que abrazaba a Stryker y desaparecía con él por donde había llegado.

Aquerón gruñó.

—Ya que estamos, Apolimia —gritó—, será mejor que lo retengas a tu lado.

—¿Qué coño eres? —le preguntó Wulf mientras Ash se daba la vuelta para mirarlos.

—No preguntes cosas que no quieres saber —contestó Zarek—. Créeme. Todavía no estás preparado para saber la verdad.

—¿Se ha ido Stryker? —preguntó Cassandra.

Ash asintió.

Cassandra abrazó a Wulf antes de coger a Erik de los brazos y sostenerlo contra el hombro para tranquilizarlo.

—Lo sé, cariño —le dijo con una vocecilla arrulladora—, pero el hombre malo ya se ha ido.

—¿Qué ha sido eso que se ha llevado al daimon? —preguntó Kyra—. ¿Dónde han ido?

Ash no contestó.

—Ya estáis a salvo, chicos. Al menos, de momento.

—¿Volverá? —quiso saber Cassandra.

Ash soltó una extraña risotada.

—No lo sé. Es una de las pocas criaturas que escapan a mis poderes. Pero, tal y como ha dicho, esto no ha acabado. Tal vez vuelva dentro de unos meses o dentro de unos siglos. El transcurso del tiempo es distinto donde él vive.

En ese momento llegaron Kirian, Talon y Julian.

—Los daimons se han desvanecido —les informó Talon—. Pulverizamos a algunos, pero el resto…

—No pasa nada —dijo Ash—. Gracias por la ayuda.

Todos asintieron mientras salían del dormitorio para enfrentarse con el caos que había en el salón.

—Tío, se tardarán días en limpiar todo esto —dijo Chris, mirándolo todo con incredulidad.

En ese momento y delante de sus ojos, los restos del estropicio desaparecieron y solo quedaron los cadáveres.

Zarek resopló.

—Será mejor que te plantes ahora que has ganado, Aquerón.

—No he ganado, Z. No puedo reparar el verdadero daño que se ha hecho aquí esta noche. —Su mirada voló hacia el cadáver de Shanus.

Wulf meneó la cabeza mientras alzaba al apolita para llevarlo al módulo central de la ciudad.

Había apolitas llorando y llamando a gritos a sus muertos por todos lados.

—No se merecían esto —dijo.

—¿Quién lo merece? —replicó Ash.

Se les acercó una mujer. Tenía un porte regio y no tardaron mucho en comprender quién era.

—¿Shanus? —dijo con los ojos llenos de lágrimas.

Wulf dejó el cuerpo en el suelo.

—¿Es su esposa?

Ella asintió con los ojos brillantes por las lágrimas. Acunó la cabeza de su marido en el regazo y comenzó a llorar en silencio.

Cassandra se acercó.

—Lo siento muchísimo.

La mujer alzó la vista y la miró con aversión.

—¡Fuera! ¡Marchaos todos! Ya no sois bienvenidos. ¡Os hemos ayudado y nos habéis destruido!

Zarek se aclaró la garganta.

—Un buen consejo —le dijo a Wulf, que estaba observando al resto de los apolitas. A su vez, ellos los miraban con expresión asesina.

—Sí —convino Ash—. Chicos, ayudad a Wulf y a su familia a salir de aquí. Yo voy a ocuparme de alguien.

Wulf sabía que se refería a Urian.

—¿Quieres que te esperemos?

—No. Habrá un par de coches arriba esperándoos. Id a casa, ya os veré después.

—¿Coches? —preguntó Kirian.

—Repito: no preguntéis y no averiguaréis lo que no queréis saber —les dijo Zarek—. Aceptad el hecho de que Ash es un bicho raro de la naturaleza y ya está.

El aludido lo miró con sorna.

—Vale, yo seré un bicho raro, pero por lo menos no voy lanzándole descargas astrales a mi hermano...

Zarek soltó una carcajada maliciosa.

—Al menos no le he acertado... todavía...

Ash observó al grupo mientras Zarek los ayudaba a abandonar la ciudad.

Aguardó de pie en el centro del módulo, examinando los daños que habían sufrido los alrededores. Comenzó a limpiarlo todo tal y como había hecho con el apartamento de Wulf, pero se detuvo. Los apolitas necesitarían algo con lo que mantenerse ocupados para olvidarse un poco del dolor.

Reconstruir la ciudad les daría algo en lo que pensar y los distraería del sufrimiento. Al menos durante un tiempo.

En lo más profundo de su corazón, él también lloraba con ellos.

Que puedas hacerlo, no significa que debas..., pensó.

Se obligó a caminar por el pasillo sin rendirse a la compulsión de arreglarlo todo.

Para cuando llegó al apartamento de Urian, estaba asqueado por la matanza que Stryker había llevado a cabo en nombre de Apolimia.

Aquello no tenía sentido, pero claro... era la diosa de la Destrucción. Y por ese motivo tenía que asegurarse de que jamás escapara de su prisión.

Encontró a Urian hincado de rodillas en el centro del salón. Tenía un pequeño medallón de oro en las manos y lloraba en silencio.

—¿Urian? —lo llamó en voz baja y serena.

—¡Vete! —masculló él—. Déjame solo.

—No puedes quedarte aquí —siguió—. Los apolitas se te echarán encima.

—Me da igual.

Urian alzó la vista y el ramalazo de dolor que Ash sintió a causa de sus poderes empáticos lo hizo retroceder. Había pasado mucho tiempo desde la última vez que experimentara una angustia semejante.

—¿Por qué no me dejaste morir también? ¿Por qué me salvaste?

Ash respiró hondo y se lo explicó.

—Porque si no lo hubiera hecho, habrías vendido tu alma a Artemisa para matar a tu padre.

—¿Y crees que no voy a matarlo por esto? —Se giró hacia él con un gruñido—. No queda nada de ella. ¡Nada! Ni siquiera tengo un cuerpo que enterrar. Yo... —Los sollozos le quebraron la voz.

—Lo sé —le dijo, al tiempo que le ponía una mano en el hombro.

—¡Tú no sabes nada!

Ash lo cogió por la barbilla y se la alzó hasta que sus miradas se encontraron.

—Sí, Urian. Lo sé.

El daimon se esforzó por respirar mientras una serie de imágenes intermitentes pasaba por los turbulentos ojos plateados de Ash. En ellos había mucho sufrimiento, una enorme agonía y mucha sabiduría.

Era difícil mantener su mirada.

—No quiero vivir sin mi Phoebe —dio con la voz desgarrada.

—Lo sé. Y por eso voy a darte a elegir entre dos posibilidades. Yo no puedo localizar a tu padre para mantenerlo vigilado. Necesito que seas tú quien lo haga. Porque tarde o temprano volverá a atacar a los descendientes de Apolo.

—¿Y por qué voy a protegerlos? ¡Phoebe murió por ellos!

—Phoebe vivió gracias a ellos, Urian. ¿No lo recuerdas? Tu padre y tú fuisteis los responsables de la muerte de toda su familia. ¿Alguna vez le has dicho que fuiste tú? ¿Tú quien mató a su abuela? ¿A sus primos?

Urian apartó la vista, avergonzado.

—No. Jamás le habría hecho daño de esa manera.

—Pero lo hiciste. Cada vez que tú, o tu padre, o uno de vuestros spati mataba a alguien de su familia, ella sintió el dolor que tú estás sintiendo ahora. Las muertes de su madre y de sus hermanas la destrozaron. ¿No fue esa la única razón por la que salvaste a Cassandra?

—Sí.

Se alejó de él mientras el daimon se limpiaba las lágrimas.

—¿Y cuál es la otra posibilidad?

—Borraré tus recuerdos. Todos ellos. No recordarás nada. No recordarás el dolor. Ni el presente ni el pasado. Vivirás como si nada de esto hubiera sucedido.

—¿Me matarás si te lo pido?

—¿Quieres morir de verdad?

Urian clavó los ojos en el suelo. La mayoría de la gente no habría adivinado sus pensamientos. Pero Ash sí. Los escuchaba con tanta claridad como si fueran los suyos.

—Ya no soy un daimon, ¿verdad? —preguntó tras una pausa.

—No. Y tampoco eres apolita exactamente.

—Entonces, ¿qué soy?

Ash respiró hondo antes de decirle la verdad.

—Eres un ser único en el mundo.

A Urian le gustaba tanto como a él lo de ser único. Sin embargo, había cosas que no podían cambiarse.

—¿Cuánto viviré? —quiso saber.

—Eres inmortal, salvo para la muerte.

—Eso no tiene sentido.

—La vida en sí no lo tiene.

Ash sintió la frustración que lo embargaba, pero al menos esa sensación hacía que el dolor disminuyera en parte.

—¿Puedo caminar bajo el sol?

—Si quieres, solo tienes que decírmelo. Si eliges la amnesia, te haré completamente humano.

—¿Puedes?

Ash asintió.

Urian soltó una amarga carcajada mientras lo observaba de arriba abajo con expresión gélida.

—Por si no lo has notado, Aquerón, no soy imbécil y tampoco soy tan ciego como mi padre. ¿Sabe del demonio que llevas en tu cuerpo?

—No. Y Simi no es un demonio. Es parte de mí.

Clavó los ojos en los de Ash.

—Pobre Stryker… está jodido y ni siquiera lo sabe. —La intensidad de su mirada resultaba abrasadora—. Sé quién eres y lo que eres Aquerón Partenopeo.

—En ese caso, sabes que si alguna vez se te ocurre compartir ese conocimiento con alguien, me encargaré de que te arrepientas. Durante toda la eternidad.

Urian asintió.

—Lo que no entiendo es por qué te escondes.

—No me escondo —lo corrigió sin más explicaciones—. Lo que tú sabes no servirá de nada, pero causará dolor y destrucción.

Urian meditó un instante.

—Estoy harto de ser un destructor.

—¿Y qué eres?

Urian rememoró los acontecimientos de esa noche. Meditó acerca del insoportable dolor que sentía por la muerte de su esposa. Era tentador permitirle a Aquerón que lo borrara, pero con él desaparecerían también todos los buenos recuerdos que había atesorado.

Aunque Phoebe y él habían disfrutado de muy pocos años juntos, ella lo había amado de un modo desconocido para él hasta que la conoció. Había despertado a la vida un corazón que había creído muerto.

No; dolía vivir sin ella, pero no quería perder el vínculo que aún conservaba con su esposa.

Se colocó el medallón en el cuello y se puso en pie despacio.

—Soy tu hombre. Pero te advierto una cosa: si alguna vez se me presenta la oportunidad de matar a Stryker, la aprovecharé. Y a tomar por culo las consecuencias.

17

Stryker rugió de furia cuando se encontró en la sala del trono de la Destructora.

—¡Estaba a un paso de matarlos! ¿¡Por qué me has detenido!?

Sabina, el demonio caronte, seguía reteniéndolo.

Por raro que pareciera, Xedrix no estaba en la estancia con su madre, pero no tenía tiempo para preocuparse por el paradero del demonio. Su mente rebosaba de odio y frustración.

Su madre estaba sentada en el diván con pose tranquila, como si estuviera dando una audiencia y no le importara en lo más mínimo haber destrozado los planes que habían trazado meticulosamente a lo largo de los años.

—No me grites, Strykerio. No toleraré la insubordinación.

Se obligó a bajar la voz a pesar de que le hervía la sangre.

—¿Por qué has intervenido?

Apolimia se colocó su almohadón negro sobre el regazo y comenzó a juguetear con una esquina.

—No puedes vencer al Electi. Ya te lo he dicho.

—Podría haberlo derrotado —insistió. Nadie podía pararlo. Estaba convencido de ello.

—No, no lo habrías hecho —replicó su madre con firmeza. La mirada de la diosa bajó hasta su regazo mientras recorría con las manos el satén negro—. No hay mayor dolor que el que provoca un hijo cuando te traiciona, ¿no es así, Strykerio? Le das todo cuanto tienes pero ¿te hace caso? No. ¿Te respeta? No. Te destroza el corazón y pisotea la bondad que estás dispuesto a demostrarle.

Stryker cerró los ojos con fuerza mientras la voz de su madre expresaba en voz alta sus pensamientos más profundos. Se lo había dado todo a Urian y este le había pagado con una traición tan inesperada que había tardado días en asumirla.

Una parte de sí mismo odiaba a Apolimia por decirle la verdad. Otra parte se lo agradecía.

Jamás había sido adicto a criar cuervos en sus filas.

Por no decir que jamás le haría a su madre lo que le habían hecho a él.

—Haré lo que tú decidas, madre.

Apolimia se apretó el almohadón contra el pecho y exhaló un suspiro de cansancio.

—Bien.

—¿Qué hacemos ahora?

Ella lo miró con una hermosa sonrisilla. Cuando habló, su respuesta fue muy sencilla, pero su tono estaba cargado de veneno.

—Esperar.

Wulf estaba sentado en el sofá con Cassandra. Erik dormía plácidamente en los brazos de su madre, ajeno por completo a la violencia y a la sangre que se había derramado esa noche.

Ajeno al hecho de que el mundo al que acababa de llegar había estado a punto de llegar a su fin.

Desde que regresaron a casa, se había negado a perder de vista a ninguno de los dos.

Chris estaba ayudando a Talon a vendarse el brazo, que uno de los daimons había hecho trizas. Julian estaba sentado con una bolsa de hielo en la nuca mientras que Kirian se bañaba los nudillos ensangrentados con agua oxigenada.

Zarek estaba de pie como una estatua en el pasillo que daba a la cocina. Era el único que había acabado ileso tras la lucha.

—Si queréis saber mi opinión —comenzó Kirian, que se detuvo lo justo para refunfuñar algo cuando se echó alcohol después del agua oxigenada—, pelear era mucho más fácil cuando era inmortal.

Talon resopló.

—Yo sigo siendo inmortal y estoy hecho cisco. Ha sido una pelea de las gordas.

El teléfono sonó.

Chris se levantó para contestar.

—Será mejor que no se trate de Stryker —dijo Cassandra en un susurro.

Y no era él. Era su padre.

Chris le tendió el teléfono y ella lo cogió con manos temblorosas.

—¿Papá? ¿Estás bien?

Wulf la sostuvo contra su pecho mientras ella lloraba y hablaba con su padre unos minutos antes de colgar.

—Tenías razón —le susurró—. No lo cogieron. Te ha sacado de Elisia con el mismo truco que utilizó para que yo le abriera la puerta de mi apartamento. ¡Es un cabronazo!

El teléfono volvió a sonar.

—Pero ¿qué pasa esta noche? —mascculló Chris—. ¿Hay luna llena?

—Sí —respondieron todos a la vez.

—Pues vale. —Chris respondió de nuevo y se lo tendió a Kirian.

—¿Sí? —dijo él—. Hola, cariño. No, estoy bien. —Dio un respingo—. No, la caza fue bien. Bueno... sí... mmm... volveremos a casa mañana. —Guardó silencio un instante mientras sus ojos volaban hacia Julian—. ¿Qué herida de la cabeza? —Otro respingo, más evidente que el anterior—. No, dile a Grace que Julian está bien. Solo es un chichoncito. Todos estamos bien.

Wulf se echó a reír al ver cómo sufría su antiguo compañero.

—Sí, claro, lo haré. Yo también te quiero. Adiós. —Colgó el teléfono y los recorrió a todos con la mirada—. Joder, nunca os caséis con una mujer con poderes psíquicos. —Miró primero a Talon y después a Julian—. Tíos, estamos de mierda hasta el cuello. Todas saben que no hemos estado de caza.

Zarek resopló al escucharlo.

—¿En serio? ¿A qué gilipollas se le ocurrió esa mentira?

—No soy gilipollas —saltó Talon—. Y tampoco es una mentira. Solo omití el detallito de qué era lo que íbamos a cazar y dónde.

Zarek volvió a resoplar en desacuerdo.

—¿Creíais que no iban a darse cuenta? —Miró a Kirian—. ¿Cuándo fue la última vez que el señor Armani cazó algo que no tuviera etiqueta? —Se concentró en Julian—. Además, los mocasines y los pantalones de pinzas son lo último en camuflaje...

—Cierra el pico, Zarek —gruñó Talon.

Justo cuando iba a replicar, llamaron a la puerta.

Chris se acercó a abrirla refunfuñando y dejó pasar a Aquerón y a Urian. Nada más verlos, Wulf se puso en pie.

Urian tenía muy mal aspecto. Estaba muy pálido y su ropa seguía cubierta de sangre. Aunque lo peor de todo era la furia contenida y el dolor que irradiaban sus ojos.

No sabía qué decirle. Ese hombre lo había perdido todo sin obtener nada a cambio.

—Empezábamos a preocuparnos por ti, Ash —dijo Kirian.

—Yo no —intervino Zarek—. Y ahora que estás aquí, ¿me necesitas para algo más?

—No, Z —respondió Ash en voz baja—. Gracias por venir.

Zarek inclinó la cabeza.

—Cuando quieras mi ayuda para destrozar algo, solo tienes que llamarme. Pero para la próxima vez, ¿te importaría elegir un lugar más calentito? —Zarek se teletransportó de la estancia antes de que pudieran responderle.

—No sabéis lo que me cabrea que sea un dios —dijo Talon.

—Tú asegúrate de no cabrearlo a él —le aconsejó Ash—. Por si te convierte en sapo...

—No se atrevería.

Kirian resopló.

—Tío, que estamos hablando de Zarek.

—Vale, vale, no he dicho nada.

Kirian se levantó con un gemido.

—Bueno, puesto que soy uno de los pocos mortales presentes, creo que me voy a ir a la camita para descansar.

Talon flexionó el brazo vendado.

—Un sueñecito me vendría de muerte.

Chris guardó las vendas y todo lo demás en el botiquín de plástico.

—Vamos, chicos, os diré dónde podéis echar una cabezadita.

Cassandra se levantó con Erik en brazos.

—Supongo que debería...

—Espera —la detuvo Urian.

Wulf se tensó cuando el daimon se acercó a su esposa y a su hijo. Ash le puso una mano en el brazo para que no interviniera.

—¿Puedo cogerlo? —preguntó.

Tanto Cassandra como él fruncieron el ceño. Urian apenas había mirado al bebé hasta ese momento.

Cassandra miró de reojo a Ash, que asintió con la cabeza.

A regañadientes, le puso a Erik en los brazos. Era evidente que Urian jamás había cogido a un bebé. De manera que le fue guiando las manos hasta enseñarle cómo sujetarle la cabeza y el cuerpecito para no hacerle daño.

—Eres tan frágil —le susurró Urian al bebé, que lo observaba de una forma enternecedora—. Y aun así tú has sobrevivido mientras que mi Phoebe ha muerto.

Wulf dio un paso hacia el daimon, pero Ash lo cogió del brazo.

—¿Te quedarás para proteger a tu familia? —preguntó Aquerón en voz baja.

—Mi familia está muerta —mascculló, mirando al atlante con expresión asesina.

—No, Urian, no lo está. La sangre de Phoebe corre por las venas de ese bebé. Erik lleva consigo la inmortalidad de tu esposa.

Urian cerró los ojos como si esas palabras fueran más de lo que podía soportar.

—Ella quería a este bebé —dijo pasado un instante—. Yo notaba lo mucho que deseaba tener uno propio cada vez que hablaba de Erik. Ojalá hubiera podido darle uno.

—Le diste todo lo demás, Urian —dijo Cassandra con los ojos llenos lágrimas al hablar de su hermana—. Phoebe lo sabía y te amaba por ello.

Urian la rodeó con un brazo y la acercó a él. Le colocó la cabeza sobre el hombro y lloró en silencio. Cassandra se unió a su llanto cuando por fin liberó todo el dolor que había estado reprimiendo.

Wulf, en cambio, no supo cómo reaccionar ante esa muestra de dolor. Cassandra era tan fuerte... él también sentía la pérdida de Phoebe, pero ni mucho menos como lo hacían ellos dos.

Aunque no tardaría mucho en sufrir en sus carnes el dolor que estaba sintiendo Urian.

Urian se apartó poco después y devolvió a Erik a los brazos de su madre.

—No permitiré que tu bebé muera, Cassandra. Te lo juro. Nadie le hará daño mientras yo viva.

Ella lo besó en la mejilla.

—Gracias.

Urian asintió con la cabeza y se apartó.

—Menuda alianza, ¿no? —dijo Wulf después de que Cassandra se hubiera marchado—. Un Cazador Oscuro y un spati unidos para proteger a un apolita. ¿Quién lo iba a decir?

—El amor hace extraños compañeros de cama —dijo Ash.

—Creí que eso lo hacía la política.

—Los dos.

Urian cruzó los brazos por delante del pecho.

—¿Te importa que duerma en el embarcadero?

—Claro que no —respondió, ya que sabía que Urian quería estar en un lugar que le recordara a Phoebe—. Considéralo tuyo todo el tiempo que quieras.

Urian salió de la casa con el mismo sigilo que lo haría un fantasma.

—¿Eso es lo que me espera? —le preguntó Wulf a Ash.

—La vida es un tapiz tejido con las decisiones que tomamos.

—No me sueltes esas gilipolleces pseudopsicológicas, Ash. Estoy cansado, me han pateado el culo, sigo preocupado por Cassandra, Erik y Chris y estoy hecho cisco. Por una vez en la vida, responde a una puta pregunta.

Los ojos del atlante emitieron un destello rojizo, pero fue tan rápido que no supo si había sido producto de su imaginación.

—No voy a manipular el libre albedrío ni el destino, Wulf. Ni por ti ni por nadie. No hay poder en esta Tierra ni en el más allá que pueda obligarme a hacerlo.

—¿Qué tiene eso que ver con Cassandra?

—Todo. Tanto si vive como si muere, depende de lo que ambos hagáis o dejéis de hacer.

—¿Eso qué significa?

No estaba ni mucho menos preparado para escuchar la respuesta.

—Si quieres salvarla, tienes que unir su fuerza vital a la tuya.

Eso no parecía muy difícil. Por primera vez en meses, sentía un rayito de esperanza.

—Vale. ¿Serías tan amable de darme una pista para saber cómo lo hago?

—Te alimentas de ella mientras ella se alimenta de ti.

El horror le hizo un nudo en la boca del estómago.

—¿Cómo nos alimentamos el uno del otro?

Ash clavó esos turbulentos ojos plateados en los suyos y lo que vio en ellos le heló la sangre.

—Ya conoces la respuesta. Es lo primero que se te ha ocurrido.

¡Cómo odiaba que hiciera eso!

—¿Sabes hasta qué punto me asquea la idea de beber sangre?

Aquerón se encogió de hombros.

—La verdad es que no es tan malo.

Esas palabras lo dejaron pasmado.

—¿Cómo dices?

Ash no explicó nada más.

—Está en tus manos, vikingo. ¿Ni siquiera vas a intentarlo?

Lo que sugería el atlante era imposible.

—Cassandra no tiene colmillos.

—Los tendrá si le hacen falta.

—¿Estás seguro?

Ash asintió.

—Es muy simple y a la vez muy complicado. Bebes de su cuello y ella bebe del tuyo.

Tenía razón. Parecía muy sencillo a primera vista. Pero ¿podrían hacerlo cuando iba en contra de todo lo que creían?

—¿No la matará mi sangre? Creía que la sangre de los Cazadores Oscuros...

—No eres un Cazador Oscuro, Wulf. Al menos en lo esencial. No llegaste a morir. Siempre has sido diferente a los demás.

Soltó un resoplido burlón.

—¿Y ahora me vienes con esas cuando tendrías que habérmelo dicho hace cientos de años? Muchas gracias, Ash.

—Las cosas siempre aparecen cuando las necesitamos.

—Eso no es verdad —replicó.

—Sí que lo es. Solo tienes que decidir si eres lo bastante fuerte y valiente como para aprovechar la oportunidad que se te presenta.

En circunstancias normales, no permitiría que nadie dudara jamás de su fuerza o de su valentía.

Pero lo que le proponía...

Lo que le proponía requería la participación de los dos.

Y también requería una fe que ya no estaba seguro de poseer.

Cassandra se quedó sentada en silencio y totalmente estupefacta después de que Wulf le contara su única posibilidad de salvación.

—¿Estás seguro de que saldrá bien?

Tomó aire antes de contestar.

—Ya no sé en qué creer, pero si hay una posibilidad, ¿no crees que deberíamos arriesgarnos?

—¿Estás seguro de que el tal Aquerón no intenta matarme como el resto?

Esbozó una media sonrisa y reprimió a duras penas una carcajada.

—Es posible que eso sea lo único de lo que estoy convencido. Confío en Ash, al menos casi siempre.

—Vale, hagámoslo.

Enarcó una ceja.

—¿Estás segura?

Cassandra asintió con la cabeza.

—Vale. —Se colocó justo delante de ella mientras Cassandra ladeaba la cabeza y se apartaba el pelo del cuello.

Le rodeó la cintura con las manos.

Titubeó.

—¿Y bien? —lo instó.

Abrió la boca y colocó los labios sobre la cálida piel del cuello. Cerró los ojos en cuanto sintió la vena que palpitaba bajo la piel y la arañó con los dientes.

Mmm, su sabor era delicioso. Era increíble sentir el roce de su piel en los labios.

Cassandra le colocó las manos en la nuca.

—Mmm… —murmuró con voz entrecortada—, me estás poniendo el vello de punta.

Su cuerpo cobró vida en cuanto la escuchó y se la imaginó desnuda entre sus brazos.

Muerde…, le dijo su mente.

Presionó con más fuerza sobre la piel.

Cassandra se aferró a su cabello.

¡Hazlo!

—No puedo —dijo al tiempo que se apartaba—. No soy un daimon ni tampoco un apolita.

Ella lo miró con los párpados entornados.

—Ahora entiendes lo que te dije acerca de que no podría convertirme en daimon.

Sí, lo comprendía.

Sin embargo, mientras ninguno de ellos estuviera dispuesto a dar ese paso, Cassandra estaba destinada a morir.

18

Wulf estaba en la habitación del bebé. Estaba sentado en la mecedora con Erik dormido en sus brazos mientras contemplaba la pared que tenía enfrente. Estaba cubierta de fotografías de los bebés que habían nacido en la familia durante los últimos doscientos años.

Los recuerdos lo asaltaron.

Bajó la vista hacia el niño que abrazaba. Hacia la mata de pelo negro y el diminuto rostro de expresión serena. La boca de Erik se movía y sonreía como si estuviera inmerso en un alegre sueño.

—¿Le estás hablando, D'Aria? —dijo en voz alta, preguntándose si la Cazadora Onírica estaría velando a su hijo, igual que él.

Le rozó la punta de la nariz. Aun dormido, el niño se giró para chuparle el dedo.

Sonrió, hasta que captó el ligero olor a rosas y polvo de talco en la piel de su hijo.

El olor de Cassandra.

Intentó imaginarse la vida sin ella. Un día en el que ella no estuviera para alegrarlo todo. Para pasarle esas sedosas manos sobre la piel y enterrarle esos dedos largos y elegantes en el pelo.

El dolor le atravesó el corazón. Siguió mirando a su hijo sin ver nada.

«Eres un alma errante en busca de una paz que no existe. Perdido estarás hasta que descubras la verdad absoluta. No podemos huir de lo que somos. Nuestra única esperanza es asumirlo.»

Por fin entendía esas palabras.

—Esto es una gilipollez —dijo en voz baja.

No podía dejar marchar lo mejor que le había sucedido en la vida.

Wulf Tryggvason era una sola cosa en la vida.

Un bárbaro.

Cassandra estaba buscando la caja en el dormitorio de Wulf cuando escuchó que la puerta se abría tras ella.

Estaba perdida en sus pensamientos cuando sintió que la rodeaban dos poderosos brazos y le daban la vuelta para quedar frente a un hombre al que solo había visto una vez.

La noche que se conocieron.

Ese era el peligroso guerrero capaz de despedazar a un daimon solo con las manos.

Wulf le tomó la cara entre las manos y le dio un beso desesperado. Un beso que le caló hasta lo más profundo del alma y le incendió la sangre.

—Eres mía, *villkat* —susurró con una nota posesiva en la voz—. Para siempre.

Tiró de ella con fuerza para acercarla aún más. Pensó que iba a alzarla en brazos. Pero no fue así. En cambio, le hundió los colmillos en el cuello.

Se quedó sin aliento al sentir el súbito ramalazo de dolor, rápidamente seguido por la sensación más erótica que jamás había experimentado.

Abrió la boca para respirar entre jadeos mientras sentía que todo le daba vueltas. Ante ella veía un remolino de color, sentía los latidos de su corazón sincronizados con los de Wulf mientras el mundo se desvanecía a su alrededor. El placer la atravesó con un orgasmo tan intenso que le arrancó un grito.

En ese instante sintió que sus propios colmillos volvían a crecer, que se alargaban.

Wulf gruñó mientras paladeaba su sabor. Jamás se había sentido tan unido a nadie en toda la vida. Tenía la impresión de que eran un solo ser con un solo corazón.

Sentía todo lo que sentía ella. Todas sus esperanzas. Todos sus temores. Su mente se abrió por completo ante él y lo dejó abrumado.

Y entonces sintió que le mordía en el hombro. La inesperada sensación le arrancó un jadeo. Se le puso dura al instante y el deseo de hundirse en su interior se apoderó de él.

Cassandra introdujo la mano entre sus cuerpos mientras bebía de él y le bajó la cremallera de los pantalones. Wulf dejó escapar un gemido gutural cuando ella guió su miembro hasta su interior. Fuera de control, la tomó en un salvaje arrebato de pasión mientras sus fuerzas vitales se unían.

Se corrieron juntos con un violento orgasmo.

Exhausto y saciado, Wulf se apartó de su cuello. Ella alzó la vista y lo contempló con una mirada vidriosa mientras se lamía los labios y sus colmillos retrocedían.

La besó con ardor y la estrechó con fuerza.

—¡Madre mía! —exclamó ella—. Todavía estoy viendo estrellas.

Wulf se echó a reír. A él le pasaba lo mismo.

—¿Crees que ha funcionado? —preguntó Cassandra.

—Si no lo ha hecho, propongo que sigamos el consejo de Zarek y le demos una buena paliza a Aquerón.

Cassandra soltó una carcajada nerviosa.

—Supongo que lo sabremos dentro de unas semanas.

Pero no tuvieron que esperar tanto. Los ojos de Cassandra se abrieron de par en par y comenzó a jadear en busca de aire.

—¿Cassandra? —la llamó Wulf. Ella no respondió—. ¿Nena? —insistió.

El dolor asomó a sus ojos mientras alzaba una mano para acariciarle la mejilla y su cuerpo sufría un espasmo. En menos de tres segundos estaba muerta.

—¡Aquerón!

Ash se despertó de repente al escuchar el chillido que le atravesó la cabeza. Estaba desnudo en la cama y lo único que cubría su poderoso cuerpo eran las sábanas negras de seda.

—Estoy cansado, Artie y estoy durmiendo —le dijo mentalmente con un tono mucho más sereno, enviando su voz a través del cosmos hasta el templo de la diosa en el Olimpo.

—¡Pues levántate y ven aquí! ¡Ahora mismo!

Ash dejó escapar un largo suspiro.

—No.

—No te atrevas a darte la vuelta y a volver a dormirte después de lo que has hecho.

—¿Y qué es lo que he hecho?

—¡Has liberado a otro Cazador Oscuro sin consultármelo!

Esbozó una sonrisilla al comprender a qué se debía el último berrinche de Artemisa. Wulf había mordido a Cassandra.

Sonrió, aliviado por la idea. Gracias a los dioses, el vikingo había hecho la elección correcta.

—Se suponía que las cosas no se solucionarían así y lo sabes. ¿Cómo te atreves a interferir?

—Déjame en paz, Artie. Tienes Cazadores Oscuros de sobra.

—Estupendo —replicó ella, con voz irritada—. Has infringido las normas de nuestro acuerdo y yo pienso hacer lo mismo.

Ash se incorporó al punto.

—¡Artie!

Se había ido.

Soltó una maldición mientras se vestía con el pensamiento y se teletransportaba desde su hogar en Katoteros hasta la casa de Wulf.

Era demasiado tarde.

Wulf estaba en el salón con Cassandra en los brazos. El rostro de la apolita estaba pálido.

En cuanto el vikingo lo vio, el odio relampagueó entre las lágrimas que le anegaban los ojos.

—Me mentiste, Ash. Mi sangre la envenenó.

Ash se acercó para quitársela de los brazos y dejarla en el sofá con delicadeza.

Erik comenzó a llorar, como si entendiera lo que había sucedido. Como si supiera que su madre estaba muerta.

Le dio un vuelco el corazón.

Jamás había sido capaz de soportar el llanto de un niño.

—Ve a atender a tu hijo, Wulf.

—Pero Cassandra...

—¡Ve con tu hijo! —masculló—. Ahora mismo. Sal de aquí.

Por suerte para él, el vikingo obedeció.

Tomó la cabeza de Cassandra entre las manos y cerró los ojos.

—No puedes resucitar a los muertos, Aquerón —dijo Artemisa en cuanto apareció en la habitación con un destello luminoso—. Las Moiras no te lo permitirán.

La miró con los ojos entrecerrados.

—No me fastidies ahora, Artie. Esto no te incumbe.

—Todo lo que haces me incumbe. Ya conoces los términos de nuestro acuerdo. No me has dado nada a cambio del alma de Wulf.

Ash se puso de pie muy despacio mientras sus ojos comenzaban a brillar.

La diosa retrocedió al caer en la cuenta de que no estaba de humor para jueguecitos.

—Nunca has tenido su alma, Artemisa, y lo sabes. Lo has utilizado para proteger el linaje de tu hermano. ¿Y qué mejor forma de hacerlo que liberarlo para que vele por su esposa inmortal y engendren juntos niños inmortales lo bastante fuertes como para sobrevivir a aquellos que les desean la muerte?

—¡Wulf me pertenece!

—No. Nunca te ha pertenecido. —Cerró los ojos y colocó una mano sobre la frente de Cassandra.

Sus ojos se abrieron muy despacio.

—¡No! —espetó la diosa.

Ash alzó la vista y la miró con un brillo rojo en los ojos.

—Ssssí —siseó—. Y, a menos que desees ocupar su lugar frente a Hades, te sugiero que te largues.

Artemisa desapareció al instante.

Cassandra se sentó lentamente.

—¿Aquerón?

—Tranquila —le dijo, apartándose de ella—. No pasa nada.

—Me siento rara.

—Lo sé. Pronto pasará.

Ella frunció el ceño mientras observaba la habitación.

Wulf regresó en ese instante. Se quedó de piedra cuando la vio sentada. Antes de que pudiera parpadear, el vikingo cruzó el salón para alzar a su esposa y abrazarla.

—¿Estás bien?

Cassandra lo miró como si se hubiera vuelto loco.

—Por supuesto. ¿Por qué no iba a estarlo?

La besó antes de mirarlo con incredulidad.

—No sé lo que has hecho, pero gracias, Ash. Gracias.

Él inclinó la cabeza.

—De nada, vikingo. Solo os pido que disfrutéis de vuestra vida y que tengáis muchos niños. —Cruzó los brazos por delante del pecho—. Por cierto, como regalo de bodas revoco la maldición que os impide salir a la luz del sol. Y vuestros hijos tampoco la sufrirán. Ninguno de vuestros descendientes tendrá que vivir de noche. A menos que quieran hacerlo, claro está.

—¿Me he perdido algo? —preguntó Cassandra.

Ash esbozó una sonrisa torcida.

—Dejaré que sea Wulf quien te lo explique. De momento, yo regreso a la cama. —Y desapareció.

Wulf cogió a Cassandra en brazos e hizo lo mismo.

Artemisa lo esperaba en su dormitorio. Su semblante le dejó bien claro que estaba planeando el modo de aguarle el resto del día.

—¿Qué, Artie?

La diosa agitaba un medallón que colgaba de su dedo.

—¿Sabes a quién pertenece esto?

—A Morginne.

—A Wulf.

Ash esbozó una sonrisa maliciosa.

—A Morginne. Loki tiene el alma de Wulf. Piensa, Artie. ¿Cuál es la única ley concerniente a las almas?

—Deben entregarse de forma voluntaria.

Él hizo un gesto afirmativo.

—Y tú jamás accediste a entregar el alma de Morginne. Ella drogó a Wulf con veneno daimon para que le entregara el alma a Loki sin ser consciente de lo que hacía. El hechizo que Loki utilizó para intercambiar las almas duró unos cuantos meses y después la de Morginne regresó a ti, mientras que la de Wulf se trasladaba al amuleto que guarda Loki.

—Pero...

—No hay peros que valgan, Artie. Fui yo quien hizo inmortal a Wulf y quien le dio sus poderes. Si quieres devolver esa alma a alguien, será mejor que hables con Loki y veas si está dispuesto a entregarte a Morginne.

La diosa chilló, enfurecida.

—¡Me has engañado!

—No. Así era como debían suceder las cosas. Necesitabas que alguien dejara embarazada a la heredera de Apolo. Por mucho que odie a tu hermano, entiendo por qué debe vivir Cassandra y por qué él no puede morir.

—Lo planeaste todo desde el principio —lo acusó.

—No —la corrigió—. Solo deseé que sucediera...

Ella lo miró con expresión furibunda.

—Todavía no conoces la fuente de tus poderes atlantes, ¿verdad?

Ash exhaló un suspiro entrecortado.

—Sí, Artemisa, la conozco. La conozco como tú jamás llegarás a hacerlo.

Y, con eso, pasó por su lado y se tumbó en la cama, ansioso por echar el sueñecito que se había ganado.

Artemisa se coló en la cama, a su espalda, y se acurrucó contra él. Le frotó el hombro con la nariz.

—Vale —dijo en voz baja—. Nos has ganado la partida a

Apolimia y a mí. Lo admito. Pero dime una cosa... ¿durante cuánto tiempo más lograrás derrotarnos?

Él la miró por encima del hombro y vio el brillo malévolo que iluminaba esos ojos verdes iridiscentes.

—Durante el que haga falta, Artemisa. Durante el que haga falta.

Epílogo

Cassandra se despertó el día de su cumpleaños temiendo en parte que fuera un sueño.

Wulf no se separó mucho de ella, como si creyera que iba a evaporarse en cuanto le quitase los ojos de encima. Se pasó toda la tarde asomándose cuando menos se lo esperaba para preguntarle:

—¿Sigues aquí?

Ella se echaba a reír y asentía con la cabeza.

—De momento no se me está cayendo nada.

Cuando el sol se puso y vio que seguía con el mismo aspecto que tenía al despertarse, asimiló la verdad.

Había terminado.

Eran libres. Los dos.

El alivio le inundó el corazón. Wulf ya no tenía que dar caza a su pueblo y ella ya no tenía que vivir aterrada por su cumpleaños.

Nunca más.

Era perfecto.

Tres años después

De perfecto nada.

Cassandra se mordía el labio mientras contemplaba con los brazos en jarras cómo Wulf, Chris y Urian discutían acerca del parque de juegos que ella quería que le montaran a Erik en el patio trasero.

Los trabajadores que iban a instalarlo aguardaban en la parte delantera de la casa mientras que ellos tres discutían allí detrás.

—No, el tobogán está demasiado inclinado —decía Wulf—. Podría caerse y sufrir una conmoción.

—Anda ya... —masculló Chris—. Pero puede hacerse daño en el balancín.

—Lo del balancín se las trae... —intervino Urian—. Y los columpios son una invitación a que se estrangule. ¿De quién ha sido la idea de comprarle esto?

Cassandra puso los ojos en blanco mientras Erik se aferraba a su mano y se echaba a llorar porque se llevaban su parque de juegos.

Bajó la vista hasta su abultado vientre y suspiró.

—Sigue mi consejo, cariño. Quédate ahí dentro todo el tiempo que puedas. Estos tres acabarán desquiciándote...

Cogió a Erik en brazos y se acercó a Wulf, al que obligó a hacerse cargo del pequeño, que lloraba a lágrima viva.

—Explícaselo a tu hijo mientras yo vuelvo adentro para acabar de colocar los paneles acolchados en su habitación.

—Oye, pues tiene razón en eso —dijo Chris—. Sí que necesitamos más paneles acolchados.

Y se lanzaron a discutir esa cuestión.

Cassandra soltó una carcajada. Pobre Erik, aunque al menos sabía que todos lo adoraban.

Abrió la puerta corredera de cristal y entró en la casa.

Dos segundos después, Wulf estaba detrás de ella, levantándola en brazos.

—¿Estás ya desquiciada del todo?

—No, pero creo que tú sí.

Él se echó a reír.

—Un poco de precaución...

—Vale por diez años de terapia, lo sé.

Wulf gruñó mientras la llevaba en brazos por la casa.

—¿De verdad quieres que tenga ese parque de juegos?

—Sí. Quiero que Erik tenga lo único que yo no tuve.

—¿Y qué es?

—Una infancia normal.

—Vale —dijo él con un suspiro—. Si es importante para ti, instalaremos el parque.

—Lo es. Y deja de preocuparte. Si se parece en lo más mínimo a su padre, y se parece mucho, hará falta algo más que un golpe para romperle esa cabeza tan dura que tiene.

Wulf fingió sentirse ofendido.

—¿Ahora me insultas?

Ella le echó los brazos al cuello y apoyó la cabeza en su hombro.

—No, cariño. No te estaba insultando, era un elogio.

Él sonrió.

—Buena salida. Pero si de verdad quieres elogiarme, se me ocurre una manera mejor.

—¿En serio? ¿Y cómo?

—Desnuda y en mi cama.

Impreso en Talleres Gráficos
LIBERDÚPLEX, S.L.U.
Pol. Ind. Torrentfondo
Ctra. Gelida BV-2249 Km. 7,4
08791 Sant Llorenç d'Hortons (Barcelona)